MATTHIAS P. GIBERT

Tödlicher Befehl

MATTHIAS P. GIBERT

Tödlicher Befehl

Ein neuer Fall für Thilo Hain und Pia Ritter

GMEINER SPANNUNG

Bisherige Veröffentlichungen im Gmeiner-Verlag:
Tödliche Ferien (2017), Unkrautkiller (2016), Paketbombe (2016), Halbgötter (2015), Müllhalde (2014), Bruchlandung (2014), Pechsträhne (2013), Höllenqual (2012), Menschenopfer (2012), Zeitbombe (2011), Rechtsdruck (2011), Schmuddelkinder (2010), Bullenhitze (2010), Eiszeit (2009), Zirkusluft (2009), Kammerflimmern (2008), Nervenflattern (2007)

Im Ehnried 5, 88605 Meßkirch
Telefon 07575/2095-0
info@gmeiner-verlag.de

1. Auflage 2018

Lektorat: Sven Lang
Herstellung: Mirjam Hecht
Umschlaggestaltung: U.O.R.G. Lutz Eberle, Stuttgart
unter Verwendung eines Fotos von: © billyfoto/istockphoto.com
Druck: GGP Media GmbH, Pößneck
Printed in Germany
ISBN 978-3-8392-2346-8

Personen und Handlung sind frei erfunden.
Ähnlichkeiten mit lebenden oder toten Personen
sind rein zufällig und nicht beabsichtigt.

PROLOG

Guten Morgen, meine Damen und Herren,

ich begrüße Sie zu unserer Sendung Brinkmann am Sonntag *hier auf Radio Hessen. Als Studiogast darf ich Ihnen heute den Kasseler Politiker und Stadtverordneten Okan Schulze vorstellen. Schön, dass Sie da sind, Herr Schulze, und einen guten Morgen.*

Ja, danke, ich wünsche Ihnen und den Hörern auch einen guten Morgen. Und natürlich bedanke ich mich für die Einladung.

Sehr gern. Am besten steigen wir direkt ein, denn es gibt ein paar Fragen an Sie, die mir unter den Nägeln brennen und für die sich vermutlich auch unsere Hörer an den Radiogeräten sehr interessieren.

Mit Vergnügen.

Gut. Groß vorzustellen braucht man Sie wahrscheinlich gar nicht, Herr Schulze, aber ein paar Stationen Ihres Lebens würde ich schon gern aufgreifen.

Also: geboren in der Türkei, aber noch vor dem zweiten Geburtstag der Umzug nach Deutschland, genauer gesagt, nach Kassel.

Das stimmt, ja.

Abitur und Ausbildung in Kassel, danach Studium und schließlich der Abschluss in Sozialpädagogik.

Richtig, so hieß das damals noch.

Schon in jungen Jahren politisch aktiv und schließlich eines der *Gesichter der Kasseler Lokalpolitik. Hat es Sie eigentlich nie gejuckt, mal über den Kasseler Tellerrand hinaus politisch aktiv zu werden?*

Das bin ich interessanterweise schon recht häufig gefragt worden. Bisher hat mir Kassel als politische Wirkungsstätte immer gereicht, aber vielleicht ändert sich das ja noch, wer weiß. Im Moment allerdings bin ich mit meinem Leben und meiner Arbeit, sowohl der politischen wie auch der zum Broterwerb, sehr zufrieden. Und aus Kassel wegzugehen, würde mir nicht leichtfallen, weil ich die Stadt sehr liebe.

Geboren wurden Sie als Okan Mersin, Herr Schulze, und haben dann den Namen Ihrer Frau angenommen. Ist es Ihnen schwergefallen, plötzlich einen anderen Nachnamen zu tragen?

Nein, gar nicht. Meine Frau und ich waren sehr jung, als wir geheiratet haben, und fanden das toll. Mein Vater allerdings konnte sich bis zu seinem Tod nicht damit anfreunden. Für einen traditionell denkenden türkischen Mann ist es unvorstellbar, seinen Namen aufzugeben.

Was uns direkt zum Thema bringt, Herr Schulze. Sie sind bekannt dafür, sich immer wieder von Deutschland aus in die türkische Innenpolitik einzumischen und klar Stellung zu beziehen, was dort, wie man hört, nicht jedem gefällt. Haben

Sie nicht manchmal Angst, sich Feinde am Bosporus zu machen? Einflussreiche Feinde vielleicht sogar?

Auch das bin ich schon sehr häufig gefragt worden: *Hast du nicht Angst, dass dir etwas zustoßen könnte, Okan? Hast du nicht Angst, dass dir mal einer ans Leder will dafür, dass du dich mit deiner Meinung so in der Öffentlichkeit exponierst?* Und ich sage dazu immer das Gleiche, nämlich dass die, die Angst schüren, gewinnen würden, wenn ich Angst hätte. Wenn ich mich der Angst beugen würde, dann hätten sie gewonnen, und das könnte, das würde ich mir nicht verzeihen. Außerdem lebe ich in Deutschland, in einem Rechtsstaat und einem Land, in dem man seine Meinung offen äußern kann und darf. Aber um die Frage ganz konkret zu beantworten: Nein, ich habe überhaupt keine Angst.

Interessant. Sie kritisieren immer wieder, dass die Demokratie aus immer weiteren Kreisen der türkischen Zivilgesellschaft verschwindet; dass immer mehr Züge einer Diktatur sichtbar werden. Woran machen Sie das fest?

Zum Beispiel an der Angst der Menschen, sich öffentlich über politische Themen zu äußern. Früher waren politische Themen und die manchmal auch hitzigen Diskussionen darüber, in jeder Kneipe und in jedem Café der Türkei an der Tagesordnung. Aber das ist lange vorbei. Wenn man heute öffentlich eine Meinung vertritt, die nicht auf einer Linie mit der der Regierung liegt, muss man mit seiner Verhaftung und seiner Einkerkerung rechnen. Und das hat für mich definitiv diktatorische Züge.

Da kann ich Ihnen leider nicht widersprechen, Herr Schulze. Darüber hinaus scheinen Sie es sich zum Steckenpferd gemacht zu haben, den türkischen Staatspräsidenten direkt mit Kritik, aber auch mit Häme zu überziehen. Urlaub in der Türkei steht derzeit vermutlich nicht auf dem Programm bei Ihnen?

Nein, das würde ich mich derzeit nicht trauen, weil ich befürchten müsste, ins Gefängnis geworfen zu werden. Wie so viele andere übrigens, was gern mal vergessen wird.

Aber davon abgesehen hat der Staatspräsident bis heute nicht erkennen lassen, dass er auch nur ein Jota von seinem Nepotismus und seinem Hang zur Vetternwirtschaft Abstand nimmt. Sein Schwiegersohn hat sich mit seiner Hilfe das größte Kommunikationsunternehmen des Landes unter den Nagel gerissen und seine älteste Tochter leitet das Justizministerium. Und es gibt leider so viele weitere Beispiele für Korruption im Umfeld des Staatspräsidenten, dass Ihre Sendezeit dafür nicht ausreichen würde, auch nur einen Bruchteil davon zu erörtern.

Und was das Thema Häme angeht, da muss ich Ihnen komplett widersprechen. Ich begleite die Entwicklung in meinem Heimatland mit kritischem Interesse, das, ja. Aber für Häme ist schon wegen der Menschen, die in diesem Land leben müssen, kein Platz.

Gut. Bliebe noch die Frage, wie sich das nach Ihrer Meinung in der Türkei weiterentwickeln wird. Sehen Sie irgendeinen Grund für Optimismus?

Leider nein. Die Türkei ist in einen Krieg verstrickt, das Regime unterdrückt massiv jegliche Opposition und die Menschen werden mithilfe der zumeist willfährigen Medien so dumm und uninformiert wie möglich gehalten. Wo sollte ich da so etwas wie einen Silberstreif am Horizont erkennen?

Eine wirklich pessimistische Perspektive, die uns unser heutiger Studiogast und Interviewpartner präsentiert. Nach dem Song »It's The End Of The World« von R.E.M. hören wir mehr von Okan Schulze. Bleiben Sie dran …

1

Kassel, Mitte Mai 2018

Pia Ritter keuchte vor Anstrengung, blieb aber dennoch dem etwa 60 Meter vor ihr rennenden Mann mit dem Kapuzenpullover auf den Fersen. Immer wieder kam sie ein paar Meter näher, wenn der Verfolgte einem Fußgänger ausweichen musste. Der Abstand vergrößerte sich aber sofort wieder, wenn sie den vielen flanierenden Passanten und Einkaufswilligen auf der Oberen Königsstraße aus dem Weg gehen musste. Nun kam ihr auch noch einer der blauen Kombis dazwischen, mit denen die Mitarbeiter des Nordhessischen Verkehrsverbundes für Ordnung sorgten.

Verdammt, du hast mir gerade noch gefehlt, dachte sie mit tonlosem Stöhnen und wischte sich mit einer hektischen Bewegung den Schweiß von der Stirn. Der Mann, den sie verfolgte, gewann nun deutlich an Boden. Entweder hatte er die zweite Luft bekommen oder Pia wurde, ohne dass sie es bewusst mitbekam, langsamer.

Scheiße.

Nun allerdings hatte der Fahrer des blauen Kombis es bis knapp hinter den Flüchtenden geschafft, bremste ruckartig, und gleich danach flog die Beifahrertür auf. Zu Pias großem Erstaunen sprang ihr Kollege Thilo Hain aus dem Auto, hatte keine fünf Sekunden später zu dem sich umblickenden Mann mit dem Hoodie aufgeschlossen und brachte ihn mit einem gezielten Stoß zu Fall.

»He, bist du bescheuert?«, stieß der Mann auf dem Boden in Richtung des Polizisten aus, nachdem er sich ein paarmal um sich selbst gedreht hatte und auf dem Rücken zum Liegen gekommen war.

»Das willst du nicht wirklich wissen«, brummte Hain leise, griff sich dabei den Handschellensatz vom Gürtelhalter und wollte sie dem Mann anlegen. Der jedoch wehrte sich nach Kräften. Im gleichen Augenblick erschien Pia Ritter neben Hain, machte jedoch keine Anstalten, ihrem Kollegen beim Fixieren des noch immer nachhaltig zappelnden Hoodieträgers zur Hand zu gehen. Stattdessen stützte die junge Oberkommissarin keuchend und kopfschüttelnd die Hände auf die Oberschenkel.

»Was war denn das jetzt wieder?«, wollte sie mit hochrotem Kopf wissen.

Hain, der sich langsam vom Boden erhob, grinste sie an.

»Das war ökonomische Polizeiarbeit«, erwiderte er mit einem schelmischen Augenzwinkern.

»Unter Zuhilfenahme eines Kraftfahrzeuges, wenn ich das richtig gesehen habe. Das ehrenvolle Rennen hinter einem Verdächtigen her wird vermutlich nicht mehr deine Spezialdisziplin werden, oder?«

Sie richtete sich auf und drängte ein paar neugierige Passanten zurück.

»He, was ist mit meinen Menschenrechten?«, kam es jaulend von unten. »Ihr zwei Schwachmaten könnt mich nicht einfach so hier auf dem Boden rumliegen lassen, vor all den Gaffern hier. Und überhaupt, was soll dieser brutale Angriff?«

Hain und Ritter sahen sich schmunzelnd an.

»So, so, Schwachmaten«, brummte der Hauptkommissar. »Wenn das mal keine ernsthafte, ja fast ehrenrührige Beleidigung ist.« Er beugte sich nach unten, ließ seine rechte Hand in der linken vorderen Tasche der Kapuzenjacke verschwinden und zog ein Bündel Geldscheine heraus. »Wie, meinst du, sieht es mit den Menschenrechten der Zeitungsstandbetreiberin aus, der du unten am Königsplatz vor nicht mal fünf Minuten eine

Ladung Tränengas verpasst und die du anschließend ausgeraubt hast? Hast du dazu auch was zu sagen, du Dumpfbacke?«

»Damit hab ich nicht das Geringste zu tun. Das stimmt gar nicht, was Sie da behaupten.«

Nun kam vom Rathaus her ein Streifenwagen auf sie zugerollt. Das Blaulicht war zwar eingeschaltet, auf die lautstarke Sirene verzichteten die uniformierten Kollegen aber.

»Hallo, Pia«, begrüßte der Beifahrer die Oberkommissarin herzlich und warf auch Hain ein wohlwollendes Nicken zu. »Was haben wir denn hier?«

»Er hat vor ein paar Minuten den Zeitungskiosk unten am Königsplatz ausgeraubt. Thilo und ich waren gerade am Mittagessen, haben es beobachtet, die Verfolgung aufgenommen und ihn hier gestellt.«

»Na, eher gefällt, wenn ich das richtig sehe«, sagte der Fahrer des Streifenwagens und stellte sich zwischen die beiden Beamten.

Pia wies auf ihren immer noch grinsenden Kollegen und deutete danach auf den blauen Kombi, dessen Fahrer am Kotflügel lehnte und an einer Zigarette zog.

»Das waren die beiden im Kollektiv. Mir wäre er vermutlich entwischt, aber der Kollege Hain hat sich chauffieren lassen und ihn dadurch … ausgebremst.«

»Wie auch immer«, erwiderte Hain und drückte dem links neben ihm stehenden Kollegen in Blau die Geldscheine in die Hand. »Die Kohle hatte er in der Tasche. Wenn ich es richtig beobachtet habe, sollte es genau das sein, was der Kioskbesitzerin fehlt.«

»Das stimmt alles nicht, wirklich«, brüllte der Mann am Boden. »Der lügt wie gedruckt.«

»Schon klar«, brummte der Streifenwagenfahrer, griff ihm unter die Arme und beförderte ihn in die Vertikale. »Das besprechen wir alles auf dem Revier.«

»Aber ich sage die Wahrheit. Ich hab das nicht gemacht, was der da erzählt. Ich hab die Kohle eben auf der Bank abgehoben und auf einmal verfolgt mich diese durchgeknallte Tante. Ich weiß überhaupt nicht, von welchem Kiosk die reden.«

In diesem Moment drängelte sich eine Frau von etwa 50 Jahren energisch durch die gaffende Menge. Sie hatte rot unterlaufene, tränende Augen und konnte vermutlich kaum etwas erkennen. Mit einem zwinkernden Rundumblick begutachtete sie die Szenerie, trat dann auf den Hoodieträger zu und versetzte ihm eine schallende Ohrfeige.

»Die ist für heute«, schnaufte sie und schlug ihn mit der anderen Hand noch einmal. »Und die für deinen Überfall im letzten Jahr.«

»Das ist doch mal eine Eins-a-Zeugenaussage«, murmelte Hain in Richtung seiner Kollegen.

»Meinst du, unsere Salate warten noch da auf uns, wo wir sie stehen gelassen haben?«, wollte Pia mehr rhetorisch wissen.

»Das will ich doch hoffen. Immerhin habe ich eine verdammt anstrengende Verfolgungsjagd hinter mir und damit den Rest ehrlich verdient.«

»Idiot.«

Die Salate der beiden waren tatsächlich nicht abgeräumt worden, vermutlich weil die lethargische Bedienung der Pizzeria nicht einmal ihren überstürzten Abgang mitbekommen hatte. Doch die beiden Kommissare hatten keine Lust auf eine Mahlzeit, die für jeden zugänglich eine knappe halbe Stunde in der Sonne gestanden hatte. Der eine oder andere hätte den Salat mit Unappetitlichem nachwürzen können. So saßen sie kurz darauf in ihrem Büro, wo sie auf dem Schreibtisch eine handschriftliche Nachricht von Kriminalrat Herbert Schiller vorfanden. »Macht euch mal besser sofort auf den Weg zu mir!«

»Wow, das klingt aber mal richtig übel«, bemerkte Pia.

»Ach was, der hat nun mal eine schroffe Art. Wirst sehen, da steckt nichts Besorgniserregendes dahinter.«

»Wenn du meinst.«

Sie tranken beide schnell ein Glas Wasser und machten sich auf den Weg.

»Rein mit euch«, wurden sie von Schiller kurz und mit einer Handbewegung begrüßt, der mit zwischen Schulter und Hals eingeklemmtem Telefon hinter seinem Schreibtisch saß und von seinem Gesprächspartner mental offenbar stark gefordert wurde.

»Ja, natürlich, aber ich habe Ihnen doch jetzt mehrfach dargelegt, dass …«

Er hörte schnaufend zu.

»Selbstverständlich könnten wir das so machen, aber …«

Wieder lauschte er eine Weile regungslos, legte dann die Stirn in tiefe Falten, drückte die rote Taste am Telefon und legte das Gerät kommentarlos vor sich auf der Schreibtischplatte ab.

»Das klang nervig«, machte Hain auf gut Wetter.

Der Kriminalrat blieb regungslos sitzen und starrte seine beiden Mitarbeiter an. »Hm.«

»Was heißt dieses *Hm*? War der Anruf nun so nervig, wie es bei mir ankam, oder nicht?«

»War er.«

»Aber das ist ja nicht der Grund, warum du uns so … direktiv zu dir zitiert hast«, vermutete Pia Ritter.

»Nein, das ist er natürlich nicht.«

Die junge Oberkommissarin machte ein paar nervöse Trippelschritte. »Und was ist dann der Grund?«

Über Schillers Gesicht huschte die Andeutung eines Lächelns. »Ich wollte was ausprobieren.«

»Was ausprobieren? Was um alles in der Welt wolltest du denn mit dieser blöden Nummer ausprobieren?«

»Wollt ihr euch nicht setzen?«

»Erzählst du uns dann, was du …?«

»Klar, und ich merke gerade, dass speziell du, Pia, für dieses Experiment vielleicht nicht ganz die richtige Probandin bist.«

»Ein Experiment? Jetzt werde ich wirklich neugierig.«

»Ich war die letzten beiden Tage auf einem Seminar, wie ihr wisst. Kommunikation und Führung und dieser ganze Unfug, aber ich muss es ja mitmachen. Eigentlich gab es nicht viel Neues mitzunehmen, aber dieser komische Seminarleiter hat mich mit einer These wirklich verblüfft, und die hatte genau mit dem zu tun, was ihr gerade erlebt habt. Er hat uns erklärt, dass eben jenes Verhalten, das ihr gerade an den Tag gelegt habt, total weitverbreitet ist.«

Ritter und Hain sahen sich fragend an.

»Na ja, ich meine die Tatsache, dass ihr eigentlich sicher wart, nichts Bekloppptes oder sonst wie Falsches getan zu haben. Und trotzdem seid ihr hier reingeschlichen wie geprügelte Hunde, nur weil meine Ansage auf dem Zettel ein wenig *direktiv* war. Interessant, oder?«

Hain ließ das Gesagte ein wenig sacken und schüttelte schließlich den Kopf. »Du meinst, du hast uns hierherbestellt, um uns zu Probanden beim Beweis dieser kruden These zu machen?«

»Hat ja immerhin geklappt, oder?«

Wieder eine kurze Pause.

»Du schaffst es immer wieder, mich in den Zustand der Verwunderung zu versetzen, Herbert. Aber was hättest du denn gemacht, wenn wir hier völlig entspannt und locker aufgetaucht wären? Uns zum psychologischen Dienst geschickt?«

»Darüber habe ich nicht ernsthaft nachgedacht, wirklich nicht. Aber die Idee hätte was Verlockendes.«

Der Hauptkommissar grinste seinen Boss schief an, hob die rechte Hand zum Abschied, drehte sich um und hielt auf die Tür zu.

»Nun sei doch nicht gleich angepisst, Thilo. Das ganze Jahr nehmt ihr mich auf die Rolle und macht mir das Leben zur Hölle, und wenn ich es einmal genauso mache, dann gibst du hier den Spielverderber. Nun komm wieder her, setz dich hin und find diesen Knüller ebenso lustig wie ich.«

»Wenn er sagt, dass es ein Revanchegag war, dann kann ich ihn sogar ein bisschen verstehen«, beschrieb Pia Ritter Hain ihre Gemütsverfassung. »Wir machen ihm das Leben wirklich nicht gerade leicht.«

»Aber …«

»Kein *Aber.*« Die Kommissarin wies auf ihren Boss. »Und vergiss nicht, dass du ohne Herbert vermutlich gar kein Bulle mehr wärst.«

Schiller lehnte sich in seinem Stuhl zurück und begann, auf einem Bleistift herumzukauen.

»Willst du uns jetzt noch mit der Auswertung deines ethisch zutiefst zu missbilligenden *Experiments* beglücken?«, wollte Hain schnippisch wissen.

»Nö. Ich will euch eigentlich nur demütig und voller Hochachtung mitteilen, dass ihr beiden vom Innenminister des Landes Hessen zu seiner diesjährigen Sommersause im Garten seines Dienstsitzes in Wiesbaden eingeladen worden seid.«

Wieder warfen sich die beiden vor dem Schreibtisch sitzenden Polizisten einen kurzen Blick zu, der jede Menge Unsicherheit verströmte.

»Du willst uns aber nicht zum zweiten Mal an diesem Tag auf die Rolle nehmen, oder? Und das, nachdem wir gerade in der proppenvollen Innenstadt ganz heldenhaft einen gewissenlosen Räuber verfolgt und natürlich auch dingfest gemacht haben.«

Schiller bestand zunächst darauf, detailliert über die Ereignisse des Tages informiert zu werden, bevor er bezüglich der Einladung konkret wurde.

»Soweit ich es verstanden habe, geht es um diesen Einsatz im Winter, dieser Kinderprostitutionsgeschichte und dem toten Jungen. Offenbar hat unser oberster Dienstherr davon erfahren und findet, dass ihr eine Ehrung verdient habt.«

»Aber wir haben doch nur unseren Job gemacht, Herbert«, mischte Pia sich noch immer überrascht und auch ein wenig zweifelnd ein. »Dafür gibt es eigentlich keine besonderen Auszeichnungen.«

»Na, nun stell mal euer Licht nicht unter den Scheffel, Pia. So, wie ihr euch da reingehängt und durchgeackert habt, hätten das nicht viele Kollegen gehandhabt. Und ich gestehe freimütig ein, dass ich zwischenzeitlich auch so meine Bedenken hatte, ob die ganze Arbeit und viele Zeit zu etwas führen würde.«

Die drei sprachen über den bisher kniffligsten Fall der beiden Ermittler, bei dem der gewaltsame Tod eines 13-jährigen Jungen quasi zu einer Kettenreaktion geführt hatte. Am Ende stand die Zerschlagung einer Gruppe von Menschenhändlern, zu deren Opfern auch Kinder ab acht Jahren gehört hatten.

»Du verarschst uns aber jetzt wirklich nicht, Herbert. Oder?«

Schiller schüttelte den Kopf. »Nein, damit mache ich keinen Spaß. Ihr seid am 26. August, einem Sonntag, Gäste des Innenministers in Wiesbaden. Und bitte, Leute, zieht euch was Vernünftiges an. Speziell du, Thilo. Ich will nicht deine Visage im Fernsehen sehen müssen und dabei denken, dass ein neuer Anzug eine gute Idee gewesen wäre.«

»Was hast du gegen meinen Anzug?«, echauffierte sich der Hauptkommissar künstlich. Offenbar war seine schlechte Laune komplett verflogen. »Bisher hat er dir doch immer gut gefallen.«

»Das mag sein. Aber der Trend geht zum Zweitanzug, Thilo. Vermutlich hast du davon leider noch nichts gehört.« Schiller winkte ab. »Aber lass mal. Ich werde, was das angeht, lieber mit Carla reden, die hat da hoffentlich den richtigen Einfluss auf dich.«

»Und was erwartest du von mir?«, kam es nun von Pia. »Das kleine Schwarze?«

»Nee, sicher nicht. Es sei denn, du willst den Herrn Innenminister auf irgendeine Weise angraben?«

»Keinesfalls. Häuptling Polizistenboss ist definitiv nicht mein Fall.«

»Gut. Dann war es das von meiner Seite. Von mir aus könnt ihr euch verdrücken und wieder hinter den bösen Buben dieser Welt herjagen.«

Hain sah auf seine Uhr. »Die Jagd besteht für den Rest des Tages aus Papierkram. Aber ab morgen früh sind wir wieder auf der Straße unterwegs, um dem Übel dieser Welt den Garaus zu machen.«

»Schön gesagt. Und jetzt verschwindet.«

2

Ankara, einen Tag später

Die Boeing 737-800 der Turkish Airlines setzte ein wenig holprig auf der Landebahn 21L des Flughafens Ankara-Esenboğa auf. 20 Minuten später hatte Hakan Durmus, der nur eine kleine Ledermappe bei sich trug, auf der Rückbank eines ladenneu wirkenden Mercedes-Taxis Platz genommen und dem Fahrer eine Adresse genannt.

Der Mann hinter dem Lenkrad musterte ihn ebenso interessiert wie beeindruckt im Rückspiegel, während er den Motor startete.

»Eine bemerkenswerte Adresse«, sagte er, während der Wagen anfuhr.

Durmus tat, als hätte er die Worte nicht gehört, und sah aus dem Fenster. Die Fahrt in die City und weiter zu seinem im Westen der türkischen Hauptstadt gelegenen Ziel dauerte wegen des morgendlichen Berufsverkehrs mehr als eine Stunde. Immer wieder blickte der Mann im unauffälligen grauen Anzug interessiert auf die vielen neu entstandenen Hochhäuser und Einkaufspassagen.

Hier hat sich wirklich viel getan, seit ich meine Ausbildung absolviert habe, dachte er nicht ohne Stolz.

»Wollen Sie am Haupteingang aussteigen, oder ist es Ihnen lieber, wenn ich Sie an einem der Nebeneingänge aussteigen lasse?«, wollte der Fahrer wissen.

»Am Haupteingang.«

Durmus konnte im Rückspiegel gut erkennen, wie sich die Stirn des etwa 60 Jahre alten Mannes am Steuer anerkennend hob.

»Sie wissen, dass es verboten ist, dort auszusteigen, wenn man nicht die ausdrückliche Genehmigung dazu hat?«, informierte er seinen Fahrgast trotzdem.

»Kümmern Sie sich um Ihre Dinge und lassen Sie mich meine erledigen«, blaffte Durmus ihn verärgert an.

»Natürlich«, kam es devot zurück. »Ich dachte nur …«

»Sie werden fürs Fahren bezahlt, nicht fürs Denken. Und jetzt schweigen Sie, verdammt noch mal!«

Hätte der bemitleidenswerte Fahrer ihn besser gekannt, wäre er vermutlich noch irritierter über den Wutausbruch des Fahrgastes gewesen, denn Hakan Durmus war im Umgang und in der Kommunikation mit anderen Menschen in der Regel ein kaum zu beeindruckender Profi. Heute allerdings befand er sich im Zustand der höchsten Anspannung. Der allerhöchsten, um präzise zu sein.

Sie passierten immer weniger Häuser, im Gegenzug wurden die Grünflächen üppiger. Durmus hatte natürlich schon viele Bilder des neuen, im Jahr 2014 offiziell eingeweihten Präsidentenpalastes gesehen, war jedoch noch nie auch nur in die Nähe des Gebäudekomplexes gekommen, der angeblich die Fläche von mehr als 50 Fußballfeldern einnahm. Nun tauchte der weiße Prunkbau unvermittelt hinter einer Baumreihe auf, und genauso schlagartig wurde dem Geheimdienstmitarbeiter übel. Übel, bei dem Gedanken, dass er an diesem Vormittag in einem der mehr als 1.000 Zimmer sitzen würde, übel auch deshalb, weil er nicht den blassesten Schimmer hatte, warum er hierherbefohlen worden war und wer von der Administration ihn dort empfangen würde.

Hakan Durmus. Geboren am 14. September 1978 in dem kleinen Dorf Hüseyinalan südlich von Bursa, verheiratet, zwei Kinder. Sohn eines Kleinbauern und einer Wäscherin und das vierte von 13 Kindern. Als Jugendlicher und Heranwachsender hatte er als aufsässig gegolten, doch die Zeit des Militärdienstes hatte ihm diese Flausen gründlich ausgetrieben. Und sie hatte dafür gesorgt, dass der junge Hakan seine Bestimmung fand. Einer seiner Ausbilder nämlich war auf seine extrem ausgeprägte Auffassungsgabe und sein Talent aufmerksam geworden, technische Zusammenhänge in kürzester Zeit zu analysieren und zu verstehen.

»Gib dem Hakan eine Kombizange, einen Hammer und eine Tube Dichtmittel und er kann jeden kaputten Motor dieser Welt innerhalb kürzester Zeit reparieren«, hatte ein anderer Ausbilder später einmal über ihn gesagt.

Deshalb war er direkt nach dem Militärdienst vom MIT angeworben worden, dem Nationalen Nachrichtendienst der Türkei. Die sich anschließende, mehr als vierjährige Ausbildung war hart und zehrend und trotzdem schloss Durmus sie als Zweitbester seines Jahrgangs ab. Danach verließ er Ankara und wurde zunächst auf verschiedenen Posten im Südosten der Türkei eingesetzt, wo er sich im Kampf gegen die zu jener Zeit noch sehr aktive PKK auszeichnete. Schon damals war er ein glühender Verehrer des jetzigen Staatspräsidenten geworden und hatte den Werdegang des Mannes mit dem Vornamen seines Geburtsmonats mit großem Wohlwollen verfolgt, obwohl er dessen extremer Hinwendung zum Islam und der damit einhergehenden Abkehr von der Säkularisierung der Türkei nicht mit der letzten Begeisterung folgen konnte.

2008 absolvierte er einen dreimonatigen Crashkurs in deutscher Sprache und wurde im Anschluss nach Leverkusen geschickt, wo er unter falschem Namen und mithilfe einer komplett erfundenen Legende 16 Monate lang lebte. Er war in dieser Zeit einer der mehr als 400 türkischen Geheimdienstmitarbeiter, die von Ankara auf die ungefähr drei Millionen seiner hier lebenden Landsleute angesetzt wurden. Hier ging es vorrangig um die Basisarbeit eines Nachrichtendienstlers, nämlich die Anwerbung von inoffiziellen Mitarbeitern, das Zusammentragen und Weiterleiten von relevanten Informationen und die gezielte Desinformation.

Eigentlich langweilte er sich die meiste Zeit der knapp eineinhalb Jahre, doch manches blieb ihm auch in angenehmer Erinnerung. Wie zum Beispiel die perfekt ausgebauten Autobahnen, auf denen man nach Lust und Laune und mit Höchstgeschwindigkeit rasen konnte. Er hatte ein paar wenige *schmutzige* Jobs zu erledigen gehabt, allesamt Körperverletzungen, die ihn jedoch zu keiner Zeit forderten oder gar überforderten.

2010 wurde er nach Istanbul zurückbeordert.

»Keinen Tag zu früh«, wie er gern erwähnte.

Dort übernahm er die Leitung eines Teams, das in der Welt der Geheimdienste unter der Bezeichnung »Nasse Angelegenheiten« tätig war, was nichts anderes als die vom Staat befohlene Tötung von Menschen bedeutete. Auch hier zeichnete sich der Familienvater als treuer Diener seiner Organisation aus und wurde insgesamt viermal mit verschiedenen Orden versehen. Nun, mit knapp 40 Jahren, hatte er einen Rang erreicht, über dem es für ihn kaum etwas zu erklimmen gab, der ihm und seiner Familie ein sehr gutes und von den Sorgen des Alltags freies Leben ermöglichte.

Nun jedoch, an diesem selbst für die allgemeinen klimatischen Verhältnisse Ankaras unglaublich heißen Frühsommertag, wurde er am mehr als beeindruckenden Haupteingang des Präsidentenpalastes von einem Uniformierten in Empfang genommen und ohne jegliches Prozedere um die beiden Personenschleusen herum zu einem der vielen Fahrstühle geführt. Dort drückte sein Begleiter auf den Anforderungsknopf, wartete, bis die Edelstahltüren sich geöffnet hatten, und nickte ihm ohne jegliche Emotion zu. Durmus bestieg die Kabine, der Mann drückte auf den Knopf für die zweite Etage und zog sich anschließend zurück.

Das überaus mulmige Gefühl, das ihn schon bei der Bekanntgabe des Befehls am Vortag beschlichen hatte, sich in diesem Haus zu genau dieser Stunde einzufinden, verstärkte sich in einem Maße, das Hakan Durmus nicht für möglich gehalten hatte. Er hatte das Gefühl, die Schweißflecken unter den Achseln würden bald den Hosenbund erreichen, während sein Mund so trocken war wie ein anatolischer Getreideacker in der Mittagshitze. Ein dezenter Ton ließ ihn aufsehen, und im gleichen Augenblick schwangen die Türen zurück. Direkt vor dem Ausgang stand ein weiterer hoch aufgeschossener Uniformierter, der ihm mit einer kurzen Geste zu verstehen gab, ihm zu folgen.

Vielleicht war es die schiere Größe des Gebäudes, möglicherweise die nicht enden wollenden Flure, vielleicht aber auch einfach die durch Klimatisierung erzeugte Kühle, die ihn erschaudern ließ. Der mit raumgreifenden Schritten vor ihm gehende Wachmann bekam davon nichts mit, so hoffte er zumindest. Kurz darauf hatten sie ihr Ziel erreicht. Durmus wurde einem anderen Wachmann mit einer dunkleren, fast schwarzen Uniform übergeben, der ihn wieder wortlos aufforderte zu folgen. Sie gelangten zu einer weiteren Personenschleuse mit einem Körperscanner, wie er ihn von großen Flughäfen kannte. Durmus wurde durchleuchtet und nach ein paar weiteren Ecken schließlich von dem Wachmann vor einer riesigen, doppelflügeligen Tür gestoppt. Sein Aufpasser zog eine Chipkarte durch einen verdeckt angebrachten Codeleser, schob die klackend entriegelnde rechte Türhälfte nach vorn und bedeutete ihm, auf dem vor einem völlig überdimensionierten Schreibtisch stehenden Stuhl Platz zu nehmen.

Durmus tat, was man von ihm verlangte, legte die Hände im Schoß übereinander und sah sich um. Vor seinem geistigen Auge ging er zum wiederholten Mal sämtliche Aufträge durch, die er und sein Team in den letzten Jahren erledigt hatten. Zur großen Zufriedenheit all seiner wechselnden Chefs, wie er zu Recht vermutete. Und doch beschlich ihn aufs Neue das Gefühl, irgendetwas oder irgendwen mit seiner Arbeit oder seinem Handeln gegen sich aufgebracht zu haben.

Nein, das kann nicht sein. Wir haben ausschließlich im Auftrag von oben gehandelt. Es kann nicht sein, dass etwas nicht zur vollsten Zufriedenheit meiner Bosse gelaufen ist.

Mit fahrigen Bewegungen wischte er sich die klatschnassen Hände am Stoff der Hosenbeine ab und schob sie wieder ineinander.

Verdammt, was passiert hier?

In diesem Moment wurde eine Tür geöffnet, die auf der ihm zugewandten Seite weder eine Klinke noch ein Schloss besaß. Ein relativ kleiner, etwa 60 Jahre alter Mann betrat den Raum und begrüßte ihn mit Vor- und Nachnamen, ohne sich jedoch selbst vorzustellen.

»Bitte, folgen Sie mir«, sagte er schließlich und trat durch die versteckte Tür. Hakan Durmus stand auf, holte tief Luft, schluckte und setzte sich mit langsamen Schritten in Bewegung. Als er mit pochendem Herzen die Tür erreicht hatte, blickte er in einen weiteren hohen, quadratisch geschnittenen Raum, in dem ebenfalls ein massiver, riesiger Schreibtisch stand, hinter dem ein Mann saß. Durmus musste mehrmals hinschauen, um ganz sicher zu sein, wen er da hinter der polierten Holzplatte erkannte, denn er wollte sich garantiert nicht täuschen oder täuschen lassen, in diesem wichtigsten Moment seines bisherigen Lebens.

Der kleine Mann verschwand durch eine weitere Tür. Nun war der Geheimdienstmitarbeiter allein mit seinem Staatspräsidenten.

Er wäre am liebsten auf die Knie gefallen, doch er wusste nicht, ob das auf der anderen Seite mit Wohlwollen aufgenommen worden wäre. So blieb er stehen, sah den im gleißenden Licht der durch die meterhohen Scheiben hereinfallenden Sonne sitzenden Mann stumm an und wäre am liebsten im Boden versunken.

»Komm näher, Hakan«, wurde er leise aufgefordert. »Und setz dich. Ich möchte gern mit dir reden. Na ja, vielmehr möchte ich dich um einen kleinen Gefallen bitten.«

Hakan Durmus konnte weder Luft holen noch einen klaren Gedanken fassen. Und auf keinen Fall konnte er auf den Schreibtisch zugehen. Trotzdem setzten sich seine Beine in Bewegung und kamen schließlich am offerierten Stuhl an.

»Bitte, bitte, nur nicht so schüchtern, Hakan.«

Er war mit dem Staatspräsidenten allein in einem Raum, in einem Raum in dessen Amtssitz.

Was passiert hier gerade?, fragte er sich bebend.

Dann hatte er Platz genommen und sah vorsichtig hinüber zu dem Mann, der die gesamte Machtfülle des Staates in sich vereinte. In sich allein, wohlgemerkt.

»Was … was kann ein einfacher Mann wie ich für Sie tun, Rei…?«

Fast wäre Durmus die inoffizielle, jedoch in der gesamten Türkei bekannte und von dessen Anhängern gern gewählte Bezeichnung für den ersten Mann im Land herausgerutscht.

»Ich freue mich, wenn du mich so nennst, Hakan, du musst dich wirklich nicht genieren. Ich bin dein *Reis*, und deshalb darfst du mich auch so nennen.«

»Danke, *Reis*.«

»Möchtest du etwas trinken? Tee? Ein Glas Wasser vielleicht?«

»Ein Glas Wasser wäre zu gütig, vielen Dank«, kam es mehr krächzend als verständlich aus seiner ausgetrockneten Kehle.

Der Präsident stand auf, ging auf einen Tisch an der Seitenwand zu, auf dem eine Karaffe und ein paar Gläser standen, und schenkte für sich und seinen Besucher ein. Auch wenn der Politiker deutlich kleiner war als im Fernsehen, war Durmus beeindruckt.

Er *bedient mich! Was geschieht hier nur?*

»Du fragst dich bestimmt, was ich von dir wollen könnte«, formulierte der Staatspräsident, nachdem er seinem Gast das Glas überreicht und sich wieder auf der anderen Seite des Tisches niedergelassen hatte.

Der Geheimdienstmann nickte, trank dabei das Glas in einem Zug aus und nahm es in beide Hände.

»Man hat mir gesagt, dass du der beste Mann seist für die Aufgabe, die ich zu vergeben habe«, ließ der Staatspräsident ihn wohlwollend wissen. »Dass du einer der besten Männer bist für gewisse Spezialaufgaben. Aufgaben, bei denen es mehr auf das Handeln als auf das Reden ankommt.«

»Es ehrt mich sehr, *Reis*, dass Sie das sagen. Und ich werde Sie, egal was Sie mir auftragen, nicht enttäuschen, das verspreche ich Ihnen. Ich schwöre es beim Leben meiner Kinder.«

»Gut, gut. Nach dem, was ich von dir gehört habe, zweifle ich nicht daran. Obwohl es ein ziemlich … delikater Auftrag ist. Ich möchte nämlich, dass du zurück nach Deutschland gehst.«

»Dort war ich schon, *Reis*. Ich spreche die Sprache fast wie ein Einheimischer und kenne mich mit den Gepflogenheiten sehr gut aus.«

Das Staatsoberhaupt nickte gönnerhaft. »Ich weiß. Und trotzdem ist die Aufgabe, für die ich dich vorgesehen habe, keine leichte, das kannst du mir glauben. Aber mit der Hilfe Allahs und deinen mir zugetragenen Fähigkeiten solltest du nicht scheitern.«

Durmus nickte beflissen. »Das werde ich nicht, *Reis*.«

Es vergingen ein paar Sekunden, in denen der Präsident seinen Besucher, der dabei vor Aufregung fast hyperventilierte, eindringlich musterte.

»Ich habe ein Dossier für dich vorbereiten lassen. Wenn du es gelesen hast, wirst du wissen, was unser Land von dir erwartet.«

»Ich bin bereit.«

Wieder vergingen ein paar Sekunden, bevor der Mann hinter dem Schreibtisch zu einer Replik ansetzte.

»Du weißt, Hakan, dass wir viele Feinde haben. Feinde hier im Land, viele Feinde, aber wir haben auch überaus viele Feinde im Ausland. Manche von denen sind es nicht wert, sich mit ihnen zu beschäftigen, aber andere sind gefährlich. Mehr als gefährlich. Sie verbreiten Lügen über uns und … über mich, die ich einfach nicht mehr dulden will. Nicht mehr dulden kann. Mit einem von diesen Leuten wirst du dich beschäftigen, das ist meine Aufgabe für dich.«

Diesmal sagte Hakan Durmus nichts. Der Staatspräsident griff nach rechts, zog eine Schublade auf, entnahm ihr eine Kladde und legte sie auf den Tisch. »Hier«, wies er auf das Dossier, »geht es um einen der größten Feinde der Türkei. Es ist ein Mann, der seit Jahren die absurdesten Lügen über mich und meine Familie verbreitet, der dieses Land und die Regierung verunglimpft und der auch vor Gewalt nicht zurückschreckt. Ihm muss ein für alle Mal das Handwerk gelegt werden. Hast du mich verstanden?«

Der Mann vor dem Schreibtisch nickte. »Das habe ich, ja.«

»Allerdings darf es auf keinen Fall dazu kommen, dass wir, also die Türkei oder die türkische Regierung, mit irgendetwas diesen Mann Betreffendem in Verbindung gebracht werden. Dazu darf es nicht kommen, niemals und unter keinen denkbaren Umständen.«

»Das werde ich zu verhindern wissen, *Reis*.«

»Gut. Weiterhin findest du hier Informationen zu einem weiteren Mann, einem ehemaligen Fußballspieler aus Ostdeutschland.«

»Aus Ostdeutschland? Aber Ostdeutschland und Westdeutschland sind doch seit vielen Jahren …«

»Glaubst du, ich weiß das nicht, du Kretin?«, bellte der Staatspräsident ihn unvermittelt an. Die bis eben noch weichen und gütigen Züge des Staatsoberhaupts hatten sich schlagartig verhärtet. »Zeig dich deinem Präsidenten gegenüber bloß nicht hochmütig, sonst wirst du ihn von einer anderen Seite kennenlernen. Hast du das verstanden?«

»Ja, *Reis*«, flüsterte Durmus geknickt.

Der spontane Wutausbruch hatte ihn völlig unvorbereitet getroffen.

»Ich will dir glauben, Hakan.«

Der rechte Zeigefinger des Präsidenten tippte auf die Kladde. Dann wanderte seine Hand an die Seite, klappte den Deckel auf und blätterte in der Unterlagensammlung.

»Dieser Mann, dieser ehemalige ostdeutsche Fußballspieler, trug den Namen … Eigendorf. Lutz Eigendorf. Sein Fall ist viele Jahre her, und trotzdem will ich, dass er zu so etwas wie einer Blaupause wird für das, was du in Deutschland zu erledigen hast. Du wirst ausschließlich mir persönlich Bericht erstatten und du wirst mit niemandem, mit wirklich keinem anderen Menschen, über diesen Auftrag reden. Ist das klar und deutlich bei dir angekommen?«

»Absolut, *Reis*.«

»Gut. In diesen Unterlagen findest du eine Telefonnummer und ein absolut abhörsicheres Telefon. Die Nummer ist die meines ersten persönlichen Assistenten, also des Mannes, der dich in diesen Raum geführt hat. Sein Name ist Kaynak Levent, was aber nichts zur Sache tut; er ist dein Ansprechpartner und dein Verbindungsglied zu mir. Du wirst ihn niemals anrufen, damit das völlig klar ist. Er ist derjenige, der dich erreichen wird, wenn es etwas zu besprechen geben sollte. Das Telefon muss also immer geladen und eingeschaltet sein.«

Der Mann vor dem Schreibtisch nickte willfährig. Der Staatspräsident zögerte eine Weile, bevor er weitersprach.

»Aber du musst wissen, dass du bei dieser Aufgabe völlig auf dich allein gestellt bist. Du hast, was die finanziellen Mittel angeht, keine Limits, sollte jedoch irgendetwas schiefgehen, hast du definitiv komplett autonom gehandelt, nicht im Auftrag oder auf Weisung irgendeines anderen Menschen.«

Wieder ein schneidender Blick.

»Kann sich dein Land auf dich verlassen, Hakan?«

»Ich bin stolz, meinem Land auf diese Weise dienen zu können, *Reis*. Und noch mehr bin ich stolz, ihm und Ihnen in jeder erdenklichen Weise dienen zu *dürfen*.«

Der Mann mit dem markanten Oberlippenbart lehnte sich in seinem Stuhl zurück und nickte.

»Ich wusste, dass ich auf dich zählen kann, Hakan. Dass ich, und damit unser geliebtes Vaterland, dass wir Türken uns auf dich verlassen können.«

»Ich werde Sie und unser Volk nicht enttäuschen, *Reis*.«

Als Hakan Durmus sich in der Boeing 737, die ihn zurück nach Istanbul bringen würde, angeschnallt hatte, traute er sich zum ersten Mal einen Blick in die ihm vom Staatspräsidenten persönlich ausgehändigten Unterlagen zu werfen. Während der Taxifahrt, überhaupt in Ankara, war er dafür viel zu aufgeregt und auch erregt gewesen. Jedoch hatte er sich, in bester Manier eines Geheimdienstmannes, immer wieder verstohlen auf die Suche nach potenziellen Verfolgern gemacht, doch es gab keine. Und wenn – was unwahrscheinlich war –, dann waren sie so gut, dass er sie auch in Zukunft nicht wahrnehmen würde.

Nun also, da er in der nur sehr mäßig gebuchten Mittagsmaschine nach Istanbul eine komplette Sitzreihe für sich allein hatte, lehnte er sich nach links an die Bordwand und schlug die erste Seite auf. Er las den Namen des Mannes, dessentwegen er nach Deutschland geschickt wurde. Besah sich sein Bild. Blätterte weiter. Auch die folgenden Papiere befassten sich ausschließlich mit ihm. Dann Bankunterlagen. Wenn er die Zahlen richtig deutete, und daran gab es nicht den geringsten Zweifel, hatte der *Reis* ein Konto auf seinen Namen eingerichtet und mit zwei Millionen Euro ausgestattet.

Durmus schluckte.

Die nächsten Seiten beschäftigten sich tatsächlich mit einem ostdeutschen Fußballspieler namens Lutz Eigendorf, von dem er noch nie in seinem Leben etwas gehört hatte. Warum das so war, wurde ihm klar, als er dessen Todesdatum las.

7. März 1983

Da war ich noch nicht einmal fünf Jahre alt, dachte er irritiert. Dann jedoch kam er zu den Informationen, die sich mit dem Tod des Kickers beschäftigten. Der »Beckenbauer des Ostens« hatte sich 1979 während einer Westreise seiner Mannschaft BFC Dynamo abgesetzt und war im kapitalistischen Teil Deutschlands geblieben, was den offiziellen Stellen im Ostteil nicht gefallen hatte. Über den 1. FC Kaiserslautern ging es für ihn zu Eintracht Braunschweig, an seine glänzende Ostkarriere konnte er allerdings zu keiner Zeit mehr anknüpfen. Viel wichtiger waren für Durmus jedoch die detaillierten Schilderungen seines Todes. Er war nämlich auf mehr als mysteriöse Weise bei einem Verkehrsunfall ums Leben gekommen, wobei sich bis in die heutige Zeit Gerüchte hielten, dass die Staatssicherheit der DDR dabei eine ebenso tragende wie todbringende Rolle gespielt haben könnte.

»Möchten Sie etwas trinken?«

Hakan Durmus schreckte hoch und schlug gleichzeitig den Deckel der Kladde zu.

»Was …?«

»Ich würde Ihnen gern etwas zu trinken anbieten«, wiederholte die Stewardess mit einem Plastikbecher in der linken Hand und dem Verweis auf die Getränke in ihrem Trolley mit der anderen.

Der Mann auf Platz 15a atmete tief durch, sah kurz aus dem Fenster und nahm erst jetzt wahr, dass das Flugzeug schon fast seine Reiseflughöhe erreicht hatte. Er war so vertieft gewesen in seine Lektüre, dass er weder vom Start noch vom anschließenden Steigflug etwas mitbekommen hatte.

»Nein, vielen Dank«, erwiderte er freundlich. »Ich bin mit allem versorgt, was ich benötige.«

3

Kassel, im Juli 2018

Adrian Schlaffke wollte gerade das große Rolltor seiner Kfz-Werkstatt im Stadtteil Bettenhausen schließen, als eine weinrote Mercedes-Limousine auf den Hof fuhr. Da der Mechanikermeister sowohl das Auto als auch den Fahrer kannte, stoppte er sein Vorhaben. Der Wagen kam etwa zwei Meter vor ihm zum Stehen.

»Guten Abend, Adrian«, wurde er durch die offene Scheibe begrüßt, nachdem er an die Fahrertür getreten war.

»Grüß dich, Okan. Na, will er mal wieder nicht so wie du?«

Der Mann hinter dem Steuer schaltete den Motor ab, öffnete die Tür, stieg aus und drückte den Mechaniker herzlich.

»Ach, diesmal ist es wohl die Hinterachse. Sie hat gestern Abend angefangen zu singen; ganz plötzlich, ohne Vorwarnung und auch ziemlich laut.«

»Wie ich es dir prophezeit habe, mein Freund. Es wird nicht aufhören, und wenn wir eine Baustelle abgearbeitet haben an deinem Schätzchen, wird irgendwo eine neue entstehen. Aber du wolltest ja nicht hören und unbedingt an dieser Geldvernichtungsmaschine hier festhalten.«

»Aber ich stehe nun einmal auf diese *Geldvernichtungsmaschine*, wie du mein geliebtes Auto nennst.« Der gebürtige Türke mit deutschem Pass legte die Stirn in Falten. »Meinst du, es wird dir noch einmal gelingen, ihn vor dem Schafott in Form des Schrottplatzes zu retten? Oder soll ich besser gleich wieder wegfahren und mich auf einen tränenreichen Abschied vorbereiten?«

Der 45-jährige Mann im Blaumann fing laut an zu lachen. »Du immer mit deinen blumigen Worten. Nein, lass stecken, einmal werde ich es wohl noch hinkriegen, dass er seinen Gesang einstellt. Aber das ist dann endgültig die letzte Ölung, danach ist wirklich Schluss mit Reparieren. Dann gehst du ins Autohaus und besorgst dir eines dieser supermodernen, ökologisch aber vielleicht doch nicht so hundertprozentig korrekten Elektroautos, von denen du mir seit Jahren so vorschwärmst.« Wieder huschte ein Grinsen über sein Gesicht. »Diese Elektrokarren, die Menschen wie mich in die Arbeitslosigkeit treiben und dafür sorgen werden, dass ein kompletter Berufsstand in der Bedeutungslosigkeit verschwinden wird.«

»Ach nein, jetzt geht diese Diskussion wieder los, du alter Nörgler. Elektromobilität ist die Zukunft, darüber lasse ich nicht mit mir verhandeln. Und für einen genialen Tüftler wie dich wird es auch in Zukunft genug zu tun geben, glaub mir. Wer soll denn die ganzen Unfallschäden reparieren, die es auch mit Autos ohne Verbrennungsmotor geben wird?«

»Ich zumindest nicht. Diesen Scheiß fasse ich nicht an.«

Okan Schulze warf die Tür ins Schloss und reichte Schlaffke den Schlüssel.

»Na ja, die Verbrenner verschwinden ja nun leider nicht von heute auf morgen von den Straßen. Vermutlich hast du bis zum Erreichen des Rentenalters noch jede Menge mit den Übriggebliebenen zu tun.«

»Ja, wenn du und deine Politikerkumpels sie nicht eines Tages einfach verbieten. Und bis ich in Rente gehe, werden wir vermutlich alle arbeiten müssen, bis wir 80 sind.«

»Wie wäre es gleich mit 100? Oder arbeiten, bis der Deckel über einem zufällt? Morgens zur Schicht, abends ins Krematorium.«

»Hör auf. Du willst doch nur davon ablenken, dass diese Elektrokarren niemals funktionieren werden. Elektromobilität ist ein Irrweg, Okan, und ganz tief in dir drin weißt du das auch.« Er wies auf Schulzes Wagen. »Sonst würdest du nämlich nicht immer noch mit diesem fast 15 Jahre alten Trümmerhaufen durch die Gegend fahren.«

»Hast du die Kaffeemaschine eigentlich schon ausgeschaltet«, versuchte sich der braun gebrannte Mann mit dem vollen an den Schläfen melierten Haupthaar an einem Ablenkungsmanöver.

»Morgens der erste Handgriff, abends der letzte. Komm rein, ich mach dir einen.«

»Das ist doch mal eine Aussage, mit der ich leben kann.«

Die Wurzeln der Freundschaft jener beiden Männer, die nun das kleine, jedoch piekfein eingerichtete Büro des Werkstattbetriebs betraten, reichten mehr als 30 Jahre zurück. Okan Mersin, wie er damals mit Nachnamen noch geheißen hatte, war Schulsprecher im Abiturjahrgang am Bertha-von-Suttner-Gymnasium, Adrian Schlaffke, ein pickliger, aufsässiger, von nichts und niemandem zu beeindruckender kleiner Mistkerl, der sowohl die Lehrerschaft als auch seine Mitschüler durch sein antisoziales Verhalten regelmäßig zur Weißglut trieb. Die beiden hatten bis zu einem lauen Frühsommertag nie miteinander zu tun gehabt, doch dieser Tag hatte das Leben der beiden jungen Männer schlagartig verändert. Schlaffke hatte rauchend auf dem Pausenhof gestanden, während alle anderen Schüler längst dem Gongzeichen gefolgt waren und sich in den Klassenräumen befanden. Der Abiturjahrgang hatte seine schriftlichen Prüfungen bereits hinter sich und bereitete sich mehr oder weniger konzentriert auf die bald folgenden mündlichen Abschlussexamen vor. Okan Mersin saß seiner Freundin gegenüber und hatte ein zugeklapptes Buch auf seinen Oberschenkeln liegen. Offensichtlich fragten sie sich gegenseitig ab.

Irgendwann in diesen Minuten betrat ein kräftiger, fast zwei

Meter großer, komplett in Leder gekleideter Mann den Schulhof und ging mit schnellen Schritten auf Schlaffke zu.

»He, Arschloch«, begrüßte er den Schüler ohne jeglichen Anflug von Freundlichkeit. »Hab dich gerade im Vorbeifahren gesehen und mir gedacht, ich statte dir mal einen Besuch ab, weil du dich ja bei uns nicht mehr blicken lässt. Was macht meine Kohle?«

Schlaffke schnippte seinen Zigarettenstummel auf den Boden – er flog dabei nur ein paar Zentimeter am linken Bein seines Besuchers vorbei – und holte tief Luft. »Was soll deine Kohle schon machen? Sie ist bei mir in der Tasche und wartet darauf, ausgegeben zu werden. Aber garantiert nicht, in deine Richtung zu wandern. Dazu war das Dope, das du mir verhökert hast, wirklich zu mies.«

Der Mann in der Lederjacke, über der er eine speckige graue Lederkutte mit der Aufschrift »Black Crows Kassel« trug, trat einen Schritt nach vorn, griff nach Adrian Schlaffkes Hals und drückte ihn mit Daumen und Zeigefinger zu. »Ich will meine Kohle, du Scheißer. Sonst statte ich dir einen Besuch zu Hause ab, und was dabei passiert, würde dir garantiert nicht gefallen.«

Der picklige Schüler schlug den Arm des Rockers zur Seite, schluckte und ließ seinen Blick über den Schulhof kreisen. Schließlich blieb er an dem großen, klobigen Haupthaus mit den vielen Fenstern hängen.

»Mann, Mann, Mann, Blum, du willst doch sicher hier keine Schlägerei anfangen, oder? Vergiss nicht, dass du auf Bewährung draußen bist.«

»Für dich braucht es keine Schlägerei, du Wichser. Dich saug ich ein, kau dich durch und spuck dich auf die Straße. Und auf den Rest piss ich mit vollem Strahl drauf.«

»Was er doch für ein Poet ist, unser dealender, leider führerscheinloser Rockerkönig. Hast du im Knast die Schreibwerkstatt für Schwuchteln besucht?«

Freddy Blum, dem Rocker, schoss die Zornesröte ins Gesicht. Seine Adern am Hals wurden schlagartig sichtbar und das Mahlen seiner Zähne war bis zu Schlaffke hin deutlich hörbar.

»Halt dein verdammtes Maul und gib mir meine Kohle. Du denkst wohl, dass ich so was wie ein beschissener Einzelhändler bin, bei dem du reklamieren kannst, aber das läuft bei mir nicht. Ich habe dir guten Shit gegeben, und du gibst mir gutes Geld dafür.«

Natürlich hatte Blum recht, das wusste auch Adrian Schlaffke. Das Haschisch, das er von dem Dealer gekauft hatte, war außerdem alles andere als minderwertig gewesen. Zehn Gramm hatte er sich zwei Wochen zuvor auf Kredit geholt, bisher nicht eine Mark dafür bezahlt, jedoch ein paar wirklich schöne Stunden genossen. Und nun wollte er einfach auf die billige Tour davonkommen. Blum wusste das nur zu gut.

»Mach keinen Scheiß, Adi«, versuchte er es trotz seiner Wut auf die Gutmütige. »Du weißt, dass ich keinen Scheiß verkaufe, jeder weiß das. Also sei fair und reich mir meine Kohle rüber.«

Schlaffke schüttelte den Kopf, kramte eine weitere Zigarette aus der Schachtel und schob sie zwischen die Lippen. »Das kann ich nicht machen, Freddy. Wenn sich rumsprechen würde, dass ich mir von jedem dahergelaufenen Penner den letzten Scheiß an Dope andrehen lasse, wäre das echt nicht gut, verstehst du?«

In diesem Moment verknüpften sich in Freddy Blums Hirn eine paar Synapsen, die besser weiterhin als lose Enden ins Nichts ausgelaufen wären. Er stürzte sich auf Schlaffke, schlug ihm die Faust zweimal ins Gesicht und trat hinter dem sich frei zappelnden Schüler her.

»Jetzt ist deine Bewährung garantiert im Arsch, Freddy«, keuchte der. »Ich werde nämlich zu den Bullen gehen und dich anscheißen, darauf kannst du dich verlassen.«

»Dann fährst du aber auch ein, du Pissnelke. Und ich freue mich jetzt schon auf die erste Nacht mit dir.«

Schlaffke, der aus Nase und Mund blutete, fing schief an zu grinsen. »Siehst du? Ich wusste schon immer, dass du eine Schwuchtel bist.« Damit griff der Schüler in seine Jacke und zog eine automatische Waffe. »Und, was ist jetzt, du Großmaul?«, rief er Blum zu. »Soll ich dir deinen verdammten Rest an Gehirn aus dem Schädel blasen?«

»Mach ... jetzt bloß keinen Scheiß, Adi. Wir können doch über alles ...«

»Ich will nicht mit dir reden, vergiss es. Und außerdem ...« Der Schüler drehte die vermeintliche Waffe zur Seite, hob sie etwas und zog den Abzug durch. Auf der Oberseite klappte ein Verschluss auf und eine kleine Flamme wurde sichtbar, mit der Schlaffke sich seelenruhig die Zigarette anzündete.

»Du verdammter Scheißkerl«, schrie der Rocker wie von Sinnen, stürmte nach vorn und versuchte, den Schüler zu greifen. Der jedoch hatte mit dieser Attacke gerechnet und war ihm durch einen eleganten Ausfallschritt ausgewichen.

»Bisschen langsam für dein Alter, was meinst du?«

Blum sah sich um, bis er auf der gegenüberliegenden Straßenseite offenbar gefunden hatte, was er suchte. Er fuchtelte wie wild mit den Armen. Im gleichen Augenblick wurde dort ein riesiger amerikanischer Pick-up in Bewegung gesetzt. Der Fahrer kreuzte ohne jegliche Hemmungen die beiden Fahrspuren, hoppelte wild schleudernd über den Bürgersteig, schrammte an einem der rot-weiß lackierten Eisenpoller entlang und hielt schließlich direkt auf die beiden Kontrahenten zu.

Schlaffke hatte nicht damit gerechnet, dass Blum aus irgendeiner Richtung Unterstützung erfahren würde. Er ließ die Zigarette fallen, verfluchte innerlich, an diesem Tag überhaupt aufgestanden zu sein, und fing an zu rennen. Er hielt auf das kleine Tor mit dem Maschendrahtzaun zu, das von den Schülern dazu benutzt wurde, auf dem Weg in die Innenstadt den Umweg über den gesamten Schulhof und um das Schulgebäude zu vermeiden.

Hätte Adrian Schlaffke, wie selbstverständlich alle seine Mitschüler, in der Woche zuvor die Schule mit seiner Anwesenheit beehrt, wäre ihm nicht entgangen, dass es nach dem schweren Unfall einer Schülerin der 7. Klasse auf dem Weg in die Stadt einen Erlass des Direktors gegeben hatte, in dem dieser mit sofortiger Wirkung die Benutzung ebenjenes Tores untersagt und die Anbringung eines Vorhängeschlosses angeordnet hatte. Vor diesem Schloss stand nun der völlig perplexe Schlaffke, in dessen Rücken sich die über 300 PS und knapp drei Tonnen des amerikanischen Trucks mit atemberaubender Geschwindigkeit auf ihn zuschoben. Und in genau diesem Moment wurde ihm schlagartig bewusst, dass er überreizt hatte. Dass er die Situation auf eine Ebene gehoben hatte, die er weder kontrollieren noch in irgendeiner Weise beeinflussen konnte. Mit trockenem Mund und zitternden Fingern nahm er wahr, dass auf einmal Freddy Blum hinter dem Steuer des Fords saß und dieser unaufhaltsam auf ihn zuraste. Blums Gesichtsausdruck ließ auf keinen Fall irgendeinen Interpretationsspielraum erkennen.

Der Aufprall war fürchterlich, und wäre Adrian Schlaffke nicht kurz davor noch ein wenig hochgesprungen, hätte er vermutlich an diesem Morgen sein Leben verloren. So jedoch wurde er von dem Pick-up, der mit großer Leichtigkeit den Zaun um mehr als drei Meter verschob, in die ein wenig nachgebenden Maschen gepresst.

Schlaffke hatte hinterher immer wieder darüber nachgedacht, warum er wegen der unmenschlichen Schmerzen nicht ohnmächtig geworden war, doch er blieb bis zu dem Moment, in dem der Anästhesist im Klinikum Kassel ihn in Narkose versetzte, bei Bewusstsein. Und so nahm er wahr, dass sich der Truck, nachdem er für ein paar Sekundenbruchteile zum Stehen gekommen war, mit aufheulendem Motor rückwärts in Bewegung setzte. Jedoch hatte sich beim Aufprall eine Menge Draht in der Stoßstange verfangen, sodass der komplette Zaun inklusive Schlaffke gleich wieder mit in die andere Richtung gerissen wurde. Erst nach einem weiteren Manöver – einmal vor und wieder zurück – war der Weg für Blum frei und der Rocker verließ mit dröhnendem Motor und jaulenden Reifen den Schulhof.

Okan Mersin konnte sich nicht erklären, was er gerade beobachtet hatte, warf das Buch zur Seite, sprang auf und hastete mit schnellen Schritten auf den seitlich auf dem Rücken liegenden und in den Himmel starrenden Schlaffke zu. Dann ließ er sich neben ihm auf den Boden fallen und griff nach seiner Hand. Als er sah, dass der Schwerverletzte die Augen offen hatte und sogar blinzelte, wurde er von einer Welle der Erleichterung erfasst.

»He, Mann, alles in Ordnung mit dir?«, wollte er mit zitternder Stimme wissen. Noch in der gleichen Zehntelsekunde tat es ihm leid, eine solch komplett bescheuerte Frage losgelassen zu haben.

Schlaffke hustete Blut, schloss die Augen und wollte sich aufrichten, doch Mersin drückte ihn sanft zurück auf den Boden. »Bleib liegen. Bestimmt hat schon jemand einen Krankenwagen gerufen, der ist gleich da.«

Zu seiner großen Verwunderung schüttelte der verletzte Junge den Kopf. »Das … geht nicht. Kein Krankenhaus.«

»He, du Bekloppter, guck dich doch mal an. Klar musst du ins Krankenhaus.«

Inzwischen war Mersins Freundin neben ihn getreten. Sie hielt sich die rechte Hand vor den Mund und schluchzte. Der türkischstämmige junge Mann hob den Kopf und sah sie ernst an.

»Los, Petra, geh ins Sekretariat und ruf einen Krankenwagen. Und mach bitte schnell!«

Gleichzeitig drehte er den Kopf und sah wieder Schlaffke an, aus dessen Mund mittlerweile dunkelrotes Blut tropfte.

»Ach du Scheiße. He, sieh mich an. Und sag mir, wie du heißt.«

Adrian Schlaffke schüttelte den Kopf und versuchte, den merkwürdig vom Körper abstehenden Arm zu heben.

»Nein, mach das nicht!«, bremste Mersin ihn sanft. »Das klappt im Moment nämlich nicht so gut.«

Der Verletzte drehte langsam und vorsichtig den Kopf. »Oje«, murmelte er kaum hörbar. Dann drehte er wie in Zeitlupe seinen Oberkörper ein wenig nach rechts und deutete mit dem anderen Arm auf seine Hosentasche.

Mersin konnte mit der Bewegung nichts anfangen. »Was willst du? Bist du da auch verletzt?«

Schlaffke hustete Blut. »Wo, glaubst du denn verdammt noch mal, bin ich gerade nicht verletzt?«, keuchte er flüsternd und wies erneut auf seine rechte vordere Hosentasche. Dann nickte er. »Hol's raus, bitte.«

Mersin sah sich um. Mittlerweile hatten sich mehrere Schüler eingefunden, die jedoch einen gehörigen Abstand hielten.

Vorsichtig schob der Abiturient den Arm nach vorn, ließ die Hand in der Hosentasche verschwinden und kramte darin herum. Die Situation war ihm komplett peinlich, zumal er deutlich das Geschlechtsteil des Verletzten fühlen konnte. Dann jedoch hatte er etwas anderes Weiches ertastet und zog es heraus.

»Nimm es, bitte«, kam es fast flehentlich.

Mersin deckte den kleinen Beutel mit der Hand vor den Blicken der nun langsam näher kommenden Schüler ab und warf gleichzeitig einen Blick auf den Inhalt. Es befanden sich mindestens 200 kleine leuchtend blaue Pillen darin. Wieder sah er sich um, bevor er zu Schlaffke schaute.

»Bitte!«, flüsterte der erneut. »Sonst komme ich auf jeden Fall in den Knast.«

Okan Mersin hatte noch nie in seinem Leben mit Drogen zu tun gehabt. Natürlich war er auf Partys gewesen, wo gekifft wurde, und manchmal waren auch Bekannte von ihm gemeinsam im Auto oder auf der Discotoilette verschwunden, um eine Line Koks zu ziehen, doch für den aus alles andere als wohlhabenden Verhältnissen stammenden jungen Mann wäre es niemals vorstellbar gewesen, Geld für derlei Dinge auszugeben. Nicht dass es ihn nicht manchmal gereizt hätte, das ganz sicher nicht. Aber seine Familiengeschichte hatte ihn von frühester Kindheit mit dem Problem des Drogenkonsums konfrontiert. Sein Onkel Seman hatte in Frankfurt als Ausfahrer bei der Post gearbeitet, bis er eines blöden Tages in die falschen Kreise geraten war. Über Haschisch war er bei LSD gelandet, dann kam das Kokain, und schließlich hatte er sein Leben ganz klassisch mit einer Überdosis Heroin auf der Toilette eines Cafés beendet. Nicht jedoch, ohne zuvor die gesamte Familie beklaut, betrogen und auch sonst in jeder nur denkbaren Weise schlecht behandelt zu haben.

All das ging Okan Mersin in diesem Augenblick ganz sicher nicht durch den Kopf, und doch hielt er bei dem Gedanken inne, sich die Drogen in die Tasche zu stecken. Dann jedoch zuckte Schlaffke unter ihm ein paarmal, verdrehte die Augen dabei und schnappte gierig nach Luft. Der Abiturient ließ den Beutel in die Brusttasche seines Hemdes gleiten, setzte sich auf den Hintern und schob seinen rechten Arm unter Schlaffkes Kopf, der das mit einem leisen Stöhnen quittierte.

»Du wirst jetzt bitte nicht sterben«, erklärte er ebenso energisch wie innerlich wenig überzeugt, denn der Junge in seinem Arm atmete nur noch sehr flach. »Du wirst einfach am Leben bleiben, und wenn es nur deswegen ist, dass ich das blöde Ecstasy wieder loswerde. Hast du das verstanden?«

Schlaffke öffnete das rechte Auge, blinzelte zweimal und machte die Andeutung eines Nickens. Mersin betrachtete seinen rechten Unterarm, über den das Blut des Verletzten lief.

»Ich werde schon nicht abnibbeln, obwohl ich mich echt mies fühle«, flüsterte Schlaffke.

Petra kam angerannt. »Der Krankenwagen ist unterwegs«, ließ sie außer Atem ihren Freund wissen. Im gleichen Moment ertönte die Sirene. Zuerst leise, dann immer lauter, und schließlich kam ein Notarztwagen neben den dreien zum Stehen.

An dieses Geschehen von damals dachte Okan Schulze, wie er seit seiner Heirat vor mehr als 20 Jahren hieß, natürlich nicht, als er den Espresso von Adrian Schlaffke angereicht bekam.

»Vielleicht hätte ich damals doch dich heiraten sollen«, feixte er grinsend.

»Ach komm, du bist doch mit Tina mehr als glücklich, und das nach all den Jahren«, erwiderte der Werkstattbesitzer. »Und der Kaffee ist wirklich das Einzige, das für mich spricht.«

Schulze wurde ernst. »Nun lass mal, Adi. Du kannst und konntest nichts dafür, dass sie mit diesem Idioten abgehauen ist und dich mit dem Kind alleingelassen hat. Sie war einfach zu jung für dich, aber darüber haben wir nun schon so oft geredet.«

Schlaffke zuckte mit den Schultern. »Oder ich zu alt für sie, wie man es nimmt.«

»Die Antwort auf diese Frage bringt sie dir auch nicht wieder zurück. Und wo wir gerade darüber reden: Hast du ein Date ausgemacht mit der Rathausmitarbeiterin, die ich dir neulich vorgestellt habe? Dieser Rana?«

Ein kurzes Kopfschütteln musste als Antwort reichen.

»Dann nicht. Mehr als Angebote für dich einholen kann ich nicht.«

»Ich will so etwas einfach nicht, Okan. Irgendwann wird hier eine Frau reinkommen und die richtige sein, glaub mir, und bis dahin werde ich weiterhin asexuell und enthaltsam leben und mich mit aller Liebe und Hingabe um meinen Sonnenstern kümmern.«

Wie auf Kommando stürmte ein ungefähr sechs Jahre altes, blond gelocktes und übers ganze Gesicht lachendes Mädchen in das Büro.

»Onkel Okan, Onkel Okan.« Sie sprang in die weit ausgebreiteten Arme ihres Patenonkels und schlang sich um dessen Hals. »Du warst aber lange nicht hier.«

»Ja«, erwiderte Schulze, »eine ganze Woche, um genau zu sein.«

»Das ist viel zu lang, wenn du mich fragst. Und außerdem wolltest du mit mir in den Zoo gehen. Das hast du versprochen.«

»Und dabei bleibt es auch. Im Moment habe ich allerdings viel zu viel zu tun. Wir werden diesen Zoobesuch vielleicht auf die Herbstferien verschieben müssen, aber dann ganz bestimmt.«

»Die Herbstferien«, wiederholte sie mit gespielter Enttäuschung. »Aber da liegt doch schon Schnee in Hannover.«

»Ja, klar. Aber dann können wir immerhin mit Schlittschuhen oder dem Schlitten dorthin fahren.«

»Au ja. Und du ziehst mich.« Sie machte sich von ihm frei, richtete sich auf und sah Richtung Tür, wo ihre Großmutter aufgetaucht war.

»Ach, der Okan ist da«, rief die ältere Dame erfreut, nahm den rasch aufgestandenen Schulze zur Begrüßung in die Arme und drückte ihn herzlich. Danach wandte sie sich ihrer Enkeltochter zu.

»Und du, Fräulein, rennst nicht wieder einfach weg, ohne mir Bescheid zu sagen. Hast du das verstanden?«

»Ja, Oma. Aber ich hatte doch Onkel Okans Auto gesehen und wusste deshalb, dass er da ist.«

»Du hättest mir wenigstens Bescheid geben können. Ich bin durchs ganze Haus und habe dich gesucht.«

»Das musst du wirklich machen, Jule«, gab sich Schulze streng. »Sonst macht sich die Oma die größten Sorgen, wenn sie nicht weiß, wo du steckst.«

»Jaaa. Ich wollte ja Bescheid sagen, aber dann hab ich es einfach vergessen. Ganz ehrlich.«

Die drei Erwachsenen tauschten kurze Blicke untereinander aus, die nichts weiter sagten, als dass man diesem kleinen Wirbelwind wegen solch einer Sache unmöglich böse sein konnte. Jeder, der die Kleine sah, tat sich im Übrigen grundsätzlich schwer damit, dieser ebenso charmanten wie auch in jeder Weise entzückenden Sechsjährigen wegen *irgendetwas* böse zu sein.

4

Pia Ritter atmete ein paarmal tief durch, trank einen Schluck Wasser und sah ihren Kollegen mit in Falten gelegter Stirn an. »Der Typ geht mir so was von auf die Nerven, das glaubst du nicht«, brummte sie.

Thilo Hain lachte laut auf. »Er tut allerdings auch nicht wirklich viel, um das in irgendeiner Weise zu vermeiden.«

»Meinst du, wir knacken ihn heute?«

»Möglich. Und wenn nicht, beantragen wir den Haftbefehl und gewähren ihm ein paar Tage Bedenkzeit. Vielleicht löst die ja das eine oder andere Kommunikationsdefizit.«

»Aber du bist doch genauso sicher wie ich, dass er es war? Oder zweifelst du jetzt?«

»Mensch, Pia, wir haben das doch heute Morgen ausführlich besprochen. Und an meiner Meinung, dass er diese Nummer durchgezogen hat, gibt es nicht die geringste Veränderung.«

Die *Nummer*, von der die beiden sprachen, war der Mord an einem Wohnmobilhändler etwa zwei Wochen zuvor. Der Mann war beim Verlassen seiner recht einsam an der Fulda liegenden Geschäftsräume überfallen worden. Die Spuren am Tatort hatten darauf schließen lassen, dass er sich gegen den Überfall gewehrt hatte, aber dennoch mit einem stumpfen Gegenstand brutal erschlagen worden war.

Im Zuge der Ermittlungen hatten Ritter und Hain herausgefunden, dass es am Tattag drei nennenswerte Wohnmobilverkäufe gegeben hatte. Bei zweien war die Rechnung mit Bargeld beglichen worden. Der Getötete war am Abend also mit ungefähr 135.000 Euro in bar auf dem Weg zur Bank gewesen.

»Was für ein Irrsinn, mit so viel Kohle in der Weltgeschichte unterwegs zu sein«, bemerkte Pia leise.

»Klar«, stimmte Hain ihr ebenso leise zu. »Aber wir reden hier doch immer vom gleichen Sachverhalt; und der besagt, dass es noch jedes Mal gut gegangen ist. Und eigentlich ist das Risiko ja auch überschaubar, wenn man davon ausgeht, dass niemand weiß, wie viel Geld einer beim Verlassen seiner Geschäftsräume in der Tasche hat. Und *ob* er überhaupt etwas dabei hat. Vielleicht liegt die Kohle ja gut verwahrt in einem sicheren Tresor und wird einmal die Woche vom Geldtransporter abgeholt.«

»In diesem Fall wussten aber gleich zwei oder sogar noch mehr Leute, dass bei dem Wohnmobilhändler etwas zu holen war.« Pia Ritter beschrieb die Sachlage völlig korrekt. Am Tattag hatten tatsächlich zwei Käufer hochwertiger Wohnmobile die Transaktion in bar abgewickelt. Der eine war ein 68-jähriger Pensionär, der gemeinsam mit seiner Frau den Wagen übernommen hatte. Die beiden waren unbescholten, hatten keinerlei Vorstrafen. Der Augenschein während der Besuche in ihrem Eigenheim führte zu wenig bis keinem Verdacht, was die Tatbeteiligung betraf. Auch die finanzielle Situation des ehemaligen Mitarbeiters des Regierungspräsidiums und der im Jahr zuvor aus dem Dienst geschiedenen Lehrerin war als absolut solide zu bezeichnen. Sie hatten keinerlei Schulden, ein bezahltes Haus und jeweils Pensionen, die bei den meisten Rentnern und Pensionären durchaus für Neidattacken sorgen könnten. Aber – und auch das wussten sowohl Hain als auch Ritter – oftmals steckte hinter einem Kapitalverbrechen weit mehr als nur Gier oder eine verzweifelte finanzielle Situation. Aber Walter und Hannelore Kretschmar wirkten nicht so, als packe sie hin und wieder die Lust am Töten. Im Augenblick lagen nicht die geringsten Anhaltspunkte gegen sie vor.

Ging man von der Annahme aus, dass einer der beiden

Wohnmobilkäufer zumindest indirekt in die Tat verwickelt sein musste, waren die Erkenntnisse beim zweiten Käufer allerdings zunächst keinesfalls eindeutiger. Sascha Regler betrieb seit mehreren Jahren einen Computerladen, der, legte man die betriebswirtschaftlichen Auswertungen zugrunde, relativ gut lief. Er war ebenfalls schuldenfrei, wohnte in einer kleinen, recht günstigen Wohnung, fuhr einen Allerwelts-Golf und lebte auch sonst nicht auf besonders großem Fuß. Jedoch war den beiden Kommissaren bei der Auswertung der Telefondaten des Mannes eine Verbindung zu einem illegalen Wettbüro aufgefallen. Und dessen Betreiber hatte den Verdächtigen in den letzten beiden Wochen mehr als 20 Mal angerufen. Zwar war das noch lange kein belastbarer Beweis, dass Regler in Geldnöten steckte oder dem Mann Geld schuldete, doch ein Indiz auf jeden Fall. Deshalb hatten sie ihn am Morgen aufs Präsidium gebracht und zum wiederholten Mal befragt, waren jedoch an der Kaltschnäuzigkeit und überaus arroganten Attitüde des Mannes abgeprallt.

Es klopfte.

»Ja.«

Die Tür wurde aufgeschoben und ein Uniformierter blickte herein. »Er hat jetzt zum dritten Mal gefragt, wie es weitergehen wird. Wenn ihr wollt, könnt ihr ihn jetzt weiter bearbeiten.«

Pia Ritter nickte ihm freundlich zu. »Vielen Dank, Ingo, wir kommen gleich.« Sie stand auf und ging Richtung Tür. Hain blieb sitzen. »Was ist? Keine Lust?«

»Ich würde gern auf den Rückruf seiner Exfreundin warten. Vielleicht kann die ja wirklich etwas zu unserer Erhellung beitragen.«

Die beiden waren im Zuge ihrer Ermittlungen einige Tage zuvor an der Meldeadresse der Frau vorstellig geworden, doch ihre Mutter, die im gleichen Haus lebte, erklärte den Beamten, dass ihre Tochter auf einer »Wanderung zur inneren Läuterung« unterwegs und definitiv nicht erreichbar sei. Aber sie versprach den Beamten, die Frau sofort nach Wiedereintreffen, wann immer das auch sein würde, von ihrem Besuch in Kenntnis zu setzen. Außerdem ließ sie die Polizisten wissen, dass sie absolut nichts von Sascha Regler hielt und auch niemals etwas halten würde. Die Begründung dafür war für die ältere Dame ganz einfach: »Dieser Kerl hat meine Tochter benutzt, ausgenutzt und ausgenommen. Und als bei ihr nichts mehr zu holen war, hat er sie fallen lassen wie eine heiße Kartoffel.«

»Wir können nicht länger warten, Thilo. Selbst wenn er immer noch die Lonesome-Cowboy-Nummer abzieht und so großkotzig wie heute Morgen auf anwaltlichen Beistand verzichtet, spätestens morgen früh müssten wir ihn laufen lassen, wenn wir nicht weiterkommen. Und dass die Frau, die sich innerlich läutern will, gerade jetzt anruft, können wir nicht ernsthaft in Erwägung ziehen. Vielleicht rennt die ja noch den ganzen Sommer komplett ratlos durch die Gegend, wer weiß das schon?«

Der Hauptkommissar überlegte einen Moment und stand schließlich auf. »Du hast mal wieder völlig recht, Pia. Es wäre total unsinnig, auf diesen Anruf zu warten. Also lass uns rübergehen und sehen, ob wir ihn irgendwie anders knacken können.«

»Daran glaube ich genauso fest wie daran, dass er den Mann ermordet hat«, sagte Pia Ritter entschieden.

Zwei Minuten später betrat sie das Vernehmungszimmer. Hain folgte ihr mit ein wenig Abstand.

»Guten Abend, Herr Regler«, begrüßte die Kommissarin den regungslos dasitzenden Mann.

»Diesen Abend als gut zu bezeichnen, dazu braucht man schon eine besondere Sorte Humor«, erwiderte er leise.

»Na ja, wie auch immer. Haben Sie die Zeit, die wir Ihnen gegeben haben, genutzt? Ich meine, ob Sie vielleicht zu der

Erkenntnis gekommen sind, mit uns über den Mord an dem Wohnmobilhändler zu sprechen.«

Regler sah sie lange an. »Ich sage Ihnen noch einmal, dass ich darüber nicht mehr weiß als das, was man in der Zeitung lesen konnte. Es tut mir leid für den Mann, den ich im Übrigen nicht sehr sympathisch fand, aber ich kann ihn nun einmal nicht wieder lebendig machen.«

»Interessante Wortwahl.«

»Wenn Sie meinen. Ich wünsche Ihnen, Frau Kommissarin, und Ihrem Kollegen, dass Sie den Mörder möglichst schnell finden, aber genauso wünsche ich mir, dieses Gebäude möglichst bald wieder verlassen zu können.«

»Das wünsche ich Ihnen auch, wirklich, aber dazu müssen Sie uns vorher davon überzeugen, nichts mit der Tat zu tun zu haben. Und wenn Ihnen das nicht gelingt, werden Sie diese Nacht hier in einer Zelle und vermutlich viele der folgenden in der Untersuchungshaftanstalt verbringen.«

»Auf diese Privilegien werde ich mit absoluter Sicherheit zu verzichten wissen.«

»Vielleicht, vielleicht aber auch nicht«, gab Hain ein wenig kryptisch zu bedenken, zog sich einen Stuhl heran und setzte sich an die Querseite des Tisches, hinter dem Regler saß. Pia stellte ihre Kaffeetasse ab und nahm neben ihrem Kollegen Platz.

»Sie bleiben dabei, dass Sie keinen anwaltlichen Beistand wünschen? Wir machen Sie erneut darauf aufmerksam, dass der Ihnen laut Gesetz zusteht.«

»Ich habe mir nichts vorzuwerfen, also brauche ich auch nicht die Hilfe eines Rechtsanwalts. Das war heute Morgen so, das ist heute Abend so und das wird auch morgen so sein. Also hat sich an meiner Haltung dazu auch nichts verändert.«

»Gut. Ist Ihnen dann vielleicht irgendetwas eingefallen, das Sie uns mitteilen möchten? Vielleicht, wo Sie sich zum Zeitpunkt der Tat aufgehalten haben?«

Sascha Regler hob den Kopf und sah den Polizisten durchdringend an. »Ich bin«, erwiderte er nach einer Weile, »nicht in der Position, mich Ihnen gegenüber erklären zu müssen. Sie werfen mir, ohne jeglichen Beweis übrigens, eine Straftat vor, also konfrontieren Sie mich mit etwas, auf das ich antworten kann. Sollte das nicht der Fall sein, werde ich diesen Prunkbau in spätestens«, er warf einen Blick auf seine Armbanduhr, »elf Stunden verlassen. Und zwar als freier Mann.«

Hain beugte sich nach vorn und deutete auf den vor ihm liegenden Aktenordner. »Sie sind ein Spieler, Herr Regler. Noch können wir Ihnen nicht beweisen, dass Sie Schulden haben wie ein Großmajor, aber das ist nur eine Frage der Zeit. Also sollten Sie jetzt anfangen, mit uns zu kooperieren.«

»Eine Frage der Zeit ist allenfalls, wann ich hier hinausspazieren werde. Nicht mehr und nicht weniger.«

»Da wäre ich mir an Ihrer Stelle absolut nicht sicher. Wir sind gerade dabei, all Ihre Kontobewegungen der letzten Jahre zu überprüfen. Und vermutlich wird Rostojew, Ihr Buchmacher, nicht begeistert sein, wenn wir mit einem Sondereinsatzkommando bei ihm auftauchen und ihn befragen. Sie wissen, dass Leute wie er das Licht der Öffentlichkeit strikter meiden als ein Vampir. Und ich möchte nicht in Ihrer Haut stecken, wenn wir ihn erst davon in Kenntnis gesetzt haben, dass bei Ihnen in Zukunft rein gar nichts mehr zu holen ist.«

Regler hatte bei Hains Vortrag zum ersten Mal so etwas wie eine Regung erkennen lassen. Seine Augenlider hatten ganz leicht und kaum erkennbar zu flattern begonnen. »Andrej Rostojew ist ein Kunde von mir. Wir haben telefoniert, weil er ein paar Fragen zu einer noch nicht hundertprozentig funktionierenden Installation hatte, die ich in seinen Geschäftsräumen durchgeführt habe.«

»Zu der es allerdings weder eine Rechnung noch einen Zahlungseingang bei Ihnen gibt«, warf Pia dem Mann vor.

»Dabei handelt es sich, wie bereits heute Morgen gesagt, um einen Irrtum. Ich habe einfach vergessen, ihm diese Rechnung auszustellen. Natürlich werde ich das sofort nachholen, wenn ich hier raus bin.«

»Er hat sie mehr als 20-mal angerufen! Da muss bei dieser ominösen Installation ja eine Menge schiefgegangen sein.«

»Es gibt kleinere Probleme, ja. Aber die sind definitiv nicht wirklich gravierend.«

»Hat Rostojew Sie zu diesem Ding gezwungen? Reden Sie mit uns, und ich bin sicher, wir können etwas für Sie tun; zumindest, was das Strafmaß betrifft.«

Regler schnaubte. »Noch einmal, ich bin …«

»Ja, ich weiß«, fiel Hain ihm ins Wort, »Sie sind gestern, heute und morgen unschuldig. Aber das können Sie Ihrer Großmutter erzählen. Und im Übrigen stehen wir in Kontakt mit Gabriele Wimmer, Ihrer Exfreundin. Deren Mutter zum Beispiel hat uns schon einiges über Sie berichtet, das Sie in einem ganz anderen Licht erscheinen lässt als dem, das Sie hier angeknipst haben.«

»Rache für was weiß ich. Ich bin gespannt, wie so eine Aussage vor Gericht ankommen wird.«

»Ach, Sie rechnen also mit einer Anklage?«, nahm Pia diesen Faden sofort auf.

»Das habe ich nicht gesagt. Ich sagte nur, dass …«

»Geschenkt«, fiel Hain ihm erneut ins Wort. »Außerdem werden wir bei Ihnen einen DNA-Abstrich vornehmen. Es sind nämlich DNA-Spuren am Tatort gesichert worden, und wir sind ganz gespannt, ob die nicht am Ende Ihnen zuzuordnen sind.«

»Sie können mich nicht dazu zwingen, diesem Prozedere zuzustimmen. Wenn ich das nicht möchte, wird es demzufolge auch nicht geschehen.«

»Uhh«, schürzte Pia Ritter die Lippen, »da kennt sich aber jemand richtig gut aus. Allerdings kann es sich bei dieser Information nur um eine sehr, sehr falsche handeln. Natürlich können wir Sie, nach richterlicher Anordnung, einem zwangsweisen DNA-Test zuführen. Das sollten Sie vielleicht bedenken, wenn Sie uns hier weiter so auf die Rolle nehmen.«

Das zeigte bei Regler ernsthaft Wirkung. »Ich dachte, dass …«

»Falsch gedacht. Wir kriegen Sie nämlich, Herr Regler, so oder so. Sie haben den Wohnmobilhändler beraubt und ermordet. Vielleicht haben Sie es gemacht, weil Rostojew Sie dazu gezwungen hat, vielleicht, weil Sie sonst Ihre Schulden nicht hätten bezahlen können, was weiß ich. Aber Sie sind, in welcher Form auch immer, an dieser Tat beteiligt.«

»Dann beweisen Sie es, verdammt noch mal«, schrie der Mann auf der anderen Seite des Tisches nun so unvermittelt, dass die beiden Kriminaler zuckten. »Beweisen Sie es, verdammt noch mal.«

Hain erhob sich und baute sich vor ihm auf. »Das werden wir, verlassen Sie sich darauf. Und Sie werden bis morgen Zeit bekommen, in einer unserer Zellen über Ihre Kooperationsbereitschaft nachzudenken. Und die Tatsache, dass ein Geständnis Ihnen sehr wohl ein paar Pluspunkte einbringen könnte. Und Pluspunkte werden Sie in naher Zukunft ganz bestimmt brauchen.«

»Ich werde dieses Haus morgen früh verlassen, ohne dass Sie mir irgendetwas beweisen können, darauf können *Sie* sich verlassen. Und jetzt möchte ich in die avisierte Zelle, ich habe es nämlich satt, von Ihnen befragt zu werden.«

Pia stand ebenfalls auf und nickte. »Denken Sie mal bloß nicht, dass uns das in irgendeiner Weise unterhält, Herr Regler. Wir sehen uns also morgen früh in alter Frische. Und Sie sagen uns dann bitte, wo Sie zur Tatzeit gewesen sind. Ansonsten werden wir einen Haftbefehl gegen Sie beantragen.« Sie wandte sich ab, verließ den Raum und blickte auf den Uniformierten, der vor der Tür auf einem Stuhl saß.

»Bring ihn bitte weg.«

»Warten Sie bitte«, ertönte es in diesem Moment hinter ihr. »Worauf denn?«, gab die Kommissarin genervt zurück, nachdem sie erneut das Vernehmungszimmer betreten hatte. »Darauf, dass Sie uns hier weiter Ihre Lügengeschichten auftischen?«

»Nein.«

»Was dann?«, wollte Hain aus dem Hintergrund wissen.

Regler brauchte eine Weile, bevor er weitersprechen konnte.

»Wenn Sie meine Exfreundin befragen, wird die Ihnen sowieso erzählen, dass ich … Kunde bei Herrn Rostojew bin. Und Sie wird Ihnen auch verraten, dass ich bei ihm sehr hohe Schulden habe. Oder besser …«

»Ja?«, fragten die beiden Polizisten wie aus einem Mund.

»Ich *hatte* Schulden bei ihm. Sie sind seit ein paar Tagen bezahlt.«

Drei Stunden später hatte Regler ein umfassendes Geständnis abgelegt. Es war tatsächlich so gewesen, dass er mehr als 100.000 Euro Spielschulden hatte und der russische Buchmacher ihm mit schwersten Konsequenzen gedroht hatte für den Fall, dass er nicht bis zum Ende des Monats für einen Ausgleich gesorgt hätte.

Es lief wieder einmal so, wie die beiden Kriminalkommissare es schon mehrmals in ihrem Beruf erlebt hatten. Der Verdächtige fühlte sich zunächst absolut unantastbar, unterlag dem irrigen Glauben, die perfekte Straftat begangen zu haben, und schaute von einer erhöhten Position auf die Ermittler herab. Bis schließlich sein selbst zusammengezimmertes Gebilde zusammenbrach und er kurz darauf wie ein Häufchen Elend weinend und jammernd im Vernehmungszimmer saß.

Als die beiden Kommissare sich um 22:45 Uhr voneinander verabschiedeten und Feierabend machten, waren sie durchaus befriedigt über ihren Ermittlungserfolg. Jedoch schwang, wie übrigens immer in solchen Momenten, auch Niedergeschlagenheit mit. Sie hatten in der Vergangenheit mehrfach über dieses Gefühl gesprochen, es jedoch nie komplett einfangen können. Vermutlich, so ihr Fazit, hing es damit zusammen, dass ein Mensch durch einen anderen Menschen sein Leben verloren hatte, aber so ganz genau wussten sie es dann doch nicht.

5

Hakan Durmus lehnte sich im Sitz des zum Wohnmobil ausgebauten Kastenwagens zurück, legte das Fernglas auf dem Beifahrersitz ab und schloss für ein paar Sekunden die Augen. Er war müde, weil er in den Tagen zuvor deutlich zu wenig geschlafen hatte, aber er war trotzdem hoch konzentriert.

Seine Zielperson war seit mehr als einer Stunde im Hof der kleinen Autowerkstatt verschwunden. Hakan war nach den mehrfachen Besuchen des Deutschtürken klar geworden, dass den Besitzer und die Zielperson deutlich mehr als ein rein geschäftliches Verhältnis verband.

Vor seinem geistigen Auge liefen die Tage und Wochen ab, seit er von seinem *Reis* nach *Almanya* geschickt worden war.

Zunächst hatte er wieder und wieder die Akte gelesen, die ihm im Präsidentenpalast ausgehändigt worden war. Hatte alles über diesen ominösen Lutz Eigendorf und dessen Tod in Erfahrung zu bringen versucht.

Mit akribischer Detailversessenheit hatte er sich mehrmals die Fernsehdokumentationen über den Fall angesehen, hatte alte Zeitungsberichte gesichtet und – mit der Legende eines an dem Fall interessierten Journalisten – sogar mit einem ehemaligen Freund des Kickers aus Braunschweiger Zeiten gesprochen. Natürlich war auch dieser – wie die allermeisten Zeitzeugen – davon überzeugt, dass Eigendorf seinerzeit von der Stasi aus dem Weg geräumt worden war als Warnung an all die vielen anderen, die mehr oder weniger intensiv darüber nachdachten, der DDR während einer genehmigten Auslandsreise den Rücken zu kehren. Außerdem hatte Durmus herausgefunden, dass in den zugehörigen Akten des Ministeriums für

Staatssicherheit explizit von »Unfallstatistiken«, »Verblitzen«, »Narkosemittel«, »Eigendorf« und »von außen ohnmächtig« die Rede war. Zunächst hatte ihn das alles mehr verunsichert, anstatt in irgendeiner Form zu seiner Erhellung beizutragen, dann jedoch war ihm schlagartig klar geworden, dass er sich von den Details des Eigendorf-Todes, soweit es ging, lösen musste, um bei seinem aktuellen Auftrag erfolgreich zu sein. Natürlich würde es den *Reis* vermutlich nicht erfreuen, wenn er sich Eigenmächtigkeiten erlaubte, aber es war in der heutigen Zeit einfach nicht mehr möglich, den Unfalltod des Fußballers eins zu eins nachzustellen. Also hatte Durmus angefangen, sich seine eigenen Gedanken über die Ausführung des Auftrags zu machen, und war sehr schnell zu einem, wie er meinte, perfekten Ergebnis gekommen.

Er hatte Okan Schulze, die Zielperson, über Wochen observiert. Hatte, wie damals die Stasi im Fall Eigendorf, jede Bewegung und jede Regung des Feindes seines Landes protokolliert und analysiert. Dabei war er in jede nur denkbare Rolle geschlüpft, was ihm, wie er bemerkt hatte, noch immer große Freude bereitete.

Er hatte Schulzes Wohnung mit Abhörwanzen bestückt, denen allerdings ein paar Tage zuvor der Strom ausgegangen war. Gegenüber seinem Hauseingang hatte er eine Wohnung angemietet und dort eine Kamera positioniert, mit deren Hilfe er jederzeit über das Eintreffen von Gästen informiert und dazu noch mit deren Bildern versorgt wurde.

Durmus hatte die Wege von Schulzes Frau Tina zu ihrem kleinen Übersetzungsbüro detailliert vermessen und dabei herausgefunden, wo sie ihren Kaffee nahm, die Zeitung kaufte und sich von einem Marktverkäufer in ein kurzes Gespräch verwickeln ließ. Er hatte alles, wirklich alles, was die beiden betraf, herausgefunden und dann einen Plan entworfen, wie er den Auftrag ohne Aufsehen oder Störungen ausführen würde.

Dazu war er zweimal nachts in die Werkstatt eingebrochen, vor der er jetzt wartete, und hatte dort jeden Winkel und jede Ecke unter die Lupe genommen. Die erste wichtige Erkenntnis dabei war, dass Adrian Schlaffke, der Betreiber, ohne Argwohn seinen Mitmenschen gegenüber sein musste, denn er verzichtete auf jeglichen elektronischen Schutz in Form einer Alarmanlage oder Ähnliches. Die zweite betraf die Durchführbarkeit der Arbeiten, die er an Schulzes Wagen erledigen wollte, und auch die war eindeutig positiv. Er würde mindestens sechs, eher sieben Stunden zur Verfügung haben, und das war mehr als ausreichend.

Zwar wohnte der Werkstattbesitzer nur zwei Straßen weiter im Obergeschoss des elterlichen Hauses, doch nach Feierabend war er nicht ein einziges Mal in der Werkstatt erschienen. Das hatte der Geheimdienstmann mithilfe eines in etwa 100 Metern Entfernung geparkten Lieferwagens, in dem eine kleine Überwachungskamera installiert war, sichergestellt.

Etwa vier Wochen zuvor hatte der Plan, dessen Ausführung in dieser Nacht in die heiße Phase eintreten würde, in seinem Kopf Gestalt angenommen. Durmus hatte konsequent die gewonnenen Erkenntnisse in ihrer Gänze wieder und wieder analysiert, schrittweise eine erste Machbarkeitsstudie entworfen, in Teilen wieder verworfen, Details umorganisiert, irgendwann nahezu bei null angefangen und so nach und nach ein Mosaik zusammengesetzt, das nun bis zum letzten Steinchen ineinanderpasste. Und, und das war das Wichtigste für ihn, seinen extrem hoch angesiedelten Qualitätskriterien standhielt.

Das Telefon in seiner Brusttasche meldete sich durch ein Vibrieren. Er wusste, wer ihn anrief, denn es gab nur eine Person, die diese Telefonnummer kannte.

»Ja«, meldete er sich knapp.

»Guten Abend, Hakan«, erklang die Stimme seiner Frau.

»Guten Abend, Melek. Wir hatten doch vereinbart, dass wir nur …«

»Ich weiß. Aber es ist etwas geschehen, über das ich mit dir sprechen muss.«

Durmus' Herz setzte für einen Schlag aus. »Ist etwas mit den Kindern? Sind Sie krank? Oder gab es einen Unfall?«

»Nein, nein«, wiegelte Melek Durmus ab. In ihrer Stimme lag jedoch Aufregung. »Es geht nicht um die Kinder, es geht um meinen Vater.«

»Ja? Was ist mit ihm? Ist er krank?«

»Nein, er ist nicht krank, Hakan. Er wurde nur heute zuerst von den Behörden vernommen und dann von der Arbeit nach Hause geschickt, weil er angeblich … er soll angeblich mit … mit diesen Leuten gemeinsame Sache gemacht haben.« Die Frau des Geheimdienstlers wusste, unter anderem weil ihr eigener Ehemann es ihr erzählt hatte, genau, dass die meisten Telefone in der Türkei abgehört wurden. Deshalb verzichtete sie auf die explizite Erwähnung der Gülen-Bewegung, von der sie sprach.

Durmus brauchte einen Moment, bis er begriffen hatte, was seine Frau ihm da gerade erzählt hatte.

»Aber dein Vater ist AKP-Mitglied, Melek, und das schon seit so vielen Jahren«, erwiderte er fassungslos. »Und er hatte noch nie in seinem Leben etwas mit *diesen Leuten* zu tun. Das weiß ich ganz genau.«

»Das wissen wir alle, Hakan, aber anscheinend wurde er denunziert. Irgendwer in der Hochschule hat ihn denunziert, anders kann es nicht gewesen sein.«

»Und jetzt? Was passiert jetzt?«

»Wir wissen es nicht. Mutter ist völlig am Boden zerstört, aber das kann ich sehr gut verstehen. Onkel Ömer hat schon versucht, mit der Universität zu telefonieren, aber da will niemand etwas zu dem Vorfall sagen.«

»Die wollen einem Kommissar der Polizei keine Auskunft erteilen? Das ist wirklich merkwürdig und deutet darauf hin, dass die Sache sehr hoch angesiedelt ist.«

»Aber was sollen wir denn jetzt machen, Hakan? Er hängt doch so an seiner Professur, und er ist ein ziemlich alter Mann. Die können doch nicht einfach mit einem Menschen so umgehen.«

Durmus dachte eine Weile nach. »Wir sollten das nicht am Telefon besprechen, Melek. Es ist besser, wir warten damit, bis ich wieder zu Hause bin.«

»Ja, natürlich. Aber wann kommst du nach Hause? Wie lang dauert es denn noch?«

»Melek, bitte!«, erwiderte Hakan Durmus lauter und patziger, als er es geplant hatte. »Wir können das nicht am Telefon besprechen, das weißt du ganz genau. Und wann ich wieder zu Hause sein werde, kann ich wirklich nicht auf den Tag genau sagen, weil es noch nicht absehbar ist. Vielleicht schon Ende der Woche, es kann aber auch noch ein paar Tage länger dauern.«

»Und was soll ich meinem Vater sagen? Er versteht das alles einfach nicht.«

»Zunächst soll er bitte Ruhe bewahren und keinen Aufstand anzetteln. Das würde ihn nur zusätzlich verdächtig machen. Und wenn …«

»Was meinst du denn mit *zusätzlich verdächtig*? Mein Vater kann nicht *zusätzlich verdächtig* sein, weil er nicht im Mindesten für *irgendwas* verdächtig ist. Es gibt wahrscheinlich in der gesamten Türkei keinen solch unverdächtigen Menschen wie ihn, und du sprichst jetzt von *zusätzlich verdächtig*?«

»Ja, Melek, du hast ja recht«, gab er kleinlaut zu.

»Natürlich habe ich das. Mein Vater lebt für seine Forschung, und mehr als das hat ihn nie interessiert. Das weißt du genauso gut wie ich. Und ihm jetzt zu unterstellen, dass …«

»Aber ich will ihm doch gar nichts unterstellen, Melek. Ich will nur nicht, dass er irgendwelchen Unsinn macht. Du weißt, dass er manchmal genau dazu neigt.«

»Aber er kann sich das doch nicht einfach so gefallen lassen, Hakan. Er oder irgendjemand anderes muss doch etwas dagegen tun.«

Durmus dachte an sein Treffen in Ankara ein paar Wochen zuvor. Vielleicht würde er nach Abschluss seiner Arbeit in Deutschland etwas für seinen Schwiegervater tun können; immerhin hatte er dem ersten Mann des Landes gegenübergesessen und einen sehr wichtigen Auftrag von ihm erhalten.

»Wir besprechen das, wenn ich zu Hause bin, Melek. Und ich bin sicher, dass ich etwas für ihn tun kann. Zumindest werde ich es versuchen.«

»Das ist schön, Hakan. Ich mache mir nämlich wirklich Sorgen.«

»Was ich verstehen kann. Aber jetzt muss ich Schluss machen, weil ich gleich zu einer Veranstaltung muss.«

Es gab eine kurze Pause.

»Mach das. Und pass bitte gut auf dich auf, Hakan, wir brauchen dich hier ganz dringend.«

»Ich verspreche es.«

Er beendete das Gespräch, steckte das Telefon zurück in die Hemdtasche und legte die Hände auf das Lenkrad. *Das hat mir gerade noch gefehlt*, dachte er genervt.

Eine knappe halbe Stunde später beobachtete er, wie Okan Schulze aus dem Werkstatttor trat und sich mit schnellen Schritten entfernte. Vermutlich würde er zur Straßenbahnhaltestelle am Leipziger Platz gehen und von dort aus nach Hause fahren. Eine halbe Stunde darauf verließ auch Adrian Schlaffke gemeinsam mit seiner Tochter das Anwesen. Die beiden gingen Hand in Hand und offenbar gut gelaunt auf die nächste Straßenecke zu und waren kurz darauf dahinter verschwunden.

6

Okan Schulze warf den Schlüsselbund in die dafür vorgesehene Schale, begrüßte seine Frau mit einem lauten »Hallo, ich bin wieder zu Hause«, zog Schuhe und Socken aus und machte sich auf den Weg zum Kühlschrank. Dort griff er nach der am Vorabend geöffneten Weißweinflasche, schenkte sich und Tina jeweils ein Glas ein und ging hinaus auf die Terrasse, wo seine Frau es sich in einem Stuhl bequem gemacht hatte.

»Hallo noch mal«, sagte er, reichte ihr das Glas hinunter und nahm selbst einen großen Schluck.

Tina trank ebenfalls ein wenig Wein und stellte dann das Glas auf der Fensterbank ab. »Na, wie war es bei deinem Busenfreund?«

»Schön, wie immer.«

»Und was ist mit dem Wagen? Läuft er wieder?«

»Leider noch nicht. Adrian will danach sehen, sagt aber, dass es jetzt wirklich das letzte Mal ist. Die letzte Ölung hat er das genannt. Danach sollen wir uns ein Elektroauto kaufen, weil sich das ewige Reparieren auf Dauer nicht mehr lohnt.«

»Ich will kein Elektroauto, Okan. Ich will einen schnuckeligen neuen Kleinwagen oder so etwas, der uns bequem und ohne große Mühe von A nach B bringt. Ich will auf keinen Fall ein Auto, bei dem ich im Winter Angst habe, ständig mit kalten Füßen durch die Gegend fahren zu müssen. Das habe ich in meinem Polo schon jetzt, das brauche ich nicht mehr.«

»Wir kriegen genau diesen kleinen, schnuckeligen, neuen Wagen, das verspreche ich dir.«

Sie nickte ihm dankbar zu. »Das hört die Frau mit den kalten Füßen gern. Warst du noch in der Pestalozzistraße und hast mit Werner gesprochen?«

Okan hatte in der letzten Zeit immer wieder Schwierigkeiten mit einem renitenten Mitglied in seiner Partei *Die Linksaußen*. Neben verbalen Entgleisungen waren auch Drohungen gefallen. Okan Schulze hatte sich vorgenommen, endlich das Kriegsbeil mit dem Mann zu begraben und auf ihn zuzugehen.

»Nein. Ich hatte keine Lust mehr auf irgendwelche schwierigen oder vorhersehbaren Gespräche. Das hebe ich mir für die Sitzung übermorgen auf.

Tina Schulze griff zu ihrem Weinglas, hob es an den Mund und trank es in einem Zug aus. »Und was ist mit deiner Überlegung«, wollte sie wissen, während sie das Glas zurückstellte, »ganz aus dieser verdammten Politik auszusteigen? So, wie du es mir seit Jahren immer wieder versprichst?«

Ihr Mann atmete schwer ein und wieder aus, gerade so, als hätte er die Last der Welt in seine Lungen zu transportieren und wieder herauszupressen. »Ich weiß, dass ich dir das schon das eine oder andere Mal versprochen habe, Tina. Aber es ist nun mal nicht so leicht umzusetzen, wie du vielleicht glaubst. Immerhin bin ich in Ämter und Mandate gewählt.«

»Ach komm, Okan, du bist Bezirksvorsitzender deiner Partei und Stadtverordneter im Kasseler Rathaus. Das ist jetzt nicht unbedingt das, was man unter einer veritablen politischen Karriere versteht.«

Schulze schluckte. »Na ja, das liegt auch daran, dass du nie wegwolltest von Kassel. Du hast mich immer gebeten, nichts anzustreben, was uns von hier wegbringt.«

»Das stimmt doch so gar nicht. Wir waren uns *einig*, dass wir nicht hier wegwollen.«

»Mensch Tina. Ich hätte mehr als einmal in Wiesbaden oder auch Berlin landen können und habe es nur nicht getan, weil ich weiß, wie sehr du an Kassel und deiner Familie hängst.

Und es ist einfach unfair, wenn du mir jetzt vorwirfst, dass wir beide das so gewollt hätten.«

»Fang bitte nicht wieder mit meiner Familie an, Okan. Die hat mit diesen Problemen wirklich nicht das Geringste zu tun.« Sie warf ihm einen bösen Blick zu. »Wir wissen beide, dass die Veränderungen der letzten Jahre in der Türkei die größte Rolle bei unseren jetzigen Problemen spielen. Um es präzise zu sagen, geht es eigentlich mehr um deine Familie als um meine.«

»Was hat meine Familie jetzt damit zu tun?«

»Du knabberst zum Beispiel ziemlich hart daran, dass du deine Eltern seit mehr als drei Jahren nicht mehr gesehen hast. Und du hast sie deswegen nicht gesehen, weil es ein zu großes Risiko wäre, in der aktuellen Situation dorthin zu fahren.«

»Aber …«

»Nichts *aber*. Du vermisst deine Eltern und die Besuche in deinem Heimatdorf, und das wissen wir beide. Ich habe dich schon vor Jahren gebeten, dich ein wenig mehr zurückzuhalten mit der Kritik an den Verhältnissen dort, aber du wolltest ja einfach nicht auf mich hören. Mit der Folge, dass du vermutlich direkt am Flughafen von Istanbul oder Ankara herausgefischt und ins Gefängnis geworfen würdest.«

»Wenn wir alle so denken würden wie du jetzt gerade, Tina, dann wäre die Welt an einem Punkt angekommen, an dem sie nicht mehr lebenswert wäre für mich. Ich will mich einmischen und ich will es laut und deutlich vernehmbar tun.«

»Um den Preis, den du gerade bezahlen musst, Okan? Denn das ist ein heftiger Preis, wenn du mich fragst.«

»Aber du wusstest schon, als wir uns kennenlernten, dass ich ein politisch denkender Mensch bin. Schon damals habe ich mich engagiert und für andere, für Schwächere eingesetzt.«

»Das sind doch zwei völlig verschiedene Paar Schuhe. Damals war es eine ganz andere Zeit. Es gab nicht diese Verhältnisse von heute. Und du hast, als wir uns kennenlernten, zumindest den Staatspräsidenten nicht in aller Deutlichkeit in Radio und Fernsehen verunglimpft und als Diktator und Geiselnehmer beschimpft.«

»Damals zumindest war der Staatspräsident auch noch so etwas wie ein ehrenwerter Mann, Tina. Das ist heute nicht mehr so, und darüber herrscht doch auch Einigkeit bei uns.« Er zögerte. »Zumindest dachte ich das immer.«

»Natürlich bin ich, was die Bewertung angeht, ganz bei dir. Aber du musst bei dem, was du so tust, doch auch einmal an mich denken. Und ja, auch an meine Familie, die mit deinem Treiben nicht immer glücklich ist. Mit deinen politischen Überzeugungen konnten sie noch nie konform gehen, aber das, was in den letzten Jahren passiert ist, war vielleicht wirklich etwas viel für sie.«

Die beiden sahen sich eine Weile lang schweigend an. Dann stellte Okan Schulze sein Weinglas neben das seiner Frau und ging in die Knie.

»Ich hatte einen echt harten Tag, Tina, und mit dir zu streiten ist das Letzte, was mir jetzt in den Sinn käme. Also gehe ich lieber rüber ins Wohnzimmer und lese weiter in dem Buch, das ich gestern angefangen habe.«

Sie schüttelte energisch den Kopf. »Nein, das machst du nicht. Und ich bitte dich um Entschuldigung für mein blödes Verhalten, ganz, ganz aufrichtig und ehrlich.« Auf ihrer Stirn wurden Falten sichtbar. »Ich war etwas genervt, weil du schon wieder erst um diese Zeit nach Hause gekommen bist. Und …«

»Aber ich war doch nicht aus Spaß bei Adrian. Es ging doch um …«

Sie sprang auf und legte ihm den rechten Zeigefinger auf die Lippen. »Nein, das ist wirklich nicht notwendig, dass du mir das jetzt erklärst, Okan. Ich war mies drauf und habe dich das spüren lassen. Na ja, eigentlich habe ich auch ein bisschen was von meinem Frust an dir abgelassen, den ich aus dem Büro mitgebracht habe.«

Er legte seine beiden Arme auf ihre Schultern und gab ihr einen zärtlichen Kuss. »Was gab es denn so Schlimmes im Büro? Willst du mir davon erzählen?«

Und ob Tina Schulze ihm von dem Auftraggeber erzählen wollte, der ihr am Nachmittag rotzfrech ins Gesicht gesagt hatte, dass er die von ihr erstellte Übersetzung eines Handbuchs für ein Komplettversagen hielt und keinesfalls dafür auch nur einen einzigen Euro auszugeben gedachte. Sie hatte sich ebenso gedemütigt wie unfair und ungerecht behandelt gefühlt, doch am meisten ärgerten sie die Tränen, die noch in seinem Beisein geflossen waren.

»Und das Schlimmste ist, dass er schon eine komplett druckfertige Version meiner Übersetzung hat«, beklagte sie wütend.

»Du musst dich gegen solche Idioten wehren, Tina«, sagte Okan bestimmt. »So etwas ist modernes Banditentum, und dagegen kann man juristisch vorgehen. Er darf dieses Dokument nicht verwenden, solange er nicht dafür bezahlt hat. Du hast doch einen Vertrag gemacht, oder?«

Tina antwortete nicht. Stattdessen presste sie die Lippen fest aufeinander.

»Jetzt sag mir bitte nicht, dass du schon wieder einen Auftrag angenommen und bearbeitet hast, ohne vorher einen Vertrag zu unterschreiben.«

Sie schloss die Augen und küsste ihn erneut. »Nicht böse sein, Okan. Aber ich bin nun mal einfach keine Geschäftsfrau. Übersetzen, ja, das kann ich, aber Verträge sind nun einmal nicht meine Sache. Außerdem war der Typ echt nett und hat total seriös auf mich gewirkt.«

Schulze stöhnte auf. »Er ist nett, wirkt seriös, aber bezahlen will er dich trotzdem nicht. Was für eine Scheißwelt ist das eigentlich, in der wir hier leben?«

»Sei nicht böse, dass ich es schon wieder vergeigt habe, ja? Ich verspreche dir, es ist jetzt wirklich das letzte Mal, dass ich einen Auftrag ohne Vertrag annehme.«

Der Deutschtürke sah seine Frau liebevoll an. »Na ja, wenn ich überlege, wie oft ich dir schon versprochen habe, dass ich mit der politischen Arbeit aufhören werde, dann geht dieses eine Mal noch unter *passt schon* durch. Meinst du, es gibt noch eine Möglichkeit, diesen Blödmann davon zu überzeugen, dir doch das vereinbarte Honorar zu zahlen?«

»Ich weiß immerhin, wo er wohnt. Und wenn dann so ein Brocken wie du an seiner Tür steht und ihn ganz höflich bittet, seine Übersetzerin zu bezahlen, könnte schon was daraus werden.«

»Aber *so ein Brocken wie ich* wird keinesfalls bei diesem Knaben vorstellig, sonst könnte ich garantiert am nächsten Tag in der Zeitung lesen, dass ich einen unbescholtenen deutschen Staatsbürger genötigt oder gar erpresst habe. Und darauf habe ich wirklich nicht die geringste Lust. Mit meinem Konterfei und meiner Vorgeschichte bin ich vermutlich der Letzte, der für solch eine Veranstaltung zur Verfügung stehen sollte.«

»Das kann allerdings sein«, gab sie ihm ebenso kleinlaut wie schmunzelnd recht. »Du hast zwar keine überzeugende politische Karriere hingelegt, aber ein bekannter Mann bist du auf jeden Fall in der Gegend.«

»Hm. Zwar kein echter Überflieger, aber immerhin so etwas wie ein Local Hero. Na vielen Dank auch.«

Sie schmiegte sich an ihn.

»Na komm, Okan, so häufig wie du war bestimmt niemand aus der Gegend auf der Titelseite der Lokalzeitung. Das war jedes Mal, wenn du deinen Mund mal wieder nicht halten konntest. Und du kannst deinen Mund ja eigentlich nie halten.«

»Ich dachte, du seist stolz auf mich deswegen?«

»Das bin ich auch, ganz ehrlich. Aber du weißt, dass ich mir auch Sorgen mache um dich. So wie du auf den Machthaber in Ankara eindrischst, sollte es mich nicht wundern, wenn irgendwann einmal der Geheimdienst vor der Tür steht.«

»Der deutsche oder der türkische?«, wollte er grinsend wissen.

Sie wurde ernst. »Ich weiß, dass du meine Befürchtungen für Unsinn hältst, aber so ganz von der Hand zu weisen sind sie bestimmt nicht. Wenn ich überlege, wie viele Menschen in der Türkei im Gefängnis sitzen für Sachen, die viel weniger schlimm sind als deine Gerechtigkeitstiraden, dann wird mir ganz schlecht.«

Schulze griff nach ihren Schultern, umarmte sie fest und küsste ihr kastanienbraunes Haar. »Ich weiß, dass du dir manchmal sehr große Sorgen machst, Tina, aber das ist wirklich nicht nötig. Wir leben in Deutschland, einem Land mit genau den rechtsstaatlichen Prinzipien und Werten, die wir im Land meiner Vorväter nicht mehr haben. Ich weiß, dass der Arm des Bosporus-Sultans weit reicht, vielleicht auch sehr weit, aber bis nach Kassel reicht er garantiert nicht.«

Tina sah ihren Mann skeptisch an. »Und wenn du dich irrst? Was machen wir dann?«

»Ich irre mich nicht. Und jetzt gehe ich rüber in die Küche und öffne noch eine Flasche Wein. Möchtest du auch noch ein Glas?«

»Gerne. Und bring bitte die Basilikumcracker mit, die ich vorhin aufgemacht habe. Sie liegen neben dem Kühlschrank.«

»Dein Wunsch sei mir Befehl«, gab er lachend zurück und machte sich auf ins Innere der Wohnung.

7

Hakan Durmus war vier Stunden in seinem kleinen Wohnmobil sitzen geblieben. Hatte ein wenig gedöst, ein wenig auf seinem Mobiltelefon im Internet gesurft und sich immer wieder mit den Schwierigkeiten seines Schwiegervaters in der Türkei beschäftigt. Gegen 0:30 Uhr ging er noch einmal seine komplette Planung durch, kontrollierte zum wiederholten Mal den Inhalt des prall gefüllten 40-Liter-Rucksacks und sah schließlich durch das hintere Fenster hinaus auf die Straße. Dann schob er die Seitentür des unscheinbaren dunkelgrauen Pössl-Roadstar-Kastenwagens auf, warf einen erneuten Blick auf die verlassene Straße, atmete noch einmal tief durch und stieg aus.

Zwei Minuten später hatte er die Mauer überwunden, die den Werkstattbereich von der Straße trennte, sah sich kurz um und brachte geduckt die wenigen Meter bis zum großen Rolltor hinter sich. Mit geübten Handgriffen und dem passenden Picking-Werkzeug gelang es ihm innerhalb von Sekunden, das hoffnungslos veraltete Schloss der kleinen Zugangstür zu öffnen. Sofort nach seinem Eintreten und dem Schließen der Tür nahm er die typische Geruchsmelange in der Werkstatt nach altem Öl, Diesel und Benzin wahr und hätte schwören können, dass irgendwo dazwischen auch noch der Duft von Kaffee umherschwirren würde.

Durmus setzte den Rucksack ab, hob den Kopf und verharrte eine Weile bewegungslos, so wie er es immer in Umgebungen machte, zu denen er sich illegal Zugang verschafft hatte. Nach etwa einer Minute des konzentrierten Lauschens war er sicher, dass sich niemand außer ihm in der Werkstatthalle aufhielt. Nun wandte er sich nach links, wo er schon bei seinem Eintreten Schulzes Wagen erkannt hatte, und stellte den Rucksack neben dem linken Kotflügel ab. Danach öffnete er so leise wie möglich die Fahrertür, zog am Entriegelungshebel der Motorhaube, die beim Aufspringen ein für seinen Geschmack viel zu lautes Geräusch machte, und ging zur Front des Wagens.

Der Geheimdienstmann arbeitete schnell und er arbeitete mit großer Präzision. Jeden noch so nebensächlichen Handgriff hatte er im Kopf.

Knapp fünf Wochen zuvor hatte er unter dem Namen, den er für die Mission benutzte und hinter dem eine kugelsichere deutsche Identität steckte, etwas außerhalb im Stadtteil Nord-Holland eine komplett eingerichtete Werkstatt gemietet. Dem Vermieter hatte er erzählt, dass er gemeinsam mit seinem Bruder, der allerdings erst in ein paar Monaten seine Militärlaufbahn in der Türkei beenden würde, groß ins Import-Export-Geschäft mit gebrauchten Kraftfahrzeugen einzusteigen gedachte. Die Vorauszahlung der Pacht bis zum Jahresende sowie eine dreimonatige Kautionsleistung hatten jegliche – sollten überhaupt welche bestanden haben – Zweifel bei dem ausschließlich an Geld interessierten Vermieter beseitigt. Durmus hatte bereits am nächsten Tag in der Werkstatthalle loslegen können. Zunächst besorgte er sich in Berlin-Köpenick einen Wagen, der bis auf die Farbe absolut identisch war mit dem von Okan Schulze. Den nahm er zu großen Teilen auseinander, untersuchte jedes Detail auf mögliche Schwachstellen, die seiner Planung entgegenkamen, und setzte danach alles wieder zusammen. Dann kaufte er in Baumärkten und bei Autoteilehändlern alles Nötige zur Präparation des Fahrzeugs. Einige Teile bestellte er im Internet, für andere fuhr er insgesamt mehr als 2.000 Kilometer durch die Republik. Das für die Ausführung des Plans wichtigste Utensil hatte er, zu seiner großen Überraschung, sogar in Kassel beschaffen können.

Manchmal, wenn er wieder einmal mehrere tausend Euro an einem Tag für Kleinigkeiten bezahlt hatte, fragte Durmus sich, ob er wirklich niemals Rechenschaft über diese Ausgaben abzulegen hatte, und wünschte sich dann inständig, dass dieser Krug an ihm vorübergehen würde. Nicht, dass er verschwenderisch mit dem ihm anvertrauten Geld umgegangen wäre, das auf keinen Fall. Aber ihm kamen manchmal ernsthafte Zweifel, wenn er knapp 400 Euro für ein Steuerteil ausgab, das er auch deutlich günstiger hätte haben können. Und doch hatte er noch nicht einmal 25 Prozent des ihm anvertrauten Budgets ausgeschöpft.

Würde ihn nach seiner Rückkehr jemand nach dem Rest des Geldes fragen? Würde jemand nach Quittungen verlangen, die er natürlich allesamt sofort vernichtet hatte, um keinerlei Spuren zu hinterlassen? Würde jemand ihn damit konfrontieren, dass er viel zu sehr auf die Qualität und deutlich zu wenig auf den Preis seiner Einkäufe geachtet hatte?

Diese Gedanken waren jetzt, da er quer über dem Motor von Schulzes Wagen lag, um eines der mitgebrachten Teile am Steuermotor der elektrisch unterstützten Servolenkung anzubringen, nicht in Durmus' Kopf. In diesem Moment funktionierte er rein mechanisch, wurde jeder Handgriff wie von einer fremden Macht gesteuert. Er wusste, wie viel Zeit er für jede Verrichtung benötigte, und einem Roboter gleich führte er sie aus.

Jedes Mal, wenn er sich einer anderen Aufgabe im oder unter dem Auto zuwandte, schaltete er die beiden magnetischen LED-Punktstrahler aus, die seine Arbeit für Augen außerhalb der Werkstatt unsichtbar beleuchteten. Danach befestigte und justierte er sie neu und betätigte wieder die kleinen Einschaltknöpfe. Das war zwar mühsam, stellte aber sicher, dass wirklich niemand Licht durch die Milchglasscheiben des großen Rolltors wahrnehmen konnte.

Hakan Durmus war es durchaus gewohnt, unter Bedingungen wie diesen zu arbeiten. Jedoch war er noch nie von seinem *Reis* direkt zu einer dieser Arbeiten aufgefordert worden. Es erfüllte ihn noch immer mit großem Stolz, für diese Mission ausgewählt worden zu sein, und es machte ihn glücklich, solch einen Plan zur Umsetzung ausgearbeitet zu haben.

Zwei Stunden und 50 Minuten, nachdem er begonnen hatte, stellte er sich aufrecht, reckte sich, bog den schmerzenden Rücken durch und atmete tief und zufrieden ein.

Es war vollbracht.

Alles, was zu tun gewesen war, hatte er getan. Die Technik war eingebaut und sie arbeitete ausgezeichnet, wie mehrere Funktionstests innerhalb der letzten Stunde bewiesen hatten.

Dann widmete er sich einer letzten Sache, nämlich dem Wiederauffüllen des Differenzialöls, das er ein paar Tage zuvor nachts abgelassen hatte. Langsam, fast bedächtig, packte der Geheimdienstmitarbeiter im Anschluss seine Utensilien und Werkzeuge zurück in den Rucksack, ging zwei weitere Male den Platz, an dem er in den letzten Stunden tätig gewesen war, durch, um auf keinen Fall irgendetwas zu vergessen, nickte schließlich zufrieden und verließ die Werkstatt auf dem gleichen Weg, auf dem er gekommen war.

8

Den folgenden Tag verbrachten Ritter und Hain damit, den Mordfall an dem Wohnmobilhändler für die weiteren Schritte der Staatsanwaltschaft aufzubereiten. Es galt, jede Menge Papierkram zu erledigen, die relevanten Zeugenaussagen zu ordnen und die restlichen Beweismittel zu archivieren. Als die beiden um 17:30 Uhr ihren Arbeitstag beendeten, waren ihre Köpfe leerer als nach einem Tag, den sie ermittelnd auf der Straße verbracht hatten. Jeder hing wieder seinen Gedanken nach und jeder freute sich auf das, was der Tag noch bringen würde. Bei Hain waren das Frau und Kinder, die Kommissarin erwartete eine seit Längerem vereinbarte Verabredung mit einer Internetbekanntschaft.

Am nächsten Morgen verließ sie um genau 7:32 Uhr am Hauptbahnhof die Regiotram, ging mit federnden Schritten die Stufen zur Erdgeschossebene hinauf und reihte sich in die Schlange derer ein, die an der Bahnhofsbäckerei auf ihren Kaffee oder gleich ihr komplettes Frühstück warteten.

»Wie immer, Pia?«, fragte die strohblonde Frau hinter dem Tresen, als die junge Polizistin es bis nach ganz vorn geschafft hatte.

»Klar. Einen Kaffee und ein Rosinenbrötchen.«

Ein kurzer Moment des Überlegens.

»Nein, warte Jutta, heute schlage ich mal fett über die Stränge und nehme einen XXL-Cappuccino. Und gib mir bitte zwei Rosinenbrötchen dazu.«

»Wow. So kenne ich dich ja gar nicht. Hattest du gestern kein Abendessen oder gibt es was zu feiern?«

Die Polizistin beugte sich nach vorn. »Keins von beidem, ich habe nicht wirklich viel geschlafen letzte Nacht«, flüsterte sie der Frau, die sie seit mehr als zehn Jahren kannte und mit der sie eine enge Freundschaft verband, verschwörerisch zu.

Die riss die Augen auf und fing an zu grinsen. »Wird da am Ende was Ernstes draus?«, wollte sie völlig ungeniert wissen.

Pia zuckte mit den Schultern. »Wer kann das schon wissen, Jutta. Aber der Anfang war schon mal richtig gut. Und wenn ich *richtig gut* sage, dann meine ich diesmal auch *richtig gut.*«

Die Verkäuferin drehte sich um, nahm den Cappuccinobecher vom Abtropfsieb, drückte einen Deckel darauf und reichte ihn über die Theke.

»Cool. Lass uns unbedingt heute Abend telefonieren, ja?«

»Machen wir. Aber nicht nach neun, da will ich nämlich schon tief und fest schlafen.«

»Ich ruf dich gegen sieben an. Ist das in Ordnung?«

»Das sollte klappen.«

Mit dem Kaffeebecher in der einen und der Rosinenbrötchentüte in der anderen Hand betrat sie keine fünf Minuten später ihr Büro, das sie sich mit Thilo Hain teilte.

»Moin«, wurde sie von ihrem Kollegen begrüßt.

»Moin auch«, erwiderte sie gut gelaunt.

Der Hauptkommissar bedachte sie mit einem skeptischen Blick. »Wenn du so früh am Morgen schon so gute Laune hast, hat das bisher noch immer eine Katastrophe nach sich gezogen. Steht so etwas heute wieder zu befürchten?«

Pia stellte ihre Mitbringsel auf den Tisch, zog ihren Sommerblazer aus und hängte ihn über die Stuhllehne.

»Weißt du eigentlich, was heute für ein Tag ist, Thilo?«, fragte sie zurück, ohne auf die Anmerkung ihres Kollegen einzugehen.

»Jep. Heute ist Mittwoch.«

»Und das Datum?«

Er nannte ihr das korrekte Datum.

»Und? Fällt dir dazu irgendwas ein?«

»Verdammt«, brummte er. »Habe ich mal wieder meinen Hochzeitstag vergessen?«

Pia machte ein gleichgültiges Gesicht. »Das wäre dein persönliches Problem; aber wie ich deine Carla kenne, hättest du es dann heute Morgen nicht mal bis zur Tür geschafft. Die Richtung allerdings ist gar nicht schlecht.«

Hain überlegte eine Weile. »Keine Ahnung, was du meinen könntest«, stellte er schließlich schulterzuckend fest.

»Wir beide«, entgegnete Pia nach einem Schluck ihres nicht mehr ganz heißen Heißgetränks, »haben heute so etwas wie Jubiläum. Von Hochzeitstag will ich jetzt mal lieber nicht reden, aber wir beide arbeiten heute seit genau einem Jahr miteinander.«

»Ist nicht wahr«, zeigte sich der Hauptkommissar verblüfft. »So lang ist das schon her?«

»So lang ist das schon her. Und du hast mir bisher keine geschmiert.«

»Du mir schon.«

»Die hattest du aber wirklich verdient.«

Sie sprachen über einen Vorfall aus dem Jahr zuvor, als Pia ihm in der ersten gemeinsamen Arbeitswoche eine Ohrfeige verpasst hatte.

»Was man sicher auch anders sehen könnte.«

»Ich nicht. Und du hast mich immerhin auch nicht nachts irgendwo draußen im Wald abgesetzt wie meinen Vorgänger.«

»Das hatte der aber nun auf jeden Fall verdient.«

»Auch darüber gibt es garantiert nicht nur eine Meinung.«

»Aber meine, und die zählt.«

»Arschgeige.«

Es klopfte an der Tür.

»Ja, immer herein«, rief Hain.

Jürgen Lehmann, Kollege der beiden beim Kriminaldauerdienst, betrat mit müdem Gesichtsausdruck den Raum. »Morgen, ihr beiden«, sagte er leise zur Begrüßung.

»Morgen, Lemmi«, gab Hain mit Blick auf die über der Tür hängende Uhr zurück. »Was machst du denn noch hier?«

Pia nickte dem Kollegen aufmunternd zu. »Hallo, Lemmi. Du siehst aus, als könntest du ein paar Stunden Schlaf gut gebrauchen.«

Lehmann winkte mit der Kladde ab, die er in der rechten Hand hielt. »Ich bin noch hier, weil wir letzte Nacht zu einem komischen Unfall gerufen wurden, der sich ein paar Stunden vorher ereignet hatte«, erwiderte er mit Blick auf Hain, um sich dann Pia Ritter zuzuwenden. »Und Schlaf könnte ich tatsächlich jede Menge gebrauchen, aber vermutlich werde ich erst mal bei der Psychotante vorbeigehen.«

»Ach du Scheiße. So schlimm?«

»Schlimmer.«

»Aber Unfälle sind doch eigentlich gar nicht dein Geschäft, Lemmi. War es was Persönliches oder bist du privat in die Sache involviert?«

Lehmann schüttelte den Kopf. »Nein, weder das eine noch das andere. Aber es gibt auch nach mehr als 30 Dienstjahren noch Sachen, die mir zu schaffen machen.«

Pia rückte ihm einen Stuhl zurecht und bat ihn, sich zu setzen. »Willst du uns was darüber erzählen?«

»Leider muss ich das sogar. Es muss sein, weil mir irgendwas sagt, dass an der Geschichte was faul ist. Was faul sein muss, um genau zu sein.« Er legte die Kladde vor sich auf dem Tisch ab. »Kaffee habt ihr keinen für mich, oder?«

Hain ging zu der hinter ihm stehenden Kaffeemaschine und befüllte sie. »In ein paar Minuten kann dir geholfen werden.«

»Gut.«

»Aber jetzt erzähl, was passiert ist.«

Der Mann vom KDD holte tief Luft und schloss für einen Moment die Augen. »Eine, wie gesagt, komplett merkwürdige Geschichte. So um 22:45 Uhr gestern Abend ist eine ältere Mercedes-Limousine auf der A 49 auf Höhe der Anschlussstelle Waldau von der Straße abgekommen, in die Böschung gerast, hat sich dort mehrmals überschlagen und sofort Feuer gefangen. Dabei wurden ein Mann und ein Kind schwer verletzt.« Er sah seine Gesprächspartner matt an. »Komisch an der Sache ist, dass die Karre nach Aussage eines Zeugen, der auf der Gegenspur gefahren ist, schon in hellen Flammen stand, als sie noch in der Luft und auf dem Weg Richtung Böschung war.«

»Du weißt, Lemmi, wie das mit den Beobachtungen von Zeugen so ist. Manche behaupten hinterher Sachen, die man ihnen einfach nicht glauben kann.«

»Das stimmt schon, und das weiß ich auch, aber der Kerl ist ein Handelsvertreter mit erstens 100.000 Kilometern im Jahr auf dem Tacho und zweitens einer Dashcam in der Windschutzscheibe.«

»Es gibt einen Film über den Abflug?«, fragte Pia überrascht nach.

»Film würde ich das nicht gerade nennen, aber mit gutem Willen könnte man aus den Bildern schon herauslesen, dass der Mercedes in einem sehr frühen Stadium des Unfalls zu brennen angefangen hat.«

»Haben sie euch deswegen hinzugeholt?«

»Nicht direkt. Die Kleine, also das schwer verletzte Mädchen, ist kurz nach ihrer Einlieferung ins Krankenhaus gestorben, und da hielt es die Feuerwehr, auch wegen der Aussage des Zeugen, für angebracht, die Kripo hinzuzuziehen.«

»Und du meinst wirklich, an diesem Unfall könnte etwas nicht mit rechten Dingen zugegangen sein?«

Lehmann atmete erneut schwer ein und wieder aus. »Ich weiß es nicht, Thilo. Aber mein Kriminalerhirn und mein sechster Sinn sagen mir, dass man zumindest mal ein wenig intensiver drüberschauen sollte. Wenn ihr nichts findet, umso besser, aber ich will nicht in 14 Tagen morgens aufwachen und mir eingestehen müssen, dass ich etwas unterlassen habe, das notwendig gewesen wäre.«

»Prima Einstellung, Lemmi. Was ist denn mit dem Fahrer? Gibt es schon Hinweise auf seine oder die Identität des Kindes?«

»Nein. Er ist, noch bevor er im Krankenhaus war, ins Koma gefallen. Sowohl er als auch das Mädchen hatten bei dem Unfall extreme Verbrennungen abgekriegt und es steht in den Sternen, ob er durchkommen wird.«

»Was ist mit dem Wagen? Weißt du schon, wem er gehört?«

»Keine Chance. Der Bereich um die Fahrgestellnummer herum ist praktisch flüssig gewesen. An der Stelle ist fürs Erste nichts zu holen, aber ich bin sicher, dass über kurz oder lang hier jemand auftaucht und nach den beiden fragt oder sucht.«

»Wie steht es mit seiner Geschwindigkeit? War er zu schnell?«

Der KDD-Mann zuckte mit den Schultern, griff zu der gut gefüllten Kaffeetasse, die Hain ihm hinhielt, schenkte Milch dazu und trank einen großen Schluck. »Keine Ahnung. Es wird halt alles darauf ankommen, was der Sachverständige sagt. Aber viel spannender als die Geschwindigkeit des Wagens zum Unfallzeitpunkt ist für mich der brutal schnelle Ausbruch des Feuers.«

»Hm. Und wir sollen jetzt dafür sorgen, dass du in vier Wochen immer noch halbwegs entspannt durch die Gegend rennen kannst?«

»Es wäre mir ein echtes Anliegen, ja.«

»Was sagt denn die Feuerwehr zu der Geschichte? Hatten die so etwas schon mal?«

»Nee, die halten sich komplett bedeckt. Da kommt keiner

mit einer Aussage aus der Deckung, die man ihm später vielleicht um die Ohren hauen könnte.«

»Und der Sachverständige? Es war doch sicher schon einer vor Ort?«

»Klar. Ein Herr Diplomingenieur Neugebauer. Ich kenne ihn nicht persönlich und hatte noch nie was mit ihm zu tun, aber er macht einen seriösen und gewissenhaften Eindruck auf mich.«

»Die Daten des Zeugen sind in den Unterlagen?«, wollte Pia wissen.

»Alles dabei, was ich habe.« Lehmann erhob sich und ging langsam Richtung Tür. »Wie gesagt, ich gehe jetzt erst mal bei der Psychotante vorbei und dann ins Bett. Aber es wäre schön, wenn ihr mich auf dem Laufenden halten würdet.«

»Das machen wir, Lemmi. Versprochen.«

20 Minuten nach dem Abschied von Lehmann trafen die beiden an der Unfallstelle ein. Die A 49 in Richtung A 7 war noch immer nicht komplett freigegeben, der Verkehr musste sich auf die Benutzung der Überholspur beschränken. Hain stellte seinen nach einem Unfall im Jahr zuvor komplett neu aufgebauten Mazda MX5 auf dem Seitenstreifen ab.

»Hi, Michi«, begrüßte Pia den Uniformierten, der dafür sorgte, dass sich alle Verkehrsteilnehmer an die Beschränkung hielten.

»Mensch, wenn das nicht die Kollegin Ritter ist, die mittlerweile Karriere gemacht hat«, kam es gut gelaunt zurück. »Ist lange her, seit wir zusammen unsere Ausbildung absolviert haben.«

»Stimmt. Und das mit der Karriere wollen wir mal besser nicht so hoch hängen. Wenn mir das Leben ohne Uniform auf den Geist gehen sollte, bin ich schneller wieder bei euch, als du gucken kannst.«

Der Mann winkte ab. »Zum Glück wissen wir beide, dass du das auf keinen Fall ernst meinst.« Er bedachte einen Autofahrer, der die Verengung deutlich zu schnell passierte, mit einem bösen Blick. »Aber was macht ihr beiden denn hier? Ich dachte, das war ein Unfall.«

»Ja, das denken wir eigentlich auch«, erwiderte Pia mit angehobener Stimme, um den Verkehrslärm zu übertönen. »Nur mal drüberschauen, um für alle Eventualitäten gerüstet zu sein.«

»Dann viel Spaß.«

Die Kommissarin wies auf einen Mann mit weißem Haar und giftgrüner Warnweste, der etwa 70 Meter von den dreien entfernt in der Böschung stand und Fotos machte. »Ist das der Sachverständige?«

Michi nickte. »Hat sich zwar bei mir nicht persönlich vorgestellt, aber die Kollegen haben es mir erzählt. Seit ich hier vor zwei Stunden angetreten bin, läuft er rum, schreibt sich Sachen auf und macht von allem Bilder.«

Pia reichte ihm die Hand. »Danke. Und wenn ich zurück zur Trachtentruppe wechseln sollte, erfährst du es als Erster, versprochen.«

Der Uniformierte rief ihr noch etwas hinterher, was jedoch im Lärm eines vorbeifahrenden Lastwagens unterging.

»Herr Neugebauer?«, fragte Hain den Mann, als sie sich ihm auf Rufweite genähert hatten.

Er nickte.

Hain stellte seine Kollegin und sich vor. »Schon irgendwelche Erkenntnisse, was den Unfallhergang angeht?«, fragte der Hauptkommissar.

Wieder ein Nicken. »Viel zu hohe Geschwindigkeit für ein viel zu altes Auto. Vielleicht war auch Alkohol im Spiel, aber das müssen andere herausfinden. Ich kann nur sagen, dass er nach einer ersten vorsichtigen Schätzung mindestens 55 Stundenkilometer über den zulässigen 100 km/h unterwegs gewesen sein dürfte.«

»Und warum ist er in die Böschung gerast?«

»Wie es sich im Augenblick darstellt, weil er die Lenkung verrissen hat. Vielleicht gab es ein externes Ereignis, das ihn dazu verleitet hat, keine Ahnung, aber die Reifenspuren deuten klar darauf hin, dass er aus irgendeinem Grund hart an der Lenkung gekurbelt hat.«

»Hm. Und haben Sie vielleicht auch eine Idee, warum der Wagen so schnell Feuer gefangen hat? Immerhin sagt ein Zeuge aus, dass er schon auf dem Weg Richtung Böschung gebrannt haben soll.«

»Das ist durchaus nicht ungewöhnlich. Ich hatte einmal einen Fall, da hat es die Benzinleitung während des Schleuderns abgerissen. Hier allerdings würde ich davon ausgehen, dass durch die harsche Lenkbewegung etwas im Motorraum geschehen ist, das den Brand verursacht hat. Ich werde mir das ausgebrannte Fahrzeug zwar noch genauer ansehen, aber in dieser Richtung sollte die Ursache auf jeden Fall zu suchen sein.«

»Wie sieht es denn mit möglichem Fremdverschulden aus? Können Sie das nach Ihrem jetzigen Kenntnisstand zu 100 Prozent ausschließen?«

»Definitiv ja, das schließe ich aus. Möglicherweise gab es einen Reifenplatzer, was die Spuren zwar im Augenblick nicht bestätigen, aber das ging doch alles ziemlich schnell und war mit sehr großen Kräften verbunden, die hier aufgetreten sind. Ich will zwar meinem Computerprogramm im Büro nicht vorgreifen, aber nach meiner langjährigen Erfahrung und aus der Berufspraxis heraus können Sie sich definitiv von dem Gedanken verabschieden, dass hier ein Fremdverschulden vorliegt.«

»Wo ist das Auto jetzt?«

»Ich habe es zu meiner Betriebsstätte bringen lassen. Warum?«

»Weil ich es gern kriminaltechnisch untersuchen lassen würde.«

Diplomingenieur Neugebauer lachte laut auf. Ein wenig zu laut für Hains Geschmack. »Was glauben Sie denn, was Sie da noch finden werden? Im Motorraum haben für mehrere Minuten Temperaturen von weit mehr als 1.000 Grad geherrscht, da ist alles komplett verbrannt und verschmort. Nein, Sie sollten die Rekonstruktion des Unfallhergangs wirklich besser einem erfahrenen, amtlich anerkannten und vereidigten Sachverständigen überlassen. Von den technischen Möglichkeiten, über die ich verfüge, will ich dabei noch nicht einmal reden.«

Wenn Hain ernsthaft darüber nachgedacht hätte, den Fall nach der Aussage des Sachverständigen auf sich beruhen zu lassen, was er definitiv nicht tat, dann hätten die letzten Sätze des Herrn Neugebauer ihn ganz sicher vom Gegenteil überzeugt. Also lächelte er den Mann an und reichte ihm die Hand. »Sie können das Unfallfahrzeug von diesem Moment an als beschlagnahmt betrachten, Herr Neugebauer. Es ist ab sofort Gegenstand einer kriminaltechnischen Untersuchung. Und was es bedeutet, wenn Sie daran jetzt noch eine einzige Schraube oder Mutter drehen, muss ich Ihnen ja sicherlich nicht erklären.«

9

»Es tut mir wirklich leid, aber ich kann Ihnen keine Prognose zu seinen Überlebenschancen stellen«, wurde den beiden Polizisten gut 35 Minuten später von Dr. Kammler erklärt. Der Spezialist für die Behandlung von Verbrennungen am Klinikum Kassel hatte den weiterhin nicht identifizierten Mann mit den schweren Brandwunden im Verlauf der Nacht vier Stunden lang operiert. »Ich bin schon sehr lange in diesem Geschäft, aber so massive Brandverletzungen habe ich selten gesehen«, fügte er hinzu. »Und es würde für mich, offen gesagt, an ein Wunder grenzen, wenn der Mann das überleben würde.«

»Dann brauche ich vermutlich gar nicht zu fragen, ob wir für ein paar Minuten zu ihm dürfen.«

Der Mediziner schüttelte energisch den Kopf. »Aber nein, wo denken Sie hin! Der Patient ist mit Sicherheit in den nächsten zehn, eher 14 Tagen auf keinen Fall vernehmungsfähig. Mindestens so lang wird er von uns im künstlichen Koma gehalten werden. Sie haben vermutlich keine Vorstellung, welche Schmerzen er aushalten müsste, wenn er jetzt bei Bewusstsein wäre. Und ich weise noch einmal explizit darauf hin, dass es sehr fraglich ist, ob er diese Zeit überhaupt überleben wird.«

»Wäre es vielleicht trotzdem möglich, Fingerabdrücke von ihm zu nehmen? Immerhin wissen wir noch nicht, um wen es sich bei ihm handelt. Da könnten die Fingerabdrücke für uns von großer Wichtigkeit sein.«

»Auch was das angeht, muss ich Sie enttäuschen. Die Hände und speziell die Finger des Mannes hatten über sehr lange Zeit, also deutlich mehr als ein paar Sekunden, Kontakt mit glühendem Metall. Bis auf den kleinen Finger der linken Hand sind sämtliche Fingerkuppen massiv von schwersten Verbrennungen betroffen.«

Pia kratzte sich am Ohr. »Das alles klingt wirklich nicht sehr ermutigend.«

»Das ist es auch nicht.«

Die beiden Polizisten bedankten sich bei dem Mediziner und verließen das Arztzimmer.

»Manchmal denke ich, dass es besser für einen Menschen ist, wenn er eine Sache nicht überlebt«, sagte die Oberkommissarin auf dem Weg zum Fahrstuhl. »Und dieser Fall jetzt und hier ist ein *Manchmal.*«

»Die gleiche Idee hatte ich auch gerade«, stimmte Hain ihr mit trockener Kehle zu.

»Und jetzt?«

»Jetzt fahren wir …« Er wurde vom Klingeln seines Telefons unterbrochen. »Ja, Hain.«

»Ich bin's, Bernd.«

Der Anruf kam von Bernd Haberland, dem ihnen im Präsidium zuarbeitenden Oberkommissar.

»Ja, Bernd, was gibt es?«

»Ich war gerade in der Kriminaltechnik, als der Unfall-Mercedes von letzter Nacht angeliefert wurde. Und weil ich wusste, dass es noch Identifikationsbedarf gibt, habe ich mir das Wrack ein wenig genauer angeschaut. Und was soll ich sagen, ich habe einen komplett erhaltenen Satz der Fahrzeug-ID gefunden.«

»Ich dachte, die Fahrgestellnummer hätte sich verflüssigt?«

»Hat sie auch. Aber eine der wegen der Hitze geborstenen Scheiben ist im Wageninnern gelandet, zu unserem Glück mit der komplett erhaltenen eingeätzten Fahrgestellnummer drauf.«

»Das gibt's doch nicht. Wirklich gute Arbeit, Bernd.«

»Danke. Auf jeden Fall wissen wir jetzt, wem der Wagen gehört.«

»Und?«

»Der Besitzer heißt Okan Schulze. Der Mann ist sogar so etwas wie eine lokale Größe.«

»Was ist er denn? Zuhälter? Rennfahrer? Unterhosenmodel?«

»Nichts dergleichen. Eher so etwas wie ein Politiker.«

»Und den muss man kennen?«

»*Muss* natürlich nicht. Ich auf jeden Fall habe schon von ihm gehört.«

Hain schluckte. »Hat er Kinder?«

»Nicht, dass ich wüsste. Aber ich gebe dir mal die Adresse, dann könnt ihr euch um den Rest und die Überbringung der Todesnachricht kümmern. Vielleicht war das Mädchen ja wirklich seine Tochter.«

»Vielen Dank auch.«

Der Hauptkommissar notierte sich die Adresse und beendete das Gespräch. »Schöne Scheiße«, murmelte er.

Pia, die mehr oder weniger mitgehört hatte, nickte. »Stimmt, aber hilft ja nichts. Hinfahren müssen wir.«

Die Adresse, die sie von Haberland bekommen hatten, befand sich im Stadtteil Helleböhn, direkt gegenüber der gleichnamigen Sportanlage, und lag am Ende einer ruhigen Sackgasse. Eine klassische Einfamilienhaussiedlung mit oft nicht mehr ganz taufrischer Bebauung und nicht allzu großen Grundstücken darum herum. Hain lenkte den Mazda vor Hausnummer 13, stellte den Motor ab und zog den Zündschlüssel aus dem Schloss.

»Du weißt, dass ich im Überbringen von Todesnachrichten nicht so der König bin, Pia. Willst du das also diesmal übernehmen?«

Sie blickte ihren Kollegen spöttisch an. »Ich verstehe gar nicht, warum du das jedes Mal aufs Neue probierst, Thilo. Ich war letztes Mal dran und jetzt bist du wieder an der Reihe. Und hör auf, mir die Ohren vollzuheulen von wegen: Ich kann das so schlecht. Meine Erfahrungen damit sprechen eine deutlich andere Sprache, also zier dich nicht und bring es hinter dich. Nächstes Mal trifft es wieder mich, und du wirst kein Wort dazu von mir hören.«

Hain schwang sich aus dem Cabrio und warf die Tür ins Schloss. »Aber es war ein guter Versuch, das musst du zugeben.«

»Nicht mal im Ansatz war der gut, mein Lieber.«

Am Klingelschild des Hauses, vor dem sie kurz darauf standen, war in großen bunten Blockbuchstaben »Familie Schulze« zu lesen. Pia klingelte und trat einen Schritt zurück.

»Dein Auftritt, Großer«, murmelte sie leise in seine Richtung. Als sich nach einer halben Minute nichts getan hatte, probierte sie es erneut. Wieder gab es keine Reaktion.

»Zählt aber trotzdem als gültiger Versuch«, brummte Hain.

»Diesen Gedanken kannst du dir ganz gepflegt aus dem Kopf schlagen.«

Sie gingen um das Haus herum, doch auch auf der Terrasse befand sich niemand.

»Und nun?«, wollte Pia wissen.

»Nun fahren wir ins Präsidium und …«

»Hallo, was machen Sie denn da? Wollen Sie zu den Schulzes?« Der Hauptkommissar wurde von einer energischen Frauenstimme unterbrochen, die offenbar hinter der Hecke zum Nachbargrundstück ausgesendet wurde.

Die beiden Polizisten drehten sich um und sahen sich fragend an.

»Wir haben das nicht so gern, wenn Fremde hier auf den Grundstücken herumlungern«, setzte die unsichtbare Stimme streng hinzu.

Pia ging auf die Hecke zu, während sie ihren Dienstausweis aus der Jackentasche kramte. »Wir sind von der Polizei«, versuchte sie, der Frau hinter dem Buschwerk zu erklären.

»Ach, das ist doch die älteste Masche der Welt.«

»Aber ich habe einen richtigen, echten Ausweis. Den haben die bösen Buben, die sich immer für uns ausgeben, nicht.«

»So was macht mir mein Sohn in fünf Minuten.«

»Dann kommen Sie bitte mal aus Ihrer Deckung heraus und schauen sich dieses Ding genau an.«

Es raschelte, und eine etwa 55-jährige Frau in einer bunten Kittelschürze tauchte auf. In ihrem Haar hatten sich mehrere Blätter verfangen, was ihrem Auftritt eine komische Note verlieh.

»Ich kann mir beim besten Willen nicht vorstellen, dass die Polizei in einem roten Cabriolet auftaucht«, erklärte sie der Kommissarin, während sie den Ausweis mit zusammengekniffenen Augen musterte.

»Es wäre der Menschheit viel geholfen, wenn der Einzelne mehr Vertrauen in seine Mitbürger hätte«, beschied Hain der Frau, während er mit ebenfalls hochgehaltenem Ausweis auf sie zuging.

»Ach ja? Es wäre der Menschheit wahrscheinlich deutlich mehr geholfen, wenn nicht bestens organisierte rumänische oder bulgarische Banden durch die Vorgärten ziehen und alles klauen würden, was nicht niet- und nagelfest ist. Und man dabei noch von Glück sagen kann, wenn nicht gleich das ganze Haus ausgeräumt wird.«

»Sie sprechen sicher aus Erfahrung«, vermutete Pia Ritter mit freundlichem Blick. »Oder sind Sie selbst noch gar nicht das Opfer dieser bestens organisierten rumänischen oder bulgarischen Banden geworden?«

»Na ja, wir hier oben hatten bis jetzt ziemliches Glück. Aber man kann ja jeden Tag in der Zeitung lesen von diesen ganzen Sachen.«

»Ach so. Aus der Zeitung haben Sie Ihre Weisheit.«

»Nun werden Sie mal nicht persönlich«, baute die Frau sich vor Pia auf. »Sonst kann ich auch ganz anders, das sage ich Ihnen.«

»Daran hege ich nicht den geringsten Zweifel.«

»Und trotzdem«, mischte Hain sich wieder ein, »wäre uns sehr stark daran gelegen zu erfahren, wo wir jemanden von der Familie Schulze erreichen können.«

Die Frau drehte sich wortlos um und ging auf den Busch zu, aus dem sie aufgetaucht war.

Thilo und Pia sahen sich fragend an.

»Hallo, wir bitten Sie um Ihre Hilfe.«

»Bitten Sie doch, wen Sie wollen. Bei mir jedenfalls werden Sie damit kein Glück mehr haben.«

Damit hatte sie die Rabatte erreicht und verschwand dahinter.

»Tss«, machte Pia.

Hain grinste über das ganze Gesicht. »Zickig nennt man so was wohl, glaube ich.«

»Sie dürfen meiner Mutter das nicht übel nehmen«, erklärte nun ein junger Mann, der sich von der Straße her näherte. »Ich habe alles von einem Fenster im ersten Stock verfolgt und kann mich nur für sie entschuldigen.«

»Schon in Ordnung«, gab Pia zurück. »Wir stecken nun mal alle in unserer Haut.«

»Ja, aber die Haut meiner Mutter mag ihr nicht mehr so richtig passen. Sie leidet an einer beginnenden Demenz, was nichts anderes heißt, als dass sie in der Regel sehr aufbrausend ist.«

»Ich dachte, bei Demenz wird man vergesslich?«

»Das stimmt. Und das hat bei ihr auch schon eingesetzt, allerdings noch nicht sehr ausgeprägt.«

»Dann sind Sie sicher nicht zu beneiden mit der Situation.«

»Auch das ist richtig. Ich lebe jedoch normalerweise in Aachen und habe nicht wirklich viel damit zu tun. Jetzt bin ich ein paar Tage hier, um mich um einen Heimplatz für sie zu kümmern.«

»Dann können Sie uns vermutlich nichts über Ihre Nachbarn, die Schulzes, sagen?«

»Kommt ganz darauf an, was Sie wissen wollen.«

»Zum Beispiel, wann Sie sie zuletzt gesehen haben«, fragte Hain.

»Gestern Abend. Sie saßen Wein trinkend auf der Terrasse. Warum?«

»Wann genau war das?«

»Ich war gestern spät noch mit Freunden aus. Als ich gegen 21:30 Uhr das Haus verlassen habe, saßen Sie auf jeden Fall noch dort.«

»Und heute Morgen?«

Er lachte schelmisch. »Da hatte ich wirklich andere Sorgen, als mich um die Nachbarn zu kümmern.«

»Haben die Schulzes Kinder?«, fragte Pia Ritter.

»Nein, das definitiv nicht. Wenn ich Okan richtig verstanden habe, wollten sie immer welche, aber es hat wohl irgendwie nicht geklappt. Und jetzt … Na ja, wir werden alle nicht jünger.«

»Haben Sie irgendeine Ahnung, wo wir die beiden finden können?«

»Klar. Tina ist garantiert in ihrem Übersetzungsbüro, und Okan arbeitet bei der Jugendpflege des Landkreises. Das Übersetzungsbüro ist übrigens in der Friedrich-Ebert-Straße. Fragen Sie mich nicht nach der Nummer, aber die finden Sie auf jeden Fall im Internet.«

Hain und Ritter bedankten sich und verließen das Grundstück.

»Was würdest du machen, wenn deine Eltern dement werden würden?«, wollte er von ihr wissen.

»Keine Ahnung. Eigentlich gar nichts.«

»Was heißt das? Sind dir deine Eltern so egal?«

Sie blinzelte in den Himmel, setzte die Sonnenbrille auf und nickte. »Meine Eltern waren immer scheiße zu mir, Thilo. Sie sind über alle Maßen religiös und haben immer versucht, mich zu einem vollwertigen Mitglied ihrer Sekte zu machen. Dass ich das nicht besonders cool fand, kannst du dir bestimmt vorstellen.«

»Wow, das wusste ich ja gar nicht. Was ist das denn für eine Sekte?«

»Eine freikirchliche. Besser wäre es allerdings, sie evangelikal zu nennen. Erzkonservativ würde auch nicht weit daneben liegen.«

»Und die haben mit dir das komplette Programm durchgezogen? Ich meine, all das, was man so aus dem Fernsehen kennt?«

»Das und noch einiges mehr. Aber es würde jetzt zu weit gehen, dir das alles aufzuführen. Kurz und knapp kann ich dir aber sagen, dass ich schon seit vielen Jahren keinen Kontakt mehr zu ihnen unterhalte.«

»Gar keinen mehr? Ich meine, auch an Weihnachten und so nicht?«

»Hör mir bloß auf damit. Weihnachten und die Tage davor waren bei uns immer eine echt miese Zeit. Und Geschenke hat es ohnehin nie gegeben, so was war als rein weltliches Gehabe komplett verpönt.«

»Junge, Junge, Junge, das klingt aber wirklich mies.«

Die junge Kommissarin gähnte herzhaft und machte dabei eine wegwerfende Handbewegung. »Nee, lass mal. Mittlerweile habe ich meinen Frieden damit gemacht. Also nicht mit meinen Eltern, denen verzeihe ich immer noch nicht, dass sie mir meine Kindheit und den Beginn meiner Jugend so ziemlich zur Hölle gemacht haben mit ihrer verdammten Frömmigkeit. Aber für mich ist die Sache schon lange erledigt. Sowohl emotional wie auch vom Verständnis her. Soll halt jeder glauben, was er will, aber das reklamiere ich dann genauso für mich. Nur anderen auf den Keks gehen mit irgendwelchen missionarischen Aktionen, am besten noch mir selbst, da werde ich ziemlich schnell fuchsteufelswild.«

Während ihres Gesprächs hatte ein alter VW Polo hinter ihnen geparkt. Die Frau am Steuer hatte den Wagen mit schnellen Schritten verlassen und sich auf den Weg zum Hauseingang der Schulzes gemacht, wo sie einen Schlüssel ins Schloss steckte und im Innern verschwand.

»Was war das jetzt?«, fragte Hain erstaunt.

»Vielleicht die Putzfrau?«

»Oder die Hausherrin, die vielleicht etwas zu Hause vergessen hat.«

»Das sollten wir zumindest klären«, schlug Pia vor und hatte schon die Hand an der Klingel.

Die Frau mit den kastanienbraunen Haaren öffnete nach Pia Ritters erstem Läuten. »Ja«, sagte sie mit Blick auf einen Aktenordner in der Hand. »Ich habe leider jetzt gar keine Zeit für Sie, was immer Sie auch von mir wollen.«

»Frau Schulze?«, wollte Hain wissen, ohne auf ihre Bemerkung einzugehen.

»Ja, klar, bin ich Frau Schulze. Und wer sind Sie?«

»Hauptkommissar Thilo Hain von der Kriminalpolizei Kassel.«

»Und mein Name ist Pia Ritter, ich bin seine Kollegin.«

»Und was will die Polizei von mir? Bin ich zu schnell gewesen auf dem Heimweg?«

»Das wissen wir nicht, und es interessiert uns auch nicht«, stellte Hain schnell klar. »Wir sind hier, weil wir auf der Suche nach Herrn Schulze sind. Okan Schulze.«

»Mein Mann ist bei der Arbeit. Und vor halb sieben heute Abend kommt er ganz sicher nicht nach Hause.« Sie überlegte kurz. »Nein, heute hat er nach der Arbeit noch eine Parteisitzung, da wird es garantiert später. Kann ich Ihnen vielleicht helfen?«

Pia nickte. »Sie könnten uns sagen, wo und wann Sie den Wagen Ihres Mannes zuletzt gesehen haben.« Die Polizistin sah kurz auf einen Notizzettel und nannte ihr das Kennzeichen des Mercedes.

»Ja, das ist unser Auto. Allerdings ist es in Reparatur. Und das schon seit vorgestern Abend. Aber warum wollen Sie das wissen?«

»Es hat einen Unfall mit dem Fahrzeug gegeben, Frau Schulze.«

»Einen Unfall? Wann soll das denn gewesen sein?«

»Gestern Abend, gegen 22:45 Uhr.«

»Aber gestern Abend war mein Mann zu Hause. Er ist garantiert nicht mit dem Wagen unterwegs gewesen.«

»Wissen Sie, in welcher Werkstatt die Reparatur durchgeführt werden sollte?«

»Ja, natürlich. Aber sagen Sie mir doch bitte erst mal, was genau geschehen ist?«

Hain und Ritter tauschten einen kurzen, klärenden Blick. Das Folgende war nun Hains Angelegenheit.

»Mit dem Mercedes hat gestern Abend ein uns bisher unbekannter Mann einen Unfall gehabt«, erklärte er der Frau. »Dieser Mann ist sehr schwer verletzt. Tragischerweise war noch eine weitere Person im Fahrzeug, ein Mädchen, das den Unfall leider nicht überlebt hat.«

Aus dem Gesicht von Frau Schulze wich mit Hains Worten jegliche Farbe. Sie hielt mit der rechten Hand ihren Mund bedeckt und fing leise an zu schluchzen.

»Wissen Sie oder glauben Sie zu wissen, wer den Wagen zum Unfallzeitpunkt gesteuert hat, Frau Schulze?«, wollte Pia so vorsichtig wie möglich wissen.

In diesem Moment klappten Tina Schulze einfach die Beine weg. Sowohl Hain als auch Ritter kamen mit ihren Versuchen, den Aufschlag der Frau auf der Steintreppe zu verhindern, zu spät.

10

Hakan Durmus öffnete die Augen und richtete den verschlafenen Blick zu den mit transparenten Stores verhängten Fenstern. Mit großer Freude nahm er die gleißende Helligkeit wahr, die ihm signalisierte, dass draußen die Sonne schon hoch am Himmel stand.

Durchgeschlafen!, zuckte es ihm durch den Kopf.

Das war ihm in den acht oder zehn Nächten zuvor nicht gelungen.

Langsam, fast bedächtig, fuhren seine inneren Parameter in die Höhe. Und mit ihnen die Genugtuung darüber, einen kompletten, universellen und nicht im Geringsten infrage zu stellenden Triumph erzielt zu haben. Er war über sich hinausgewachsen, hatte die Vorgaben, die sein *Reis* ihm mitgegeben hatte, souverän überflügelt.

In diesem Hochgefühl sprang er kurz darauf aus dem Bett, ging nackt die wenigen Meter bis zur Dusche und ließ das kalte Wasser mehrere Minuten über seinen Körper rinnen.

Endlich nach Hause!, dachte er zufrieden. *Nach Hause zu Frau und Kindern.*

Natürlich war sein Zuhause nicht frei von Problemen, speziell jetzt, da sein Schwiegervater offenbar in großen Schwierigkeiten steckte. Aber das würde alles schon in Ordnung kommen, wenn er erst mal dem *Reis* Bericht erstattet hatte.

Ob er mich wieder persönlich empfangen wird? Mir vielleicht sogar einen Orden verleiht für meine großartige Arbeit?

Später würde er seine Sachen packen, die nicht mehr benötigten Fahrzeuge, wie längst geplant, zu einem überaus fairen Preis an einen Landsmann, der auf den Handel mit gebrauchten Autos spezialisiert war, verkaufen und dann das nächste Flugzeug nach Istanbul besteigen.

Vielleicht nicht direkt heute, aber spätestens morgen Mittag sitze ich im Flieger.

Mit dem immer noch alles überragenden Gefühl des Triumphs in jeder Pore entschied er sich, zunächst in das Café eine Straße weiter zu gehen, um einen Espresso zu trinken; so, wie er das in den letzten Wochen immer morgens getan hatte. Es gab in Deutschland mittlerweile einige gute Kaffeebars, denn was Kaffee anbelangte, war Durmus schon immer ein Gourmet gewesen. Im Poloshirt, modischer Leinenhose und rahmengenähten Schuhen an den strumpflosen Füßen sprang er die Treppenstufen hinunter, trat in den wohlig warmen, noch nicht zu heißen Sommertag und pfiff eine Melodie, bis er das kleine Szenerestaurant an der Ecke betrat.

»Guten Morgen«, begrüßte ihn die nette Bedienung hinter dem Tresen. »Einen doppelten Espresso, wie immer?«

»Auf jeden Fall, ja«, erwiderte er lächelnd. »Und dazu noch ein Croissant mit Marmelade, bitte.«

»Kommt sofort. Wollen Sie draußen sitzen oder hier im Restaurant?«

»Bei dem Wetter wäre es töricht, sich im Innern aufzuhalten, finden Sie nicht?«

»Würde ich auf jeden Fall auch machen, wenn ich nicht arbeiten müsste«, gab sie lachend zurück.

Durmus ging nach draußen, atmete die frisch und würzig riechende Luft ein und setzte sich an einen der freien Tische. Kurz darauf kam seine Bestellung.

»Wollen Sie vielleicht die Zeitung? Steht zwar nicht viel Interessantes drin, aber besser als in die Luft zu starren.«

»Nein, vielen Dank«, sagte der Türke, ohne nachzudenken. »Es ist ein so schöner Tag, den will ich mir auf keinen Fall von irgendwelchen schlechten Nachrichten verderben lassen.«

»Guter Plan«, stimmte sie ihm zu.

Der Kaffee war wie immer hervorragend, und auch das Croissant, das er zum ersten Mal probierte, war von ausgesuchter Qualität. Hakan Durmus spielte in seinem Kopf die Heimreise durch, dachte an Istanbul, seine Heimat, und seine Frau, während er kleine Schlucke von seinem Espresso nippte.

Während er das alles tat, wurde der Nebentisch von zwei älteren Frauen in Beschlag genommen. Die eine hielt die gleiche Ausgabe der Tageszeitung in der Hand, die kurz zuvor Durmus offeriert worden war.

»Ich will nicht unhöflich sein«, sagte sie zu ihrer Freundin, »aber es interessiert mich schon, warum Helmut gestern Abend so viel später nach Hause gekommen ist. Nach dem, was er mir erzählt hat, der alte Schlawiner, muss es auf der Südtangente einen schweren Unfall gegeben haben.«

Diesen schweren Unfall hat es wirklich gegeben, dachte Hakan Durmus mit einem breiten Grinsen im Gesicht. *Und ich weiß sogar, wie er entstanden ist!*

»Davon habe ich heute Morgen im Radio gehört«, setzte die zweite Frau am Tisch nun hinzu. »Die Autobahn ist wohl immer noch nicht komplett wieder befahrbar, deshalb gab es im Berufsverkehr auch noch immer Staus.«

»Ach ja? Und ich dachte ernsthaft, dass mein Göttergatte mir nur eine Geschichte erzählt, weil er sich mal wieder mit seinen Tenniskollegen verquatscht hat.«

»Nein, nein«, widersprach die zweite Frau, »da hat er diesmal die Wahrheit gesagt.«

»Und was genau ist passiert? Weißt du was darüber?«

Durmus tat so, als würde er mit geschlossenen Augen den Morgen genießen. In Wirklichkeit lauschte er mit gespitzten Ohren den Worten der beiden Frauen.

»Nur was sie im Radio darüber gesagt haben, mehr nicht. Es gab wohl ein Menschenleben zu beklagen, mehr weiß ich nicht.«

Wieder musste Hakan Durmus grinsen. *Ja, natürlich gab es einen Toten. Einen Feind meines Landes, wenn ihr beiden es genau wissen wollt.*

»Es ist halt immer tragisch«, fuhr die Frau fort, »wenn es kleine Kinder trifft. Wie es aussieht, ist in dem Wagen ein Mädchen gestorben, das höchstens sechs oder sieben Jahre alt war. So ganz genau wissen die es noch gar nicht, weil bis jetzt weder der Fahrer noch die Kleine identifiziert sind.«

In Hakan Durmas' Blut zirkulierte das Koffein des doppelten Espresso. Um ihn herum verschwammen die Bilder. *Es muss ein anderer Unfall sein, von dem die beiden reden. Schulze hat kein Kind. Das kann nicht sein.*

»Der Fahrer scheint es auch nicht zu überleben, zumindest hat das der Mann im Radio den Hörern durch die Blume zu verstehen gegeben. So schwere Verbrennungen, wie er sie erlitten hat, würde ein Mensch nur in absoluten Ausnahmefällen überleben.«

Hakan Durmus stand auf, ging auf die beiden zu und griff wortlos nach der auf dem Tisch liegenden Zeitung.

»He, die habe ich mir zum Lesen mitgebracht«, protestierte die Frau.

»Bitte. Sie bekommen Sie sofort zurück. Sofort.«

Der Geheimdienstmann musste nicht lange suchen. Auf der Kassel-Seite sah er ein Bild aus der Nacht, auf dem die völlig ausgebrannte Mercedes-Limousine zu sehen war.

Schwerer Unfall auf der A 49 im Bereich der Anschlussstelle Kassel-Waldau. Mindestens ein Toter. Autobahn über Stunden komplett gesperrt.

So lautete die Überschrift zum Bericht über die Ereignisse der vergangenen Nacht. Es folgte eine Beschreibung der Umstände, wie sie sich zur Zeit der Drucklegung dargestellt hatten.

Tot, ein Kind. Schwer verletzt, ein Mann.

Durmus konnte kaum atmen. Die Buchstaben tanzten Pirouetten vor seinen Augen, das unscharfe Bild zog sich für ihn über die gesamte Zeitungsseite.

Das ist unmöglich! Das muss ein Irrtum sein! Das muss, muss, muss ein Irrtum sein.

Er faltete die Zeitung zusammen, warf sie ungehalten auf den Nachbartisch zu den beiden Frauen, ließ einen Zehn-Euro-Schein neben die Espressotasse auf seinen Tisch fallen und verließ mit hastigen Schritten die Terrasse. Wenn er irgendwann einmal gefragt werden würde, wie er die etwa 250 Meter vom Restaurant zu seiner Wohnung zurückgelegt hatte, er könnte nichts dazu sagen. Das Erste, woran er sich nach dem Verlassen des Bistros wieder erinnern konnte, war der Moment, in dem er mit weit aufgerissenem Mund und Tränen in den Augen über der Toilettenschüssel hing und sich übergab.

11

Gerlinde Schlaffke hob den mit Milchtüten und Obst schwer beladenen Einkaufskorb auf die Anrichte, wischte sich den Schweiß von der Stirn und schob die beiden Haarkämme rechts und links wieder in ihre angestammte Position. Die 69-jährige Frau atmete schwer. Wahrscheinlich zum tausendsten Mal nahm sie sich vor, endlich mit ihrem Sohn über einen Wohnungstausch zu sprechen. Er, der er gut zu Fuß war und keine körperlichen Einschränkungen mit sich herumschleppte, bewohnte mit seiner Tochter die unteren beiden Etagen des elterlichen Hauses, während sie, mit einer künstlichen Hüfte und bestimmt 30 Kilo Übergewicht ausgestattet und zudem noch von Arthrose in beiden Knien geplagt, in der oberen Etage logierte. Diese Übereinkunft, die noch aus Zeiten stammte, zu denen sie ohne wacklige Knie in ihrer Wohnung ankam, musste nun endlich einmal auf den Prüfstand. Ach was, sie wollte unbedingt in die untere Etage ziehen, damit dieses ewige Treppensteigen ein Ende haben würde.

Erneut wischte sie sich den Schweiß von der Stirn und aus den Augen und verstaute anschließend ihre Einkäufe in den dafür vorgesehenen Regalen und im Kühlschrank. Anschließend ging sie in ihr viel zu großes Wohnzimmer und ließ sich auf dem dick gepolsterten Fernsehsessel nieder, den noch ihr verstorbener Mann besorgt hatte und in dem sie die meiste Zeit des Tages zubrachte. Es dauerte keine zwei Minuten und sie war eingeschlafen. Kurz darauf schreckte sie vom Klingeln an der Tür hoch.

»Ja«, sagte sie verschlafen, als sie die Sprechanlage im Flur erreicht hatte.

»Hallo, Frau Schlaffke, hier ist Boris. Ich versuche seit über einer Stunde, Adrian zu erreichen, aber er geht einfach nicht ans Telefon.«

Boris Pawlow war Adrians rechte Hand in der Werkstatt. Ein überaus verlässlicher und den Kunden gegenüber sehr zuvorkommender Mitarbeiter.

»Aber du weißt doch, dass er mit der Kleinen im Ferienhaus ist, Boris. Und da will er nach Möglichkeit nun mal nicht gestört werden. Hat dein Anliegen denn nicht Zeit bis heute Abend, wenn er wieder zurückkommt?«

»Das weiß ich doch alles, Frau Schlaffke, aber er hat mich quasi darum gebeten, ihn heute Mittag anzurufen. Es geht um ein Ersatzteil für den alten Jaguar, auf das er wartet und das heute wieder nicht geliefert wurde. Er wollte, falls es nicht kommt, dann noch mal direkt mit dem Lieferanten telefonieren, bei dem wir es bestellt haben.«

»Kannst du denn dieses Telefonat nicht selbst erledigen, Boris? Du weißt, wie wichtig Adrian die Stunden mit Jule sind und dass er da nur ganz ungern gestört werden will.«

»Ja, das weiß ich doch, aber er hat mich wirklich gebeten, ihn sofort …«

»Schon gut, Boris«, unterbrach sie ihn sanft. »Ich kümmere mich darum. Sobald ich ihn erreicht habe und etwas weiß, komme ich drüben vorbei und gebe dir Bescheid.«

»Das ist echt nett, Frau Schlaffke. Aber Sie können auch einfach kurz durchrufen, das ist auf jeden Fall auch in Ordnung.«

»Ich werde sehen, wie ich es mache, ja? Und du gehst jetzt wieder an die Arbeit.«

»Wird gemacht. Und vielen Dank noch mal.« Damit entfernte sich der Mechaniker, wie sie an den leiser werdenden Schritten hören konnte.

»Wenn ihr wüsstet, wie sehr mich das alles anstrengt«, murmelte sie leise und griff zum Telefon.

Als nach dem achten Klingeln nur die Mailbox ansprang, kam ihr das zumindest ein wenig merkwürdig vor. Adrian war eigentlich immer erreichbar, und dass das jetzt nicht der Fall war, irritierte sie.

Vielleicht sind die beiden im Wald und haben das Telefon in der Hütte gelassen, dachte sie, nachdem sie eine Nachricht mit der Bitte um Rückruf hinterlassen und das Telefon wieder in die Ladestation gestellt hatte.

So lang werde ich aber auf jeden Fall noch ein Nickerchen machen.

Gerlinde Schlaffke saß noch nicht wieder in ihrem Fernsehsessel, als es erneut läutete.

»Herrje, was ist denn heute los?«, brummte sie missmutig. »Kann man denn nicht einmal eine Stunde ruhen, ohne ständig gestört zu werden?«

Wieder trat sie auf den Flur und nahm den Hörer der Sprechanlage in die Hand. Das nun folgende »Ja« war deutlich weniger entspannt als das ein paar Minuten zuvor.

»Hier sind die Polizeikommissare Hain und Ritter«, kam es von unten. »Wir kommen in einer Sache, die Herrn Schlaffke betrifft. Adrian Schlaffke. Natürlich haben wir es zuerst an seiner eigenen, also der unteren Klingel probiert, aber da wurde nicht geöffnet.«

»Ja, das macht nichts, das ist schon gut. Aber was will denn die Polizei von meinem Sohn?«

»Würde es Ihnen etwas ausmachen, uns hereinzulassen? Wir möchten das Gespräch mit Ihnen nicht hier auf der Straße führen.«

»Ja, wenn Sie meinen«, gab sie ein wenig verwirrt zurück. »Aber halten Sie bitte Ihre Dienstausweise parat, ich möchte ungern ein paar Betrügern aufsitzen.«

»Selbstverständlich machen wir das.«

Sie öffnete den Beamten die Haustür. Als die beiden Polizisten, eine Frau und ein Mann, ihre Etage erreicht hatten, griffen sie in die Jacken und hielten scheckkartengroße Ausweise in die Höhe.

»Ich will Ihnen mal vertrauen, denn Sie sehen nicht gerade wie Räuber oder Betrüger aus. Außerdem müsste ich, um Ihre Ausweise zu prüfen, meine Lesebrille suchen, aber dazu habe ich gerade nicht die geringste Lust.«

»Das passt auch so, Frau Schlaffke. Wir sind wirklich von der Polizei. Der Kriminalpolizei, um genau zu sein.«

Gerlinde Schlaffke hob einladend den Arm und bat die beiden, ihr in die Wohnung zu folgen.

»Das wird ja immer doller, sogar von der Kriminalpolizei«, stellte sie verwundert fest, als sie an dem großen Tisch in der Küche Platz genommen hatten. »Also, was will die Kriminalpolizei von meinem Sohn?«

»Zunächst«, übernahm Pia Ritter die Gesprächsführung, »würden wir gern wissen, wo sich Ihr Sohn aufhält. Er ist nicht in irgendeiner Form verdächtig oder so etwas, aber es ist sehr wichtig für uns, über seinen derzeitigen Aufenthaltsort informiert zu werden.«

»Das ist ganz einfach, junge Dame«, erklärte Frau Schlaffke der Polizistin im Brustton der Überzeugung, »er ist zusammen mit meiner Enkeltochter bis heute Abend in unserem Ferienhaus im Kaufunger Wald. Die beiden hatten das länger geplant und sich ziemlich darauf gefreut, müssen Sie wissen.«

Pia Ritter schluckte.

»Wann sind die beiden denn dorthin aufgebrochen?«

»Gestern Abend, so gegen 22:30 Uhr. Ich dachte noch, dass es gar nichts werden würde, aber Adrian hat da gar nicht mit sich reden lassen. Und Jule, meine Enkeltochter, liebt die Tage da draußen sowieso über alles.«

»Ihr Sohn ist nicht verheiratet?«

»Das mit Jules Mutter ist in die Brüche gegangen. Sie war

einfach zu jung, um eine Mutter zu sein. Oder er zu alt, um mit ihr glücklich zu werden, was weiß ich.«

»Wissen Sie, mit welchem Wagen die beiden in den Kaufunger Wald gefahren sind?«

Gerlinde Schlaffke sah die Kommissarin verdutzt an. »Na, mit Adrians Auto natürlich, welchem denn sonst?«

»Bestünde nicht auch die Möglichkeit«, wollte Hain sehr vorsichtig wissen, »dass Ihr Sohn ein anderes Auto genommen hat? Eines, das er zur Reparatur in seiner Werkstatt hatte?«

»Nein, so etwas würde Adrian nicht machen. Das macht man ja auch nicht, mit einem fremden Wagen ins Ferienhaus fahren.«

»Es geht um den Wagen von Okan Schulze. Der war doch zur Reparatur in der Werkstatt. Und die beiden sind gute Freunde, wenn unsere Informationen zutreffend sind.«

»Das stimmt allerdings. Okan und Adrian sind wirklich gute Freunde.« Sie überlegte. »Es gibt ja immer wieder Schwierigkeiten mit diesem alten Schätzchen. Wir reden seit Jahren an Okan herum, sich endlich ein neues Auto zu kaufen, doch er ist da sehr renitent. Aber es könnte wirklich so sein, dass Adrian mit dem Mercedes gefahren ist. Einfach um auszuprobieren, was schon wieder damit los ist. Ich an seiner Stelle hätte dieses olle Mistding schon längst heimlich auf den Schrottplatz gefahren.«

Es entstand eine längere Pause.

»Es gab«, nahm Hain den Faden schließlich wieder auf, »gestern Abend einen schweren Unfall mit genau diesem Wagen, Frau Schlaffke. Bei diesem Unfall ist leider …« Er zögerte, weil sie den Blick gehoben hatte und ihn völlig entgeistert anstarrte.

»Der Unfall auf der Südtangente?«, flüsterte sie. »Bei dem ein Mädchen ums Leben gekommen ist? Ein kleines Mädchen?«

Die beiden Polizisten nickten. »Und der Fahrer des Wagens … schwebt in Lebensgefahr.«

Sie riss die Augen noch ein wenig weiter auf. »Deshalb kann ihn niemand erreichen.«

Pia griff über den Tisch und legte ihre rechte Hand auf die linke von Gerlinde Schlaffke. »So ist es, ja. Es tut uns sehr leid, Ihnen mitteilen zu müssen, dass nach unserem jetzigen Erkenntnisstand Ihre Enkeltochter bei diesem Verkehrsunfall ums Leben gekommen ist und Ihr Sohn sehr schwer verletzt wurde.«

Gerlinde Schlaffke wurde grau im Gesicht und gleich darauf lief ihr eine dicke Träne über die Wange. »Jule«, schluchzte sie. »Sie war doch gerade mal sechs Jahre alt. Und Adrian, mein Gott. Wird er überleben?«

»Die Ärzte im Klinikum tun alles in ihrer Macht Stehende. Er ist zwar direkt beim Unfall ins Koma gefallen, aber das muss ja nicht zwangsläufig das Schlechteste heißen. Allerdings hat er sehr schwere Brandverletzungen davongetragen.«

»Das hat noch nie was Gutes bedeutet, wenn man gesagt bekommt, dass die Ärzte *alles in ihrer Macht Stehende* tun wollen«, gab sie kaum verständlich zurück. »Das weiß ich noch von dem Unfall meines Mannes. Da hieß es das nämlich auch, und 30 Stunden später war er tot.«

»Wir wissen, dass diese Nachricht für Sie jetzt ein riesiger Schock sein muss, Frau Schlaffke. Dürften wir Ihnen trotzdem ein paar Fragen stellen?«

Die Angesprochene stand wortlos auf, ging schlurfend zum Küchenschrank und kam mit einer Flasche Likör in der Hand zurück. Mittlerweile liefen über beide Wangen Tränen. »Möchten Sie auch?«

Sowohl Thilo Hain als auch Pia Ritter schüttelten den Kopf.

»Ich brauche jetzt einen«, erwiderte Gerlinde Schlaffke kraftlos. Dann stellte sie die Flasche auf dem Tisch ab und fing laut und hemmungslos an zu schluchzen.

Ein paar Minuten später hatte sie sich zumindest so weit wieder unter Kontrolle, dass sie die Fragen der Beamten beantworten konnte.

»Wissen Sie etwas über Feinde Ihres Sohnes oder Menschen, mit denen er auf Kriegsfuß stand?«, wollte Pia zunächst wissen.

Frau Schlaffke zuckte mit den Schultern.

»Ach, was heißt schon Feind? Natürlich gab es da den einen oder anderen, mit dem er sich nicht so grün gewesen ist. Wenn man ein Geschäft führt, kann man es niemals allen recht machen.« Ihr Blick wanderte von Pia Ritter zu Hain und wieder zurück. »Aber Sie haben doch vorhin gesagt, dass es ein … ein Unfall war, bei dem …« Wieder ein Schluchzen. »Und jetzt fragen Sie nach Feinden? Ist es denn am Ende gar kein Unfall gewesen?«

»Das müssen wir auf jeden Fall untersuchen, Frau Schlaffke. Zunächst gehen wir von einem Unfall aus, aber es gibt ein paar … nun ja, sagen wir mal, Merkwürdigkeiten. Deshalb ermitteln wir in alle Richtungen. Das ist in solchen Fällen unsere Vorschrift.«

»Aber wer sollte denn ein Kind umbringen?«, wollte Gerlinde Schlaffke laut wissen. »Ein sechsjähriges Kind!«

»Wie gesagt, wir ermitteln zunächst in alle Richtungen. Vielleicht sind unsere Zweifel an der Unfallthese schon bald ausgeräumt. Das können wir zu diesem Zeitpunkt aber noch nicht sagen.«

Sie nickte. »Und deshalb wollen Sie wissen, wem ich es zutrauen würde, dass er meinen Sohn und seine sechs Jahre alte Tochter ermorden würde.«

»Genau.«

»Keinem Menschen auf dieser Welt, Herr Kommissar. Ich traue keinem Menschen auf dieser Welt eine solche Gräueltat zu. Und jetzt möchte ich wissen, in welchem Krankenhaus mein Sohn liegt, damit ich ihn besuchen kann, solange er noch am Leben ist. Ich möchte einfach bei ihm sein und bitte Sie, dafür Verständnis zu haben.«

»Er befindet sich, wie gesagt, im Klinikum Kassel.«

Sie machte Anstalten, sich zu erheben, ließ sich dann jedoch ruckartig wieder in den Küchenstuhl fallen und bedachte die ihr gegenüber sitzenden Polizisten mit einem irritierten Blick.

»Aber vorher möchte ich zuerst einmal erfahren, woher Sie überhaupt wissen wollen, dass Adrian der Fahrer des Wagens war. Wenn er bei dem Unfall ins Koma gefallen ist, kann er es Ihnen nicht gesagt haben. Und Jule … ist doch dabei gestorben. Aber vielleicht irren Sie sich ja, und es hat ein anderer Mann mit seinem Kind in dem Wagen gesessen.«

Pia nickte mitfühlend. »Es war Tina Schulze, die Frau von Okan Schulze, die uns darauf gebracht hat.«

»Tina. Mein Gott, weiß die schon Bescheid?«

»Sie weiß es, ja.«

»Das muss doch furchtbar für sie sein. Sie hat Jule geliebt wie ihr eigenes Kind.«

»Das stimmt, ja. Frau Schulze hat uns im Gespräch erklärt, dass der Wagen bei Ihrem Sohn stand wegen einer Reparatur. Für sie war das alles natürlich auch ein Schock und sie hat einen kleinen Zusammenbruch erlitten, ist aber wieder auf dem Damm. Als wir vor einer halben Stunde weggefahren sind, war der Notarzt noch bei ihr, und es ging ihr wirklich schon deutlich besser. Alles Weitere …« .

»Ja«, schrie Gerlinde Schlaffke, »alles Weitere war dann mit der Mutter des Verletzten und der Großmutter der Toten zu klären.«

Ihr gesamter Körper wurde von einem Weinkrampf durchgeschüttelt. Dann stand sie auf. Pia und Thilo erhoben sich gleichzeitig.

»Und jetzt werde ich ins Klinikum fahren, und niemand wird mich daran hindern. Sie nicht, und auch sonst niemand.«

»Wir werden Sie gewiss nicht daran hindern, Ihren Sohn zu besuchen, Frau Schlaffke«, erwiderte Thilo Hain so empathisch wie möglich, obwohl er wusste, dass der Schmerz, den die Frau gerade durchlebte, unmenschlich sein musste.

»Sollen wir Ihnen ein Taxi rufen?«, wollte Pia wissen.

»Nein. Ich werde einen der Mitarbeiter in der Werkstatt meines Sohnes bitten, mich zu fahren.« Sie legte die linke Hand vor den Mund. »Die müssen ja auch erfahren, was passiert ist. Mein Gott, was hält das Leben nur für furchtbare Prüfungen für die Menschen parat.«

»Wo genau befindet sich denn die Werkstatt?«

Gerlinde Schlaffke erklärte ihr den kurzen Weg.

Pia reckte erneut die Hand nach vorn und tastete behutsam nach der rechten der Frau. »Können wir sonst noch irgendetwas für Sie tun, Frau Schlaffke?«

Ein von Schluchzen untermaltes Kopfschütteln musste als Antwort genügen.

12

»Herrje, was finde ich unseren Job manchmal furchtbar«, fasste Thilo Hain die Erlebnisse der letzten beiden Stunden knapp zusammen, als sie aus dem Haus ins Freie getreten waren.

»An dieser Aussage habe ich ausnahmsweise mal nicht das Geringste herumzukritteln«, stimmte seine Kollegin ihm leise zu. »Und trotzdem würde ich mich gern mal in der Werkstatt umsehen. Was hältst du davon?«

»Auf jeden Fall. Denn wenn etwas an der Unfallkarre manipuliert wurde, dann doch garantiert dort.«

»Dann los.«

Das Gelände der Werkstatt von Adrian Schlaffke machte auf die beiden Polizisten einen absolut seriösen Eindruck. Auf dem Hof standen zwei ältere Jaguar-Limousinen, die vermutlich auf die Restauration warteten, ein Fiat-124-Cabriolet in makellosem Zustand und ein profaner VW Golf, dessen Motorhaube offen stand. Ein grau gekleideter, etwa 40-jähriger Mann war über den Motor gebeugt und hantierte mit einem Schraubenschlüssel daran herum.

Im Innern der ebenfalls piekfeinen Werkstatt befand sich ein auf einer Hebebühne stehender Porsche 356 und seitlich daneben ein Mercedes 190 SL, dessen Aufarbeitung schon begonnen hatte.

»Guten Tag«, begrüßte der Mann am Golf, der offenbar deren Näherkommen bemerkt und den Oberkörper aufgerichtet hatte, die Polizisten. Etwa in Höhe seines Herzens konnte man auf einem Aufnäher lesen, dass es sich um Herrn Pawlow handelte. »Kann ich etwas für Sie tun?«

»Das können Sie vermutlich, ja«, bestätigte Pia Ritter, nachdem sie sich und ihren Kollegen vorgestellt hatte. »Allerdings müssen wir Sie zuerst über einen Unfall informieren, der sich gestern Abend auf der Südtangente ereignet hat.«

Er nickte. »Hab ich auf der Fahrt hierher im Radio von gehört, ja. Scheint mächtig geknallt zu haben, nach dem, was die da erzählt haben.«

»Das ist richtig. Und leider müssen wir Ihnen sagen, dass Ihr Chef, also Herr Schlaffke, nach unseren bisherigen Erkenntnissen direkt an dem Unfall beteiligt war.«

Pause.

»Er und … seine Tochter.«

»Jule? Und Adrian? Hoffentlich ist den beiden nichts Schlimmeres passiert.«

»Ich würde Ihnen gern diese Hoffnung bestätigen, aber es wäre nicht die Wahrheit. Die Wahrheit ist leider, dass Herr Schlaffke bei dem Unfall sehr schwer verletzt wurde. Und seine Tochter ist … ums Leben gekommen.«

Thilo Hain hatte den Erklärungen seiner Kollegin wortlos zugehört. Nun jedoch wurde er vom Klingeln seines Telefons abgelenkt. Er trat ein paar Schritte zur Seite und nahm den Anruf an. Auf dem Display hatte er gesehen, dass er von Bernd Haberland kam. »Ja, Bernd?«

»Ich habe Neuigkeiten vom Mercedes.«

»Und?«

»Die KTU hat sich das ausgebrannte Wrack genau angesehen und ist zu dem Schluss gekommen, dass man da rein gar nichts mehr untersuchen kann. Das war, zumindest in dem Bereich, auf den es ankommt, nach deren Aussage alles so heiß, dass es unmöglich ist, noch irgendetwas festzustellen. Natürlich, meinten Sie, könnte irgendetwas an dem Wagen verändert worden sein. Aber nachzuweisen ist davon rein gar nichts mehr. Peter Bracht, der Leiter der KTU, sagt, dass sie mit drei Mann alles unter die Lupe genommen haben, was man so nachschaut bei solchen Unfällen, aber es ist einfach alles viel zu sehr in Mitleidenschaft gezogen. Das meiste, meinte er, dürfte verflüssigt auf die Südtangente geronnen sein. Immerhin konnte er mir sagen, dass an der Lenksäule nicht herummanipuliert worden sei. Und auch die Bremsanlage weist keinerlei Spuren irgendeines Eingriffs auf.«

Es entstand eine kurze Pause.

»Wenn du meine persönliche Meinung dazu hören willst, dann hat die Haltung der Kollegen auch damit zu tun, dass sie im Moment chronisch unterbesetzt sind. Wenn ich mich richtig erinnere, dann sind ihnen in den letzten Jahren zwei volle Stellen gestrichen worden. Die wissen im Prinzip gar nicht, was sie zuerst machen sollen. Immerhin haben sie alles andere stehen und liegen gelassen und sich das Mercedes-Wrack gleich angeschaut, aber das vermutlich nur, weil sie dieses stinkende und dreckige Ding möglichst schnell wieder loswerden wollten.«

»Du willst aber damit nicht sagen, dass die Jungs von der KTU schlechte Arbeit leisten oder schlampig agieren, weil sie unterbesetzt sind?«

»Offiziell würde ich das natürlich nie sagen, aber hinter vorgehaltener Hand räumen sie es selbst ein. Die sind so drüber wegen der vielen Arbeit, dass sie gar nicht anders können.«

»Mensch Bernd, hier geht es vielleicht um Mord!«

»Das sagst du. Und wenn du es persönlich mit der KTU besprechen willst, steht dem nichts im Weg. Ich würde dir allerdings empfehlen, dann nicht ohne Schutzweste dort aufzutauchen. Und natürlich könntest du auch darauf bestehen, dass das Autowrack nach Wiesbaden verbracht und dort mit deren viel weiter reichendem Instrumentarium mit allem Brim und Borium auseinandergenommen wird, aber auch das dürfte dir bei den hiesigen Kollegen keine Bonuspunkte einbringen.

Und vergiss bei all deinen Überlegungen bitte nicht, dass wir die Jungs dort manchmal auch sehr dringend brauchen.«

Hain grunzte unzufrieden. Im Hintergrund raschelte Papier.

»Das war es dann also«, resümierte der Kollege im Präsidium, nachdem von Hain kein einschränkender Kommentar kam. »Immerhin hilft es uns insoweit, als dass wir – auch unter dem Vorbehalt der chronischen Überlastung der Kollegen der KTU – eine Unfallursache mit Fremdbeteiligung mit an Sicherheit grenzender Wahrscheinlichkeit ausschließen können. Und das sollte dann auch dir reichen.«

»Was für eine Scheiße«, brummte Hain.

Erneut wurde das Telefonat von Hintergrundgeräuschen bestimmt.

»Aber es ist sicher interessant für dich zu erfahren, dass der Fahrer zum Zeitpunkt des Unfalls einen Blutalkoholgehalt von 0,68 Promille gehabt hat. War also vermutlich ein im Rausch verursachter, wenn auch sehr tragischer Volltreffer.«

»Mensch, Bernd, mit 0,68 hat man doch noch keinen Rausch. Die meisten Menschen bemerken bei diesem Pegel noch nicht mal ein Klimpern am Augenlid.«

»Was weiß denn ich? Vielleicht war der Fahrer ja nicht so belastbar, was den Alkoholkonsum betrifft. War es denn dieser Okan Schulze, der hinter dem Steuer saß?«

»Nein, definitiv nicht. Wir waren bei seiner Frau, die zwar kurz in Ohnmacht gefallen ist, uns aber zweifelsfrei versichern konnte, dass Sie ihren Mann heute Morgen quicklebendig zur Arbeit verabschiedet hat. Wir haben natürlich versucht, ihn telefonisch zu erreichen, aber er befindet sich wohl in Klientengesprächen. Dabei ist sein Telefon grundsätzlich abgeschaltet.«

»Und wer war dann der Fahrer des Mercedes?«

Hain machte den mitschreibenden Kollegen mit den neusten Erkenntnissen vertraut.

»Wow, das ist wirklich tragisch. Soll ich, obwohl ja nach Meinung der KTU kein Fremdverschulden vorliegt, versuchen, etwas mehr über diesen Schlaffke herauszufinden? Vielleicht gibt es ja irgendwelche Details in seinem Leben, die nicht sofort ins Auge springen. Und wenn es auch nur dazu dient, deine Nerven zu beruhigen.«

»Gute Idee, mach das auf jeden Fall. Und schau auf jeden Fall auch mal seine finanziellen Verhältnisse durch. Und das Gleiche bitte auch für diesen Okan Schulze.«

»Wird gemacht.«

Der Hauptkommissar beendete das Gespräch und ging zurück zu seiner Kollegin, die noch immer mit dem Mitarbeiter der Werkstatt neben dem Golf stand. Allerdings war aus Herrn Pawlows Gesicht jegliche Farbe verschwunden.

»Wie soll es denn nun hier weitergehen?«, wollte er gerade von Pia wissen, die diese Frage natürlich nicht beantworten konnte.

»Kommst du mal bitte kurz, Pia?«, zog er die Oberkommissarin sanft am Arm und nickte gleichzeitig dem Mechaniker zu. »Wir müssen nur gerade etwas unter vier Augen besprechen.«

Die beiden traten an die Stelle, wo Hain mit Haberland telefoniert hatte. Thilo informierte sie über das soeben beendete Gespräch.

»Danke, dann war es also, weil nichts Gegenteiliges bewiesen werden kann, ein Unfall«, konstatierte die junge Frau. »Und wir können uns von der Sache verabschieden.«

»So sieht es aus, ja. Lass uns also besser verschwinden, bevor Schlaffkes Mutter hier auftaucht. Mein Bedarf an Tränen ist für heute gedeckt.«

»Gut. Ich verabschiede mich nur von Herrn Pawlow, dann können wir los.«

Auf dem Weg zum Präsidium sprachen die beiden erneut über die tragischen Begleitumstände, die der Unfall ausgelöst hatte.

»Ich will mir gar nicht vorstellen, was bei uns zu Hause los wäre, wenn einem meiner Jungs irgendetwas zustoßen würde«, bemerkte der Hauptkommissar schließlich. »Als ich noch keine Kinder hatte, konnte ich mit so etwas echt nichts anfangen, aber seit sie auf der Welt sind, hat sich das komplett verändert. Es reißt mir schon das Herz heraus, wenn ich nur daran denke. Und in der Realität muss das noch ein paar Zehnerpotenzen härter sein.«

»Ich glaube, ich kann das auch etwas nachvollziehen, obwohl ich keine Kinder habe. Wollen wir also hoffen, dass dieser Kelch an Carla und dir weiträumig vorübergeht.«

»Ja, hoffen wir es.«

Einen schweigend zugebrachten halben Kilometer später bremste Hain völlig abrupt, lenkte den Mazda holpernd auf den Seitenstreifen und stellte den Motor ab.

Pia sah ihn fragend an. »Was ist los, Thilo? Geht dir der Gedanke so nah, dass du nicht mehr fahren kannst?«

»Nein«, antwortete er kopfschüttelnd. »Ich habe nur eben vor meinem geistigen Auge noch einmal diese völlig verwackelten, verschwommenen Aufnahmen der Dashcam gesehen, die den Unfall aufgenommen hat. Und irgendwie glaube ich einfach nicht, dass so ein schlagartiges Feuer ein zufälliges Ereignis sein kann. Der Mercedes hat doch, noch bevor irgendein Teil von ihm überhaupt Kontakt mit dem Boden oder der Leitplanke hatte, in hellen Flammen gestanden. Das kann einfach kein Zufall sein!«

Pia kräuselte ein wenig genervt die Stirn. »Mensch Thilo, verlass dich doch wenigstens dieses eine Mal auf die KTU. Die haben nichts gefunden, was auf Fremdeinwirkung hinweist, das hast du mir vor nicht einmal einer Viertelstunde selbst erklärt.«

»Das weiß ich doch. Aber irgendwas sagt mir, dass wir wenigstens so etwas wie eine Zweitmeinung dazu einholen sollten.«

»Du willst«, kam es völlig entgeistert von ihr, »die Erkenntnisse unserer KTU von irgendwem überprüfen lassen? Sag mal, hast du sie nicht mehr alle? Wie willst du das durchkriegen? Und wer sollte sich überhaupt für so was hergeben?«

»Deswegen habe ich ja gerade so unvermittelt hier angehalten, Pia. Es gibt jemanden, der das vielleicht leisten könnte.«

»Und wer sollte das sein?«

»Ein Kfz-Sachverständiger, mit dem Paul und ich mal zu tun hatten.« Thilo sprach von Paul Lenz, dem vor zwei Jahren während eines Einsatzes ums Leben gekommenen damaligen Ersten Hauptkommissar der Mordkommission. »Dieser Typ hat uns vor vielen Jahren mal ziemlich geholfen, als es um den Tod eines Mannes ging, der in der Nähe des Metro-Großmarktes mit seinem BMW verunglückt ist. Irgendwann habe ich ihn zufällig wiedergetroffen und er hat mir erzählt, dass er sich gerade zum Brandspezialisten weiterbildet. Weil mit TÜV und Pkw-Gutachten, das sei mittlerweile ein ziemlich überlaufener Markt.«

»Von mir aus. Aber was, meinst du, sagen die Kollegen der KTU dazu, wenn du plötzlich mit einem Externen bei denen aufkreuzt?«

»Das werden wir dann sehen.«

Der Sachverständige, von dem Hain gesprochen hatte, betrieb eine Kfz-Prüfstelle im Vorort Fuldatal. 15 Minuten nach ihrem Gespräch ließ Hain das Cabriolet vor der Tür des Verwaltungsraums ausrollen. Jürgen Schwarz stand hinter der Theke, die den Warteraum von seinem Arbeitsplatz trennte, und diskutierte mit einem Kunden über die Bedeutung der Zustandsbeschreibung »erhebliche Mängel«. Der Kunde war der Ansicht, dass trotz dieser »erheblichen Mängel« an seinem Kraftfahrzeug eine HU-Plakette möglich sein müsse, dem der Betreiber der Prüfanlage so diplomatisch wie möglich widersprach. Nach etwa fünf Minuten war die Diskussion schließlich beendet. Der Kunde verließ geknickt den Kundenbereich, während Schwarz die zugehörigen Papiere in einer Ablage verstaute.

»Ja, bitte«, wandte er sich danach den Beamten zu. »Was kann ich …« Er sah Hain genauer an und stockte. »Sie sind doch der Polizist, mit dem ich mal zu tun hatte, oder?« Über sein Gesicht huschte ein Grinsen. »Brauchen Ihre Einsatzfahrzeuge jetzt meinen Segen, um am öffentlichen Straßenverkehr teilnehmen zu dürfen?«

»Hoffentlich nicht«, erwiderte Hain, trat auf den Mann im roten Kittel zu und schüttelte ihm die Hand. Anschließend stellte er seine Kollegin vor. »Wir kommen, weil wir ein, na ja, sagen wir mal, delikates Anliegen an Sie haben. Es geht um den Unfall, der sich gestern Abend auf der Südtangente ereignet hat.«

»Ein Unfall? Davon habe ich gar nichts mitbekommen. Was Größeres?«

Hain berichtete ihm ausführlich, was geschehen war, inklusive seiner Vorbehalte was den schlagartigen Ausbruch des Feuers betraf.

»Klar«, bestätigte Schwarz, »was Brandursachenermittlung angeht, kann ich Ihnen vermutlich helfen, da bin ich mittlerweile einer der führenden Experten in Deutschland. Aber sollten Ihre Kollegen, die sich schon damit beschäftigt haben, das nicht mindestens genauso gut können wie ich?«

Der Hauptkommissar zuckte ein wenig unzufrieden mit den Schultern. Offenbar hatte er eine andere, vielleicht etwas wohlwollendere Antwort erwartet. »Das ist grundsätzlich richtig, ja. Mir geht es auch nur um so etwas wie eine Zweitmeinung. Die Zweitmeinung eines ausgewiesenen Brandspezialisten, wenn Sie so wollen.«

Schwarz schien noch immer nicht zu 100 Prozent überzeugt. »Aber in Ihren Laboren gibt es doch garantiert Möglichkeiten, von denen ich nur träumen kann, und die ich obendrein, wenn ich sie denn nutzen wollte, auch noch teuer bezahlen müsste. Inwiefern sollte ich also etwas für Sie tun, das Ihre Kollegen nicht können?«

»Es geht nicht nur ums Können. Manchmal, so wie in diesem Fall, könnte auch der Wille eine bedeutende Rolle spielen.«

»Hm«, machte Schwarz. Es sah aus, als würde er angestrengt nachdenken. »Von mir aus, ich kann mir den Wagen ja mal ansehen. Steht er noch in der KTU?«

»Ja.«

»Und mein alter Freund Peter Bracht leitet den Haufen noch immer?«

»Auch das ist richtig.«

»Na, das wird ja dann ein sehr spezielles Vergnügen werden, wenn ich das richtig einordne.«

»Sie kennen Peter Bracht?«

»Und ob. Wir sind zusammen zur Schule gegangen. Also bis zur Mittelstufe. Danach haben sich unsere Wege nur noch ein paarmal gekreuzt, aber viel Wert habe ich auf diese Kontakte nicht gelegt, wenn ich ehrlich sein soll. Ich halte ihn für einen überaus begabten Selbstdarsteller, viel mehr aber auch nicht.«

»Klingt nicht wie die Beschreibung einer wunderbaren Freundschaft.«

»Definitiv nicht. Wie genau soll diese Zweitmeinungseinholung eigentlich ablaufen? Ich kann ja schlecht in den Hallen der KTU auftauchen und mir den Unfallwagen einfach so mal ansehen.«

»Mit uns zusammen dürften Sie ihn sogar fahren, wenn das noch möglich wäre«, grinste Hain den Ingenieur an.

Wieder schien es, als würde Schwarz überlegen. »Mein Kollege löst mich in einer halben Stunde ab. Bis dahin bereiten Sie bitte Bracht darauf vor, dass ich für Sie tätig werde. Und ich mache das auf jeden Fall nur, wenn er sich damit einverstanden erklärt; ansonsten können Sie keine Hilfe von mir erwarten.«

Der Hauptkommissar nickte zustimmend.

»Dann würde ich sagen, wir sehen uns in einer Stunde bei der KTU.«

»Klären Sie die Sache, sonst wird nichts daraus. Ich werde aber auf jeden Fall da sein.«

Die Sache war überhaupt nicht schwer zu klären, denn erstens hatte Peter Bracht sich für den Nachmittag freigenommen, und zweitens stand das zur Verschrottung freigegebene Unfallfahrzeug abholbereit in einer Ecke auf dem Hof. Und die vor Ort Anwesenden hatten nicht das Geringste dagegen, dass ein Externer noch einmal einen Blick auf die Überreste des Mercedes werfen sollte.

Als Schwarz ankam, warteten Pia Ritter und Thilo Hain jeweils mit einer kleinen Mineralwasserflasche in der Hand bereits auf ihn. Der Hauptkommissar überbrachte kurz die guten Nachrichten, was die Bedingungen des Sachverständigen betraf.

»Und das ist wirklich wahr?«, wollte er, noch immer nicht restlos überzeugt, wissen.

»Ich schwöre«, versicherte Hain ihm mit hochgehaltener rechter Hand.

»Na, dann wollen wir mal.« Der Sachverständige schnappte sich einen riesigen schwarzen Lederkoffer von der Ladefläche seines Pick-ups und zog sich einen schwarzen Overall über. Dann ging er eine erste Runde um das Fahrzeug und betrachtete zunächst, abseits der Auswirkungen durch das Feuer, den reinen Unfallschaden.

»Der Unfall ist auf der Südtangente passiert, sagen Sie?«

»Ja. Direkt hinter der Abfahrt Waldau.«

»Auf gerader Strecke also? Nicht *in* der Abfahrt?«

»Genau.«

»Hat sich demnach auf gerader Strecke einfach so mehrfach überschlagen?«

»Richtig.«

Als Nächstes widmete der Gutachter sich den Reifen.

»An denen lag es mit an Sicherheit grenzender Wahrscheinlichkeit nicht«, stellte er fest. »Aber da müssten wir gegebenenfalls noch mal genauer hinsehen.«

Es verging eine gute Stunde, während der Schwarz nicht ein weiteres Wort mit seinen Auftraggebern sprach. Immer wieder kroch er unter den verunfallten Mercedes, bockte ihn an verschiedenen Punkten auf, beugte sich tief in den Motorraum und machte sich währenddessen umfangreiche Notizen.

»Na, schon irgendetwas entdeckt?«, wollte Hain nach einer weiteren Viertelstunde wissen.

»Hm. Warten Sie noch ein bisschen«, wurde er von unter dem Auto vertröstet.

Schließlich, nach mehr als zwei Stunden intensiver Beschäftigung mit dem Unfallwagen, kam Schwarz in die Vertikale, besprühte seine komplett schwarzen Hände mit einer Reinigungsflüssigkeit und wischte sie an einem sauberen Lappen ab. Die beiden Polizisten bedachten ihn dabei mit mehr als neugierigen Blicken.

»Ihre Kollegen von der KTU haben so weit erst mal recht«, ließ er sie wissen. »Auch nach einer sachgerechten und detaillierten Prüfung kann man zu dem gleichen Ergebnis kommen wie sie.«

»Kann man?«, hakte Hain verwundert nach. »Kann man, muss man aber nicht?«

Schwarz griff sich eine Wasserflasche aus der Mittelkonsole seines Pick-ups und trank sie aus. Es folgte ein nur unzureichend unterdrückter Rülpser. »Sorry«, murmelte er.

»Heißt das«, wollte Pia nun wissen, »die Kollegen könnten tatsächlich etwas übersehen haben?«

Ein Nicken. »Das heißt es, ja. Allerdings bin ich mir auch nicht zu 100 Prozent sicher, was ich von der Sache halten soll. Also entweder haben wir es hier mit einer wirklich sehr durchdachten, stringent ausgeführten Aktion zu tun, oder ich bin komplett auf dem Holzweg.« Er warf die leere Flasche auf den Beifahrersitz. »Wollen Sie sehen, was ich meine?«

»Klar.«

»Dann los. Aber passen Sie auf, Ihre Klamotten könnten durch den Ruß ziemlich in Mitleidenschaft gezogen werden.«

Der Sachverständige stellte sich vor dem Motorraum des Mercedes auf. In der rechten Hand hielt er seine gleißend helle LED-Lampe, in der linken die Kladde mit den während der Untersuchung gemachten Notizen.

»Wenn Sie hierherschauen, sehen Sie die größte Auffälligkeit«, wies er auf das Ende des Lichtstrahls. Dort gab es zwei Drähte zu sehen, deren Isolierung offenbar abgeschmolzen war.

»Was ist das?«, wollte Pia wissen.

»Das war der Benzinschlauch, der vom Tank zur Einspritzanlage führt. Es ist sicher nicht mehr der originale, denn der besteht ausschließlich aus Gummimaterial. Das hier ist eine richtig edle Sorte mit Metallummantelung. Vermutlich ist er im Lauf des Autolebens mal gewechselt worden, warum auch immer.«

»Warum wechselt man solch einen Schlauch?«

Schwarz wandte sich der Polizistin zu und grinste sie an. »Zum Beispiel, weil ein Typ wie ich während der Hauptuntersuchung feststellt, dass das alte Bauteil porös geworden ist. Könnte bei einem Auto dieses Baujahres gut mal geschehen sein.«

»Aha.«

»Wie auch immer. Es war auf jeden Fall so, dass bei der Reparatur ein Gummischlauch mit Metallgewebe darum verwendet wurde. Warum das passiert ist, kann ich Ihnen natürlich nicht sagen, aber vielleicht war in der Werkstatt gerade mal kein normaler Schlauch vorhanden. Dann nimmt man eben den mit der Ummantelung. Kostet ein paar Euro mehr auf den Meter, aber das zahlt ohnehin der Kunde.«

Der Lampenstrahl wanderte zu dem einen Ende des Kabelgewirrs.

»Aber das eigentlich Interessante an der Geschichte ist das, was man nicht mehr sehen kann.«

»Wie meinen Sie das?«

»Sie sehen doch die losen Enden der Metallummantelung, ja?« Der Sachverständige dachte gar nicht daran, auf eine Antwort zu warten. »Und zwischen diesen beiden losen Enden haben wir eine Spanne von genau 6,2 Zentimetern, wo das Metallgeflecht nicht mehr vorhanden ist. Die Enden sind ausgefranst, was darauf schließen lässt, dass das fehlende Teil nicht einfach herausgetrennt wurde, zum Beispiel mit einer Säge oder einem Trennschleifer. Außerdem würde der Motor mit einer durchtrennten Benzinleitung gar nicht mehr anspringen und eine gehörige Schweinerei verursachen, weil es der Benzinpumpe absolut egal ist, wohin sie den Sprit befördert.«

»Sie meinen also«, mischte Hain sich wieder ein, »dass dieses fehlende Stück für das schnelle Feuer verantwortlich sein könnte.«

»Nein. Nicht sein könnte, sondern garantiert *ist*.«

»Aber wie kann man es denn hinbekommen, dass genau im Moment des Unfalls diese Leitung so kaputtgeht?«, fragte Pia. »Es ist ja wohl auszuschließen, dass da einer unter der Motorhaube saß, der dafür verantwortlich ist.«

»Das hat mich auch ein paar Augenblicke lang beschäftigt, aber dazu muss ich wieder auf die losen Enden zurückkommen.« Der Lampenstrahl landete direkt am unteren der beiden losen Enden. »Sie sehen ja, wie gesagt, diese Ausfransungen auf beiden Seiten. Wenn ich ein Krimiautor mit Hang zu technisch ausgefeilten Plots wäre, würde ich sagen, dass genau dieses fehlende Stück Benzinschlauch mithilfe einer Mikrosprengladung entfernt wurde. Es ist auf jeden Fall die einzig logische Erklärung für ein solches Schadensbild.«

Pia Ritter und Thilo Hain tauschten einen kurzen Blick aus.

»Eine andere denkbare Erklärung fällt Ihnen dazu wirklich nicht ein?«

»Nein.«

»Wow.«

»Na ja, immerhin korrespondiert meine vermutlich recht irre klingende Schlussfolgerung in Bezug auf die Benzinleitung mit einer weiteren Auffälligkeit am Stellmotor der elektrisch unterstützten Servolenkung.«

»*Elektrisch*? Ich dachte immer, Servolenkungen würden hydraulisch funktionieren.«

»Das war früher der Standard, heute nicht mehr. Es ist einfach billiger in der Herstellung und auch wartungsfreundlicher, das mithilfe eines kleinen Motors zu machen. Ich müsste es nachschauen, aber ich glaube, dass dieses Modell hier eines der ersten ist mit dieser elektrischen Art der Unterstützung.«

»Und um was für eine Auffälligkeit geht es?«

Wieder huschte der Anflug eines Grinsens über das Gesicht des Sachverständigen. »Wir können uns jetzt unter das Auto legen, und ich zeige Ihnen, was ich meine. Das würde allerdings nur Ihre Garderobe ruinieren und nicht wirklich etwas bringen. Also muss es reichen, wenn ich Ihnen meine Beobachtung schildere, ja?«

Wieder nickten die beiden Polizisten im Gleichtakt.

»Also. Der Stellmotor ist ziemlich verkokelt, weil sich ein großer Teil des ausgetretenen Benzins über ihn ergossen hat und verbrannt ist. Dieser Motor ist übrigens viel kleiner, als man das als Laie erwarten würde. Viel wichtiger sind allerdings die winzigen Reste von verschmolzenem Kunststoff, die sich auf der metallenen Hülle befinden und die dort absolut nichts zu suchen haben.«

Es entstand eine Pause, während der Schwarz die Beamten einfach nur ansah.

»Und was wollen Sie uns jetzt damit sagen? Damit, dass es da Plastikreste auf diesem Motor gibt, die dort ›absolut nichts zu suchen haben‹?«

»Die könnten eine Antwort auf die Frage geben, warum der Wagen auf gerader Strecke einfach so nahezu im rechten Winkel abgebogen ist und sich dann mehrfach überschlagen hat.«

»Ja? Und wie genau haben diese Plastikreste das gemacht?«

Der Blick von Schwarz wanderte ein wenig suchend zwischen Hain und Ritter hin und her. »Also, der Stellmotor der Servolenkung bekommt seine Steuersignale von einem Geber auf der Lenksäule. Wenn ich nun diesen Geber abklemme und dem Stellmotor meine eigenen Anweisungen gebe, kann ich die Lenkung schlagartig in eine Richtung bewegen. So einfach ist das.«

Sowohl Thilo Hain als auch Pia Ritter verstanden nur Bahnhof.

»Gut, ich versuche Ihnen jetzt mal zu erklären, wie ich mir den genauen Unfallhergang vorstelle, ja? Und ich mache es so, dass Sie als Laien es vermutlich verstehen können.«

»Das wäre wirklich nett«, gab Pia mit gerunzelter Stirn zurück.

Schwarz ging erneut zu seinem Pick-up und nahm sich eine weitere Wasserflasche, ließ den Verschluss jedoch unangetastet.

»Der Wagen befährt die A 49, an dieser Stelle bei uns hier in Kassel einfach die Südtangente genannt, in Richtung Osten. Auf Höhe oder kurz hinter der Abfahrt Waldau greift ein wie auch immer ausgelöster Impuls auf den Stellmotor der Servolenkung zu und sorgt dafür, dass die Lenkung schlagartig komplett nach rechts eingeschlagen wird. Das hat zur Folge, dass der Mercedes sofort in einen nicht mehr zu kontrollierenden Fahrzustand gerät. Und noch während der Schleuderbewegung nach rechts sorgt die kleine Sprengladung dafür, dass die Benzinleitung durchtrennt wird. Der austretende, bereits brennende Sprit verteilt sich literweise im Motorraum, womit der schnelle Ausbruch des Brandes erklärt wäre. Alles Weitere ist lediglich eine Frage von Zeit und Temperatur.« Er warf einen Blick auf seine Kladde. »Es bliebe noch die Frage zu klären, ob sich die Türen von innen öffnen ließen oder ob da auch etwas dran gedreht wurde. Dazu allerdings müsste ich noch deutlich tiefer in das Wrack vordringen, was hier und jetzt einfach nicht möglich ist.«

Es entstand eine erneute Pause. Sowohl in Pia Ritters wie auch in Thilo Hains Kopf flogen die Gedanken wild durcheinander. Zunächst jedoch deutete Schwarz wieder auf seine Kladde.

»Zu guter Letzt, aber bestimmt nicht als letzte Erkenntnis, davon bin ich fest überzeugt, wenn ich mir dieses Wrack *ganz genau* anschauen würde, gibt es noch eine weitere offensichtliche Manipulation. Die betrifft den Signalgeber für den Geschwindigkeitsmesser. An dem wurde ein Kabel angebracht, das jetzt verschmort irgendwo im Nichts endet, mit dessen Hilfe man vor dem Unfall aber garantiert genau feststellen konnte, wie schnell der Wagen zu einem bestimmten Zeitpunkt gefahren ist.«

Wieder brauchten die Beamten ein paar Augenblicke, um das Gehörte sacken zu lassen.

»Und es ist anzunehmen, dass diese, wie ich finde, bedeutenden Eingriffe bei dem Wagen nicht mal eben so in fünf Minuten an der Straße zu machen gewesen sind, oder?«

»Definitiv nicht. Ich glaube sogar nicht, dass ein Einzelner die Kompetenz besitzt, das zu bewerkstelligen. Hier braucht es einen Menschen mit Elektronikkenntnissen wie auch mit Kenntnissen im Aufbau eines Kraftfahrzeugs. Und vergessen Sie nicht, dass er mit an Sicherheit grenzender Wahrscheinlichkeit auch weitreichende Kenntnisse im Umgang mit Sprengstoffen haben musste. Und das alles war wirklich nicht in einer halben Stunde zu installieren, dazu muss die gesamte Ausführung deutlich zu komplex gewesen sein.«

»Der Wagen war wegen einer Reparatur in einer Werkstatt abgestellt. Dort könnte man das aber erledigen, oder?«

»Das wäre eine denkbare Örtlichkeit dafür, ja.«

»Wenn ich Ihre Ausführungen richtig deute, sind Sie also felsenfest davon überzeugt, dass wir es hier mit einem Anschlag zu tun haben?«, fasste Pia das Gehörte zusammen.

»*Garantiert* haben Sie es mit einem Anschlag zu tun, ja.«

»Und was würden Sie uns als weitere Maßnahmen vorschlagen?«

»Das ist eigentlich ganz einfach«, meinte der Sachverständige gelassen. »Man sollte zunächst nur eine Untersuchung auf Sprengstoffreste rund um die ausgefransten Enden des Spritschlauchs machen. Seien Sie sicher, dass Sie da genau das finden werden, was ich Ihnen prophezeie, nämlich irgendetwas, das laut oder auch nicht so laut *bumm* gemacht hat. Und wenn das geklärt ist, können sich Ihre Leute – die vermutlich Zeter und Mordio schreien werden, aber das müssen Sie aushalten – den weiteren Details widmen. Ich denke jedoch, dass das alles primär in Wiesbaden passieren wird, weil die dort die deutlich besser ausgestatteten Labors haben.«

13

Tina Schulze stand mit dem Rücken an die Kühlschranktür gelehnt in der Küche ihres Hauses. In der rechten Hand hielt sie ein Stofftaschentuch, ihr Kopf war mit einem Verband umwickelt. Ihr Mann war gerade aus dem Klinikum zurückgekehrt, wo er seinen schwer verletzten Freund besuchen wollte. Er war jedoch nicht bis zu ihm vorgedrungen, weil die Ärzte mit Verweis auf die Brandverletzungen und den weiterhin überaus kritischen Zustand des Patienten jeglichen Besuch untersagt hatten.

»Wenn ich die Aussagen der Ärzte richtig deute, Tina, wird Adrian die nächsten Tage vermutlich nicht überleben. Wenn es anders kommen sollte, hätte er mehr Glück, als zu erwarten war.«

»Mein Gott. Das alles ist ja mehr als furchtbar.«

»Ja, das ist es. Aber wir können immer noch für ihn hoffen.«

»Du vielleicht, Okan, ich nicht. Ich komme mit diesen ganzen Dingen einfach nicht mehr klar. Jule ist tot, gestorben bei einem mysteriösen Unfall mit deinem Wagen, und Adrian liegt im Koma, wird es vielleicht auch nicht überleben. Und du willst mir einreden, das alles habe nichts mit dir zu tun?«

»Was, meinst du denn, könnte es mit mir zu tun haben? Und komm mir jetzt bitte nicht wieder mit deinen abwegigen Verschwörungstheorien, nach denen der türkische Geheimdienst mir nach dem Leben trachtet. Adrian war in einen Unfall verwickelt, der ein zutiefst tragisches Ende genommen hat. Das alles kann doch unmöglich etwas mit mir zu tun haben. Das ist doch schon wegen der Chronologie und der technischen Bedingungen komplett unrealistisch. Mein Wagen stand seit vorgestern Nacht bei ihm in der Werkstatt, gut verschlossen und für niemanden erreichbar. Und du willst sicher nicht ernsthaft behaupten, dass jemand sich tagsüber daran zu schaffen gemacht hat, oder?«

»Das weiß ich doch alles nicht, Okan. Ich weiß nur, dass hier etwas nicht mit rechten Dingen zugegangen sein *kann*. Das ist kein Zufall, und ich will einfach, dass du meine Ängste und Befürchtungen ernst nimmst.« Sie stockte. »Wir haben Jule verloren, und wie es mit Adrian weitergeht, steht in den Sternen. Aber ich will nicht auch noch dich verlieren, nur weil du deine große Klappe nicht halten kannst und ständig die Verhältnisse in der Türkei anprangern musst.«

Okan Schulze schloss für ein paar Sekunden die Augen. Als er sie wieder öffnete, hatte sich gleichzeitig seine Haltung komplett verändert. »Tina, das geht mir jetzt eindeutig zu weit. Ich will nicht mehr ständig von dir mein Engagement vorgehalten bekommen, nur weil du die dahinterstehenden Beweggründe nicht kapieren willst. Die leben da in einer Diktatur, und wenn es nicht Menschen wie mich gibt, die das anprangern und sich dagegen wenden, dann wird das noch viele Jahre oder gar Jahrzehnte so weitergehen. Mit dem jetzigen Mann an der Spitze oder ohne ihn. Und du musst verstehen, dass auch dieses Engagement ein Teil meines Lebens ist. Wenn du das nicht mittragen willst, werde ich mir geeignete Schritte überlegen müssen. Aber ich werde nicht nachlassen darin, mich für die Menschen und speziell die entrechteten Menschen in der Türkei einzusetzen und meine Stimme zu erheben, um sie zu unterstützen.«

Die beiden sahen sich eine Weile stumm an.

»Das heißt also«, stellte Tina Schulze schließlich mit brüchiger Stimme fest, »dass ich mich entweder fügen kann oder ohne dich leben muss?«

»Das habe ich so nicht gesagt. Aber es könnte in letzter Konsequenz die Folge sein, ja. Du wusstest, als wir uns kennengelernt haben, auf was du dich einlässt. Deshalb solltest du jetzt nicht auf deinem Standpunkt beharren.«

Tina Schulze ließ die Worte, von denen jedes einzelne sie wie ein Peitschenhieb getroffen hatte, einen Moment lang sacken. Dann drehte sie sich um, öffnete die Kühlschranktür und griff nach der darin stehenden Flasche mit dem Rest Weißwein vom Vorabend.

»Auch einen Schluck?«, fragte sie aufreizend ruhig. »Es könnte immerhin der letzte gemeinsame für uns sein.«

»Mensch Tina, nun komm doch mal runter. Wir wissen doch gar nicht, wie sich das mit dem Unfall wirklich abgespielt hat.« Er ging auf seine Frau zu und versuchte, sie in den Arm zu nehmen, doch Tina entzog sich ihm und wandte sich zu dem Schrank, in dem sie die Gläser aufbewahrten.

»Wenn du mir die Pistole auf die Brust setzt, Okan, dann solltest du wissen, dass das für uns tatsächlich das Ende unserer Ehe bedeuten könnte. Mach es also nicht, wenn du es nicht wirklich ernst meinst und zur Not auch den fälligen Preis bezahlen würdest.«

Wieder schloss der Deutschtürke die Augen für eine Weile. »Ich will nicht ohne dich leben, Tina. Ich will es nicht, und ich kann es mir, offen gesagt, auch überhaupt nicht vorstellen, weil ich dich, auch nach diesen vielen Jahren, noch immer liebe wie am ersten Tag. Aber ich kann und will auch nicht von den Dingen lassen, die mir wichtig sind, die mir immer wichtig gewesen sind.«

Sie öffnete die Schranktür und nahm ein Weißweinglas heraus. »Wenn es wirklich hart auf hart kommt, wirst du dich vielleicht entscheiden müssen, Okan. Ich halte dieses Leben, wie wir es führen, einfach nicht mehr aus. Und wenn ich daran denke, dass Jule vielleicht sterben musste, weil …«

»Hör auf damit!« Okan Schulze hatte seine Frau angeschrien. Er konnte sich nicht erinnern, sich ihr gegenüber schon jemals so verhalten zu haben. »Verzeih mir, das war nicht richtig«, schob er deshalb nach ein paar Zehntelsekunden des Bedenkens hinterher, doch Tina sah ihn nur mit weit aufgerissenen Augen an.

»Treib es nicht zu weit, Okan, sonst werde ich noch heute unser Haus und damit auch dich verlassen.«

Schulze schluckte. »Nein, nein, Tina, bitte … Ich bitte dich um Verzeihung, das wollte ich nicht. Bitte!«

Sie hob den Kopf und sah ihren Mann lange und intensiv an. Es war, als würde ihre gemeinsame Zeit in diesen Sekunden vor ihrem geistigen Auge abgespielt. Dann stellte sie die Flasche und das Glas auf der Anrichte ab, trat auf ihn zu und griff mit ihrer rechten Hand nach seiner rechten Hand. Über beide Wangen rannen ihr Tränen.

»Jetzt ist Schluss, Okan Schulze, jetzt ist wirklich Schluss. Wir haben mit Jule einen Menschen verloren, den wir wie unser eigenes Kind geliebt haben, und vielleicht verlieren wir deinen ältesten Freund, der auch für mich immer ein guter und verlässlicher Freund gewesen ist. Wir werden jetzt beide argumentativ jeder mindestens zwei Schritte zurückgehen, lieber wären mir aber vier oder noch mehr. Und dann versuchen wir, das für uns Beste aus dieser unglaublich traurigen und hoffnungslosen Situation zu machen. Jeder von uns wird sich bewegen müssen, und ich werde mich bewegen. Aber ich will dein Versprechen, dass auch du dich bewegen wirst.«

Er nickte. »Ich verspreche es, Tina. Ich verspreche es dir hoch und heilig.«

14

Thilo Hain, Pia Ritter und Jürgen Schwarz hatten sich gerade voneinander verabschiedet, als dem Hauptkommissar noch etwas einfiel.

»Wenn ich Ihre Ausführungen richtig deute, wurde an dem Mercedes ein beträchtlicher Aufwand betrieben, um ihn in einen Unfall zu treiben. Aber wie kann man so etwas dann zum genau richtigen Zeitpunkt starten? Ich meine, geht das von einem hinterherfahrenden Auto aus?«

»Garantiert geht das von einem hinterherfahrenden Auto«, bestätigte Schwarz. »Aber es gibt natürlich weitere Optionen, ganz klar.«

»Ja?«

»Man könnte alles mithilfe einer Zeitschaltuhr arrangieren, daran glaube ich aber nicht, denn dann müsste man den genauen Weg und die jeweils passende Geschwindigkeit kennen. Und schon eine nicht passende Ampelschaltung würde alles zunichtemachen.« Der Sachverständige schüttelte den Kopf. »Deshalb würde ich vermuten, dass es entweder von einem hinterherfahrenden Wagen ausgelöst wurde. Oder es hat jemand in der Nähe des Unfallortes irgendwo im Gebüsch oder auch in einem Auto gesessen und auf den Knopf gedrückt, als alle Parameter ihm passend erschienen.«

»Die Daten könnte man problemlos per Funk übertragen?«

Schwarz dachte einen Moment nach. »Da bin ich jetzt nicht der absolute Fachmann, aber vorstellen kann ich mir das. Wobei ich natürlich sagen muss, dass dieses ganze Szenario schon ziemliches Hightech darstellt. Wer ist denn bei dem Unfall ums Leben gekommen? Jemand Berühmtes oder Wichtiges?«

»Ein Kind. Der Vater, der gefahren ist, liegt mit schwersten Verletzungen im Klinikum.«

»Das ist ja furchtbar.«

»Ja, da haben Sie recht.«

Nun verabschiedeten die drei sich endgültig voneinander. Schwarz verließ mit seinem Pick-up den Hof der Kriminaltechnik und war kurz darauf aus dem Blickfeld der Kommissare verschwunden, die ein wenig verloren auf den verunfallten Mercedes starrten.

»Was, verdammt noch mal«, sinnierte Pia Ritter laut, »hat das alles zu bedeuten? Und warum musste dieses Mädchen sterben?«

»Das werden wir herausfinden, Pia«, erwiderte Hain bestimmt. »Wir müssen es einfach herausfinden.«

Zunächst jedoch telefonierte Hain mit Herbert Schiller. Der Kriminalrat zeigte sich höchst interessiert und wollte über alle Details zu dem Fall informiert werden.

»Mann, Thilo, das klingt ja nach einer veritablen Räuberpistole. Und du meinst ernsthaft, dass man diesem Sachverständigen Schwarz über den Weg trauen kann?«

»Der Mann weiß, wovon er spricht, glaub mir. Der hat uns das alles so haarklein auseinandergesetzt, dass bei Pia und mir nicht der geringste Zweifel übrig geblieben ist. Und deshalb müssen wir dafür sorgen, dass die Überbleibsel des Mercedes möglichst schnell nach Wiesbaden verfrachtet werden. Könntest du dich darum kümmern? Es ist immer leichter, wenn ein Kriminalrat so etwas anleiert.«

»Wenn ihr meint, dass es für die Aufklärung des Falles wichtig ist, werde ich mich gleich daranmachen. Vorausgesetzt, die in Wiesbaden spielen mit, sollten wir dann spätestens in ein paar Tagen erste Ergebnisse vorliegen haben.«

»Gut.«

Hain dachte einen Augenblick lang nach. »Die Bea, deine

Frau, ist doch ein bisschen in der Lokalpolitik zu Hause, oder?«

»Nein, nicht mehr. Sie hatte keine Lust auf die Ochsentour innerhalb ihrer Partei. Deshalb hat sie vor einem halben Jahr alles hingeschmissen. Hing wohl auch damit zusammen, dass sie ein paarmal benachteiligt wurde bei der Vergabe von irgendwelchen Listenplätzen. Aber frag mich da nicht nach Details, das hat mich nie interessiert und war bei uns zu Hause eher ein konfliktbeladenes Thema.«

»Meinst du, wir könnten sie trotzdem mal nach diesem Okan Schulze befragen? Vielleicht weiß sie ja was über ihn, was für uns von Bedeutung ist.«

»Klar, du kannst sie gern anrufen. Wenn ich ihren Terminplan richtig im Kopf habe, müsste sie gerade zu Hause sein.«

»Das werde ich machen, danke. Aber zunächst werden wir erst noch mal bei ihm selbst vorstellig werden. Es könnte nämlich gut sein, dass der Schlüssel zu dieser Scheißgeschichte bei ihm zu suchen ist, weil Adrian Schlaffke und seine Tochter ja wohl eher durch Zufall zu Opfern geworden sind. Zumindest gehen wir im Moment davon aus, weil ja niemand ahnen konnte, dass die beiden mit dem Wagen unterwegs sein würden.«

»Aber«, hakte Schiller skeptisch nach, »wenn ich dich vorhin richtig verstanden habe, müssen der oder die Täter doch gewusst haben, wer sich in dem Auto befindet. Sie brauchten doch Sichtkontakt, oder nicht?«

»Das ist schon richtig, ja. Aber es könnte immerhin auch ein fatales Missverständnis gewesen sein. Auf jeden Fall sollten wir die Spurensicherung mal durch Schlaffkes Werkstatt jagen, vielleicht finden die ja was, das für uns aufschlussreich ist. Einbruchsspuren oder vielleicht sogar direkte Hinweise auf die Manipulationen am Mercedes. Schwarz meinte nämlich, dass die Ausführung dieser ganzen Geschichte mehr als kompliziert gewesen sei und vermutlich in einer Werkstatt ausgeführt wurde. Und da ist natürlich als Erstes Schlaffkes Werkstatt, wo der Mercedes vor dem Unfall abgestellt war.«

»Gut, auch das mit der Spurensicherung veranlasse ich. Mir wäre es allerdings ganz lieb, wenn ihr noch mal dorthin fahren würdet und mit dem Personal sprecht. Vielleicht ergeben sich ja schon erste Anhaltspunkte.«

»Das machen wir, klar.«

Schiller machte sich ein paar Notizen. »Sehen wir uns später noch hier im Präsidium?«

»Vielleicht. Kommt darauf an, wie lange wir in der Werkstatt brauchen. Und *brauchen* ist ein gutes Stichwort, Herbert. Pia und ich brauchen auf jeden Fall erst mal was zwischen die Zähne, wir zehren nämlich noch immer vom Frühstück.«

»Macht das. Und haltet mich unbedingt auf dem Laufenden, wie es weitergeht.«

»Geht klar.«

Bei »zwischen die Zähne« handelte es sich um eine geteilte große Flasche Mineralwasser und jeweils eine Pizza in einem Stehimbiss. Kaum 30 Minuten nach dem Gespräch mit Schiller steuerte Hain deshalb zum zweiten Mal an diesem Tag den Mazda auf den Hof der Werkstatt. An den auf Reparatur oder Restauration wartenden Autos hatte sich nichts verändert, allerdings war kein Angestellter zu sehen. Hain und Ritter steuerten deswegen das Innere der Werkstatthalle an. Dort standen drei Männer unter dem Porsche 356. Einer davon, Boris Pawlow, lehnte an einem der Hebebühnentragarme, die anderen standen ihm gegenüber. Offenbar waren sie total in ihr Gespräch vertieft, denn keiner von ihnen bemerkte das Auftauchen der Polizeibeamten.

»Hallo«, rief Pia Ritter deshalb in den halligen Raum.

Die Köpfe der Männer flogen herum.

»Ach, Sie schon wieder«, begrüßte die rechte Hand des Chefs die beiden. Hain und Ritter traten auf die kleine Gruppe zu.

»Ja, wir schon wieder. Wir hätten noch ein paar Fragen an Sie.« Der Hauptkommissar bedachte die beiden ihm noch nicht bekannten Männer mit neugierigem Blick. »Darf ich fragen, wer Sie beide sind?«

»Das sind unsere Mitarbeiter Pavel Moran und Sergej Lidon. Herr Moran ist für alles, was Blech betrifft, zuständig, Herr Lidon macht ausschließlich Innenräume. Also Leder, Teppiche und solche Sachen.«

»Schön. Echte Spezialisten also.«

Die drei nickten.

»Hat jemand von Ihnen an dem Mercedes gearbeitet, mit dem Ihr Chef verunglückt ist?«

Alle drei schüttelten den Kopf.

»Nein, nein«, meinte Pawlow. »Da ging es doch immer nur um den Motor oder das Getriebe, und das hat Adi, also Herr Schlaffke, doch selbst gemacht. Außerdem war … ist er doch mit dem Okan gut befreundet und hat schon deshalb bei dessen Auto immer selbst nach dem Rechten gesehen.«

»Ich habe vor ein paar Jahren einmal den Unterboden ausgebessert«, gab Herr Moran nun mit deutlich vernehmbarem slawischen Akzent zu Protokoll. »Weil da schon ganz schön viel Rost war. Aber seitdem nichts mehr.«

»Also hat Herr Schlaffke nur selbst an dem Wagen gearbeitet, als er hier stand? Ganz sicher niemand sonst?«

»Bestimmt, ja«, bestätigte Boris Pawlow. »Die Sachen an Okans Wagen hat er immer nach Feierabend gemacht, weil das ja ein Freundschaftsdienst gewesen ist. Adi hat, glaube ich, niemals Geld dafür genommen. Oder nein, das weiß ich genau, wir haben mal darüber gesprochen. Und da hat er gesagt, dass er von Okan niemals Geld für eine Reparatur nehmen würde.

Okan ist ja auch der Patenonkel von …« Der große Mann mit den mächtigen Händen stockte.

»Von Jule«, vervollständigte Hain den abgebrochenen Satz. »Ja, das wissen wir.«

»Und Sie sind ganz sicher, dass sich während Ihrer Arbeitszeit niemand an dem Wagen zu schaffen gemacht hat?«

Wieder nickten alle drei gleichzeitig.

»Wie sollte das denn gehen? Wir sind immer hier und arbeiten, da kann nicht einfach jemand kommen und etwas an einem Auto machen.« Pawlow, der das gesagt hatte, legte jetzt irritiert die Stirn in Falten. »Wenn Sie solche Fragen stellen, könnte man glatt glauben, dass mit dem Unfall irgendetwas nicht stimmt. Aber es war doch ein Unfall, das haben Sie vorhin selbst gesagt.«

»Wir ermitteln in alle Richtungen«, erläuterte Pia Ritter ihm ihre Beweggründe, »und dazu gehört auch, uns über das Fahrzeug zu informieren. Und natürlich, ob Ihnen vielleicht in den letzten Tagen etwas aufgefallen ist, das für uns von Bedeutung sein könnte. Etwas, das möglicherweise auf einen Einbruch hingewiesen hat.«

Die drei sahen sich verstohlen an.

»Einen Einbruch?«, fragte Pawlow ungläubig nach. »Hier bei uns in der Werkstatt?«

»Genau. Es besteht die vage Möglichkeit, dass an dem Mercedes von Okan Schulze technisch etwas verändert wurde, und das kann nach menschlichem Ermessen nur hier passiert sein. Möglich also, dass sich jemand nachts Zugang verschafft und diese Manipulationen durchgeführt hat.«

Die drei Männer hatten sich, während Ritter gesprochen hatte, direkt den Polizisten zugewandt und starrten sie mit offenem Mund an.

»Wir verdächtigen definitiv keinen von Ihnen«, versuchte Hain die Situation ein wenig zu entschärfen, »aber es könnte nun einmal sein, dass sich jemand hier Zugang verschafft hat. Also, ist Ihnen irgendetwas aufgefallen, speziell gestern oder auch heute Morgen?«

Pawlow und Lidon schüttelten wieder den Kopf, nur Pavel Moran behielt seinen starren Blick bei.

»Warten Sie«, sagte er schließlich. »Ich habe heute Morgen etwas gefunden, was nicht hierhergehört. Aber ich dachte mir, dass Adrian es vielleicht bei der Reparatur des Mercedes benutzt hat.«

Sowohl Hain als auch Ritter sahen den Mann aufmerksam an.

»Ja, und was war das?«, wollte die Oberkommissarin wissen. »Und wo genau haben Sie es gefunden?«

Er wies auf den freien Platz zwischen zwei Hebebühnen.

»Da. Und das ist genau die Stelle, wo der Mercedes gestanden hat.«

15

Hakan Durmus lag mit zur Decke gerichtetem Blick auf dem Bett seines Appartements. Er zitterte am ganzen Körper und war seit Stunden nicht in der Lage, sich auch nur in eine andere Liegeposition zu begeben. Er hatte sich erbrochen, bis nur noch Galle kam, hatte geweint und sich selbst verflucht und war schließlich ins Bett gekrabbelt. Dort hatte er vor seinem geistigen Auge immer wieder das Bild des ausgebrannten Mercedes gesehen, zu dem das eines schreienden verbrennenden Kindes hinzukam. Ein Mädchen. Ein kleines strohblondes Mädchen, vermutlich sogar ein wenig jünger als sein jüngster Sohn.

Er, Hakan Durmus, hatte ein kleines Mädchen getötet.

Wieder und wieder hatte er die Ereignisse der vergangenen Nacht durchlebt, und er hätte seinen rechten Arm gegeben dafür, den schwersten Fehler seines gesamten Lebens rückgängig machen zu können. Aber dieser Fehler war nun einmal passiert.

Die Präparation des Wagens war ihm beeindruckend gelungen. Daran bestand schon deshalb nicht der geringste Zweifel, weil die gesamte Aktion technisch genau so abgelaufen war, wie er es geplant hatte. Am frühen Mittag hatte er in seinem Wohnmobil Posten bezogen gegenüber der Werkstatt. Hatte sich die Zeit mit Lesen vertrieben und ein wenig im Internet gesurft. Dann hatte er ein weiteres Mal mit seiner Frau telefoniert. Sie war außer sich gewesen, als sie ihn erreichte.

»Hakan«, hatte sie ihm weinend und ohne jegliche Begrüßung entgegengeschleudert, »sie haben meinen Vater verhaftet. Sie haben ihn, diesen alten Mann, heute Mittag aus seiner Wohnung geholt und ins Gefängnis geworfen.«

»Aber, Melek«, hatte er völlig perplex geantwortet, »das kann doch gar nicht sein. Es muss sich um einen Irrtum handeln.«

»Das ist kein verdammter Irrtum, Hakan! Sie haben ihn abgeholt und ins Gefängnis geworfen«, wiederholte sie schreiend.

»Bitte fluche nicht, Melek. Du weißt, dass ich das nicht mag. Absolut nicht mag.«

»Das sind die Leute, für die du arbeitest, Hakan. Die gleichen Leute haben meinen Vater ins Gefängnis geworfen.«

»Nein, so ist das doch wirklich nicht, Melek. Ich arbeite nicht für diese Leute, und das weißt du auch ganz genau. Ich arbeite bei einer ganz anderen Abteilung der Regierung, die nicht das Geringste mit diesen ganzen Sachen zu tun hat.«

Es gab eine kurze Pause.

»Du musst auf der Stelle nach Hause kommen und dich darum kümmern«, forderte sie unmissverständlich. »Du musst meinen Vater aus dem Gefängnis holen.«

Durmus dachte fieberhaft nach. Er musste eine schnelle, plausible Erklärung dafür finden, warum er in den nächsten Tagen noch nicht in die Türkei zurückkehren konnte. Nicht, bevor sein Auftrag hier in Deutschland zu Ende gebracht war.

»Das ist wirklich unmöglich, Melek. Du verlangst da etwas von mir, was ich nicht zu leisten imstande bin. Ich kann hier nicht alles stehen und liegen lassen, nur weil …«

»*Nur* weil mein Vater im Gefängnis ist«, vervollständigte sie den von ihm abgebrochenen Satz.

Hakan wusste bereits, bevor er den Satz zu Ende gesprochen hatte, dass er ein Fehler gewesen war.

»Du solltest dich was schämen, diesen Umstand mit einem *nur* zu beschreiben, Hakan.«

So wie sie jetzt war, hatte Hakan Durmus seine Frau noch nie erlebt. Es war nahezu unmöglich, mit Argumenten zu ihr durchzudringen. Zumal ihm auch kein Argument einfallen wollte.

»Du musst noch ein paar Tage ohne mich auskommen, Melek. Du musst es einfach. Danach werde ich alles tun, um deinen Vater so schnell wie möglich aus dem Gefängnis zu holen.«

»Und wenn es dann vielleicht schon zu spät ist? Wenn er dann vielleicht schon tot ist? Du weißt, wie alt er ist, und du weißt, wie wenig belastbar er ist. Es kann doch nicht sein, dass dir das alles so völlig egal ist.«

»Aber …« Durmus brach ab, weil es in seinem Lautsprecher geknackt hatte. »Melek? Bist du noch dran?«

Stille.

»Melek?«

Sie hatte aufgelegt. Zum ersten Mal, seit sie sich kannten, hatte Melek Durmus ein Telefonat mit ihrem Mann auf diese Weise beendet.

Der türkische Geheimdienstler hätte am liebsten augenblicklich alles stehen und liegen gelassen und sich in das nächste Flugzeug nach Istanbul gesetzt. Aber ihm war klar, dass sich dieser Wunsch nicht umsetzen ließ. Also war er hinter den getönten Fensterscheiben des Wohnmobils sitzen geblieben und hatte auf das Werkstatttor gestarrt. Kunden waren gekommen und wieder gegangen, ein weißer Renault-Kastenwagen hatte offenbar Ersatzteile angeliefert, und dann war die ältere Frau mit dem kleinen Mädchen an der Hand aufgetaucht. Und dieses kleine Mädchen war vom Werkstattbesitzer so herzlich und so berührend begrüßt worden, dass man einfach sicher sein musste, es hier mit einem Vater und seiner Tochter zu tun zu haben. Ein strohblondes aufgewecktes Mädchen mit den weichen Zügen eines Engels und dem verschmitzten Lächeln einer Herzensbrecherin.

Natürlich hatte er ständig und auf allen Kanälen versucht, eine Verbindung zu seiner Frau herzustellen. Vergeblich, denn

Melek hatte alle Leitungen abgeschaltet. Sogar unter der Nummer seiner Schwiegereltern war niemand zu erreichen, was ihn allerdings nicht besonders überraschte. Der Arm der Machthaber in seinem Land reichte definitiv bis in die türkische Telekommunikation hinein und weit darüber hinaus.

Gegen 22:25 Uhr erfolgte endlich der ersehnte Anruf. Melek war zwar in der Leitung, ihre Haltung jedoch hatte sich um keinen Deut verändert. Ganz im Gegenteil. Sie forderte nun sogar ultimativ die sofortige Rückkehr ihres Mannes.

»Wenn du jemals etwas für mich und unsere Kinder empfunden hast, dann kommst du auf der Stelle nach Hause, Hakan. Dann setzt du dich morgen früh in die erste Maschine, die du erreichen kannst, und machst dich auf den Heimweg. Du machst es für uns und unsere Familie. Die Jungs sind nämlich kaum wiederzuerkennen, seit sie wissen, dass ihr Großvater ins Gefängnis gesteckt wurde.«

»Du hast ihnen davon erzählt? Aber Melek, das war doch ganz und gar überflüssig.«

»Sollen sie es am Ende aus der Zeitung erfahren? Willst du ihnen dann erklären, dass es sich dabei um einen bedauernswerten Irrtum handelt? Nein, das Risiko wollte ich nicht eingehen.«

»Unsere Kinder sind nicht einmal zehn Jahre alt und sie lesen sicher keine Zeitung. Wieso sollten sie also *aus der Zeitung* vom Schicksal ihres Großvaters erfahren?« Schon als er es ausgesprochen hatte, wusste Durmus, dass sie sich an seiner Wortwahl »vom Schicksal« massiv stören würde. »Nein, warte«, versuchte er es deshalb mit einer hoffnungslosen Rettungsaktion, »das habe ich nicht so gemeint. Natürlich ist es kein Schicksal, dass dein Vater im Gefängnis sitzen muss.«

Es entstand eine längere Pause.

»Ich kann nicht glauben«, zischte Melek Durmus kurze Zeit später, »dass du wirklich noch der Mann bist, den ich geheiratet und mit dem ich Kinder habe, Hakan. Du bist mir im Augenblick so entsetzlich fremd, darüber machst du dir absolut keine Vorstellung. Es erscheint mir gerade so, als würdest du dich …«

Den Rest ihres Satzes hörte er nicht mehr, weil seine gesamte Konzentration sich auf das mittlerweile im Halbdunkel liegende Hoftor in etwa 150 Metern richtete. Dort tauchten in diesem Moment die Scheinwerfer des Mercedes von Okan Schulze auf. Durmus hatte zwar nicht mitbekommen, dass und wann der Deutschtürke in der Werkstatt angekommen war, doch nun verließ er definitiv das Gelände. Ein Problem war zwar, dass es noch zu hell für den Einsatz des Nachtsichtgeräts war, aber zu dunkel, um einen direkten Blick ins Innere des Wagens werfen zu können. Aber wer außer Schulze selbst sollte sonst um diese Zeit und mit diesem Wagen das Gelände der Werkstatt verlassen? Der Geheimdienstler verfluchte innerlich die türkischen Behörden, dass sie ausgerechnet in dieser für ihn existenziell bedeutenden Phase seinen Schwiegervater verhaften mussten, und er wäre auch liebend gern den Wünschen seiner Frau nachgekommen, doch hier und jetzt galt es, sich um andere Dinge zu kümmern. Deshalb hatte er längst kommentarlos die rote Taste auf dem Telefon gedrückt, sprang auf und leitete die für diesen Moment vorbereiteten Schritte ein. Und es lief alles so, wie er es geplant und vorbereitet hatte. Es lief technisch alles perfekt. Einfach perfekt.

*

Jetzt allerdings, auf dem Bett liegend und nahezu in Selbstmitleid zerfließend, bedeutete ihm die technisch perfekte Ausführung seines Plans nicht mehr auch nur das Schwarze unter den Fingernägeln. Er hatte auf ganzer Linie versagt und er wusste das. Seine Gedanken führten ihn zurück zu jenem Tag im Präsidentenpalast in Ankara, und zum tausendsten Mal an diesem Tag donnerten ihm die Worte durch den Kopf, die er damals dem überaus mächtigen Mann hinter dem Schreibtisch gesagt hatte.

»Ich werde Sie und unser Volk nicht enttäuschen, Reis.«

Er hatte sie alle enttäuscht, doch am meisten hatte er sich selbst enttäuscht.

In diesem Moment klingelte jenes Telefon schrill, das er an genau diesem Tag in den Unterlagen vorgefunden hatte, die ihm übergeben worden waren. Durmus schrak hoch, blickte verwundert auf das etwas klobig wirkende Gerät, dessen Display hell leuchtete. Es war das erste Mal überhaupt seit seinem Abflug aus Ankara, dass es ein Lebenszeichen von sich gab.

»Ja«, meldete er sich leise.

»Du weißt, in wessen Auftrag ich mit dir spreche, ja?« Eine fast bis zur Unkenntlichkeit verzerrte Stimme. Offenbar reichte dem Anrufer die Abhörsicherheit der Telefonverbindung nicht; er sorgte auch noch dafür, dass die Stimme keinem Menschen zuzuordnen sein würde.

»Selbstverständlich weiß ich das. Wie könnte ich vergessen haben, wer mich beauftragt hat?«

Durmus war im totalen inneren Zwiespalt. Er wollte zwar schuldbewusst wirken, aber trotzdem wie jemand, der das Heft des Handelns noch in der Hand hielt. Außerdem wollte er seinem Gesprächspartner auf keinen Fall die Ausstrahlung eines Verlierers vermitteln.

»Rede nicht so mit mir. Du hast Schande über uns gebracht, über uns alle, weil du bei der Ausführung deines Auftrags auf so jämmerliche Weise versagt hast wie niemand vor dir.«

»Aber …«

»Keine Rechtfertigungen. Die will niemand von dir hören.«

»Natürlich. Allerdings …«

»Hör auf!«

»Ja.«

Pause.

»Du wirst innerhalb der nächsten Minuten Besuch bekommen. Man wird dir einen weiteren Auftrag erteilen, und ich rate dir, diesmal nicht zu versagen. Unter keinen Umständen. Haben wir uns verstanden?«

»Das haben wir, ja.«

Es knackte in der Leitung, und die Verbindung war unterbrochen. Durmus' Herz schlug ihm fast aus dem Hals, und in seinem Hirn purzelten die Gedanken durcheinander.

Wer weiß, dass ich in dieser Wohnung zu finden bin?, schoss es ihm durch den Kopf.

Und was soll dieser nächste Auftrag? Es ist unmöglich, nach dem komplett verkorksten Ausgang von letzter Nacht noch einmal, in welcher Form auch immer, gegen Okan Schulze vorzugehen.

Schlagartig mit diesen Gedanken waren alle Lebensgeister bei dem Geheimdienstmann erwacht. Seine Instinkte übernahmen die Führung und das Vertrauen in sein Können und seine Ausbildung kehrte zurück. Mit einer schnellen Bewegung kam er in die Vertikale, öffnete leise die Schublade des Nachttisches und nahm seine schussbereite Glock heraus. Dann zog er sämtliche Vorhänge in der Wohnung zu, ging zur Eingangstür und stellte sich direkt daneben auf. Er musste nur eine knappe Minute warten, dann ertönte die Klingel. Durmus ging in die Hocke, lehnte sich mit dem Rücken gegen die Wand neben der Tür und drückte auf die Klinke. Die Tür schwang ein paar Zentimeter auf und stoppte in dieser Position. So vergingen etwa zehn Sekunden.

»Ich möchte keine Spielchen spielen«, flüsterte schließlich eine dünne Stimme. »Für so etwas bin ich nicht gekommen. Es wäre gut, wenn du mich einfach hereinbitten würdest, schon wegen der Nachbarn.«

Hakan Durmus schoss hoch, schob gleichzeitig die Tür ein Stück weiter auf, griff nach draußen und zog den dort stehenden Mann mit einer schnellen und präzisen Bewegung in die Wohnung. Dann gab er der Tür einen Tritt, damit sie wieder ins Schloss fiel.

»He, he, ich komme nicht mit bösen Absichten«, erklärte der etwa 55-jährige, höchstens 1,58 Meter große Mann mit dem buschigen Oberlippenbart krächzend.

Durmus hebelte ihm die Beine aus, warf ihn auf den Boden, drehte ihm gleichzeitig den rechten Arm auf den Rücken und hatte ihn kurz darauf nach Waffen abgetastet. Zum Vorschein war eine im Gürtel über dem Gesäß steckende Neun-Millimeter-Parabellum gekommen.

»Ich will dir nichts tun, du Idiot!«

»Vertrauen ist gut, Kontrolle ist besser.«

»Ah, du liest Lenin.«

»Schnauze! Wenn du mir nichts tun wolltest, was soll dann die Knarre hier?«

»Ich bin wirklich nur der Bote, glaub mir.«

Der Geheimdienstmann hob seinen schmalen, leichten Besucher hoch und stellte ihn auf die Füße. Der Mann war, soweit er das jetzt beurteilen konnte, tatsächlich nur ein Kurier.

»Wer schickt dich?«

»Das weißt du ganz genau. Also frag nicht so dumm.«

»Woher weiß ich, dass ich dir trauen kann?«

»Warum solltest du mir trauen können, Hakan? In unserem Gewerbe traust du am besten niemandem, oder? Also auch nicht einem wie mir.«

»Noch einmal. Wer schickt dich?«

»Willst du mich nicht hereinbitten? Ich meine natürlich nicht in dein Schlafzimmer, wo du die meiste Zeit des Tages greinend wie ein Waschweib auf dem Bett zugebracht hast. Eher in dein Wohnzimmer. Dort könntest du mir auch ein

Glas von diesem vermutlich köstlichen französischen Cognac anbieten, von dem du vor dem Zubettgehen so gern ein Glas trinkst.«

Hakan Durmus schluckte. Sein Mund war schlagartig verklebt und seine Hände fühlten sich schwitzig an.

Sie haben mich komplett überwacht, und ich habe es nicht einmal auch nur im Ansatz bemerkt.

»Hast du gedacht«, höhnte sein Besucher, als könne er Gedanken lesen, »wir lassen dich so eine Nummer ohne Begleitung abziehen? In welchem Märchenland lebst du denn?«

Durmus hob den Kopf, sah sein Gegenüber kurz an und schlug dann ansatzlos zu. Es knirschte heftig, als das Nasenbein des kleinen Mannes unter der Last der dort auftreffenden Glock brach. Der Agent wurde von dem Schlag zuerst an die Wand und dann zu Boden geschleudert.

»Das solltest du dir schenken«, murmelte der Besucher ein paar Minuten später. Durmus hatte ihm, nachdem er wieder zu sich gekommen war, einen Lappen hingeworfen, den er auf seine blutende Nase drückte. »Ich kann dir zwar körperlich nichts tun und werde mich auch nicht gegen deine Gewalt wehren, aber wenn du so weitermachst, wird dein Ende weit weniger heroisch, als du es dir vielleicht wünschst.«

»Was redest du da für einen Scheiß? Von welchem Ende faselst du?«

Der kleine Mann stand auf und holte tief Luft. Offenbar wurde ihm schwarz vor Augen. Dann hatte er sich wieder gefangen. »Man hat dir vorhin gesagt, dass es einen weiteren Auftrag geben würde für dich. Stimmt doch, oder?«

Durmus nickte.

»Und ich bin derjenige, der dir den Auftrag überbringt. Vielleicht ist es nicht gerade der Auftrag, den du erwartest, aber immerhin kannst du deinem Land damit einen letzten Dienst erweisen.«

Durmus musste unwillkürlich schlucken. »Wovon redest du?«

»Du glaubst doch nicht, dass einer wie du nach einem solchen Versagen wie dem deinen einfach weitermachen kann. Das glaubst du nicht wirklich, oder?«

»Und was soll das genau heißen? Soll ich mich in Luft auflösen, oder was?«

Der Besucher wies mit dem Kopf auf die Parabellum, die Durmus noch immer in der linken Hand hielt. »Keine Seriennummer, absolut sauber. Wie gemacht für einen Selbstmord.«

Hakan Durmus lief ein kalter Schauer über den Rücken. »Hör auf, so eine Scheiße zu labern. Du weißt garantiert genug über mich, um zu wissen, dass so etwas bei mir nicht zieht.«

»Ich heiße übrigens Mustafa«, war die wenig befriedigende Antwort.

»Es kratzt mich nicht, wie du heißt. Und wenn du eine blöde Bewegung machst, bist du tot.«

Damit trat Durmus einen Schritt zurück, schaltete das Licht im ansonsten dämmerigen Flur an und begutachtete die Waffe in seiner linken Hand. Tatsächlich handelte es sich um eine neue Pistole, mit der offensichtlich noch nie geschossen und deren Seriennummer von einem Profi entfernt worden war.

»Du kommst allen Ernstes mit dieser Knarre am Gürtel hierher und willst mir sagen, dass ich mich damit erschießen soll? Hast du sie nicht mehr alle?«

»Du weißt ganz genau, dass dieser Befehl nicht von mir kommt, Hakan. Er kommt von …«

»Halt dein Maul!«

»Ich hätte nicht erwartet, dass du so ein Weichei sein würdest, ganz im Gegenteil. Man hat mir erzählt, dass du ein Mann von Ehre und Gewissen seist.«

»Auch ein Mann von Ehre und Gewissen schießt sich nicht grundlos selbst eine Kugel in den Kopf.«

»Na, na, ein paar Gründe sollten dir da schon einfallen. Zum Beispiel ein kleines Mädchen mit blonden Haaren und einem wirklich niedlichen Gesicht.«

Hakan Durmus hob die Glock in seiner Rechten und zielte auf Mustafas' Kopf. Sein Zeigefinger bewegte sich in Mikrometerschritten auf den Druckpunkt zu.

»Was sollte mich daran hindern, dich Sesselfurzer gleich hier und auf der Stelle kaltzumachen? Nenn mir einen einzigen Grund, es nicht zu tun.«

»Weil es dann dem Rest deiner Familie, also präzise gesagt deiner Frau und deinen Kindern, genauso ergehen wird wie deinem Schwiegervater, Hakan. Du kannst mich sicher mit einer Fingerbewegung ausradieren, aber das Letzte, an das du dich in diesem Fall erinnern wirst, bevor du mir auf ziemlich entsetzliche und gewalttätige Weise folgst, sind die Gesichter deiner Lieben, eingekerkert bis an ihr Lebensende in einem nicht sehr komfortablen Knast ganz weit im Osten unseres Heimatlandes.«

16

Pavel Moran sah Pia Ritter mit großen Augen an. »Ich soll wirklich jetzt den Mülleimer ausleeren?«

»Ich bitte Sie darum. Wenn Sie es nicht machen wollen, werden mein Kollege und ich es übernehmen. Sie müssten uns dann nur sagen, wonach wir suchen.«

»Nein, nein, ich mache es schon.«

Der Blechspezialist in der Werkstatt von Adrian Schlaffke griff sich den Kunststoffbehälter, drehte ihn auf den Kopf und ließ den Inhalt auf den Boden rieseln. Es war ihm deutlich anzusehen, dass ihm die Ausführung dieses Auftrags alles andere als behagte. Auf dem Boden lagen nun jede Menge blauer Papiertücher, wie sie vermutlich in jeder Werkstatt der Welt in Massen anfielen. Außerdem gab es Verpackungsmüll, Lederabfall und einen Haufen Metallspäne zu bewundern.

Moran kniete sich neben den Haufen und fing an, darin herumzuwühlen. Schon nach kurzer Zeit hob er den rechten Arm. »Hier, das habe ich gemeint.« Zwischen Daumen und Zeigefinger hielt er ein schwarzes längliches Plastikteil. »Das ist der Abschnitt eines Kabelbinders«, erklärte er den Beamten. »Ich war so überrascht, so etwas hier zu finden, weil wir nicht mit dieser Art von Kabelbindern arbeiten. Wir benutzen hochwertigere, wiederverwertbare Verbinder, um unsere Kabelstränge zu fixieren. Vielleicht ist mir der Abschnitt deshalb gleich ins Auge gestochen.« Er sah zu Pawlow. »Außerdem haben wir hier besondere Anweisungen und Vereinbarungen, was die Sauberkeit des Bodens angeht. Adrian kann es nämlich auf den Tod nicht leiden, wenn irgendwo etwas herumliegt, was dort nicht hingehört.« Er wies auf das Plastikteil in seiner Hand. »Und so etwas hier, davon abgesehen, dass er diese Art Kabelbinder sowieso nicht mag, würde er ganz sicher nicht auf dem Boden herumliegen lassen.«

Hain zog eine kleine transparente Tüte aus der Jackentasche und ließ das Fundstück direkt aus Morans Fingern hineingleiten. »Danke, das hat uns sehr geholfen, Herr Moran.«

Die Tüte verschwand wieder in der Tasche. Der Blick des Kommissars streifte anschließend jeden der drei Mitarbeiter der Werkstatt.

»Und Sie sind sich alle völlig sicher, dass diese Teile hier im Unternehmen keine Verwendung finden? Nie und auf keinen Fall?«

Alle nickten.

»Natürlich«, präzisierte Pawlow, »brauchen auch wir für viele Aufgaben Kabelbinder. Aber wir benutzen, wie der Kollege schon sagte, eine ganz andere Art.« Er drehte sich um, ging zu einem Wandschrank und holte etwas heraus. »Hier«, erklärte er mit einem ringförmigen Gegenstand in der Hand den Polizisten, »das sind die Binder, die wir benutzen. Man kann sie ganz leicht öffnen und wieder verschließen. Sie sehen bei den Arbeiten, die wir ausführen, natürlich auch deutlich wertiger aus als diese anderen. Wir haben sie in vielen Größen und Farben, sodass wir praktisch jeden denkbaren Einsatzzweck damit abdecken können.«

Pia Ritter betrachtete sich das Teil in seiner Hand ein wenig genauer. »Wir bei der Polizei kennen eher die Art Kabelbinder, wie Sie ihn hier auf dem Boden gefunden haben, weil wir sie manchmal zur Fixierung von Gefangenen einsetzen. Und da wäre es schon recht kontraproduktiv, wenn die Dinger wiederverwendbar wären.«

Die drei Männer konnten sich ein leichtes Schmunzeln nicht verkneifen.

»Aber mit diesen Einmalteilen könnte man so ziemlich alles am Auto befestigen, was denkbar ist?«

»Alles, ja«, bestätigte Moran.

»Dann würde ich …«, wollte Hain etwas sagen, wurde jedoch vom auf den Hof rollenden Wagen der Spurensicherung unterbrochen. »Das sind Kollegen von uns«, ließ er deshalb die Werkstattmitarbeiter wissen. »Die werden sich ein wenig hier umsehen und ein paar Sachen untersuchen. Es wäre schön, wenn Sie sie, so gut es geht, unterstützen könnten.«

»Klar, warum nicht?«

Der Hauptkommissar bedankte sich, begrüßte die Kollegen der Spurensicherung und erklärte ihnen, auf was es ihm bei dieser Untersuchung ankam. Als das geklärt war, sah er auf seine Armbanduhr.

»18:00 Uhr. Ich glaube, wir haben uns den Feierabend jetzt redlich verdient.«

Pia nickte zustimmend und musste dabei ein Gähnen unterdrücken. »Ich bin absolut reif fürs Bett. Muss noch ein paar Anrufe erledigen, aber spätestens dann bin ich komplett erledigt.«

»So kenne ich dich ja gar nicht. War die letzte Nacht eine recht kurze, oder was?«

»Frag nicht nach Sachen, die du nicht wissen darfst, mein lieber Thilo.«

Sie grinste ihn an und konnte ein Gähnen nicht mehr aufhalten. »Aber so weit kann ich schon gehen, dir zu bestätigen, dass die Nacht wirklich kurz gewesen ist. Und ziemlich … na ja, das müssen wir jetzt so stehen lassen, weil du es ja nicht wissen darfst.«

Hain, dessen legendäre Neugier im kompletten Präsidium bekannt war, schaute sie mit perfektem Dackelblick an. »Ich will ja gar keine Details wissen, Pia. Nur das Nötigste, dann bin ich schon glücklich und zufrieden.«

»Vergiss es, Junge. Es gibt definitiv Dinge, die ich auf keinen Fall mit dir besprechen werde.«

»Schade eigentlich.«

»Dann lass uns hier abhauen. Die Kollegen der Spurensicherung sind instruiert?«

Er wollte zu einer Antwort ansetzen, wurde jedoch vom Klingeln seines Telefons unterbrochen. »Ja, Hain«, meldete er sich.

»Hallo, Thilo. Hier ist Maria.«

Der Kommissar schluckte. »Maria? Bist du das wirklich?«

»Ja, ich bin es wirklich. Wie geht es dir, Thilo?«

»Na ja, soweit ganz gut. Ich dachte, du wärst noch in den Staaten. Man hat sich erzählt, du würdest vielleicht gar nicht mehr nach Kassel zurückkommen.«

»Nein, das stimmt nicht. Ich bin sogar schon seit knapp drei Monaten wieder hier. Natürlich wollte ich mich gleich bei dir melden, Thilo, aber du weißt ja, wie das ist. Die neue Wohnung, das neue Auto, zurück ins alte Leben. Irgendwas war immer wichtiger.«

»He, Maria, das macht doch nichts. Ich habe mich immer an unser letztes Telefonat erinnert, in dem du mir erklärt hast, dass du jetzt erst mal Abstand willst von Kassel und den Leuten hier und allem, was dich an Paul erinnern würde. Ich wusste, dass du dich irgendwann melden würdest, und du musst absolut kein schlechtes Gewissen haben, weil du schon eine Weile wieder hier bist. Jetzt hast du dich ja gemeldet, und ich freue mich wie ein kleiner Junge darüber.«

»Das ist schön. Ich freue mich auch, dich zu hören. Allerdings gibt es auch einen, sagen wir mal, dienstlichen Hintergrund, weshalb ich dich anrufe.«

Hain stöhnte gekünstelt auf. »*Dienstlich*? Jetzt sag aber nicht, dass du dich für den Polizeidienst beworben hast. Du weißt, ich mag dich ganz arg, aber dazu müsste ich dir sagen, dass du leider deutlich zu alt bist für eine Einsteigerin.«

Die Witwe des zwei Jahre zuvor während eines Einsatzes getöteten Ersten Hauptkommissars Paul Lenz lachte laut auf. »Nein, nein, Thilo. Ich versuche, mein Leben, soweit das ohne Paul möglich ist, schon, so gut es geht, zu genießen, und dazu gehört sicher keine Polizeiarbeit. Aber es gibt tatsächlich einen Hintergrund meines Anrufs, der vermutlich etwas mit deiner Arbeit zu tun hat.«

»Um was genau geht es denn?«

»Ich habe heute Lemmi getroffen, ganz zufällig. Wir gehen zum gleichen Friseur, was natürlich keiner von uns wusste. Ist aber nun mal so. Wir haben dann bei Kaffee und Eis fast zwei Stunden geratscht. Und irgendwann hat er mir dann auch von dem Unfall des Vaters und des getöteten kleinen Mädchens erzählt, mit dem er letzte Nacht zu tun hatte.«

»Ja, Maria, da sind wir dran. Aber warum interessierst du dich für die Geschichte?«

»Wie das so ist, Thilo. Über drei weitere Ecken habe ich erfahren, dass sich der Unfall mit dem Wagen von Okan Schulze ereignet hat. Und dann haben bei mir alle Alarmglocken geklingelt.«

»Über *drei Ecken*? Davon weiß gerade mal eine Handvoll Leute, Maria.«

»Ich weiß. Und ich musste Herbert Schiller auch Stein und Bein schwören, dass ich mit meinem Wissen keinen Unfug anstelle.«

»Du hast es von Herbert?«

»Ja. Nachdem ich mit Lemmi so viel Eis und Kaffee hatte, dass uns beiden schlecht war, habe ich einfach bei ihm angerufen. Lemmi hatte mir erzählt, dass die beiden erst vor ein paar Tagen bei einem Bier über Paul und mich gesprochen haben. Und dass Herbert sich ganz bestimmt freuen würde, mal wieder etwas von mir zu hören.«

»Aber das beantwortet noch nicht meine Frage, warum dich

diese Sache so brennend interessiert. Kanntest du das Mädchen oder ihren Vater?«

»Nein, es geht nicht um diese Familie. Es geht um Okan Schulze. Den habe ich in einem ganz anderen Zusammenhang vor ein paar Wochen kennengelernt, und wegen ihm würde ich dich gern sprechen.«

Hain hatte absolut keine Ahnung, wie das alles zusammenpassen konnte. »Klar können wir uns sehen, Maria. Wann passt es dir denn?«

»Ich bin bei Carla und den Kindern. Wenn du jetzt irgendwann nach Hause kommst, sitze ich mit deiner kompletten Familie auf der Terrasse und trinke Eistee.«

»Aha. Na, dann bis gleich.« Nachdem er das Telefon weggesteckt hatte, sah er in das fragende Gesicht von Pia Ritter. »Ja, das war wirklich Pauls Frau Maria«, bestätigte er leise, um ihr im Anschluss den Grund ihres Anrufs mitzuteilen.

»Komisch«, fiel der Kommissarin dazu ein. »Aber vielleicht weiß sie ja etwas, das uns weiterhilft.«

»Ja, vielleicht.«

*

Maria Lenz saß tatsächlich mit den Zwillingen und Thilos Frau Carla auf der Terrasse. Auf dem Tisch stand ein Krug mit Eistee. Seine Kinder konnten sich offenbar noch sehr gut an die nahezu komplett ergraute Frau erinnern. Auf jeden Fall tobten beide auf ihren Beinen herum, als sei sie erst letzte Woche bei ihnen zu Besuch gewesen. Hain ging auf die Witwe seines ehemaligen Freundes und Chefs zu und nahm sie in den Arm.

»Wirklich schön, dich zu sehen, Maria.«

»Ja, das finde ich auch.«

Als er sich gelöst hatte, gab er seiner Frau einen Kuss und streifte jedem der Jungs über den Kopf.

»Nun lasst die arme Maria doch wenigstens mal Luft holen«, brummte er, als sich beide gleich wieder auf ihr niederlassen wollten.

»Kommt, Kinder, wir gehen rein und schauen, ob wir noch etwas zu grillen in der Eistruhe haben. Und wenn wir nichts finden, gehen wir bei der Oma vorbei, die hat immer was auf Vorrat.«

Die beiden drehten sich wortlos um und liefen ins Wohnzimmer. Gegen die Aussicht auf einen Grillabend hatten weder Thilo noch Maria eine Chance.

»Erzähl, Maria. Wie ist es dir ergangen, seit wir uns zuletzt gesehen haben?«

Es folgte eine ausführliche Darstellung ihres Lebens seit dem Tod von Paul. Sie beschrieb ihm ausführlich die Zeit in den Vereinigten Staaten, den längeren Aufenthalt in Südamerika und die Rückkehr nach Deutschland.

»Weißt du, ich habe einfach irgendwann gemerkt, dass ich nicht weiter vor der Tatsache davonlaufen kann, dass Paul nicht mehr lebt. Es tut noch immer jeden Tag weh, wenn ich an ihn und die wundervolle Zeit mit ihm denke, aber jetzt muss die Phase der ganz tiefen Trauer einfach vorbei sein. So hart das vielleicht jetzt klingen mag, Thilo, aber ich lebe noch. Und das muss ich auch anerkennen. Ich will mich nicht mehr vor mir selbst verstecken in dem Gedanken, nie mehr lachen zu können. Ich kann wieder lachen, und das würde Paul als Erster gut finden.«

»Worauf du dich verlassen kannst.« Jetzt war Thilo an der Reihe. Ihm fiel es ganz und gar nicht leicht, über die Probleme zu sprechen, die ihm der Tod des Freundes bereitet hatte, doch Marias zugewandte Art und ihr Mitgefühl machten es ihm einfacher als vermutet.

»Und dann kam Pia, kann ich nur sagen«, beschloss er seinen kleinen Ausflug in die jüngere Vergangenheit.

»Ich hatte davon gehört und mich für dich gefreut. Aber ein bisschen Angst hat mir das auch gemacht, weil ich ja weiß, was du für ein dominanter Knochen sein kannst.«

Er lachte laut auf. »Soso, ›ein dominanter Knochen‹. Na ja, bei Pia braucht man es auf diese Weise erst gar nicht zu probieren. *Sie* ist nämlich, wenn ich es genau überlege, in unserer Arbeitsbeziehung eher der dominante Knochen.«

Die beiden schweiften noch ein wenig in die fernere Vergangenheit ab, also die Zeit, als Paul Lenz noch lebte.

Beide hatten kurz mit feuchten Augen zu kämpfen, hielten sich insgesamt aber ganz passabel.

»Aber jetzt muss ich dich natürlich fragen, was du mit dieser Geschichte zu tun hast, die Pia und ich bearbeiten. Aus dem, was du mir vorhin am Telefon erzählt hast, bin ich nämlich alles andere als schlau geworden.«

Sie nickte verständnisvoll. »Das kann ich nur zu gut verstehen, Thilo. Also fange ich besser mal ganz am Anfang an.«

Hain goss Eistee für beide nach und machte es sich in seinem Stuhl bequem. »Na, dann lass mal hören.«

»Es begann alles etwa zwei Wochen, nachdem ich wieder in Kassel angekommen war. Die Wohnung in Wilhelmshöhe, in der ich mit Paul gelebt habe, ist ja längst verkauft, und deshalb wohne ich im Augenblick, bis ich etwas Passendes zum Kauf gefunden habe, zur Miete. Aber das gehört eigentlich gar nicht hierher. Wie auch immer, irgendwann hat mich Dr. Brunner, ein ganz alter Freund, angesprochen und gefragt, ob ich nicht Lust auf eine ehrenamtliche Tätigkeit hätte. Und klar hatte ich Lust darauf.«

Sie trank einen Schluck Tee.

»Hintergrund der Tätigkeit ist die Betreuung von Akademikern, die im Zuge der Veränderungen in der Türkei ihr Land verlassen mussten. Zuerst dachte ich, das könnten gar nicht so viele sein, aber wir allein hier in Kassel betreuen 22 Personen aus dieser Gruppe, die Asyl beantragt haben. Bundesweit kann ich es dir nicht genau sagen, aber wir reden hier von einer höheren vierstelligen Zahl. Natürlich sind auch ehemalige Militärs darunter, aber in der Hauptsache geht es um Mediziner, Juristen, Wissenschaftler und natürlich auch Journalisten.«

»Und um die kümmerst du dich?«

»Ja. Ich habe die Patenschaft für zwei Männer und zwei Frauen übernommen, mit denen ich mich mehrmals die Woche treffe. Es sind herzensgute Menschen, die mir nahezu bei jedem Treffen versichern, dass sie nur darauf warten, endlich wieder nach Hause zu können. Und dass sie niemals in ihrem Leben auch nur das Geringste gegen ihr Land getan haben, für das man sie zur Verantwortung ziehen könnte.«

»Das klingt ja spannend. Wobei ich mir vorstellen könnte, dass diese Menschen mit ihrem Leben hier alles andere als glücklich sein dürften.«

Maria nickte. »Kein Mensch ist glücklich, wenn er von seiner Familie oder auch nur von seiner Frau oder seinem Mann getrennt wird. Du glaubst nicht, was für Schicksale mir da begegnet sind. Aber ich will nicht jammern, ein anderer Pate hat gerade erst einen seiner Schützlinge durch Selbstmord verloren.«

»Scheiße. Dass es so schlimm sein könnte, hätte ich nicht gedacht.«

»Es ist, bei Licht betrachtet, noch viel schlimmer. Und das bringt mich zu dem Grund, warum ich dich gern sprechen wollte.«

»Ja?«

»Ich habe viele Gespräche mit türkischen Asylanten geführt, Thilo, und noch mehr weiß ich aus Erzählungen. Und was immer wieder beschrieben wird, ist die Angst der Menschen vor dem angeblich ganz langen Arm des türkischen Geheimdienstes. Angeblich reicht der bis weit in unser Land hinein.«

»Du willst sagen, dass der Unfall von letzter Nacht etwas mit diesem ›langen Arm‹ zu tun haben könnte?«

»Das weiß ich natürlich nicht. Aber ganz viele dieser Menschen haben mir ihre große Angst geschildert, dass sie sich auch bei uns nicht wirklich sicher fühlen.«

»Und warum sollte jemand konkret diesem Okan Schulze nach dem Leben trachten? Das ist doch nicht mehr als ein recht unbedeutender, zweitklassiger Lokalpolitiker.«

»Vielleicht hier bei uns, Thilo. In der Türkei wird nahezu jeden Tag in allen regierungstreuen Zeitungen über ihn und das, was er macht, berichtet.«

»Das wusste ich nicht. Wer stört sich denn an ihm?«

»Das reicht garantiert bis in die höchsten Kreise. Wie weit hoch, kann ich dir natürlich nicht sagen, aber die Flüchtlingscommunity war immer fest davon überzeugt, dass so etwas irgendwann einmal passieren würde. ›Ankara wird sich die großen Sprüche und Frontalangriffe dieser Flüchtlinge und ihrer Fürsprecher wie etwa Okan Schulze nicht ewig gefallen lassen‹, hat mir erst letzte Woche der ehemalige Chefarzt der Chirurgie am Universitätsklinikum Izmir gesagt. Und jetzt hat es sich leider bewahrheitet.« Sie zuckte mit den Schultern. »Vielleicht, meine ich.«

»Ja, vielleicht. Und wie passt jetzt Okan Schulze in dieses Puzzle?«

»Ich hatte ein paar Treffen mit ihm, bei denen es immer um die Flüchtlinge ging, die ich betreue. Manchmal sollte er nur dolmetschen, was er sehr gut kann, aber manchmal gab es auch Themen wie zum Beispiel Folter oder auch Todesfälle in der Türkei, bei denen er ein wirklicher Fachmann ist.« Sie zögerte, weil sie Hains fragenden Blick sah. »Du weißt, was ich meine. Er hat da einfach ein unglaubliches Fachwissen und es ist gut, einen wie ihn fragen zu können. Und obwohl er manchmal ein wenig zu offensiv ist und sich bisweilen auch mit Kritik, an dem, was er macht, nicht leichttut, habe ich mit ihm und seiner Expertise bisher nur gute Erfahrungen gemacht. Umso mehr bin ich jetzt natürlich betroffen davon, dass sein Patenkind tot ist und sein bester Freund schwer verletzt im Krankenhaus liegt.«

Hain machte ein betretenes Gesicht. »Du weißt, Maria, dass ich dir keine Details zu dem Fall weitergeben darf und kann, aber wir sind alt genug, um uns über gewisse Dinge auszutauschen. Deine Informationen sind tatsächlich ziemlich wichtig für uns, und im Gegenzug kann ich dir sagen, dass wir seit heute Mittag nicht mehr von einem Unfall ausgehen. Da steckt definitiv mehr dahinter. So viel kann ich dir immerhin verraten, ohne Bauchschmerzen zu kriegen.« Der Kommissar legte seinen rechten Fuß auf dem gegenüberliegenden Stuhl ab. »Was mich aber noch interessieren würde, ist die Frage, warum es Paten gibt für diesen Personenkreis. Die türkische Community in Deutschland und speziell auch bei uns in Kassel ist riesig, werden die denn nicht von denen selbst aufgenommen?«

»Hm«, machte Maria. »Das wäre ja schön. Aber leider ist es nicht so. Die meisten dieser Menschen, vorrangig übrigens Männer, sind allein nach Deutschland geflüchtet. Ihre Familien leben, wie gesagt, noch immer in der Türkei. Den meisten Ehefrauen hat man die Pässe weggenommen, damit sie nicht einfach ihren Männern folgen. Und natürlich wird mit dieser Isolation auch ein riesiger Druck aufgebaut. Manche Familienmitglieder sind übrigens wegen totaler Nichtigkeiten oder konstruierter Anschuldigungen im Gefängnis gelandet. Und damit diejenigen, die sich nach Deutschland absetzen oder, besser, retten konnten, ein bisschen aufgefangen werden, gibt es eben Paten wie mich. Wir helfen bei Behördengängen und sorgen für Übersetzungen, denn beileibe nicht jeder Türke spricht Deutsch. Und sind auch mal einfach nur Gesprächspartner, wenn die seelische Last zu groß zu werden droht.«

»Das sind dann aber schon richtige Luxusflüchtlinge, oder?«

Sie sah ihn irritiert an. »Ich weiß nicht, Thilo. Wie wäre es denn für dich, wenn du deine Frau und deine Kinder hier zurücklassen und in einem komplett fremden Land leben müsstest? Wenn deine finanzielle Situation mehr als bescheiden ist, weil dein komplettes Vermögen eingefroren oder gar gleich eingezogen wurde? Würdest du dich in dieser Situation als Luxusflüchtling sehen?«

»Nein, sicher nicht«, erwiderte er kleinlaut und auch ein wenig beschämt. »Da habe ich wohl ziemlich voreilig und ohne nachzudenken geredet.«

»Schön, dass du das sagst.«

In diesem Moment erschien der Rest der Hain-Bande wieder. Jeder der Jungs schleppte eine Papiertragetasche zum Eisschrank.

»Braucht ihr beiden noch ein bisschen Zeit? Sollen wir uns besser noch ein wenig von euch fernhalten?«, wollte Carla in der Terrassentür stehend wissen.

Hain sah Maria an, die den Kopf schüttelte. »Nein, nein«, gab er nachdenklich zurück. »Wir sind durch mit dem, was wir besprechen wollten.«

»Dann macht euch auf eine richtig gewaltige Bratpartie gefasst. Meine Mutter hat uns nämlich mit einer Menge an Grillgut versorgt, die sogar ein Löwenrudel satt machen würde.«

17

»Du verdammtes Schwein«, schleuderte Hakan Durmus seinem Besucher angewidert entgegen. Dabei trat er einen Schritt nach vorn und presste ihm das Ende des Pistolenlaufs an die Stirn.

»Das traust du dich nicht, weil du deine Kinder zu sehr liebst«, sagte der viel kleinere Mann mit beunruhigender Ruhe in der Stimme. »Und deine Frau vermutlich auch.«

Wieder traf ihn die Glock, diesmal an der linken Schläfe. Blut quoll aus einer hässlichen, fast bis in die Mitte der Stirn reichenden Risswunde und verband sich mit der noch immer aus der Nase tretenden roten Flüssigkeit. Während der ganzen Aktion war nicht einmal ein Stöhnen aus dem Mund des ungebetenen Gastes zu hören gewesen.

»Wie viele seid ihr?«, wollte Durmus atemlos wissen.

»Zu viele. Du wirst nicht entkommen und du wirst diesen Tag auch nicht überleben. Du kannst es auf die nette Art haben, aber wenn du das nicht willst, dann weißt du, dass wir einen Plan B in der Tasche haben. Und der ist alles andere als nett.«

»Wie lang seid ihr mir schon auf den Fersen?«

Ein höhnisches Lachen. »Das wüsstest du zu gern, was? Vielleicht ja schon, seit du die Türkei verlassen hast, du Irrer. Oder nein, warte, wir saßen bestimmt schon mit dir im Flugzeug nach Ankara. Als du dir den Auftrag abgeholt hast. Was meinst du, könnte es so gewesen sein?«

Durmus funkelte ihn an. »Was könnt ihr schon tun, wenn ich einfach zur Polizei gehe und mich selbst anzeige? Das würde einen Skandal geben, den man garantiert bis ans Ende des ach so schönen und tollen neuen osmanischen Reichs hören kann.«

Mustafa wischte sich mit dem Rücken der rechten Hand das ins Auge gelaufene Blut weg. »Wer würde dir schon glauben, Hakan? Wir haben Papiere dabei, aus denen hervorgeht, dass du, natürlich gemeinsam mit deiner Frau, die Abteilung im Finanzministerium, bei der du seit vielen Jahren arbeitest, um mehr als 50 Millionen Lira betrogen hast. Wasserdicht und alles mit Belegen versehen. Wir sind nicht blöd, Hakan, auch wenn du das vielleicht denkst. Wir haben wirklich an alles gedacht.« Mustafa trat völlig unbefangen einen Schritt zurück, griff in seine Jackentasche und holte ein Stofftaschentuch heraus. Durmus richtete dabei die Glock noch immer direkt auf die Stirnwunde, jede seiner Bewegungen misstrauisch verfolgend.

»Und jetzt muss ich dich verlassen«, erklärte der Besucher, nachdem er sein Gesicht leidlich vorzeigbar gemacht hatte. »Ich kann zwar mein eigenes Blut sehen, bei fremdem bin ich aber immer ein wenig genant. Rauch noch eine Zigarette, bete von mir aus und dann weißt du, was dein Land, deine Familie und speziell dein direkter Auftraggeber von dir erwarten. Also, leb wohl, Hakan.«

Mustafa drehte sich um und wollte sich der Tür zuwenden, als ihn ein weiterer Schlag mit der Glock direkt im Genick traf. Er fiel nach vorn um und krachte mit dem Gesicht auf den Boden.

»Du verdammter Idiot, warum willst du es eigentlich nicht begreifen?«, murmelte er halb benommen.

Hakan Durmus war in der Zwischenzeit zu seinem Bett gesprintet, hatte sich eines der dicken Kopfkissen gegriffen und war damit zu seinem Besucher zurückgekehrt. Mit einer schnellen Handbewegung drückte er es ihm in den Nacken und gab zwei direkt aufeinanderfolgende Schüsse in das dämpfende Polster ab. Der unter ihm liegende Mann zuckte nur bei der ersten stark gedämpften Detonation kurz auf, während der zweite Schuss in seinen Hinterkopf vermutlich schon unter der Rubrik »Leichenschändung« einzusortieren war.

Durmus steckte die dezent rauchende Pistole in den Gürtel, holte tief Luft, rannte in die Küche, wo er zwei Plastiktüten und eine Rolle Klebeband zusammenraffte, war ein paar Sekunden später zurück und streifte mit geschickten Bewegungen dem Toten die Beutel über den Kopf.

Was er jetzt gar nicht gebrauchen konnte, waren große Blutmengen, verteilt im Flur der von ihm angemieteten Wohnung. Als sichergestellt war, dass Mustafa seinen Lebenssaft ausschließlich in die Tüten ergießen würde, nahm Durmus das Telefon zur Hand und wählte. Es klingelte einmal, zweimal, dann ein drittes und ein viertes Mal. Nach dem siebten Ton schaltete sich der Anrufbeantworter ein. Durmus wartete ungeduldig seine eigene Sprachansage ab und schrie direkt nach dem Piepton los.

»Melek, um Himmels willen, geh bitte ans Telefon, wenn du zu Hause bist. Es ist ein wirklicher Notfall, und ich brauche dich dringender als jemals zuvor. Ich brauche dich sofort!« Er wartete ein paar Sekunden, doch niemand unterbrach seine Sprachnachricht und übernahm den Anruf. Er beendete das Gespräch und wählte eine andere Nummer.

»Ja, Hakan«, hörte er nach ein paar Augenblicken Meleks Stimme. »Ist dir wieder eingefallen, dass du noch eine Familie hast? Oder was willst du sonst noch, nachdem du mich die ganze Nacht im Ungewissen gelassen hast?«

»Melek, bitte! Ich will jetzt nicht mit dir streiten, ich will einfach, dass du genau das tust, was ich dir sage. Und ich kann und will absolut nicht mit dir diskutieren. Du musst in diesem Moment einfach mal auf mich hören und mir vertrauen.«

Offenbar übertrug seine Stimme nicht nur den ohne Zweifel darin liegenden Befehl, sondern auch Furcht, Sorge und

Beunruhigung, denn Melek war augenblicklich bereit, sich ohne jegliche Rückfragen auf seine Anweisungen einzulassen.

»Natürlich, Hakan«, erwiderte sie eingeschüchtert. »Was genau soll ich tun?«

»Wo sind die Kinder?«

»Hier, bei mir und meiner Mutter. Warum?«

»Du nimmst sie und verlässt sofort das Haus deiner Eltern. Kein großer Abschied, keine Rührseligkeiten und auf gar keinen Fall fährst du noch einmal bei uns zu Hause vorbei. Hast du die Papiere für dich und die Jungs wie immer in deiner Brieftasche?«

»Natürlich.«

»Gut. Es ist wichtig, dass du dich beeilst, und es ist wichtig, dass du es genau so machst, wie ich es dir erkläre. Kannst du dich daran erinnern, wo wir unsere erste gemeinsame Nacht verbracht haben? Ich meine diese spezielle gemeinsame Nacht?«

»Natürlich, Hakan, wie könnte ich das jemals vergessen. Es war …«

»Still! Ich will, dass du genau dorthin fährst. Du weißt schon, was du dort zu tun hast. Und sobald du das Haus deiner Mutter verlassen hast, nimmst du die SIM-Karte aus deinem Mobiltelefon und schneidest sie in zwei Teile. Hast du das verstanden?«

»Um ehrlich zu sein, nein. Warum soll ich …?«

»Melek, bitte! Mach genau das, was ich dir gesagt habe. Ich sorge dafür, dass sich jemand um dich kümmert. Aber wenn sich irgendjemand bei dir meldet, dann frag ihn auf jeden Fall nach dem Namen deines Lieblingsstofftieres aus deiner Kindheit. Du hast ihn mir schon oft genannt, es war dieser kleine braune Teddy, den dir deine Tante Demet geschenkt hat.«

»Ja, ich weiß, natürlich.«

»Also, wer immer sich bei dir meldet oder sich dir irgendwie nähert, darf das nicht machen, wenn er nicht den Namen dieses Stofftieres kennt. Verstanden?«

»Ja, natürlich habe ich das verstanden, aber …«

»Ich habe keine Zeit für weitere Erklärungen, Melek. Nimm die Kinder und fahr weg. Ich werde mich bei dir melden, ganz sicher, aber ich weiß noch nicht, wann das sein wird.«

Die Frau fing an zu weinen. »Ich verstehe das alles nicht, Hakan. Aber ich werde tun, was du mir aufgetragen hast. Und du versprichst mir bitte, dass du auf dich aufpassen wirst. Tust du das?«

»Ich verspreche es. Und jetzt verlass auf der Stelle die Wohnung.«

»Hakan?«

»Ja?«

»Ich liebe dich.«

»Ich liebe dich auch, Melek. Dich, die Kinder und unser Leben.«

»Bis bald.«

»Ja, bis bald.«

Er beendete das Gespräch und warf das Telefon auf die Anrichte im Flur, wo es mittlerweile übel nach Mustafas Körperausscheidungen roch. Dann rollte er den Toten in den Teppich, auf dem er lag, und bugsierte das Paket an die Wand gegenüber der Wohnungseingangstür.

Plötzlich funktionierten bei Hakan Durmus wieder alle während der vielen Jahre beim Geheimdienst antrainierten Mechanismen, Automatismen und Routinen. Ruhig und überlegt packte er seine persönlichen Utensilien in eine kleine Reisetasche, legte das Bündel 50-Euro-Noten, das er für alle Fälle in der Wohnung aufbewahrt hatte, daneben, packte Kontoauszüge und alle Unterlagen, die den aktuellen Auftrag betrafen, dazu und streifte ein graues Sommerjackett über. Er war lange genug dabei, um zu wissen, wie die »Kollegen« jetzt vorgehen würden. Zwei Mann dürften im Hausflur auf ihn warten, zwei weitere auf der Straße, und der Partner von Mustafa würde die Aktion aus einem in der unmittelbaren Nähe geparkten Wagen koordinieren. Die meisten Geheimdienste dieser Welt waren schon immer gefährlich und furchteinflößend, aus der Innenperspektive betrachtet allerdings auch sehr berechenbar. Es gab für nahezu alle Eventualitäten eine Handlungsanweisung, und weil Hakan Durmus ein Geheimdienstmann durch und durch war, kannte er jede Anweisung innerhalb seines eigenen Dienstes nahezu auswendig.

Aus diesem Grund griff er nun zum Telefon und meldete bei der Kasseler Berufsfeuerwehr für die Wohnung über ihm einen Brand.

»Vorher gab es einen lauten Knall, vielleicht war das sogar eine Explosion«, fuhr er mit bebender Stimme fort. »Bitte kommen Sie schnell, das ganze Treppenhaus steht schon in hellen Flammen.«

Er nannte den auf dem Klingelschild stehenden Namen, erneut die Adresse, bedankte sich überschwänglich und beendete das Gespräch. Danach zog er die SIM-Karte aus dem Gerät und hielt sie in eine Schere geklemmt über ein Feuerzeug. Das Plastik bog sich und fing rauchend Feuer. In der Entfernung konnte Hakan Durmus kurz darauf gedämpft die Sirenen der heranrasenden Feuerwehrautos hören.

Sein Blick blieb an der Teppichrolle mit dem Toten darin kleben. Und obwohl er wusste, dass die Zeit drängte, konnte er nicht umhin, eine kleine Nachricht an seine Verfolger zu hinterlassen. Diese Nachricht bestand aus einer Fünf-Kilo-Packung Magnesiumpulver, das er als feine Auflage zunächst auf dem Teppich mit dem Toten darin und danach in der Wohnung verstreute. Dann legte er eine für Fälle wie diesen vorbereitete kleine Plastikdose darauf ab und griff sich eine Umhängetasche von der Garderobe, die er ebenso schon vor Wochen für spezielle Situationen dort positioniert hatte, nahm einen metallisch glänzenden Gegenstand heraus und warf sich den Beutel über die Schulter.

So leise wie möglich öffnete er im Anschluss die Tür, nahm die daneben liegende Reisetasche in die linke Hand und spähte hinaus auf den Flur. Offenbar waren sich seine Beobachter und Verfolger ihrer und Mustafas' Sache sehr sicher, denn Hakan sah niemanden. Der Geheimdienstmann entsicherte und warf eine Rauchgranate Richtung Fahrstuhltür, wo sie wild drehend liegen blieb und dabei ihren Nebel verteilte. Mit ein paar schnellen Schritten näherte er sich dem Rauch, bis er an der Fahrstuhltür angekommen war, und beförderte eine weitere rauchende Granate in die Kabine. Dann ging er auf das gegenüberliegende Treppenhaus zu und öffnete auch hier vorsichtig die Tür. Wieder konnte er niemanden entdecken, aber das musste in diesem Fall nichts heißen.

Zwei weitere Granaten verließen den Beutel. Eine fand durch den Mitteltunnel des Geländers den Weg ins Erdgeschoss, die andere warf er auf den unter ihm liegenden Treppenabsatz.

Zum ersten Mal, seit Mustafa bei ihm aufgetaucht war, empfand er in diesem Moment so etwas wie Wut und auch Enttäuschung darüber, dass er sich von seinen Beschattern über Monate hatte an der Nase herumführen lassen.

Ich hätte einfach damit rechnen müssen, dass es zu dieser Situation kommt, warf er sich in Gedanken vor.

Doch schon wenige Zehntelsekunden später fokussierte Durmus sich wieder auf die vor ihm liegenden Aufgaben: Er musste das Haus, in dem er die letzten Wochen gewohnt und das ihm als Hauptquartier gedient hatte, lebend verlassen. Seine Verfolger abschütteln und sich einen Plan zurechtlegen, wie er am Leben bleiben konnte. Denn er war sich absolut sicher, dass der Geheimdienst seines Landes keinesfalls seine Bemühungen einstellen würde, ihm dieses Leben zu nehmen.

In diesem Augenblick stoppte der erste Wagen der Feuerwehr direkt vor dem Haus. Hakan sah aus einem der zur Straße liegenden Flurfenster, wie ein halbes Dutzend blau gekleidete Personen mit gelben Helmen auf dem Kopf aus dem mit einer langen Leiter bestückten Lkw sprangen und zunächst ein wenig unschlüssig an der Fassade hochsahen. Dann wandte sich ihr Blick dem Bereich hinter der gläsernen Haustür zu, wo offenbar schon dichter Qualm waberte. Nach einem kurzen Gespräch öffneten sie eine Klappe an der Seite des Wagens und nahmen jede Menge Utensilien heraus. Das war der Moment, auf den Hakan Durmus gewartet hatte.

Er griff zu seinem Telefon, drückte auf eine der Kurzwahltasten, wartete kurz und beendete das Gespräch. Was er damit auslöste, war ebenso gut geplant wie verheerend, denn in dem Moment, in dem das sich in der kleinen Plastikbox auf der Teppichrolle liegende Telefon durch den Anruf scharf gemacht wurde, löste es einen Impuls aus. Dieser »Weckruf« wies den sich direkt daneben befindenden Zünder an, eine kleine Menge eines festen Brandbeschleunigers zu entzünden. Keine fünf Sekunden später hatte das auf der Rolle ausgestreute Magnesium mit einer gewaltigen Verpuffung Feuer gefangen und brannte nun mit mehr als 1.000 Grad. Der Türke konnte sowohl den Knall wie auch die Druckwelle deutlich wahrnehmen und wusste damit, dass seine Feuerfalle funktioniert hatte.

Mit vorsichtigen Bewegungen trat er in den Qualm des Treppenhauses, bis er den ersten Absatz erreicht hatte, setzte den Fuß auf die Stufe und begann zu zählen.

Zehn Stufen bis links. Zwei Schritte.

Zwölf Stufen bis links. Drei Schritte.

Zehn Stufen bis links. Zwei Schritte.

Zwölf Stufen bis links. Drei Schritte.

Acht. Links.

Zehn. Links.

Ende.

Sich am Geländer nach vorn ziehend brachte er die letzten vier Meter hinter sich, öffnete die zum Keller führende Tür und zog sie hinter sich wieder zu.

Licht an.

Kurz darauf rannte er den etwa 15 Meter langen Flur, von dem die einzelnen Kellerräume abgingen, hinunter und stand schließlich vor einer alten, aber durchaus stabil wirkenden Tür, deren Anstrich sicher schon bessere Zeiten erlebt hatte.

Durmus steckte den Schlüssel, den der Hausmeister ihm bei der Übergabe der Wohnung ausgehändigt hatte, ins Schloss und erreichte über eine achtstufige Treppe den hinter dem Haus liegenden Wäschetrockenplatz. An der Straße angekommen bog er nach links ab, ging langsam und ohne jegliche Hast etwa 200 Meter geradeaus und stieg eine Minute später in eine Straßenbahn der Linie 5.

18

»Ich muss noch mal ins Präsidium«, erklärte Hain seiner Frau.

»Was? Es ist kurz nach 23 Uhr, Thilo.«

»Maria hat mir ein paar Dinge erzählt, die mich echt beschäftigen. Ich könnte vermutlich eh nicht schlafen, also kann ich auch ins Büro fahren und dort noch etwas arbeiten.«

Carla bedachte ihn mit einem Blick, der besagte, dass sie an seiner Entscheidung wohl sowieso nichts ändern könnte. »Dann mach dich los. Ich bin todmüde und will nur noch schlafen. Aber komm mir bloß nicht im Lauf der Nacht angekrochen und weck mich dabei. Dann würde ich vermutlich extrem gallig reagieren.«

»Nein, nein«, wiegelte er erleichtert ob ihres Plazets ab. »Ich würde mich dann einfach auf der Terrasse noch ein paar Stunden hinhauen.«

»Gute Idee.«

Sie küssten sich zum Abschied. Thilo warf sich ein Sakko über, saß fünf Minuten später in seinem Mazda und fuhr ins Präsidium. Dort ging er in den dritten Stock, das Domizil des KDD, und klopfte an Jürgen Lehmanns Tür. Es folgte ein lautes »Herein«.

»Was machst du denn hier?«, wollte der komplett perplexe Leiter der Nachtschicht wissen. »Du solltest im Bett liegen und mit deiner Frau unanständige Sachen machen.«

Hain grinste ihn an. »Wollte ich ja, Lemmi, aber ich brauche dazu einfach einen freien Kopf. Und den habe ich gerade nicht.«

»Hm«, machte Lehmann. »Eigentlich sollte, wenn ich mich recht erinnere, dabei der Rest des Körpers *frei* sein, aber vielleicht gibt es da ja ein paar neue Dinge, von denen ich noch nichts mitgekriegt habe.«

Nun lachten beide.

»Aber im Ernst, Thilo. Was beschäftigt dich, und wie kann ich dir helfen?«

Es dauerte nahezu eine halbe Stunde, dann hatte der jüngere Hauptkommissar dem älteren Hauptkommissar seinen durchaus ereignisreichen Tag und die damit einhergegangenen Erkenntnisse geschildert.

»Holla die Waldfee«, zeigte Lehmann sich sichtlich überrascht. »Ich habe insgeheim ja mit irgendwas Linkem gerechnet, aber dass es gleich die deutsch-türkischen Beziehungen auf längere Zeit hinaus belasten könnte, damit konnte wirklich niemand rechnen.«

»Na ja, ob wir es gleich in dieser Fallhöhe aufhängen müssen, das weiß ich nicht, aber wie es sich im Augenblick darstellt, könnten wir es hier wirklich mit einem piekfeinen Akt von Staatsterrorismus zu tun haben. Ich sage das natürlich mit aller Vorsicht, und jemand anderem gegenüber, vielleicht Pia und Herbert ausgenommen, würde ich es ganz sicher deutlich vorsichtiger formulieren. Aber es könnte sich bei diesem *Unfall* tatsächlich um einen vom türkischen Staat veranlassten, im Endeffekt leider tragisch misslungenen Anschlag auf einen missliebigen Kritiker handeln.«

Lehmann nickte. »Ich darf mir gar nicht vorstellen, was passieren würde, wenn so ein Satz wie dieser gerade irgendwann mal in einer großen deutschen Zeitung zu lesen wäre. Immerhin leben hier in Deutschland ungefähr drei Millionen Türken oder Menschen mit türkischen Wurzeln, und viele von denen sind glühende Anhänger ihres gegenwärtigen Staatspräsidenten.«

»Aber du bist doch sicher einer Meinung mit mir, dass ich das an den Staatsschutz weiterreichen sollte, oder?«

»Auf jeden Fall, Thilo, das musst du sogar. Die machen dir die Hölle so was von heiß, wenn sie erfahren, dass du es nicht gemacht hast. Das willst du nicht erleben.«

»Also morgen früh.«

»Besser wäre natürlich gleich, aber dann müsstest du es mir noch einmal erzählen, weil wir während der Nachtstunden auch die Aufgaben des Staatsschutzkommissariats übernehmen.«

»Dann passt es ja.«

»Wenn du damit meinst, dass ich dir das abnehme, hast du dich aber ganz arg geschnitten, mein junger Freund. Das machst du mal schön selbst.«

»Schon klar, Lemmi.«

Die beiden sprachen noch kurz über den Fall, dann gähnte Hain dreimal hintereinander.

»Und jetzt ab ins Bett mit dir«, riet Lehmann seinem Kollegen. »Du hast morgen ein straffes Programm vor der Brust.«

»Das werde ich mal …« Hain stoppte, weil er vom Telefon auf Lehmanns Schreibtisch unterbrochen wurde. Der kräftige KDD-Mann hörte eine Weile zu, ohne etwas zu sagen. Dann griff er zu einem Block.

»Sag mir bitte noch mal die Adresse«, bat er den Anrufer und schrieb die Antwort mit.

»Dann sehen wir uns in ungefähr zehn Minuten. Ihr fasst nichts an und verhaltet euch wie Vorzeigestreifenpolizisten, verstanden?«

Es gab offenbar keine Erwiderung, denn Lehmann schob den Hörer direkt nach seiner Ansage zurück auf die Station.

»Hm«, machte er.

Hain wandte sich zur Tür. »Ich will dir mal lieber nicht im Weg stehen, Lemmi, nehm deinen Rat an und mach mich auf den Heimweg.«

»Nee, bleib mal bitte kurz hier.«

Der Hauptkommissar von K21 sah den Mann am Schreibtisch fragend an. »Ja? Was ist denn?«

»Das war gerade Wolfgang Ruppert von der Trachtentruppe. Die sind von der Feuerwehr zu einem merkwürdigen Brandeinsatz hinzugerufen worden. Angeblich hat es zunächst gar nicht gebrannt, sondern die herumwabernden Schwaden wurden von ein paar Rauchgranaten ausgelöst. Und dann gab es wohl eine Explosion mit anschließendem Großbrand.«

Hains Gesichtsausdruck hatte sich um keinen Millimeter verändert. »Du weißt schon, dass es gerade ziemlich schwer für mich war, dir inhaltlich zu folgen, Lemmi. Oder mit anderen Worten: Du hast gerade einen ziemlichen Schwall an gequirlter Scheiße von dir gegeben.«

»Stimmt. Aber ich bin auch ziemlich verwirrt, Thilo. Es wurde nämlich eine verdammt übel zugerichtete Leiche in der Wohnung gefunden, in der sich die Explosion ereignet hat. Und diese Leiche könnte, so meint zumindest Dr. Franz, gut und gerne mit zwei Kopfschüssen hingerichtet worden sein.« Er zögerte und dachte nach. »Aber das Bemerkenswerteste an der Sache ist, dass die Wohnung vor nicht allzu langer Zeit von einem Türken angemietet wurde.«

»Von dem Toten?«

»Das dürfte kaum noch festzustellen sein. Die Feuerwehrleute sagen, dass in der Bude Magnesium verbrannt ist. Das Zeug wurde nach deren Aussage wohl als Brandbeschleuniger eingesetzt.«

»Magnesium? Das Zeug kann man nicht mit Wasser löschen.«

»Genau das, ja.«

Hain dachte nach. »Aber das muss ja nicht gleich heißen, dass diese Brandgeschichte etwas mit unserem vermeintlichen Unfall zu tun hat.«

»Das muss es natürlich nicht heißen. Aber wir sind eindeutig zu lange bei der Kripo, um die Deutlichkeit der Parallelen zu übersehen. Ich würde mich gar nicht so aufspielen, wenn es nicht zu der Brandmeldung die Rauchgranaten gegeben hätte und der eigentliche Brand erst nach dem Eintreffen der Feuerwehr ausgebrochen wäre. So aber sage ich, dass die eine Sache und die andere Sache etwas miteinander zu tun haben *müssen*.«

»So wie du das gerade aneinandergereiht hast, fällt mir jeder wie auch immer geartete Widerspruch außerordentlich schwer«, stimmte Hain seinem Kollegen indirekt zu. »Was dann in der Folge ja nur heißen kann, dass ich weder zu meiner Frau ins Bett komme, um mit ihr vielleicht doch noch irgendwelchen Unsinn anzustellen, noch auf die Terrassenbank, um ungestört eine Mütze Schlaf zu nehmen. Stattdessen muss ich mir die Nacht oder zumindest einen Teil davon mit dir zusammen um die Ohren schlagen.«

»Und vergiss nicht, Pia anzurufen. So wie ich die kenne, wird sie fuchsteufelswild, wenn du das nicht machst.«

»Die sah aber wirklich verdammt müde aus, als wir uns voneinander verabschiedet haben. Ich weiß nicht, ob sie es diesmal nicht vorziehen würde, in Ruhe gelassen zu werden.«

Lehmann stand auf, zog sich einen Blouson über und wies auf den Schreibtisch. »Ruf sie einfach an, Thilo. Da steht das Telefon.«

Pia Ritter hätte es diesmal tatsächlich vorgezogen, die Nacht ohne Störung zu verbringen und durchzuschlafen. Trotzdem stand sie schon vor dem weiträumig abgesperrten vierstöckigen Wohnhaus, als Hain und Lehmann, begleitet von zwei weiteren Männern des KDD, vorfuhren.

»Moin«, begrüßte sie die kleine Abordnung.

Während Lehmann und dessen Kollegen sich den Streifenpolizisten zuwandten, berichtete Thilo Pia von seiner Begegnung mit Maria Lenz. Und natürlich darüber, was er zu diesem Zeitpunkt über die Vorfälle in dem Haus, vor dem sie standen, wusste.

»Mir ist natürlich klar, dass die eine Sache mit der anderen nicht unbedingt was zu tun haben muss, das habe ich auch Lemmi gesagt, aber wir sind uns ziemlich einig, dass diese Duplizität der Ereignisse nur schwerlich ein Zufall sein kann.«

In diesem Moment tauchten im Schein der noch immer rotierenden Blaulichter zwei dunkel gekleidete Männer im Hauseingang auf, die eine geschlossene Zinkwanne zu einem Leichenwagen trugen. Direkt danach erschien Dr. Franz, der Rechtsmediziner. Er kramte eine Packung Pfefferminzpastillen aus der Hosentasche und steckte sich eine in den Mund.

»Moin, Doc«, begrüßte Hain den Arzt.

»Ach, die Herrschaften Ritter und Hain. Guten Abend auch.«

»Wissen Sie schon was Genaueres?«

»Nicht wirklich viel. Und ob es deutlich mehr wird, müssen wir sehen. Aber ernsthaft daran glauben kann ich eigentlich nicht.«

»Warum denn so pessimistisch?«, wollte Pia wissen.

»Weil wir es zur Abwechslung mal mit einem komplett verkohlten Leichnam zu tun haben. Ich konnte zwar relativ schnell erkennen, dass zwei Schüsse zu seinem Ableben geführt haben, aber das war es dann auch schon. Und vor Gericht könnte ich keinesfalls beschwören, dass die Kugeln Hals und Hinterkopf *vor* Ausbruch des Feuers durchschlagen haben. Es ist logisch, dass es so gewesen sein muss, aber zu beweisen ist es leider nicht mehr. Immerhin hat das Feuer fast nur noch Knochen übrig gelassen.« Er steckte ein weiteres Pfefferminzbonbon in den Mund. »Und deutlich kleiner ist der Leichnam bei den Temperaturen, denen er ausgesetzt war, natürlich auch geworden. Obwohl, zu den Größten dürfte er schon zu Lebzeiten nicht gehört haben. Mehr als 1,60 Meter waren es bestimmt nicht.«

»Also ein komplett verbrannter relativ kleiner Mann«, gab Pia Ritter mit belegter Stimme zurück.

»Hinweise auf die Identität?«

»Auf jeden Fall männlich, das ist sicher. Mehr kann ich Ihnen aber nicht sagen. Vielleicht fragen Sie mal Ihre uniformierten Kollegen, unter Umständen wissen die etwas.«

»Das machen wir.«

»Und ich fahre jetzt nach Hause. Meine Tochter feiert morgen Geburtstag, da möchte ich nicht aussehen wie ein Zombie.«

»Verständlich. Kommen Sie gut an und schlafen Sie gut.«

»Das wünsche ich Ihnen beiden auch.«

Der Mediziner griff sich seine Tasche und ging davon. Die Polizisten traten zu Jürgen Lehmann, der mit zwei Streifenpolizisten und dem Einsatzleiter der Feuerwehr neben der Haustür stand.

»Wir können heute auf keinen Fall mehr in die Wohnung«, erklärte der Mann vom KDD seinen Kollegen.

»Es gibt wegen der immensen Temperaturen«, fuhr der Feuerwehrmann fort, »die während des Brandes herrschten, eine nicht zu unterschätzende Einsturzgefahr. Vermutlich ist der Stahl in den Betonwänden so heiß gewesen, dass er weich geworden ist. Und es wäre ja niemandem geholfen, wenn wir zu dem Feueropfer noch ein paar Einsturzopfer zu beklagen hätten.«

»Das ist absolut richtig«, bestätigte Pia nach einer kleinen visuellen Intervention von Hain. »Und wenn wir nur einen ganz vorsichtigen Blick riskieren würden?«

Der blau gekleidete Mann schüttelte energisch den Kopf. »Ich kann verstehen, dass Sie es eilig haben, aber bevor nicht ein Bausachverständiger und gegebenenfalls ein Statiker da ganz genau hingeschaut haben, lasse ich mich auf gar nichts ein. Sie können Verständnis dafür haben oder nicht, das ändert rein gar nichts. Ich lasse Sie da nicht hoch.« Sein Gesichtsausdruck war während seiner Erklärung sehr hart geworden, und alle um ihn stehenden Polizisten wussten, dass es an der Haltung des Mannes nichts zu rütteln gab.

»Danke«, gab Pia Ritter deswegen, immer noch überaus höflich, zurück. »Aber Sie lassen es uns bitte sofort wissen, wenn wir reinkönnen.«

Er nickte, knurrte etwas Unverständliches und wandte sich ab.

»Tja, dann liegen wir beiden hübschen ja doch spätestens in einer Stunde im Bett und schnarchen vor uns hin«, stellte Hain mit Blick auf seine Kollegin nicht wirklich unzufrieden fest.

»Schön.«

»Na, ganz so optimistisch sehe ich das jetzt nicht«, widersprach Lehmann. »Wir wissen, wer die Wohnung gemietet hat, und sollten schnellstens versuchen, mehr über den Mann herauszufinden.«

»Es war also ein Mann«, bemerkte Pia Ritter spitz, während sie ein Gähnen unterdrückte.

»Genau«, ließ sich der KDD-Mitarbeiter nicht beeindrucken und winkte einen Streifenpolizisten herbei, der Pia und Thilo informierte.

»Wir reden von einem etwa 40-jährigen Mann, der sich als Metin Ekmekci ausgewiesen hat, als er die Wohnung vor etwas mehr als zwei Monaten angemietet hat. So um die 1,80 Meter groß, mittellange Haare und irgendwie auch sonst komplettes Mittelmaß.«

»Wenn er tatsächlich 1,80 Meter groß ist«, verknüpfte Hain die im Raum stehende Körpergröße mit der Aussage von Dr. Franz über die seiner Meinung nach deutlich kleinere Leiche, »dann liegt er auf jeden Fall nicht verkohlt da oben in der Wohnung.«

»Wer sagt denn eigentlich, dass er 1,80 Meter groß ist?«, wandte Pia sich skeptisch an den Uniformierten.«

»Der Hausbesitzer. Er lebt im Hochparterre und konnte mir deshalb sehr detailliert Auskunft geben. Leider sind er und seine Frau ziemlich alte Leute, die von den Ereignissen heute absolut mitgenommen sind und sich deshalb zu ihrer in Espenau lebenden Tochter verdrückt haben.«

Die Kommissarin warf einen Blick auf die zum großen Teil schwarze Fassade des Hauses und die vielen geplatzten Scheiben. »Wer wollte es ihnen verdenken, bei diesem Anblick hier. Hat eigentlich schon jemand gecheckt, ob der Mieter sich hier polizeilich angemeldet hat?«

Lehmann schüttelte den Kopf. »Hat er nicht.«

»Sonst noch was?«

»Nichts, was uns hier und jetzt weiterhelfen würde. Er war, oder vielleicht ist, wohl ein sehr netter und zuvorkommender Mieter gewesen, der immer höflich gegrüßt und nie laut Musik gehört hat.«

Pia musste erneut gähnen. Diesmal jedoch unternahm sie erst gar keinen Versuch, es unterdrücken zu wollen. »Wie überaus interessant. Wann wurde er denn zuletzt gesehen?«

»Darüber gibt es unterschiedliche Meinungen. Der Vermieter sagt, er hätte ihn heute gesehen, seine Frau schwört Stein und Bein, dass es gestern gewesen sei und ihr Mann schon ein wenig senil sei.«

»Auch nicht schlecht. Und was meinst du, Lemmi, sollten wir jetzt und in dieser Nacht in Sachen Metin Ekmes…«

»Ekmekci.«

»Ja, von mir aus. Was sollen wir bezüglich dieses Ekmekci unternehmen? Haben wir ein Bild von dem Mann?«

»Natürlich nicht. Woher denn auch?«

Lehmann schnaufte durch. »Vermutlich ist es besser, wenn ihr beide nach Hause geht, euch ausschlaft und morgen früh in alter Frische angreift.«

Über Hains Gesicht huschte ein verstohlenes Grinsen. »Genau so wollen wir dich hören, Lemmi. Und verabschieden uns augenblicklich. Schöne Nacht noch.«

»Ja, euch auch. Wenn ihr morgen im Büro ankommt, habt ihr vermutlich schon eine erste Zusammenfassung zu der Geschichte von mir auf dem Schreibtisch liegen. Viel mehr kann ich ja auch nicht tun.«

»Wir werden mit angehaltenem Atem auf deine Ergüsse warten«, fabulierte Hain und wandte sich ab.

Pia Ritter folgte ihm lachend, ging ein paar Schritte, blieb dann jedoch abrupt stehen und sah Lehmann erneut an. »War der Mann eigentlich wirklich Türke, Lemmi? Oder Deutscher mit türkischen Wurzeln und türkischem Namen?«

»Was weiß ich«, stöhnte Lehmann. »Und warum ist das jetzt wichtig?«

»Weiß ich noch nicht so genau. Es interessiert mich einfach.«

Lehmann sah den noch immer neben ihm stehenden Uniformierten an, der entschuldigend die Schultern hob.

»Ich bin dummerweise davon ausgegangen, dass wir es bei diesem Namen mit einem echten Türken zu tun haben. Mein Fehler, Entschuldigung. Ich rufe gleich noch mal beim Vermieter an und kläre das. Glücklicherweise hat er mir eine Mobilfunknummer da gelassen.« Er zog sein Smartphone aus der Hosentasche und trat mit dem Gerät am Ohr zur Seite.

»Kümmer dich allein drum, Pia«, rief Hain nun, der schon zehn Meter zwischen sich und die kleine Gruppe gebracht hatte. »Ich bin echt fertig und will nur noch ins Bett.«

»Nun mach doch nicht auf Pussy«, rief die Kommissarin gedämpft. »Ein Mann wie du, Thilo, in den besten Jahren.«

»*Ich bin müde*.«

»Ja, dann hau doch ab. Ich bin auch müde und fertig, lass mich aber wenigstens nicht so gnadenlos hängen wie du.«

»Das ist Nötigung!«

»Nur wenn du dich wirklich genötigt fühlst.«

In diesem Moment kam Peter Zeisler, der uniformierte Kollege, zurück. »Er hat sich mit einem türkischen Pass ausgewiesen. Angeblich wollte er ein halbes Jahr in Kassel bleiben und hat die Wohnung auch nur für diesen Zeitraum gemietet. Den Vermietern war das recht, weil sie die Bude für die Zeit danach sowieso ihrer Tochter versprochen hatten, die gerade in den Staaten ist. Interessant ist in dem Zusammenhang vielleicht, dass er die Miete für die kompletten sechs Monate in bar und im Voraus bezahlt hat.«

»Wow«, legte Pia den Kopf anerkennend ein wenig schief. »Immerhin ein Mann, der weiß, was sich gehört.« Damit drehte sie sich erneut zu ihrem Kollegen. »Fünf Minuten, Thilo. Fünf Minuten, ja?«

Der Hauptkommissar schüttelte missmutig den Kopf, ging jedoch trotzdem zurück zu ihr. »Und was genau soll in diesen fünf Minuten passieren?«

»Ich habe eine Idee. Die probieren wir, und wenn nichts dabei herauskommt, fahren wir in unsere unterschiedlich vorgewärmten Betten.«

»Vielleicht solltest du dir auch mal eine Bettvorwärmeeinrichtung zulegen«, ätzte Hain, doch Pia hörte ihm einfach nicht zu.

»Peter, starte doch mal bitte«, wandte sie sich stattdessen dem Streifenpolizisten zu, »eine Anfrage beim KBA, ob auf den Namen dieses Herrn Ekmekci irgendein Kraftfahrzeug zugelassen ist.«

»Klar, das mache ich sofort.«

»Und was soll das bringen, Pia? Dann wissen wir, dass er stolzer Besitzer eines Kraftfahrzeugs ist. Und weiter?«

»Wir könnten seine Karre zur Fahndung ausschreiben, das schon mal vorweg«, gab sie zurück. »Wenn er damit unterwegs ist, buchten wir ihn ein und können so mit ihm reden. Wenn nicht, finden wir darin vielleicht irgendwas, das uns weiterhilft.«

»Eins zu null für Pia«, machte Lehmann einen auf Schiedsrichter. »Die Idee ist klasse.«

»Ja, klar, halt du nur zu ihr. Wie auch sonst …«

»Weil es wirklich eine gute Idee ist, sonst nichts. Und du solltest unbedingt nach Hause fahren, Thilo, deine Laune ist kaum noch auszuhalten.«

»Nö, jetzt gerade nicht.«

Peter Zeisler kehrte von seinem Streifenwagen zurück, wo der die Abfrage durch den Computer hatte laufen lassen.

»Metin Ekmekci hat nicht nur *ein* Kraftfahrzeug auf seinen Namen zugelassen, es sind insgesamt gleich vier«, stellte er mit Blick auf seinen Notizblock verblüfft fest. »Aber das ist noch nicht mal das wirklich Bemerkenswerte.«

Er deutete auf die Hausnummer über der Briefkastenbox.

»Sie sind alle auf seinen Namen und diese Adresse hier zugelassen.«

»Ist nicht wahr«, murmelte Hain. »Er ist nicht hier gemeldet, hat oder hatte seinen Fuhrpark aber unter dieser Anschrift angemeldet? Wie geht das denn?«

»Das geht eigentlich gar nicht, Thilo«, entgegnete Lehmann. »Keine Meldeadresse, keine Zulassung.«

»Und gerade das macht es ja so überaus spannend«, ergänzte Hain.

Pia Ritter hob in bester Oberlehrermanier und mit der Andeutung eines süffisanten Grinsens den Zeigefinger der rechten Hand. »Siehst du, Thilo. *Diese* fünf Minuten haben sich doch gelohnt.«

»Nein«, entgegnete er ahnungsvoll. »Sie machen uns Arbeit, Pia. Richtig viel Arbeit.«

19

Hakan Durmus sah aus dem Hotelfenster auf die trostlose Brache einer ehemaligen Großspinnerei. Die meisten Bauwerke waren abgerissen worden, wobei der Schutt seit Jahren des Abtransports harrte, die stehen gelassenen Gebäude hingegen waren mit der Zeit baufällig geworden. Er hätte es bevorzugt, ein anderes Hotel für die Übernachtung auswählen zu können, doch dieses einer französischen Kette gestattete das Einchecken allein mit der Kreditkarte. Und da er über mehrere Kreditkarten, alle unter anderen Namen, verfügte, war diese Option die beste. Sein Blick fiel auf die Uhr an seinem linken Handgelenk.

22:55 Uhr.

Er betrat die Badekabine, die ihn sehr an das Interieur auf einem billigen Kreuzfahrtschiff erinnerte, kniete sich vor der Dusche hin und wusch das seit mehr als einer Stunde einwirkende Färbemittel aus seinem Haar. Als nur noch klares Wasser in den Ausguss rann, kam er hoch, drehte den Hahn ab und griff nach hinten zum an der Wand hängenden Handtuch. Zehn Minuten später war er geföhnt und begutachtete die Veränderung im Spiegel.

Wirklich gut, dachte er zufrieden. *Ein paar Nuancen aufgehellt in Richtung mittelbraun und schon entsteht das nahezu komplett neue Bild eines Menschen.* Weitere zehn Minuten später war sein Gesicht glatt rasiert, und nach einem erneuten prüfenden Blick in den Spiegel kam so etwas wie Wehmut in ihm auf. Seit mehr als 20 Jahren hatte der Geheimdienstmann seinen Dreitagebart gepflegt, und seit genauso vielen Jahren hatte er sich nicht mehr ohne gesehen. Nun erinnerte ihn der

Anblick im Spiegel an den jungen Mann, der er einst gewesen war. In seiner Reisetasche befand sich eine Brille ohne Stärke, die er nun aufsetzte. Jetzt war die Veränderung vollständig, und er nickte seinem Ebenbild anerkennend zu.

Diese Maskerade sollte für ein paar Tage genügen. Und bis dahin werden die Karten ohnehin ganz neu gemischt.

Mit ruhigen Bewegungen sah er die zur Verfügung stehenden Pässe durch. Er würde sich, falls es notwendig sein sollte, in den nächsten Tagen als Radu Popangelov ausgeben, Bauunternehmer aus dem bulgarischen Skiort Borovets und auf Akquisereise für seine etwa 260 Mitarbeiter. Der bulgarische Reisepass, den er in der Hand hielt und zu benutzen gedachte, würde selbst vor den gestrengen Augen eines Zollbeamten aus Bulgarien als echt durchgehen. Die türkischen Spezialisten für solche Fälschungen hatten in den letzten Jahren ein Niveau erreicht, das durchaus mit US-amerikanischen oder gar israelischen Standards mithalten konnte. Allerdings, und das wusste er, waren die zuständigen Behörden seines Heimatlandes darüber informiert, dass er diese Identität besaß. Und mit Sicherheit verfügten sie über Kontakte in Deutschland, die das Auffinden eines Mannes dieses Namens unterstützten.

Wie auch immer. Ich habe erstens keine anderen Papiere, und zweitens brauche ich sie nur für ein paar Tage.

Bereits als er die Straßenbahn betreten hatte, noch mit den Sirenen der Feuerwehr im Ohr, hatte er damit begonnen, seine Planung für die nächsten etwa 72 Stunden zu strukturieren. Er wusste, dass die in Deutschland tätigen Mitarbeiter seines eigenen Dienstes nicht ruhen würden, bis sie ihn zur Strecke gebracht hatten. Diese Frauen und Männer wussten im Gegenzug allerdings, dass sie es mit einem Profi zu tun hatten, der viele ihrer Handlungen antizipieren konnte. Es war ein bisschen wie beim Schach. Um zu überleben, musste

Hakan Durmus in den nächsten drei, vier Tagen seinen Gegnern gedanklich einfach ein paar Züge voraus sein. Den größten Zwiespalt hatte bei ihm die Frage ausgelöst, ob er seinen vom *Reis* persönlich erteilten Auftrag zu Ende bringen sollte. Es sprach einiges dafür, es zu tun, es sprach jedoch auch eine Menge dagegen. Nach längerem Überlegen war er zu dem Entschluss gekommen, keinen weiteren Attentatsversuch auf Okan Schulze zu unternehmen. Das würde, auch und speziell nach den bisherigen Geschehnissen, sein Leben in den nächsten Tagen deutlich vereinfachen. Immerhin wusste er nicht, wie viele Personen für die Jagd auf ihn abgestellt wurden. Er wusste nur, dass die zuständigen Stellen in seinem Fall weder Geld noch Mühen scheuen würden, um zum Erfolg zu kommen.

Schon ein deprimierender Gedanke, dass der Erfolg des einen zwangsläufig den Tod des anderen bedeutet, fiel ihm dazu ein. *Meinen Tod.*

Aber oft genug im Lauf seines Lebens als Geheimdienstmitarbeiter war Durmus auf der anderen Seite engagiert gewesen, sodass ihm nun jegliches Klagen oder auch Bitterkeit darüber fremd waren.

Wenigstens das.

Wieder ein Blick auf die Uhr. Melek sollte, sofern alles gut gegangen war, mittlerweile den Ort erreicht haben, an den er sie geschickt hatte. Jenen Ort, in dem sie beide zum ersten Mal eine Nacht verbracht hatten und in dem nach dieser Nacht klar war, dass sie ein Paar bleiben und später auch heiraten würden. Und der Ort, in dem vermutlich sogar ihr Erstgeborener gezeugt worden war.

Wie gern hätte er sie angerufen und nachgefragt, ob wirklich alles geklappt hatte auf der langen Fahrt, doch er war sich der Gefahren, die von solch einem Telefonat ausgingen, mehr als bewusst. Also verzichtete er darauf, legte sich komplett angezogen wie er war aufs Bett, schloss die Augen und arbeitete in Gedanken die Aufgabenliste für die nächsten Tage ab.

*

Sie kamen um 1:45 Uhr, schlichen nahezu geräuschlos über den verschlissenen Teppichboden des Flurs, der nur vom matten Lichtschein eines Getränkeautomaten bläulich schimmernd erhellt wurde. Der *Türöffner*, ein kleiner, drahtiger Mann mit buschigem Oberlippenbart, brauchte ganze 30 Sekunden, dann war seine Aufgabe erledigt und er zog sich hinter seine beiden Begleiter zurück, die mit schussbereiten Waffen ungeduldig neben ihm gewartet hatten. Der Größte von ihnen, ein vierschrötiger, tumb wirkender Schlägertyp, schob die Tür lautlos nach innen und drang langsam, gedeckt von seinen Begleitern, in das Hotelzimmer ein. Hakan Durmus lag, rhythmisch atmend, in der gleichen Position auf dem Bett wie ein paar Stunden zuvor und er hatte nicht den Hauch einer Chance. Der erste Eindringling griff sich seinen rechten Arm, der zweite den linken. Hakan wachte auf, erschrak und zappelte. Aber es hatte keine Bedeutung, es änderte nichts an seiner Lage. Der *Türöffner* presste ihm ein mit Chloroform getränktes Tuch auf die untere Gesichtshälfte. Nach nicht einmal einer Minute war der ungleiche Kampf beendet. Durmus hing halb auf dem Boden und halb auf dem Bett.

»Am liebsten würde ich ihn gleich hier umbringen«, flüsterte der Mann, der zuerst ins Zimmer eingedrungen war.

»Nein«, knurrte der zweite. »Du kennst die Befehle.«

»Scheißbefehle. Machen nur unnötige Arbeit.«

»Genau. Deshalb bringen wir ihn jetzt auch nach unten. Los, hilf mir. Du nimmst die Füße, ich greife ihn mir oben.«

Hakan Durmus wog 79 Kilo, doch diese beiden Männer wuchteten ihn mühelos über die Flure und die Treppen nach unten, wo ein abfahrbereiter Ford-Transit-Lieferwagen auf sie wartete. Der Mann am Steuer legte, nachdem die seitliche Schiebetür vom *Türöffner* zugeschoben worden war, den ersten Gang ein und fuhr ab. Ein paar Sekunden später hatte er das Gelände des Hotels hinter sich gelassen und machte sich auf den Weg zum Ziel: Frankfurt.

Der Ford Transit, den die Gruppe schon seit mehr als zwei Jahren benutzte, hatte sich durch absolute Zuverlässigkeit ausgezeichnet. Wann immer die insgesamt sieben Männer und zwei Frauen ihrer Einheit ihn gebraucht hatten, war er ihnen sommers wie winters ohne jegliche Einschränkungen zu Diensten gewesen. Natürlich hatte keiner von ihnen jemals daran gedacht, ihn in die Inspektion zu geben. Aber das allein wäre nicht einmal ursächlich gewesen für das, was kurz nach dem Einbiegen auf die Autobahn A 7 über die Anschlussstelle Kassel-Nord geschah. Genau dieses Ford-Transit-Modell mit genau diesem verbauten Motor schleppte nämlich einen äußerst unerfreulichen Konstruktionsfehler mit sich herum. Dieses Gebrechen betraf die Einspritzdüsen und war vielen Insidern seit Langem bekannt. Nicht bekannt war es allerdings den vier Männern, die darauf vertrauten, von ihrem fahrbaren Untersatz problemlos in die südhessische Metropole befördert zu werden.

Im unpassendsten Augenblick fing die Einspritzdüse des zweiten Zylinders im Transitmotor wegen der über 156.000 Kilometer angesammelten Verkokung an zu tropfen, was zur Folge hatte, dass sich ein paar Spritzer Diesel auf dem Kolbenboden niederschlugen, unkontrolliert detonierten und ihn damit zum Schmelzen brachten. Der daraus resultierende Kolbenbruch hatte innerhalb von Millisekunden einen kapitalen Motorschaden zur Folge, sodass der Transit mit den vier Männern und dem Entführten darin zunächst eine mächtige weiße Rauchfahne aus dem Auspuff hinter sich herzog und dann ohne jeglichen Vortrieb am Autobahnrand ausrollte.

»Scheiße, was war das jetzt?«, wollte der große Türke auf dem Beifahrersitz wissen. Sein Blick fokussierte die bedrohlich aufblinkende gelbe Motorkontrollleuchte im Armaturenbrett.

»Keine Ahnung. Wahrscheinlich ist der verdammte Motor hochgegangen.«

»Los, sieh nach. Vielleicht ist es ja nur eine Kleinigkeit und wir können gleich weiterfahren.«

»Nein, das klang ziemlich übel. Du hast es doch selbst gehört, wie das geknallt hat.«

»Trotzdem. Sieh nach.«

Der Fahrer drückte auf den Knopf, der die Warnblinkanlage einschaltete, entriegelte die Motorhaube und öffnete vorsichtig die Tür. Sofort wurde der gesamte Lieferwagen vom Fahrtwind eines passierenden Lkws durchgeschüttelt.

»Oh Mann, was für eine Scheiße.« Er sah sich nach hinten um, drückte sich ins Freie und tauchte kurz darauf vor dem Wagen auf. Sein besorgter Blick verriet nichts Gutes. »Hier ist alles voller Öl«, brüllte er Richtung Windschutzscheibe. »Glaub mir, mit diesem Ding fahren wir keinen Meter mehr. Zumindest heute Nacht nicht.«

Wieder wurde der Lieferwagen vom Fahrtwind eines Lasters durchgeschüttelt.

»Was machen wir jetzt?«, fragte der Beifahrer nach hinten, wo seine beiden Kollegen saßen. Durmus lag, unsichtbar für eventuelle Blicke, mit einer Plane bedeckt direkt unterhalb der hinteren Scheibe.

»Keine Ahnung. Wir müssten uns vielleicht ein anderes Auto besorgen.«

»Klasse. Sollen wir vielleicht den Pannendienst anrufen, oder was?«

»Was weiß denn ich?«, schrie der *Türöffner*. »Du bist doch hier der große Zampano, also überleg dir jetzt auch was Gescheites.«

In diesem Moment ging hinter dem Transit ein Blaulicht an. Jeder der drei Männer warf den Kopf herum, die Quelle der Beleuchtung war jedoch unterhalb der Kopfstützen und Heckscheiben verborgen.

»Ruhig, Männer«, zischte *Nummer zwei.* »Das kriege ich hin. Ihr müsst nur die Nerven behalten.«

Das hätte er besser auch dem Fahrer gesagt, der sich in genau diesem Moment umdrehte und zu rennen begann.

»Dieser Idiot«, brüllte der Beifahrer und zog seine Waffe aus dem Gürtelholster.

»Was machen wir jetzt?«, kam es von hinten.

»Was sollen wir schon machen? Wir greifen uns den Streifenwagen und sehen zu, dass wir hier wegkommen.«

Einer der beiden Polizisten hinter ihnen hatte anscheinend im Scheinwerferlicht eines vorbeifahrenden Wagens ihren Fahrer auf der Standspur davonrennen sehen. Er zwängte sich zwischen Leitplanke und Transporter vorbei und nahm die Verfolgung auf. Sein Kollege hatte das Funkgerät vor dem Mund, warf es jetzt in den Streifenwagen, zog seine Dienstwaffe, schaltete mit der linken eine LED-Taschenlampe ein und kam langsam näher.

»Hände hoch, alle!«, schrie er gegen den Verkehrslärm an. »Ich will von jedem von euch die Hände sehen, und zwar sofort.«

»Nehmt die Hände hoch«, befahl *Nummer zwei*, »wie er es verlangt. Um den Rest kümmere ich mich.«

Der Uniformierte hatte die Seitentür erreicht und richtete den gleißend hellen Lichtkegel der Taschenlampe abwechselnd auf jedes der drei ihn anstarrenden Gesichter. Immerhin hatte jeder der Männer die Arme so weit in die Höhe gereckt, dass sie am Dach des Lieferwagens anstießen. Nun drückte der Polizist den Hebel an der seitlichen Schiebetür nach unten und ließ sie quietschend aufrollen.

»Rauskommen«, schrie er in den Transit. »Ganz langsam raus…«

Der Rest des Satzes wurde mit einem fast kunstvoll ausgeführten Fußtritt von *Nummer zwei* gegen seinen Kehlkopf abgewürgt. Die Taschenlampe flog in das Gebüsch hinter der Leitplanke, die Pistole im hohen Bogen vor seine Füße und der Uniformierte selbst knallte zuerst mit den Oberschenkeln gegen die Leitplanke und danach mit dem Oberkörper auf die rechte Seite der vorderen Transit-Sitzbank.

Sofort waren die zwei hinten sitzenden Geheimdienstmitarbeiter über ihm und prügelten auf ihn ein. *Nummer eins* war währenddessen aus dem Wagen gesprungen, an die Seitentür getreten, verpasste dem längst bewusstlosen Polizisten noch einen völlig überflüssigen Faustschlag und zerrte ihn schließlich zwischen Transporter und Leitplanke.

»Gut gemacht«, fauchte *Nummer zwei* ihn sarkastisch an. »Und jetzt los, wir müssen hier verschwinden.«

»Was machen wir mit ihm?«, wollte der *Türöffner* mit einem Fingerzeig auf Durmus wissen.

»Geht schon rüber zu dem Bullenauto, aber lasst die Finger vom Steuer, das übernehme ich. Und ich kümmere mich auch um diesen Ziegenficker da hinten, der uns das alles eingebrockt hat.«

Wie befohlen verließen die beiden den Lieferwagen und liefen auf den Streifenwagen zu, während *Nummer zwei* langsam seine Waffe zog, sie durchlud und sich über die zweite Sitzbank beugte. Im Dämmerlicht der vorbeifahrenden Autos riss er die Plane zur Seite, senkte die Pistole und versuchte, so etwas wie ein Ziel für seinen tödlichen Schuss aufzunehmen, was sich jedoch alles andere als einfach gestaltete. Knurrend und fluchend tastete er mit der Linken nach dem Kopf des offensichtlich noch immer bewusstlosen Mannes, fand schließlich den Haarschopf und wollte gerade die Waffe aufsetzen, als zusammen mit einem gellenden Schrei eine Hand nach ihm griff und ihm seine Tisas Zigana PX-9, ein in der Türkei entwickeltes und produziertes Pistolenmodell mit Polymerrahmen, entriss. Sofort begann *Nummer zwei* nach unten zu schlagen, doch fast gleichzeitig und untermalt von einem ohrenbetäubenden Knall riss ihm eine Kugel das rechte Ohrläppchen ab und durchschlug anschließend das Blechdach des Transit. Den Mann, der eben noch ohne jegliche emotionale Regung den anderen hatte erschießen wollen, durchzuckte der Gedanke, dass der nächste Schuss gut und gerne auch ein paar Zentimeter weiter links einschlagen und so seinen Kopf treffen könnte. Also riss er völlig panisch den Oberkörper herum, rollte sich über die vordere Sitzbank, ließ sich aus der Seitentür fallen und war kurz darauf hinter dem Lenkrad des noch immer mit zuckendem Blaulicht dastehenden Streifenwagens verschwunden. Noch bevor er die Tür zugezogen hatte, jaulten die Reifen an der Vorderachse auf und der Opel Vectra schoss in Richtung Autobahnkreuz Kassel-Mitte davon. Etwa 300 Meter voraus sahen sie im Scheinwerferlicht ihren Kollegen und den Polizisten noch immer mit einem Abstand von vielleicht 30 Metern hintereinanderher hetzen. Auf Höhe ihres Kumpels öffnete der im Streifenwagen hinten links sitzende *zweite Mann* die Tür und ließ ihn hineinklettern.

»Gib Gas«, brüllte er anschließend mit sich überschlagender Stimme.

20

Kaynak Levent betrachtete mit wehmütigem Blick den feuerroten Abendhimmel über der türkischen Hauptstadt. Hier, aus dem leicht erhöht liegenden Präsidentenpalast, konnte man dieses Schauspiel nahezu jeden Abend auf die gleiche beeindruckende Weise erleben. Und wenn man wie er in einem auf der richtigen Seite gelegenen Büro im fünften Stock residierte, erhielt man einen ungetrübten Blick. Obwohl ihn diese Galavorstellung, die natürlich durch den das ganze Jahr über in Ankara herrschenden Smog befördert wurde, auch nach den vielen Jahren noch faszinierte, hämmerte durch sein Gehirn ein bestimmender Gedanke. Nein, es war vielmehr eine Erwartung.

Die Erwartung der Nachricht, dass dieser verfluchte Auftrag in Deutschland, bei dem bisher nichts, aber auch rein gar nichts so gelaufen war wie geplant, endlich zur allgemeinen Zufriedenheit ausgeführt war.

Levent, erster persönlicher Assistent des Staatspräsidenten der Türkei und von ihm persönlich mit dem Auftrag betraut, hätte am liebsten selbst zum Telefon gegriffen, aber er wusste, dass die Mannschaft, die gerade den von ihm angeordneten Job erledigte, das nicht gutheißen würde. Ganz und gar nicht gutheißen würde.

Leute wie die wollen ihre Ruhe haben bei den Dingen, die sie erledigen. Erledigen müssen.

Mit weichen Knien dachte er daran, was ihn in 90 Minuten erwarten würde, wenn er bis dahin keinen Vollzug melden könnte. Denn in genau 90 Minuten hatte er einen Termin bei seinem *Reis*. Und der hatte es definitiv nicht gern, wenn seine Anweisungen nicht haarklein umgesetzt wurden. Und die Anweisung, um die es hier ging, war alles andere als haarklein umgesetzt worden, ganz im Gegenteil. Alles, was damit im Zusammenhang stand, war von vorn bis hinten komplett in die Hose gegangen.

Bisher hatten sie ein totes Kind und einen schwer verletzten Mann, der aber nicht die Zielperson war. Dann hatte sich der mit der Erledigung der Sache beauftragte und schmählich gescheiterte Agent geweigert, die unabdingbaren Konsequenzen zu ziehen, dabei einen von Levents besten Männern umgebracht und die völlig ehrlose Flucht angetreten.

Der seinem Chef mit hündischer Devotion dienende 58-jährige und nur 1,63 Meter große Mann hätte schreien können bei den Gedanken, die ihm im Augenblick durch den Kopf rasten.

Und dieses beschissene Telefon klingelt auch nicht!

Der Bürokrat, der aus der gleichen Gegend wie der Staatspräsident kam, was sich in den letzten Jahren sicher nicht als hinderlich dargestellt hatte, raufte sich im wahrsten Sinn des Wortes die Haare. Mit hastigen, unruhigen Bewegungen griff er nach dem Zigarettenetui auf dem Tisch, zündete sich eine an und inhalierte tief. Er wusste natürlich, wie jeder im näheren und weiteren Umfeld des Ersten Mannes der Türkei, dass dieser jeglichen Tabakrauch abgrundtief hasste. Aber seine Nervosität war in diesem Moment einfach größer als die Angst vor einem der gefürchteten Wutausbrüche. Er wusste, er würde ohnehin vor seinem Besuch in Zimmer Nr. 1 die komplette Garderobe wechseln, so wie er das immer tat, und demzufolge würde es auch keine unangenehmen Gerüche geben.

Menschen, die Kaynak Levent aus anderen Zusammenhängen kannten, würden nicht glauben, wie verschüchtert, ja geradezu verängstigt er dem in 80 Minuten anstehenden Gespräch entgegensah. Der Mann war innerhalb der Behörde und bei seinen Mitarbeitern als arrogant, roh und auch zu unkontrollierten Ausbrüchen neigend bekannt. Seine liebste, schärfste und auch recht häufig eingesetzte Waffe allerdings war der persönliche, zutiefst demütigende und erniedrigende Angriff, bei dem es ihm ausschließlich auf die komplette Unterjochung seines Gegenübers ankam. Erst wenn sein Gesprächspartner sich absolut unterworfen hatte, wurde Levent wieder etwas zugänglicher. Diese Methode der Mitarbeiterführung hatte er während seiner Karriere im Rathaus von Ankara sozusagen kultivieren können und sie hatte ihn bis auf den Sessel des stellvertretenden Bürgermeisters gebracht. Es gab nur wenige Menschen auf dieser Welt, die von sich behaupten konnten, ihm jemals rhetorisch, sachlich oder persönlich Paroli geboten zu haben. Mit der Gründung und dem sich anschließenden Erstarken der AKP in den Nullerjahren dieses Jahrhunderts wurde der glühende Anhänger des Neoosmanismus quasi in Form einer Fontäne nach oben gespült, während ehemalige Mitstreiter im Rathaus von Ankara in vertrauten Gesprächen gern verbreiteten, dass es auf der Welt keinen solch perfekten Arschkriecher gäbe wie Kaynak Levent. Und es gab vermutlich wirklich keinen vergleichbar opportunistisch denkenden Menschen wie ihn, der zwar nicht besonders gebildet war, aber über eine ausgeprägte Bauernschläue verfügte, die ihn wie ein gut geeichtes Navigationssystem um die vielfältigen Klippen der Bürokratie, auch und gerade im Präsidentenpalast, herumlotste.

72 Minuten. Scheiß Telefon.

Wenn er tatsächlich mit den Nachrichten, wie sie ihm vorlagen, zum *Reis* gehen würde, würde er vermutlich nicht einmal mehr seinen Schreibtisch selbst ausräumen dürfen. Es war allgemein bekannt, dass der Staatspräsident Versagen oder gar Widerspruch unter keinen Umständen duldete.

Man tut gut daran, es sich mit ihm nicht zu verderben, will man nicht ins Verderben geraten.

45 Minuten später klingelte das Telefon. Levent sprang zum Schreibtisch, riss das Gerät aus der Ladeschale und hob es ans Ohr. »Ja, was gibt es?«, rief er laut.

Stille.

»Hallo?«

»Was fällt Ihnen ein, mich so anzublaffen?«

S C H E I S S E !

»Verzeihen Sie, *Reis*, aber ich konnte doch nicht ahnen, dass Sie es sind, der mich anruft.«

Wieder ein paar Sekunden Stille.

»Kommen Sie gleich jetzt zu mir, Levent. Ich will noch ein paar Dinge erledigen und deswegen heute ein wenig früher nach Hause fahren.«

Kaynak Levent verspürte einen nicht greifbaren, aber sehr realen Schockzustand in ihm aufwallen.

»Jetzt gleich? Wie Sie wollen, *Reis*. Dann bin ich in fünf Minuten bei Ihnen.«

»Wollen Sie kriechen oder auf den Händen laufen?«

»Nein, natürlich nicht. Ich werde mich nur kurz frisch machen.«

»Haben Sie wieder geraucht?«

Der erste Assistent schluckte. »Nein, natürlich nicht, *Reis*. Es würde mir nie in den Sinn …«

»Lassen Sie das. Die Lüge wird immer schlimmer sein als der heimliche Genuss von Tabak. Es wäre mir allerdings viel lieber, Sie würden auf beides verzichten.«

Es entstand eine weitere peinliche Pause, weil Levent nicht wusste, was er erwidern sollte. Oder besser, was sein Chef hören wollte.

»Ich erwarte Sie«, kam es schließlich knapp, dann war Stille in der Leitung.

S C H E I S S E ! S C H E I S S E ! S C H E I S S E ! Du könntest mich einfach am Telefon fragen, wie dieser Mist gelaufen ist, aber du willst die Leute immer bei dir am Tisch sitzen haben. Du willst sie vor dir sitzen haben und ihnen in die Augen sehen und sie vor dir kriechen lassen. Und das am liebsten kurz vor Mitternacht, so wie jetzt. Da scheint es dir den größten Spaß zu machen.

Mit fahrigen Bewegungen stieg er aus den Schuhen, streifte sich Anzug und Hemd herunter, hatte 20 Sekunden später den neuen angezogen, band einen Krawattenknoten und rannte zu den Spiegeln in der Schranktür.

Das sollte gehen.

Auf dem Weg zur Tür blieb sein Blick am Telefon auf dem Schreibtisch hängen. Er rannte zurück, griff danach, scrollte auf der Liste der angenommenen Anrufe nach unten und drückte auf die grüne Taste. Die Zeit bis zum ersten Klingelton kam ihm endlos vor, und als auch nach dem achten Summen in seinem Ohr niemand den Anruf entgegengenommen hatte, ließ er das kleine Gerät einfach auf den Boden fallen. 40 Sekunden später stand er ein wenig außer Atem vor den Doppelflügeln des Eingangs zu Zimmer Nr. 1 und klopfte schüchtern. Die beiden neben den Türen stehenden Elitesoldaten schenkten ihm nicht die geringste Beachtung und starrten weiterhin auf imaginäre Punkte an der gegenüberliegenden Wand.

»Ja, kommen Sie herein«, kam es nach einer kleinen Wartezeit gedämpft.

Levent drückte die für ihn auf Augenhöhe liegende Klinke nach unten und trat ein.

»Ich habe wirklich nicht mehr viel Zeit für Sie«, musste als Begrüßung von der anderen Seite des Schreibtischs reichen. »Fassen Sie sich also bitte so kurz wie möglich.«

»Natürlich, *Reis*.«

Seine Bewegungen beim Zurechtrücken des Stuhls und beim anschließenden Setzen wurden von schneidenden Blicken begleitet. Der Staatspräsident konnte einem Menschen ohne große Mühe das Gefühl geben, allein durch die Kraft der Beobachtung, mächtig zu sein. Und das war er, sogar sehr mächtig.

»Nun, was haben Sie mir zu berichten?«

Der kleine Mann vor dem Schreibtisch, der nun noch ein wenig kleiner wirkte, schluckte. Dann setzte er sich aufrecht, hob den Kopf und fing an zu strahlen. »Natürlich habe ich nur gute Nachrichten für Sie, *Reis*. Es ist alles genau so geschehen, wie Sie es sich gewünscht und auch angeordnet haben. Was, wenn Sie mir die Bemerkung erlauben, selbstverständlich darauf zurückzuführen ist, dass die eigentliche Planung von Ihnen ausgegangen ist.« Wieder musste er schlucken und hoffte, dass sein Gegenüber nichts davon mitbekam.

»Erzählen Sie mir davon«, forderte der Präsident Levent auf. »Ich will alle Details wissen.«

»Gewiss. Es gab gestern Nacht einen Unfall auf einer Autobahn in der Nähe dieser Stadt in Deutschland, Kassel. Dabei wurde der Fahrer, ein uns bekannter agitatorischer Aufrührer und Feind des Staates, getötet. Da alle Hinweise am Unfallort auf Trunkenheit am Steuer hinwiesen, wurde das bis zur Unkenntlichkeit verbrannte Opfer nicht einmal einer Untersuchung unterzogen. Die Akte wurde, wenn ich das so sagen darf, noch am heutigen Morgen geschlossen.«

Der Staatspräsident sah ihn lange an. »Sie bringen gute Nachrichten, Levent, und das weiß ich zu schätzen. Ich werde mir merken, dass Sie es waren, der mir diese wirklich frohe Kunde überbracht hat. Es soll nicht Ihr Schaden sein, das verspreche ich Ihnen.«

Es war überall bekannt, dass der Erste Mann der Türkei stets solche Andeutungen unter seinen Mitarbeitern streute. Und jeder wusste, dass er am Morgen danach schon vergessen hatte, zu wem er am Vortag was genau gesagt hatte. Also maß Kaynak Levent dem Hinweis keine besondere Bedeutung bei. Was ihn vielmehr umtrieb, war die Frage, wie er es anstellen konnte, sein Gerede in Einklang mit der Realität zu bringen. Er bemerkte, wie ihm der Schweiß den Rücken hinunterlief und am Saum der Unterhose für eine unangenehme Feuchtigkeit sorgte.

»Aber ich habe doch nur meine Arbeit gemacht, *Reis*. Ich mache diese Arbeit gern und hoffe, Sie damit zufriedenzustellen.«

»Das hast du. Das hast du wirklich.«

»Danke, *Reis*.«

Der Staatspräsident erhob sich, was jeder auf der anderen Seite des Schreibtischs als Aufforderung zu verstehen hatte, sich sofort zu entfernen. Diesmal jedoch war es anders.

»Du weißt, Levent, dass ich insgesamt mehr als ein Dutzend *Erste Assistenten* beschäftige?«

Wie könnte Kaynak Levent das nicht wissen?

»Natürlich, *Reis*. Und ich bin stolz, einer von …«

»Gut, gut«, wurde er barsch unterbrochen. »Ich denke darüber nach, dieses System zu optimieren, aber dazu brauche ich gute, vertrauenswürdige Leute. Leute wie dich.« Der Präsident, der ein paar Schritte durch das riesige Zimmer gegangen war, blieb neben dem Schreibtisch stehen und fixierte seinen Besucher. Offenbar wollte er ergründen, wie seine Nachricht bei ihm ankam.

»Das ist eindeutig zu viel der Güte, *Reis*. Ich habe doch, wie gesagt, nur meine Arb…«

»Willst du endlich damit aufhören, meine Gedanken zu hinterfragen, du undankbarer Schwachkopf! Ich biete dir eine Möglichkeit zum Aufstieg, und du dankst es mir mit Besserwisserei und Ignoranz?«

»Nein, das lag natürlich nicht in meiner Absicht.«

»Dann hör auf, dich wie ein Kind zu benehmen. Und jetzt

lass mich allein. Ich werde dich zu gegebener Zeit wissen lassen, was ich mit dir vorhabe. Los, geh!«

Levent stand auf, verbeugte sich in Richtung des Präsidenten, verließ mit schnellen Schritten das Zimmer und ließ sich 30 Sekunden später zitternd und mit trockenem Mund in seinen eigenen Stuhl fallen. Dort blieb er für gut eine Minute reglos sitzen. Dann drehte er sich um, griff in die Anrichte hinter sich und nahm das Zigarettenetui, eine Flasche Cognac und einen dazu passenden Schwenker heraus.

Das Nächste, was er spürte, war der wabernde Rauch der Zigarette um seine Augen und der brennende Reiz des Alkohols im Rachen.

Verdammt.

Nach zwei weiteren Cognacs griff er zum Telefon, drückte eine der Schnellwahltasten und war kurz darauf mit seinem Gesprächspartner verbunden.

»Was geht da bei Ihnen vor?«, wollte er missmutig und ohne jegliche Einleitung wissen.

»Wir haben Probleme. Ich habe vor einer Minute mit meinem Einsatzteam gesprochen, es hat Schwierigkeiten gegeben. Die Einzelheiten spielen für Sie keine Rolle, denn wir werden das lösen.«

»Ich höre immer nur von Schwierigkeiten, Sie Idiot. Wann schaffen Sie es, mir Vollzug zu melden? Wir haben es mit einem einzelnen Mann zu tun, nicht mit einer Armee!«

»Die Dinge sind komplizierter, als es jetzt am Telefon zu erklären wäre. Und wir haben ein kleines Mitarbeiterproblem. Wir sind einfach zu wenige Leute.

»Ich gebe Ihnen alle freien Männer zwischen Frankfurt und Hannover. Und ich gebe sie Ihnen innerhalb der nächsten zwei Stunden. Es ist mir egal, ob sie gerade schlafen oder irgendwo feiern oder was weiß ich tun, all das ist mir egal. Ich gebe Ihnen alle Freiheiten, die Sie brauchen, um diese verfluchte Sache zu unserer Zufriedenheit zu Ende zu bringen. Sorgen Sie dafür, dass mein Befehl umgesetzt wird, und zwar so, dass es nicht wieder zu irgendwelchen Zwischenfällen kommt. Wenn Sie mich erneut enttäuschen, wird das furchtbare Folgen für Sie haben. Furchtbare!«

»Verstanden.«

21

»Alle auf Metin Ekmekci zugelassenen Fahrzeuge sind zur Fahndung ausgeschrieben«, ließ Pia Ritter ihre beiden Kollegen Thilo Hain und Jürgen Lehmann wissen. »Ich habe ihn selbst auch auf die Fahndungsliste setzen lassen, glaube allerdings nicht, dass er uns irgendwie in die Hände fallen wird. Entweder er ist vorhin zu Dr. Franz in die Rechtsmedizin abtransportiert worden, oder er ist ein so ausgekochter Bursche, dass er diese Identität definitiv nicht mehr benutzen wird.«

»Alles möglich, Pia. Wir beide werden auf jeden Fall jetzt noch einmal zur Familie Schulze fahren und uns mit dem Hausherrn unterhalten.«

Die Oberkommissarin warf einen Blick auf ihre Uhr. »Es ist nach Mitternacht, Thilo. Meinst du wirklich, wir sollten ihn um diese Uhrzeit noch stören?«

Hain nickte.

»Wenn das ganze Haus dunkel ist, lassen wir ihn in Ruhe. Aber vielleicht haben wir ja Glück und er ist noch auf den Beinen. Okay?«

»Unwahrscheinlich, aber von mir aus. Vielleicht weiß er ja was über diese Wohnung hier oder über einen Herrn Ekmekci, das uns weiterhilft.«

»Macht das«, nickte Lehmann. »Ich werde mir zuerst die Nachbarn aus diesem Haus vornehmen, sofern ich sie denn auftreibe, und dann die aus den umliegenden Häusern. Wie üblich zu einer Zeit, in der man die Pest an den Hals gewünscht kriegt, aber das ist ja mein nächtliches Brot.«

»Du schaffst das schon, Lemmi«, klopfte Pia Ritter ihrem

Kollegen mitfühlend auf die Schulter, drehte sich um und ging neben Hain auf den Mazda zu. »Und denk bitte daran, ein Phantombild von ihm anfertigen zu lassen«, rief sie Lehmann vom Auto noch zu. »Das dürfte uns ziemlich weiterhelfen.«

»Ja klar, danke für den Hinweis. Da hätte ich aber schon selbst daran gedacht.«

»Ich weiß. Wollte dich auch nur kurz daran erinnern.« Sie grinste den Kollegen an und schloss die Augen. »Ich könnte auf der Stelle tot umfallen vor Müdigkeit«, fasste sie ihr Befinden eindrücklich zusammen.

»Geht mir ganz genauso. Und wenn wir diesem Okan Schulze ein bisschen auf den Zahn gefühlt haben, fallen vermutlich sogar noch ein paar Stunden Schlaf für uns ab.«

Sie schnallte sich an und gähnte. »Was für eine Verheißung …«

Im Haus des Politikers waren noch mehrere Fenster erleuchtet. Tina Schulze öffnete den beiden schon nach dem ersten Läuten die Tür. Sie trug eine graue Schlabberhose und ein den auch zu dieser späten Stunde noch angenehmen Temperaturen angemessenes leichtes Top. Ihr Kopf wurde noch immer von dem Verband geziert, der die Schürfwunde vom morgendlichen Aufprall abdeckte. Ihr Gesicht wirkte traurig und eingefallen. Trotzdem hatte es den Anschein, als wäre sie keinesfalls überrascht von dem doch sehr unzeitigen Besuch.

»Hallo«, sagte sie freundlich. »Kommen Sie doch herein.«

»Haben Sie uns erwartet?«, wollte Hain überrascht wissen.

»Nein, wie kommen Sie denn darauf? Ich konnte nur nicht schlafen und habe noch gelesen. Vielleicht haben Sie ja Lust, ein Glas Wein mit mir zu trinken?«

»Das wäre eigentlich der krönende Abschluss meines langen Arbeitstages«, feixte Hain, »aber unser Dienstherr könnte darüber vermutlich gar nicht lachen.«

»Auch ein Gedanke.«

Sie betraten das Haus und folgten Tina Schulze auf die Terrasse. Die Übersetzerin holte zwei Gläser für die Gäste, stellte sie auf den Tisch und befüllte sie mit Mineralwasser.

»Ich vermute trotzdem, dass Sie nicht gekommen sind, um ein Wasser mit mir zu trinken.«

Die beiden Polizisten nickten.

»Ja, das stimmt«, bestätigte Pia Ritter. »Wir haben tatsächlich ein paar Anliegen. Aber eigentlich haben wir es mehr auf Ihren Mann als Gesprächspartner abgesehen.«

»Auch das dachte ich mir, wenn ich ehrlich bin. Er ist aber leider noch auf einer Parteisitzung. Wann er nach Hause kommt, kann ich Ihnen beim besten Willen nicht sagen, aber allzu lange sollte es nicht mehr dauern.«

»Das macht nichts. Wenn es Ihnen nichts ausmacht, würden wir gern auf ihn warten.«

Die Frau schüttelte den Kopf. »Wenn ich nicht schlafen kann, so wie heute, freue ich mich über Gesellschaft.«

Sowohl Hain als auch Ritter hatten den Eindruck, mit dieser Frau befreundet sein zu können. Sie hatte etwas so Gewinnendes und Herzliches, dass beiden ein wenig warm ums Herz wurde.

»Wie geht es dem Kopf?«, wollte Pia wissen. »Der Verband sieht aus, als wäre ein bisschen mehr passiert.«

»Überhaupt nicht«, winkte Tina Schulze ab. »Den hat mir mein Mann aufgenötigt, nachdem er unter das Pflaster geschaut hatte, das Sie mir verpasst hatten. Das Ding sieht wirklich scheußlich aus, aber ich musste ihm versprechen, es zumindest bis morgen früh dran zu lassen.«

»Wenn Sie heute Morgen länger bewusstlos gewesen wären als die paar Sekunden, hätten wir den Notarzt gerufen«, erklärte Pia ihr, »und der hätte Ihnen sicher einen professionelleren Verband angelegt als ich mit dem Pflaster.«

»Das passt schon. Der Kopf brummt noch ein bisschen, aber es ist schon deutlich besser als noch heute Nachmittag.«

»Schön. Hatten Sie schon Zeit, sich mit Ihrem Mann über die Ereignisse der Nacht auszutauschen?«

Sie nickte. »Aber das war nicht sehr angenehm, wie Sie sich vielleicht denken können. Immerhin haben wir unser Patenkind verloren. Und wie sich das mit Adrian, Okans bestem Freund, entwickelt, steht absolut in den Sternen.«

»Waren Sie im Krankenhaus?«

»Okan hat ihn besucht. Oder besser, er wollte ihn besuchen, durfte aber nicht zu ihm.«

»Wie geht es Ihrem Mann damit?«

»Nicht besonders gut. Aber immerhin so gut, dass er die Parteiarbeit nicht sausen lassen will. Er hat mir erklärt, dass ihn das ablenkt, und was sollte ich gegen dieses Argument schon sagen?«

Pia und Thilo tauschten einen kurzen Blick aus. Die junge Oberkommissarin legte die Stirn in Falten und sah die Hausherrin nachdenklich an.

»Wir haben herausgefunden, dass der Crash von letzter Nacht kein Unfall gewesen ist, sondern ein Anschlag. Und wir machen uns weiterhin sehr große Sorgen, dass er letztlich Ihrem Mann gegolten haben könnte.«

Tina Schulze stellte ihr Getränk auf den Tisch und schloss für ein paar Sekunden die Augen. »Die gleichen Bedenken«, erwiderte sie mit leiser Stimme, »habe ich Okan heute Nachmittag auch geschildert. Aber wie mein Mann nun einmal ist, hat ihn das nicht wirklich interessiert. Er lässt solche Dinge, wenn sie nicht in sein Weltbild passen, einfach nicht an sich heran.«

»Was hat Sie zu dem Schluss gebracht, dass der Unfall ein Anschlag auf sein Leben gewesen sein könnte?«

»Ich kann zwei und zwei zusammenzählen, und das ist schon alles. Okan beschäftigt sich seit mehreren Jahren von hier aus mit den Verhältnissen in der Türkei, den politischen wie auch den menschenrechtlichen. Er ist mit praktisch allen Würdenträgern dort aneinandergerasselt und hat sich trotzdem immer und immer wieder negativ über den Staatspräsidenten geäußert. Auch unter der Gürtellinie, wie ich ihm mehrfach vorwerfen musste, aber das hat ihn einfach nicht gestört. Er wollte für die Unterdrückten und Benachteiligten da sein, und das war er in letzter Konsequenz ja auch. Und dass die Machthaber da unten sich das nicht ewig gefallen lassen, für diese Erkenntnis muss man jetzt nicht unbedingt auf einer höheren Schule gewesen sein.«

»Haben Sie konkret über eine Bedrohung für ihn und sein Leben gesprochen?«

»Ich habe ihn immer wieder darauf angesprochen, natürlich. Habe ihn immer wieder gebeten, sich ein wenig zurückzuhalten und zu mäßigen, aber das kam ihm überhaupt nicht in den Sinn. Und jetzt ist Jule tot und Adrian liegt im Koma.«

»Aber Sie machen Ihren Mann nicht für diese tragischen Ereignisse verantwortlich, oder?«

Es dauerte eine Weile, bis sie antwortete.

»Ich versuche, es nicht zu tun, was mal besser und mal weniger gut klappt. Wenn man so lang über dieses Thema redet und immer wieder nur Ausflüchte und Beschwichtigungen zu hören bekommt, stumpft man halt irgendwann ab.«

»Was würden Sie davon halten, wenn wir Sie und Ihren Mann für eine Weile unter Personenschutz stellen? Unsere Erkenntnisse, was den Unfall angeht, lassen keinen anderen Schluss zu, und die Ermittlungsergebnisse deuten darauf hin, dass Ihr Mann oder vielleicht auch Sie beide sich in akuter Gefahr befinden.«

Tina Schulze hob den Kopf und wies Richtung Wohnzimmer. »Das sollten Sie am besten direkt mit ihm besprechen, er ist nämlich gerade nach Hause gekommen. Ich habe die Haustür gehört.«

Wie auf Bestellung tauchte im gleichen Augenblick Okan Schulze in der Tür zum Flur auf. Er blickte verwundert auf die späten Gäste, trat heran, gab seiner Frau einen Kuss und schüttelte zuerst Pia Ritter und dann Thilo Hain die Hand. »Verzeihen Sie mir die Bemerkung, aber es erscheint mir schon ein wenig befremdlich, wenn ich nach Mitternacht nach Hause komme und die Kriminalpolizei in einträchtiger Runde mit meiner Frau am Terrassentisch sitzt.«

»Wir sitzen hier«, beschied ihm seine Frau mit deutlicher Schärfe in der Stimme, »weil die Polizei herausgefunden hat, dass der *Unfall* mit deinem Wagen in Wahrheit ein Anschlag auf *dein* Leben gewesen ist.«

Schulze lachte laut auf und sah dabei abwechselnd Ritter und Hain kopfschüttelnd an. »Wie kommen Sie denn auf diesen Unsinn? Und wer sollte dafür verantwortlich sein?«

»Du weißt, wer allein das gewesen sein kann, Okan. Du weißt es, aber du negierst es einfach.«

»Oh nein, nicht schon wieder diese abgedroschenen Verschwörungstheorien, Tina. Dafür dürften sogar unsere Besucher nur ein müdes Lächeln übrig haben.«

»Haben wir absolut nicht, Herr Schulze. Ganz im Gegenteil. Wir haben an und in Ihrem Fahrzeug jede Menge Spuren und Hinweise gefunden, die auf einen höchst professionell ausgeführten Anschlag hindeuten. Das alles hat kein unbedarfter Amateur geplant und ausgeführt. Da war jemand am Werk, der sein Geschäft versteht.«

Schulze schüttelte erneut den Kopf. »Wenn Sie oder wir es mit einem solch perfekten Profi zu tun haben, wie Sie es mir gerade weiszumachen versuchen, warum ist dann Jule gestorben und nicht ich? Warum wurde mein Freund Adrian Schlaffke so schwer verletzt und nicht ich? Warum saß er hinter dem Steuer, wenn doch dieser ominöse *Anschlag* mir gegolten hat?«

»Wir arbeiten daran, das herauszufinden. In dieser Zeit würden wir Sie und Ihre Frau gern unter Polizeischutz stellen.«

»Das«, brauste Schulze nun auf, »kommt überhaupt nicht infrage. Und über was für Spuren und Hinweise sprechen wir überhaupt, die auf einen *Anschlag* deuten? Das würde mich schon brennend interessieren.«

Pia sah Thilo an, der sofort kapierte, dass der technische Part seiner sein müsse. »Wir haben«, übernahm er deshalb die Gesprächsführung, »eindeutige Manipulationen an der Lenkung und an der Kraftstoffzufuhr entdeckt. Außerdem gibt es einige weitere Indizien, die klar in Richtung Anschlag weisen.«

»Und Sie meinen natürlich, dass nur die türkische Regierung hinter diesem Anschlag stecken kann? Dass die türkische Regierung es quasi darauf anlegt, bei einem Anschlag auf einen regimekritischen deutschen Politiker türkischer Abstammung erwischt zu werden? Was, glauben Sie, würde passieren, wenn man das herausfinden würde?« Er erwartete offenbar nicht ernsthaft eine Antwort auf seine Fragen, weshalb er einfach weitersprach: »Nein, liebe Polizisten, hier irren Sie. Ich bin vermutlich weiter davon entfernt als die meisten anderen Menschen, den türkischen Behörden nicht auch noch das fieseste und menschenverachtendste Verhalten zuzutrauen, aber für komplett verrückt halte ich den Apparat dort nicht. Und ein Anschlag in einem fremden Land wäre eindeutig komplett verrückt. So weit würden nicht mal die dortigen Machthaber gehen.«

»Gut«, ging Hain einen Schritt auf ihn zu. »Gibt es vielleicht sonst jemanden, der Ihnen nach dem Leben trachten könnte? Immerhin mischen Sie sich auch in deutsche Themen ein, wenn ich es richtig verstehe.«

»Auch das ist komplett abwegig. In der Politik werden Probleme mit Argumenten gelöst, nicht mit Attentaten.«

»Das hat die Journalistin, die letztes Jahr auf Malta einem

Autobombenattentat zum Opfer gefallen ist, weil sie über kriminelle Machenschaften von Politikern berichtet hat, vermutlich auch gedacht. Genützt hat es ihr allerdings wenig.«

»Ich weiß, worauf Sie anspielen. Aber Deutschland ist nicht Malta, darauf muss ich Sie vermutlich nicht hinweisen.«

»Das heißt ja dann, dass Sie keinen Schutz Ihrer Person möchten?«

»Genau das heißt es, ja. Wir brauchen keinen Schutz.«

»Du sprichst hoffentlich nicht für mich, Okan«, widersprach Tina Schulze leise. »Ich glaube nämlich, dass jemand versucht hat, dich umzubringen, und ich fühle mich ganz und gar nicht sicher im Moment.«

»Wollen wir das nicht lieber unter vier Augen besprechen, Tina?«

»Nein.« Sie wandte sich an Pia Ritter. »Wie genau würde das aussehen, wenn ich Ihr Angebot annehmen und mich unter Polizeischutz stellen lassen würde?«

Die Oberkommissarin umriss kurz, was alles auf die Frau zukommen würde und mit welchen Einschränkungen sie in diesem Fall zurechtkommen müsste. »Aber eigentlich klingt das alles viel schlimmer, als es dann ist«, setzte sie hinzu.

»Besser als tot sein«, fiel Tina Schulze dazu ein.

»Tina!«

»Ich würde Ihnen«, mischte Hain sich wieder ein, »abseits der Personenschutzthematik gern noch ein paar Fragen stellen, Herr Schulze.«

»Was wollen Sie wissen?«

»Zum Beispiel, ob Sie einen Metin Ekmekci kennen.«

Der Lokalpolitiker dachte eine Weile nach. »Nein, da muss ich passen. Kenne ich nicht.«

Hain nannte ihm die Adresse des Hauses, in dem sich am frühen Abend die Explosion ereignet hatte.

»Schon mal gehört oder dort gewesen?«

»Natürlich kenne ich die Gegend, aber das Haus selbst nicht. Dort war ich sicher noch nie.«

»Haben Sie sich in letzter Zeit manchmal verfolgt oder überwacht gefühlt? Gab es Situationen, die Sie verunsichert oder irritiert haben?«

»Auch diese Frage kann ich mit voller Überzeugung mit Nein beantworten. Wir haben in den letzten Monaten genau so gelebt, wie in den Jahren zuvor auch. Es gab weder eine Überwachung noch irgendjemand, der sich in unser Leben eingemischt hat.«

Hain stieß für alle am Tisch gut hörbar Luft aus. »Es gab aber jemand, der Ihren Wagen mit einer Sprengladung versehen, Ihr Patenkind getötet und Ihren besten Freund ins Koma befördert hat. Und wenn ich jetzt mal ganz ehrlich bin, dann geht mir Ihre Ignoranz ziemlich auf den Wecker. Jemand hat versucht, Sie umzubringen, Herr Schulze!«

»Was auf bisher nicht bewiesenen Vermutungen beruht.«

»Nein, da gibt es deutlich mehr. Wir wissen zum Beispiel, dass die meisten der aus der Türkei nach Deutschland geflohenen Menschen, viele davon sind Juristen, Mediziner und Wissenschaftler, davon überzeugt sind, dass der türkische Geheimdienst hier ein Netz von Agenten unterhält, das sehr aktiv ist und auch vor Gewalttaten nicht zurückschreckt.«

»Woher wollen Sie das wissen?«, fragte Okan Schulze mit deutlich erhöhter Lautstärke. »Haben Sie auch nur mit einem dieser Menschen bisher ein Wort gewechselt?«

»Ich habe gute Verbindungen in die Szene, das können Sie mir glauben. Und wenn ich Ihnen jetzt berichte, dass zum Beispiel der ehemalige Chefarzt der Chirurgie am Universitätsklinikum Izmir genau diese Befürchtungen schon des Öfteren geäußert hat, dann werden Sie verstehen, was ich meine.«

Schulze hob den Kopf, sah Hain lange und auch ein wenig erstaunt an und lehnte sich schließlich in seinem Stuhl zurück. Pia konnte ihr Erstaunen ebenfalls kaum verhehlen.

»Sie scheinen wirklich zu wissen, wovon Sie sprechen. Das überrascht mich, und das hätte ich natürlich nicht gedacht. Kennen Sie Herrn Professor Dr. Soysal persönlich?«

Hain vermutete, dass nur der ehemalige Chefarzt gemeint sein konnte.

»Über Dritte, ja«, erklärte er deshalb selbstbewusst.

»Sie stecken offenbar voller Überraschungen, Herr Kommissar. Das macht Sie als Gesprächspartner für dieses Thema natürlich deutlich glaubhafter.«

»Danke. Aber es bringt uns trotzdem leider keinen Jota weiter bei unserem Wunsch, Sie beide eine Weile von unseren Leuten beschützen zu lassen.«

Der Lokalpolitiker verschränkte die Arme vor der Brust und sah zuerst Hain, dann seine Frau und dann wieder den Polizisten an. »Was genau haben Sie in meinem Wagen gefunden, das Sie zu der Annahme bringt, es könnte sich um einen Anschlag gehandelt haben?«

»Sprengstoff«, pokerte Hain, obwohl natürlich noch kein sprengmitteltechnisches Gutachten aus Wiesbaden vorlag. »Wir haben Sprengstoffreste an der Benzinleitung gefunden. Und wir haben Manipulationsspuren an der Servolenkung entdeckt. Der Wagen ist gerade im LKA in Wiesbaden, wo wir das alles noch genauer untersuchen und dokumentieren lassen. Aber glauben Sie mir, Ihr Wagen wurde so präpariert, dass er einen Unfall haben *musste.*« Der Hauptkommissar zitierte ein paar weitere Anmerkungen des Sachverständigen vom Nachmittag, dann sah er Schulze gespannt an, der erneut den Blickkontakt mit seiner Frau suchte. Es dauerte nur einen winzigen Moment, bis die beiden sich nonverbal verständigt hatten.

»Wenn das so ist, dann werden meine Frau und ich Ihr Angebot natürlich sehr gern annehmen, Herr Kommissar.«

»Und wir bedanken uns«, setzte Tina Schulze mit einem befreiten Gesichtsausdruck hinzu, »dass Sie beide in Ihrer

Überredungsarbeit so hartnäckig waren. Sie glauben nämlich nicht, welch ein Fels in der Brandung mein Mann sein kann, wenn er etwas nicht möchte oder sich gegen etwas sperrt.«

»Gern geschehen«, erwiderten Hain und Ritter wie aus einem Mund.

22

Hakan Durmus atmete zwei-, dreimal kräftig durch, schüttelte den Kopf ein paarmal und kletterte dann über die beiden Sitzreihen ins Freie. Die Pistole, die er dem Mann, der ihn erschießen wollte, abgenommen hatte und die er noch immer in der rechten Hand hielt, steckte er in den Hosenbund. Im Scheinwerferlicht eines vorbeirasenden Wagens erkannte er den auf der Straße liegenden Streifenpolizisten. Mit einem Griff an den Hals stellte er fest, dass der Mann erstens lebte und zweitens eine echte Gefahr für ihn darstellte, wenn er seine Bewusstlosigkeit überwunden hatte. Weit hinter dem Transporter zeichneten sich außerdem Blaulichter am Nachthimmel ab, und zeitgleich konnte er auch das lauter werdende Singen der zugehörigen Sirenen hören. Obwohl er keine Ahnung hatte, wo er sich befand, war ihm klar, dass er zunächst von der Straße verschwinden musste. Zu seinem Leidwesen war seine Denkleistung noch immer durch das Chloroform beeinträchtigt, also atmete er noch einmal tief ein, um dann mit einer für seine Verhältnisse sehr ungelenken Bewegung über die Leitplanke zu springen. Nach einer Baumreihe und der dahinter liegenden Böschung erreichte er das Ende eines Industriebaus, um den ein Trampelpfad herumführte. Im gleichen Moment, in dem er die Front der Halle erreicht hatte, trafen gut hörbar auch die Streifenwagen etwa 80 Meter hinter ihm ein. Durmus wusste, dass er jetzt in einem Gebiet unterwegs war, in dem in kürzester Zeit eine engmaschige Fahndung anlaufen würde, also musste er diesen Winkel Kassels so schnell wie möglich hinter sich lassen. Seine rechte Hand tastete nach seinem Mobiltelefon und fand es an der vertrauten Stelle.

Nicht einmal diese Mühe haben sich die Idioten gemacht, fuhr es ihm durch den Kopf.

Kurzzeitig dachte er daran, sich ein Taxi zu bestellen, aber vermutlich waren auch die Taxizentralen bereits darüber informiert, dass in dieser Region möglicherweise flüchtige Straftäter unterwegs waren. Also würde wahrscheinlich kein Taxi, sondern eine Armada Streifenwagen seinem Ruf folgen.

Durmus ging auf eine Straßenlaterne in etwa 30 Metern zu, wandte sich anschließend nach links und öffnete die Navigationsapp seines Telefons. Kurz darauf hatten die Satelliten des Global Positioning Systems seinen Standort entschlüsselt. Im Gehen wählte er die noch gespeicherte Adresse seines Hotels, vergewisserte sich, dass die Richtung stimmte, stellte erfreut fest, dass er keine drei Kilometer davon entfernt war, und verfiel in ein moderates Joggen.

Etwa 500 Meter vor seinem Ziel begegnete er zum ersten Mal jemandem, seit er den bewusstlosen Polizisten auf der Autobahn verlassen hatte. Ein Mann mit einem sehr kleinen Hund an der Leine tauchte in einer Seitenstraße auf. Der Hund blickte ihn neugierig an, doch sein Herrchen hatte offenbar andere Pläne, denn er wechselte die Straßenseite und den Kurs und bog in einen kleinen Pfad ein, der für Durmus kaum zu erkennen war. Kurz darauf wurde es ernst für den Geheimdienstmann, denn er ging davon aus, dass seine Häscher ihn vor oder im Hotel erwarten würden.

Ich zumindest würde es genau so machen. Wo sonst sollte einer in meiner Situation in dieser Nacht schon hin?

Mit einer schnellen Bewegung zog er die Pistole aus dem Hosenbund und prüfte das Magazin.

Es fehlt nur der von mir abgegebene Schuss.

Durmus konnte immer noch nicht fassen, dass die Männer, die ihn aus dem Hotelzimmer verschleppt hatten, sich nicht einmal die Mühe gemacht hatten, ihm seine persönlichen

Sachen wegzunehmen. So konnte er sich vorsichtig und nach allen Seiten absichernd der Eingangstür nähern, die Codekarte in den Schlitz stecken und nach dem Öffnen der beiden Schiebetüren in das Gebäude schlüpfen. Hier wartete er zunächst auf dem ersten Treppenabsatz, wo die Beleuchtung ausgefallen war, und lauschte, konnte jedoch keine nicht zum nächtlichen Hotel passenden Geräusche wahrnehmen. Zwei Minuten und viele vorsichtige Blicke und Bewegungen später schob er die Tür zu seinem Zimmer langsam auf, bewegte sich auf den Ellbogen und den Knien kriechend weiter vorwärts und war sich kurz darauf sicher, dass außer ihm niemand im Raum war. Mit schnellen, aber ruhigen Bewegungen packte er seine Reisetasche, stellte sie auf dem Bett ab, sah sich noch einmal um und griff nach dem auf der Leiste über dem Bett liegenden Telefon, das ihm vor vielen Wochen von einem sehr mächtigen Mann ausgehändigt worden war, der nun sein persönlicher Feind war. Er entfernte die SIM-Karte, ließ das Telefon auf den Boden fallen und trat so lang darauf herum, bis nur noch millimetergroße Teile davon übrig waren. Dann zog er eine Packung Fisherman's Friend Pfefferminzpastillen aus der Tasche, ließ den Inhalt auf das Bett regnen, befreite mit dem Kopfkissenbezug die Aluminiuminnenseite vom Pfefferminzstaub und schob die Telefonkarte hinein. Währenddessen verfluchte Durmus sich mehrmals, das nicht schon beim Verlassen der von ihm angemieteten Wohnung ein paar Stunden zuvor getan zu haben.

Dann wäre mir vermutlich der nächtliche Ausflug mit diesen Idioten erspart geblieben, dachte er verärgert.

Zwei Minuten später stand er auf dem Flur, lauschte erneut nach auffälligen Geräuschen, die es jedoch nicht gab, und verließ ebenso vorsichtig wie schon bei der Ankunft das Hotel. Etwa einen Kilometer weiter kam er an einem Taxihalteplatz an, bestieg den rechten hinteren Sitz des einzigen dort wartenden Wagens und nannte die Adresse, zu der er gefahren werden wollte. Zu seiner großen Überraschung war sein Chauffeur ein recht maulfauler Zeitgenosse, der sich aufs Fahren konzentrierte und ihn nicht mit blöden oder unangemessenen Fragen konfrontierte. Er erinnerte sich mit Grausen an die Taxifahrer in der Türkei, die von ihren Fahrgästen entweder die komplette Lebensgeschichte wissen wollten oder dem Fahrgast ihre komplette Lebensgeschichte ungefragt zum Besten gaben. Im Extremfall wurden beide Varianten miteinander kombiniert.

Furchtbar.

Obwohl sie auf der Fahrt weder einem Streifen- noch einem Krankenwagen und auch sonst wenigen anderen Autos begegneten, lag für Durmus eine fast körperlich spürbare Spannung über der Stadt. Es war klar, dass die ermittelnden Behörden längst den von ihm in der abgebrannten Wohnung zurückgelassenen Toten entdeckt haben mussten. Und vermutlich war jeder einsatzfähige Polizist und jede einsatzfähige Polizistin damit beschäftigt, die Kerle zu jagen, die ihrem Kollegen auf der Autobahn so übel mitgespielt hatten. Und trotzdem, so vermutete Durmus zumindest, hatten die Ermittler ihn selbst auch längst auf dem Radar. Es war einfach wie immer in solchen Fällen unmöglich gewesen, keine Spuren zu hinterlassen.

Durchaus denkbar, dass sie schon mit dem Vermieter der Wohnung gesprochen hatten, und auch vorstellbar, dass er irgendwo von einer Kamera, die er nicht wahrgenommen hatte, aufgenommen worden war.

»Ich möchte bitte an der nächsten Ecke aussteigen«, ließ er den Fahrer mit Blick auf das Taxameter wissen, kramte einen Geldschein aus der Tasche, gab ein großzügiges, jedoch nicht übertriebenes Trinkgeld und verließ am Unterneustädter Kirchplatz das Taxi. Die restlichen etwa 900 Meter brachte er langsam gehend hinter sich; und auch hier begegnete er bis auf eine Zeitungsausträgerin, die er freundlich grüßte, keinem weiteren Menschen.

Dann stand er vor einer alten, aber sehr gepflegten kleinen Halle am anderen Ende der Hafenstraße, entschärfte die von ihm selbst installierte Alarmanlage mithilfe des kleinen Funksenders an seinem Schlüsselbund und öffnete schließlich die in das linke Tor eingelassene Schlupftür. Im Innern wurde er von verbrauchter, stickiger Luft empfangen, also öffnete er die beiden großen, von der Straße nicht einsehbaren Tore und lüftete ein paar Minuten. Diese kleine Anlage, die er direkt nach seiner Ankunft in Kassel gemietet hatte und die er nach dem Abstellen des Wohnmobils, auf das er nun blickte, auch nie mehr betreten hatte, war für Durmus der klar umrissene Plan B.

Wenn du keinen Plan B hast, bist du schneller im Arsch, als du gucken kannst, hatte ihm einer seiner Ausbilder immer wieder eingeschärft. *Dein Leben als Agent wird voll von Risiken sein, die du unmöglich alle vorausahnen oder vorausberechnen kannst. Also sorgst du dafür, dass du dich auf einen gescheiten Plan B verlassen kannst. Der wird dir vielleicht nur in einem von 100 Fällen nützlich sein, aber genau dann ist er eine unschlagbare, möglicherweise dein Leben rettende Unterstützung.*

Durmus musste innerlich lachen bei dem Gedanken an die Worte des alten Yanar, und doch war er ihm in diesem Augenblick zutiefst dankbar für seinen damaligen Tipp.

Er trat vor die Halle und sah nach oben, wo hinter den Gewerbehallen langsam die Morgenröte am Himmel aufzog. Zu gern hätte er jetzt eine Zigarette geraucht, doch er fühlte sich auch hier in Almanya an das Versprechen seiner Frau gegenüber gebunden, nicht wieder mit dem Rauchen anzufangen. Also schob er die beiden Torflügel in die Verriegelungen, ließ die Schlösser einschnappen und drehte den Schlüssel im Schloss der Schlupftür zweimal um. Dann betrat er das an der linken Stirnwand stehende und noch neu riechende Alkovenwohnmobil, zog alle Verdunklungsrollos zu und schaltete das Licht über dem Bett ein. Nach einer kurzen Zahnreinigung und dem Waschen des Gesichts zog er sich aus, legte sich aufs Bett und wollte am liebsten sofort einschlafen, was jedoch nicht gelang, weil seine Gedanken immer wieder zu Melek und seinen beiden Jungs abwanderten.

Hoffentlich sind die drei in Sicherheit. Ich drehe durch, wenn ihnen etwas zugestoßen ist.

Kurz bevor er endgültig von der Müdigkeit übermannt wurde, kam ihm der Gedanke, dass seine Verfolger auch dieses Versteck bereits kennen könnten, also griff er erneut zum Schlüsselbund und machte die Alarmanlage scharf. Nun würde es richtig laut werden, falls jemand versuchen sollte, ihm auf die Pelle zu rücken.

Nein, sie kennen dieses Gelände nicht. Ich war seit zehn Wochen nicht hier, und sie haben mich garantiert nicht schon damals überwacht. Wozu auch? Mehr als zwei, höchstens drei Wochen überwachen sie mich noch nicht. Ich jedenfalls hätte meine Leute erst zu diesem Zeitpunkt auf die Zielperson angesetzt. Je kürzer, desto kleiner die Gefahr des Auffliegens und der Enttarnung.

Er *musste* einfach daran glauben, dass es so war.

23

Melek Durmus hatte sich nahezu gänzlich an die Anweisungen ihres Mannes gehalten, nachdem sie gemeinsam mit den Söhnen die Wohnung ihrer Eltern verlassen hatte. Allerdings war es ihr wichtig gewesen, noch einmal am eigenen Haus anzuhalten und ein paar, wie sie meinte, unverzichtbare Dinge einzupacken. Dazu gehörten zwei Sparbücher, ein paar Bilder und ihre Schilddrüsentabletten. Der Besuch hatte höchstens fünf Minuten gedauert, dann saß sie wieder in ihrem kleinen Skoda und fuhr davon. Von dem ein paar Sekunden danach an der Straße vor dem Haus ausrollenden Ford Focus bekam sie nichts mehr mit, und auch die beiden in dem Mittelklassewagen sitzenden Männer konnten natürlich nicht ahnen, dass die sich langsam entfernenden rückwärtigen Scheinwerfer ausgerechnet zu jener Frau gehörten, die sie als Teil eines größeren Teams engmaschig überwachen und unter Umständen sogar festnehmen sollten.

Nun, knapp drei Stunden später, rollte Melek auf die lange Reihe der Wagen zu, die am Grenzübergang Ipsala auf die Abfertigung nach Griechenland warteten. In Keşan, der letzten größeren Stadt vor der Grenze, hatte sie noch etwas gegessen und den Wagen vollgetankt. Die Jungs schliefen, wie immer eigentlich, wenn sie im Auto saßen, tief und fest, und auch kein Gewitter oder sonstiger Lärm konnte sie vor sieben oder acht am Morgen aufwecken.

Die Klimaanlage und das Gebläse in dem kleinen tschechischen Wagen liefen nahezu auf höchster Stufe, denn das Außenthermometer zeigte auch jetzt, um 2:55 Uhr in der Frühe, noch unglaubliche 33 Grad Celsius an. Melek betrachtete die sich langsam bewegende Masse der Autos vor ihr und befürchtete, noch mindestens sechs oder sieben Stunden hier verbringen zu müssen, doch zu ihrem Erstaunen waren es nach knapp 60 Minuten nur noch drei Fahrzeuge, die vor ihr abgefertigt werden mussten.

Irgendwie waren Grenzübertritte von und nach der Türkei immer ein wenig skurril, und wenn man den kargen Lohn der dort Beschäftigten betrachtete, war es eigentlich ein Wunder, dass alles so halbwegs funktionierte. Doch vieles hing natürlich von der Summe türkischer Lira oder besser noch amerikanischer Dollar oder Euro ab, die man als Schmiermittel im Reisepass bereithielt. Melek hatte 50 Euro zwischen die erste und die zweite Seite ihres Passes geklemmt in der Hoffnung, dass dieses Bakschisch für sich und die beiden Kinder ausreichen würde.

In diesem Augenblick forderte der schlanke, hochgewachsene Grenzer den vor ihr abgefertigten Wagen mit ein paar arroganten Bewegungen auf weiterzufahren und gab ihr gleichzeitig zu verstehen, dass sie bis zur auf dem Boden angebrachten weißen Linie vorfahren solle.

»Guten Morgen«, rief sie freundlich aus dem offenen Fenster, erntete jedoch nur ein kühles Nicken.

Der Mann griff nach den hingehaltenen Papieren, blätterte routiniert die Kinderausweise durch, reichte sie zurück und widmete sich schließlich Melek Durmus' Pass. Obwohl er schon auf den ersten Blick den Geldschein gesehen hatte, reichte er den Pass zurück ins Auto und wies mit dem Arm auf eine Parkbucht etwa 20 Meter halb rechts vor ihnen.

»Fahren Sie dorthin, stellen Sie den Motor ab und warten Sie.«

»Stimmt etwas nicht?«, wollte Melek, so ruhig es ihr möglich war, wissen. Die innerlich bebende Frau wäre am liebsten mit bis zum Bodenblech durchgedrücktem Gaspedal davongerast. Sie wusste jedoch, dass direkt hinter der Abfertigungsstelle ein Weg von etwa zwei Kilometern auf sie wartete, der von Soldaten der türkischen Grenztruppen gesichert wurde, die ohne Warnung auf sie schießen würden. Also wartete sie erst gar nicht auf eine Antwort des über sie hinwegsehenden Mannes, sondern legte den ersten Gang ein, rollte langsam in die ihr zugewiesene Parkbucht und sah sich nach dem Grenzer um, der jedoch längst mit der nächsten Abfertigung beschäftigt war. Es dauerte etwa fünf Minuten, dann bedeutete er dem in der Reihe vorn stehenden Wagen zu warten und kam langsam auf den Skoda zu.

»Papiere, bitte.«

Melek reichte erneut ihren Reisepass aus dem Fenster. Der Grenzbeamte sah kurz hinein, schüttelte den Kopf, gab ihr das Dokument zurück und ging wortlos davon. Die Frau auf dem Fahrersitz des Skoda kämpfte mit den Tränen, wollte es sich aber auf keinen Fall anmerken lassen. Mit einer schnellen Bewegung hatte sie ihre Handtasche auf dem Schoß, legte zwei weitere 50-Euro-Scheine in den Pass und warf die Tasche wieder in den Fußraum der Beifahrerseite. Dann ließ sie den linken Arm aus dem Fenster baumeln. Diesmal dauerte es etwa zehn Minuten, bis der Grenzer erneut erschien und sie nach den Papieren fragte.

»Warten Sie«, brummte er, ging mit dem Pass in der Hand davon und war kurz darauf in der Baracke neben der Abfertigungsspur verschwunden.

»Ich hab Durst, Mama«, hörte Melek von hinten ihren jüngeren Sohn nuscheln.

Sie reichte ihm eine Flasche mit Mineralwasser, von dem er ein paar Schlucke trank, bevor er sie ihr zurückreichte und fast augenblicklich wieder eingeschlafen war.

Melek schwitzte, was ihr sehr unangenehm war. Immer wieder tupfte sie sich mit einem Taschentuch die Stirn ab, doch die Hitze und die Aufregung sorgten dafür, dass alle Poren komplett geöffnet waren. Wieder und wieder drehte sie sich um und sah auf die Tür, durch die der Grenzer verschwunden war, doch es geschah nichts. Mittlerweile waren die Insassen des an der weißen Linie wartenden Wagens ausgestiegen und sahen sich genervt nach einem Offiziellen um.

Der erschien etwa fünf Minuten später, wies die auf dem Bürgersteig stehenden Männer unwirsch an, sich wieder in ihr Auto zu setzen, und kam erneut auf den Skoda zu.

»Steigen Sie bitte aus, es gibt ein Problem«, sagte er ebenso förmlich wie emotionslos.

»Was denn für ein Problem?«

»Das weiß ich nicht, und das interessiert mich auch nicht. Wir haben die Anweisung, Sie nicht aus der Türkei ausreisen zu lassen. Also steigen Sie jetzt bitte aus dem Wagen.«

Melek hätte sich gewünscht, es unterdrücken zu können, doch exakt in diesem Moment liefen ihr Tränen die Wangen hinab.

»Bitte«, flüsterte sie und wies mit der rechten Hand auf die beiden schlafenden Jungen. »Ich kann sie doch nicht einfach hier im Auto lassen.«

»Nehmen Sie sie mit.«

»Gibt es denn keine einfachere Lösung? Kann ich denn nicht gemeinsam mit Ihnen nach einer Alternative suchen und dann einfach weiterfahren?«

Obwohl der Grenzer genau wusste, wovon Melek sprach, zog er fragend die Schultern hoch und machte ein unwissendes Gesicht. »Das ist eine offizielle Sache. Da kann ich als kleiner Grenzbeamter leider gar nichts machen, das müssen Sie verstehen.«

Melek holte erneut ihre Handtasche aus dem Fußraum und nahm eines der Sparbücher heraus. »Würde das hier etwas an Ihrer Haltung zu ändern vermögen?«, fragte sie umständlich.

Der Mann sah sich um, warf einen Blick in das kleine Buch in seiner Hand und schüttelte den Kopf.

»Zu riskant«, erwiderte er leise. »Aber habe ich da nicht gerade noch ein zweites dieser Exemplare in Ihrer Tasche gesehen?«

Sie sah ihn flehend an. »Bitte, das geht nicht! Ich brauche etwas Geld für mich und meine Kinder.«

»Dann muss ich Sie jetzt leider bitten, aus dem Wagen zu steigen. Steigen Sie aus und folgen Sie mir in das Dienstgebäude.«

»Bitte!«

Er schüttelte den Kopf.

Melek schloss die Augen, wischte sich eine Träne von der Wange, holte auch das zweite Sparbuch aus der Handtasche und hielt es ihm hin.

Er sah kurz hinein, zog anerkennend eine Augenbraue hoch und gab ihr im gleichen Atemzug ihren Pass zurück.

»Gute Fahrt, Frau Durmus.«

»Könnten Sie mir wenigstens die 150 Euro zurückgeben? Ich habe sonst wirklich überhaupt kein Geld mehr.«

Über das Gesicht des Mannes huschte ein Lächeln. »Ich habe nicht die geringste Ahnung, von welchen 150 Euro Sie sprechen. Und jetzt fahren Sie besser hier weg, sonst überlege ich es mir vielleicht noch anders und setze Sie fest. Los, verschwinden Sie!«

Wie in Trance startete sie den Wagen, legte den ersten Gang ein und verließ die Parkbucht. Zitternd und mit Tränen auf den Wangen reihte Melek sich in den Verkehr ein, hatte kurz darauf den Grenzfluss erreicht, der ab hier Mariza hieß, folgte einer langen Linkskurve und musste wegen der sich nun anschließenden griechischen Grenzkontrolle abbremsen. Sie wischte sich ein paarmal über das Gesicht, hob den Kopf und spannte den Oberkörper, um nicht sofort durch ihr Äußeres aufzufallen, und atmete tief durch.

»Wann sind wir endlich da, Mama?«, wollte nun der Ältere ihrer beiden Söhne wissen.

»Es dauert nicht mehr lang. Schlaf noch ein bisschen, dann sind wir da und können vielleicht gleich ins Meer springen und baden.«

»Au ja.«

Es dauerte keine 20 Sekunden, bis sie wieder sein rhythmisches Schnarchen von der Rückbank hören konnte.

Melek Durmus wusste von ihren vielen Besuchen in Griechenland, dass die Einreise über die Grenzkontrollstelle Kipi, auf die sie gerade zurollte, sehr scharf überwacht wurde. Immerhin handelte es sich, wie die Griechen und die anderen EU-Europäer es nannten, um eine Schengen-Außengrenze, was nichts anderes bedeutete als die Tatsache, dass man von hier aus die Europäische Union betrat, mit allen dazugehörigen Konsequenzen. Und seit der Flüchtlingskrise 2015 hatten die Behörden die Kontrollen noch einmal deutlich intensiviert.

Etwa zehn Minuten später rollte ihr Kleinwagen auf eine etwa 38-jährige Frau im typischen Outfit der griechischen Zollbehörde zu, die mit freundlichem Gesichtsausdruck den linken Arm ausbreitete und sie damit zum Anhalten aufforderte.

»Guten Morgen«, sagte die auffallend hellblond gefärbte griechische Beamtin lächelnd auf Türkisch. »Ihre Papiere bitte.«

Melek reichte den kleinen Stapel nach draußen und lächelte zurück. »Es ist schön, jemand in Ihrer Position kennenzulernen, der freundlich und zuvorkommend ist«, sagte sie leise.

Die Grenzerin warf einen kurzen Blick in die Ausweispapiere, dann auf die Rückbank und die übereinanderliegenden schlafenden Jungen und reichte die Pässe zurück.

»Das höre ich leider immer wieder«, gab sie mit einem entschuldigenden Schulterzucken zurück. »Von Ihrer Seite genauso wie von meiner. Und wenn ich Ihren Gesichtsausdruck richtig deute, dann war die Grenzpassage auf der anderen Seite des Flusses vermutlich kein wirkliches Vergnügen für Sie.«

»Wie recht Sie haben. Es war, ganz im Gegenteil, alles andere als ein Vergnügen.«

Wieder das Heben der Schultern. »Ja, da werden wir noch ein paar Jahrzehnte daran zu arbeiten haben, bis alle meine Kollegen und die auf Ihrer Seite verstanden haben, dass wir nichts weiter als Dienstleister sind. Und Sie unsere Kunden.«

Melek hätte der Frau um den Hals fallen können. »Na ja, manchmal haben Sie es bestimmt auch nicht leicht als Frau hier draußen, oder?«

»Das sicher nicht, völlig richtig. Aber wenn ich in ein Auto hineinlächle, dann lächelt die Fahrzeugbesatzung in der Regel auch zurück. Das macht meinen Job einfacher, und es macht den Grenzübertritt einfacher. Und wenn mich einer, und ich spreche hier dezidiert von Kerlen, dabei nicht als gleichberechtigten Partner akzeptieren möchte, kann ich natürlich auch die Krallen ausfahren.« Sie hob den rechten Arm und schob die Finger nach vorn, sodass ihre etwa eineinhalb Zentimeter langen Fingernägel sichtbar wurden. »Und das hat bisher auch den ärgsten Chauvi beruhigt.«

»Herrje, ist das klasse«, entfuhr es Melek aus tiefstem Herzen.

»Finde ich auch. Wollen Sie Urlaub machen bei uns in Griechenland?«

»Ja«, antwortete Melek. »Ich liebe das Meer um Alexandroupolis herum.«

Die Frau neben dem Skoda legte die Hand an ihre Kappe. »Dann viel Spaß. Und meinen Glückwunsch zu diesen offenbar ruhigen, pflegeleichten Jungs da hinten.«

»Danke. Aber Sie sollten sie mal erleben, wenn sie ausgeschlafen sind.«

»Wem sagen Sie das. Also, gute Fahrt.«

Melek Durmus nickte ihr zu und fuhr an. Während der restlichen 44 Kilometer bis zu jenem kleinen Hotel, in dem sie und Hakan ihre erste Nacht miteinander verbracht hatten und in das sie immer wieder zurückgekehrt waren, besserte sich ihre Stimmung ein wenig. Der Himmel nahm langsam eine bläuliche Färbung an, die ersten Konturen der kargen Landschaft wurden sichtbar und die Frau des Geheimdienstlers freute sich auf ein Bett oder eine Sonnenliege und ein wenig Schlaf.

»Hallo, Melek, wie schön, dich zu sehen«, wurde sie keine 45 Minuten später von der bestimmt schon 80-jährigen Inhaberin des Hotels »Thrakiko Pelagos« in der kleinen Urbanisation Nea Hili am westlichen Stadtrand von Alexandroupolis in mehr als gebrochenem Englisch begrüßt. Die alte Dame kam um den Tresen herum und nahm sowohl die Frau als auch die beiden Söhne in den Arm. Die Jungs ließen sich das eher widerwillig gefallen, weil sie nichts sehnlicher wollten, als ins Meer zu springen und am besten den ganzen Tag nicht mehr herauszukommen.

»Meinen Sie, wir können ein Zimmer bei Ihnen bekommen, Elena? Unsere Entscheidung, ein wenig Urlaub zu machen, kam ziemlich überraschend letzte Nacht, deshalb konnte ich nicht mal anrufen und nachfragen.«

Das Gesicht der Griechin verfinsterte sich ein wenig. »Gibt es was mit Hakan, das ich wissen sollte?«, wollte sie ihrer Art nach völlig unverblümt wissen. »Du bist doch nicht vor ihm davongelaufen?«

»Nein, nein, er kommt schon noch nach, zumindest hoffe ich das. Im Augenblick ist er in Deutschland, wegen der Arbeit, ist aber guter Dinge, bald nachkommen zu können.«

Elena Petridis bekreuzigte sich. »Gott sei Dank. Es würde mir das Herz brechen, wenn das mit euch in die Brüche gehen würde.«

»Nein, nein, Elena, davon sind wir wirklich meilenweit entfernt«, log Melek mit schwerem Herzen. »Natürlich läuft nicht alles so, wie man sich das wünscht, aber im Großen und Ganzen sind wir eine ziemlich glückliche Familie.«

»Das freut mich zu hören.« Die alte Griechin drehte sich um und griff an das verschlissene, abgewetzte Schlüsselbrett hinter sich. »Ich habe sogar die 13 frei, euer Lieblingszimmer«, erklärte sie mit einem verschmitzten Blinzeln. »Also los, ihr drei, nichts wie rauf mit dem Gepäck und dann ab ins Meer oder in den Pool.«

»Das meiste Gepäck bringt Hakan mit, wenn er kommt, Elena. Unser Aufbruch zu Ihnen war, wie gesagt, ein wenig überstürzt.«

»Ach, die Details interessieren mich eigentlich gar nicht, Melek.« Sie reichte der Türkin den Schlüssel und nickte wissend. »Und wenn dieser Hallodri dann endlich hier ankommt, werde ich ihm mal richtig den Kopf waschen, sich in diesem furchtbaren Deutschland herumzutreiben, wo es nur Sparweltmeister und Geizhälse zu geben scheint. Deshalb seine Familie allein reisen zu lassen, das geht ja gar nicht.«

24

Das erste Team des Personenschutzes, dem Okan Schulze, wenn auch widerstrebend, zugestimmt hatte, war vor ein paar Minuten eingetroffen. Direkt vor dem Haus der Schulzes parkte ein Vectra mit zwei Mann Besatzung in Zivil, und am Anfang der ruhigen Sackgasse stand, weithin als Polizeifahrzeug sichtbar, ein Streifenwagen.

»Bringst du mich noch nach Hause?«, wollte Pia Ritter von ihrem Kollegen wissen, als sie auf dem Weg zum Mazda waren. »Ich bin zum Sterben müde und habe absolut keine Lust mehr auf eine Taxifahrt.«

»Klar.«

»Dann los.«

Sie stiegen ein, Hain startete den Motor und kurz darauf legte Pia genussvoll den Kopf nach hinten.

»So ein Cabrio ist schon geil«, meinte sie mit wehenden Haaren.

»Finde ich auch. Nur mit zwei Jungs, die beide immer mitfahren wollen, ist dieses hier nicht das Gelbe vom Ei.«

»Aber du liebst es doch bestimmt, manchmal alleine zu fahren und deine Ruhe zu haben, oder?«

»Deswegen habe ich ihn ja. Und manchmal für die schnelle Runde am Sonntagmorgen, wenn alle anderen Verkehrsteilnehmer noch in den Betten liegen.«

»Verkehrsrowdy.«

»Mit dem größten Vergnügen.«

Die junge Oberkommissarin hob die Arme in den Wind und sah in den Himmel. »Echt schön, dieses Gefühl«, rief sie in die Nacht.

»Ja.«

Hain schaltete in den Leerlauf und ließ das kleine Cabriolet vor einer roten Ampel ausrollen.

»Und, wartet jetzt jemand bei dir zu Hause auf dich?«

»Darüber würde ich niemals mit dir reden, Thilo.«

»Warum das denn nicht?«

»Weil jeder im Präsidium weiß, dass du nichts, aber auch rein gar nichts für dich behalten kannst. Du bist einfach zu schwatzhaft, um ernsthaft Privates mit dir zu teilen.«

»He, he, das stimmt doch gar nicht mehr. Ich habe in den letzten Jahren hart daran gearbeitet, Dinge für mich zu behalten.«

»Deshalb hat mich Paul auch, direkt nachdem er mir damals das Du angeboten hat, genau vor dieser Geschwätzigkeit gewarnt, oder was?«

»Dieser Mistkerl. Er wusste zu diesem Zeitpunkt schon genau, dass ich mich verändert hatte.«

»Verändert vielleicht, aber vielleicht ja nicht zu deinem Vorteil.«

»Das ist wirklich ungerecht, Pia. Ich würde niemals mit einem Dritten darüber reden, wenn du mir zum Beispiel hier auf der Fahrt erzählen würdest, dass in deinem Bett ein Kerl auf dich wartet.«

»Guter Versuch, der aber leider nicht von Erfolg gekrönt sein wird. Ich gehe nämlich mit meinem Privatleben schon immer sehr diskret um.«

»Wenn du es *diskret* nennst, mit welch verquollenen Augen du heute Morgen zum Dienst erschienen bist, muss ich dir widersprechen. Zumindest ich habe gesehen, dass du letzte Nacht nicht wirklich viel Schlaf abbekommen hast.«

»Denk dir einfach, ich hätte ein spannendes Buch gelesen.«

»Ich würde mich halt gerne mit dir freuen, wenn es dir gut geht. Das ist alles.«

Die Frau auf dem Beifahrersitz überlegte eine Weile. »Gut, ich werde versuchen, dir ab und zu auch etwas Privates über mich zu erzählen, Thilo. Das klappt bestimmt nicht von heute auf morgen, und wenn du mich enttäuschst, werde ich dir die Scheiße aus dem Leib prügeln. Verstanden?«

»Klar. Was war an dieser Ansage schon nicht zu verstehen?«

Wieder ließ sie sich ein bisschen Zeit, bevor sie weitersprach: »Ich hatte letzte Nacht wirklich fast keinen Schlaf, das stimmt. Und es war echt klasse, mal wieder keinen Schlaf zu haben. Mehr musst du allerdings nicht darüber wissen.«

»Ich hoffe, er ist nett.«

»Wer sagt dir, dass es ein Er ist?«

»Das andere traue ich dir nicht zu, um ehrlich zu sein.«

»Interessant, das zu hören. Man hat mir nämlich schon öfter gesagt, dass ich irgendwie lesbisch wirken würde. Und die eine oder andere Frau hat auch schon versucht, es darauf ankommen zu lassen.«

»Du bist es aber nicht?«

»Einmal, da war ich 13 und ziemlich neugierig, fand aber dann, dass die Knutscherei mit einem Jungen deutlich angenehmer ist als mit einer Tussi.«

»Hm. Bleibt immer noch die Frage, ob er nett ist.«

»Er ist sehr nett, ja. Warum sonst sollte ich mit ihm ins Bett gehen?«

»Auch wieder wahr. Und ich verspreche dir, dass ich mit niemandem, nicht mal mit Carla, darüber reden werde.«

»Das will ich dir, wie gesagt, auch geraten haben.«

Nun entstand eine etwas längere Pause.

»Mir geht da was durch den Kopf, Thilo«, setzte Pia schließlich das Gespräch fort. »Aber werd nicht gleich sauer, wenn ich dir davon erzähle, ja?«

»Warum sollte ich denn sauer werden?«

»Weil es unsere gemeinsame Arbeit betrifft. Und wie ich

in unserer jetzt ein Jahr dauernden Partnerschaft schon ein paarmal schmerzhaft erfahren musste, bist du da leider nicht sehr kritikfähig.«

»Du kannst mich schon kritisieren, Pia, sogar sehr gern, aber bitte nicht morgens um 3:55 Uhr.«

»Du willst weder morgens noch mittags noch abends, geschweige denn in der Nacht kritisiert werden, Thilo. Aber eigentlich ist es auch gar keine Kritik an dir, sondern eine Idee, die mir durch den Kopf geistert.«

»Für Ideen bin ich eigentlich schon zu haben.«

»Mag sein, ja. Aber wenn ich dir jetzt meine Idee näherbringe und sie stimmt, könnte es sein, dass ein paar von deinen Ideen über den Haufen geworfen werden müssen.«

»Oje. Das klingt verdammt kompliziert.«

»Dann fange ich vielleicht besser einfach mal an.«

»Ja, mach mal.«

»Es geht im Kern darum, wie dieser Unfall letztlich ausgelöst wurde, bei dem die kleine Jule ums Leben kam und ihr Vater so schwer verletzt wurde. Darüber denke ich seit heute Nachmittag ziemlich verschärft nach.«

»Na, wie Schwarz es uns erklärt hat. Entweder hat einer im Gebüsch gesessen und auf den Knopf gedrückt, als der Mercedes an der passenden Stelle war, oder der böse Bube war ein paar Autos hinter ihm und hat es von da aus gemacht.«

»Denkbar, aber nicht wirklich logisch«, erwiderte Pia selbstbewusst.

»Wie meinst du das?«

»Weil die eine Variante nach unseren Ermittlungen unmöglich und die andere nach Lage der Dinge komplett abwegig ist.«

Hain trat auf die Bremse, ließ den Mazda auf dem Parkstreifen neben der Fahrbahn ausrollen und schaltete den Motor ab.

»Lass hören.«

»Wenn wir davon ausgehen, dass der ›böse Bube‹, wie du

ihn nennst, in irgendeinem Gebüsch am Rand der A 49 auf den Mercedes gewartet hat, dann ist unsere These, dass der Anschlag Okan Schulze galt, nicht mehr haltbar. Weil dieser ›böse Bube‹ dann nämlich genau gewusst hätte, dass es Schlaffke ist, der mit seiner Tochter auf dem Weg zu deren Ferienhaus im Kaufunger Wald ist. Also entweder wir gehen davon aus, dass der Anschlag Schulze galt, dann kann der Mörder nicht gewusst haben, welchen Weg der Mercedes nehmen würde, oder wir lassen diesen Ansatz fallen und vermuten, dass Schlaffke das Ziel gewesen ist.«

»Nein, Schulze ist das Ziel gewesen. Dann hat der Täter den Mercedes eben in seinem Wagen verfolgt.«

»Auch dieser Ansatz hat eine Schwachstelle, Thilo, denn nach dem Crash ist kein anderes Fahrzeug mehr an der Unfallstelle vorbeigekommen. Das war ganz deutlich zu erkennen auf dem Film, den diese Dashcam gemacht hat. Der brennende Mercedes und die umherfliegenden Trümmerteile hatten die komplette A 49 in diesem Bereich unpassierbar gemacht. Oder kannst du dich erinnern, dass da noch ein Auto vorbeigefahren ist?«

Hain dachte einen Moment nach. »Nein, jetzt wo du es sagst, fällt es mir auch auf. Die A 49 war definitiv zu.«

»Was bedeutet, dass der Täter entweder hinter der Unfallstelle warten musste oder gar nicht dahinter war. Und wenn ich mir überlege, wie professionell diese ganze Geschichte aufgezogen war mit Mikrosprengsätzen und diesem ganzen Zeugs, dann kann ich mir ganz schlecht vorstellen, dass der oder die bösen Buben das nicht ins Kalkül gezogen hätten.«

»Hm«, machte der Hauptkommissar. »Jetzt wissen wir vielleicht, wie es nicht gewesen sein kann. Aber wir wissen deshalb leider noch nicht, wie es *gewesen* ist.«

»Dazu habe ich auch schon eine Idee, aber die würde ich dir lieber erst morgen früh präsentieren. Ich bin nämlich gerade so fertig, dass ich jeden Moment hier im Sitz einzuschlafen drohe.«

»Nicht mal eine Andeutung?«

»Nee. Warte einfach bis morgen und schlaf ein paar Stunden.«

»Und das bei meiner unermesslichen Neugier.«

»Du wirst es überleben, sei sicher.«

*

»Das ist ja irre«, brummte Hain ein wenig verstört, als er mit dem Mazda an der Schranke des großen, für Mitarbeiter reservierten Parkplatzes hinter dem Polizeipräsidium ankam. Was den Kommissar so zutiefst irritierte, waren die etwa zwölf zumeist schwarzen Oberklasselimousinen mit Wiesbadener Kennzeichen, die rund um den Eingangsbereich verteilt standen.

»Bloß keinen Millimeter zu viel zu Fuß gehen«, fiel ihm spontan dazu ein. Und dass alles an diesem Aufmarsch nach Staatsschutz roch, obwohl der Kasseler Hauptkommissar die Kollegen aus der Landeshauptstadt noch mit keinem Wort über die Vorfälle rund um den Fall Schulze informiert hatte. Pia fing ihren Kollegen bereits an der Tür zu ihrem gemeinsamen Büro ab.

»Wir sollen gleich hoch in den siebten Stock kommen«, sagte sie nach einer kurzen Begrüßung. »Herbert, fast alle aus der Teppichbodenabteilung und eine ganze Armada aus Wiesbaden erwarten uns dort.«

»Teppichbodenabteilung« war das unter den Mitarbeitern weitverbreitete Synonym für alles, was mit Führungskräften im Polizeipräsidium Nordhessen zu tun hatte.

»Was wollen denn die aus Wiesbaden? Hast du schon mit Herbert sprechen können?«

»Nur kurz am Telefon. Aber ich fand, er war für seine Verhältnisse ziemlich angespannt, als er mich angerufen hat.«

»Kann ich mir vorstellen, bei solch hohem Besuch aus der Landeshauptstadt«, gab Hain zurück, während er ein Gähnen unterdrücken musste, von dem Pia auf der Stelle angesteckt wurde.

»Ich hasse diese viel zu kurzen Nächte nach einer noch viel kürzeren Nacht«, schwurbelte sie.

»Wem sagst du das.«

»Also, gehen wir los, oder müssen wir vorher noch irgendwas besprechen?«

»Bis auf die Tatsache, dass du mich mit einer wichtigen Information auf heute Morgen vertröstet hast, habe ich keine Fragen oder Anmerkungen.«

»Diese ›wichtige Information‹ hat noch ein wenig Zeit. Aber sonst teilen wir unser Wissen uneingeschränkt mit den Kollegen aus Wiesbaden?«

»Wir haben leider keine andere Chance, Pia. Die grillen uns bei lebendigem Leib, wenn sie spitzkriegen, dass wir ihnen etwas vorenthalten.«

»Gut. Dann lass uns los.«

Sie zögerte. »Nein, warte, da ist noch was gewesen letzte Nacht, über das Herbert mich unbedingt informieren wollte. Es gab einen Vorfall auf der A 7, bei dem ein Uniformierter niedergeschlagen und der Besatzung ihr Streifenwagen geklaut wurde. Den Wagen hat man kurz darauf im Gewerbegebiet Lohfelden gefunden, von den Männern, die damit abgehauen sind, gibt es bis jetzt nicht die geringste Spur.«

»Und warum sollte das für unseren Fall von Bedeutung sein?«

»Weil einer der Kollegen, nämlich der, den man niedergeschlagen hat, steif und fest behauptet, dass es auf jeden Fall Türken waren. Und der Transporter, mit dem sie unterwegs gewesen sind, auf eine Firma läuft, die seit Langem im Verdacht steht, vom türkischen Geheimdienst finanziert zu werden.«

Sie machte eine längere Pause.

»Sagt zumindest Herbert. Und er sagt weiterhin, dass sowohl im Transporter, der übrigens einen Motorschaden hatte und deshalb auf der Autobahn gestrandet ist, als auch im Streifenwagen Blutspuren gesichert wurden. Und was das Ganze richtig absurd macht, ist die Tatsache, dass es im Dach des Transits einen Durchschuss zu bewundern gab. Also hat entweder jemand mit einer Knarre darin gespielt und es hat sich unbeabsichtigt ein Schuss gelöst, oder aber es hat ein Kampf darin stattgefunden.«

Nun dachten beide eine Weile nach.

»Das müssen wir aber leider jetzt erst mal zurückstellen, Pia. Wenn wir die Herrschaften aus Wiesbaden nämlich noch länger warten lassen, grillen die uns auch, ohne dass wir ihnen etwas an Informationen vorenthalten. Also los jetzt.«

Die »Große Lage«, ein Raum im siebten Stock des Präsidiums, platzte bereits aus allen Nähten, als Ritter und Hain dort eintrafen. Rund um die in U-Form stehenden Tische saßen die Kollegen von BKA und vermutlich auch LKA – eindeutig identifizierbar an ihrem wie geklont wirkenden Gesichtsausdruck. Jeweils an den Enden des U hatten drei Mitarbeiter des PP Nordhessen Platz genommen. Die beiden Kommissare der Mordkommission nickten zur Begrüßung in die Runde.

»So, wenn ich das richtig sehe«, übernahm, ohne sich vorzustellen, sofort eine der beiden Frauen des Wiesbadener Teams das Wort, »sind nun auch unsere beiden wichtigsten Gesprächspartner eingetroffen. Endlich, wie ich betonen möchte.«

»Die Kollegen Ritter und Hain waren, wie ich schon mehrfach dargelegt habe, bis heute Morgen im Einsatz«, erklärte Herbert Schiller der in einem blauen Businesskostüm steckenden Frau deutlich genervt. »Von *endlich* kann demzufolge absolut keine Rede sein.«

»Ich wollte die Kollegen damit auch in keinster Weise angreifen. Allerdings gebe ich zu Bedenken, dass deshalb hier etwa 25 hoch bezahlte und bereits auf Betriebstemperatur laufende Spezialisten warten mussten.«

Schiller nickte grimmig, sparte sich jedoch eine weitere Replik.

»Sie sind also«, wandte sich die Frau nun direkt an die soeben Eingetroffenen, »wenn ich richtig informiert bin, die Kommissare Ritter und Hain und mit den Ermittlungen zu dem … Unfall auf der A 49 betraut. Wollen Sie uns bitte kurz auf den aktuellen Stand der Ermittlungen bringen?«

Pia und Thilo tauschten einen kurzen Blick aus und setzten sich.

»Gern«, gab Hain emotionslos zurück. »Allerdings würde ich es vorziehen, nicht mehr von einem *Unfall* zu sprechen. Es gibt nämlich jede Menge Indizien, die auf einen Mordanschlag hindeuten.«

»Um was für Indizien genau handelt es sich?«, wollte ein BKA-Mann wissen.

»Vorrangig um Spuren, die ein von uns beauftragter Kfz-Sachverständiger und Brandspezialist in dem Unfallfahrzeug entdeckt hat. Es handelt sich dabei um ein …«

»Unsere Leute haben das verunfallte Fahrzeug komplett auf den Kopf gestellt«, widersprach die Dame in Blau kühl, »quasi von oben nach unten und wieder zurück. Und dabei nicht den geringsten Hinweis entdeckt, dass es sich bei dem Unfall um einen, wie von Ihnen vermutet, Anschlag handeln könnte. Ganz im Gegenteil. Es gibt sehr deutliche Spuren, die auf einen geplatzten Reifen als Auslöser dieses tragischen Ereignisses schließen lassen.«

Hain glaubte, nicht richtig zu hören. »Aber der von uns

hinzugezogene Gutachter hat mit an Sicherheit grenzender Wahrscheinlichkeit ausgeschlossen, dass …«

»Da muss ich Sie leider schon wieder unterbrechen, Herr …?«

»Hain. Hauptkommissar Thilo Hain, wie Kriminalrat Schiller Ihnen ja schon verklickert hat.«

»Ja, Herr Hain, Sie müssen entschuldigen, mein Namensgedächtnis ist leider nicht sehr ausgeprägt.«

»Meins schon. Ich könnte mir Ihren Namen sicher merken, wenn Sie ihn mir verraten würden.«

»Habe ich das gar nicht gemacht?«

»Wie gesagt, ich könnte mich daran erinnern, wenn er gefallen wäre.«

»Mein Name ist Krömer.«

»Dann sind wir jetzt, was die Vorstellung angeht, auch auf einem Niveau«, ätzte Hain.

»Wenn das für Sie von so elementarer Bedeutung ist, von mir aus. Was mich allerdings viel mehr interessieren würde, ist die Frage, wie und mit welcher Methodik Ihr ›Kfz-Sachverständiger‹ zu seinen, wie ich finde, doch einigermaßen steilen Thesen gekommen ist.«

»Er hat das verunfallte Fahrzeug in Augenschein genommen. Für mehr war leider keine Zeit, und wir dachten, dass Sie in Wiesbaden sich der Sache ja ohnehin noch genauer annehmen würden.«

»Was wir auch getan haben, Herr Kollege Hain. Jedoch leider mit völlig anderen Ergebnissen als Ihr persönlicher ›Sachverständiger‹. Ich will die Leistungen dieses Mannes jetzt nicht kleinreden, aber hier lag er eindeutig daneben. Es gibt weder irgendwelche Spuren von Sprengstoff, noch konnten unsere Spezialisten eine wie auch immer geartete Manipulation an der Lenkung oder anderen Bauteilen des Fahrzeugs nachweisen. Allerdings fielen ihnen eine komplett verschlissene Hinterachse und zum Teil grenzwertig abgefahrene Reifen negativ auf. Und es steht zweifelsfrei fest, dass einer dieser abgenutzten Reifen geplatzt ist und damit den Unfall ausgelöst hat.«

»Welcher Reifen genau war es denn?«, wollte Hain knurrig wissen.

»Das tut doch absolut nichts zur Sache, Herr Hauptkommissar. Wir wissen, dass es sich um einen Unfall gehandelt hat, alles andere ist für uns bedeutungslos.« Sie kramte ein paar Sekunden in einem Stapel Unterlagen auf dem Tisch. »Ich möchte Ihre Aufmerksamkeit noch auf einen anderen Aspekt lenken, der Ihre These … Nein, wir machen es anders, Herr Hain.«

Wieder eine kurze Unterbrechung.

»Sie behaupten ja«, fuhr sie fort, »dass der Mercedes mit …«, erneut ein kurzes Blättern, »Adrian Schlaffke am Steuer durch eine Sprengstoffexplosion in den Unfall gezwungen wurde. Was hat denn nach Ihrer Meinung oder auch Ihren Ermittlungen die Zündung des Sprengstoffs ausgelöst?«

»Wir gehen zum jetzigen Zeitpunkt davon aus, dass der oder die Täter dem Mercedes in einem anderen Fahrzeug gefolgt sind und bei der nach ihrer Meinung passenden Gelegenheit die Explosion ausgelöst haben. Natürlich wäre auch eine Vorrichtung denkbar, die über die Geschwindigkeit des Autos den Zündvorgang auslöst.«

Die Frau in Blau sah ihn lange an. »Sie haben vermutlich, genau wie ich und meine Kollegen, den kleinen Film gesehen, den ein auf der Gegenspur fahrender Wagen aufgenommen hat. Und auf diesem Film ist deutlich zu erkennen, dass nach dem Unfall kein weiteres Fahrzeug die Stelle hat passieren können. Warum sollte ein nach Ihrer Meinung technisch überaus versierter Attentäter das zumindest sehr wahrscheinliche Risiko eingehen, in einer Schlange hinter einem von ihm selbst herbeigeführten Unfall auf die Weiterfahrt warten zu müssen? Umgeben von Polizisten, die garantiert Fragen stellen und Personalien aufnehmen?«

Hain suchte und fand kurz den Blickkontakt mit Pia. Seine fragenden Augen übertrugen offenbar eindeutig: *Hast du dieser Tussi von unserem Gespräch heute Morgen im Auto erzählt?*

Und genauso klar, wie Hain seine Frage mit einem einzigen Blick übermittelt hatte, kam von seiner Kollegin die ebenfalls aus einem Blick bestehende Erwiderung:

Nein.

»Es ist, wie gesagt, auch eine geschwindigkeitsabhängige Zündvorrichtung denkbar.«

Wieder kramte Frau Krömer in ihren Unterlagen. »Wissen Sie, wie schnell der Mercedes zum Unfallzeitpunkt etwa gewesen ist?«

»Nein. Sagen Sie es mir.«

»Etwa 160 Stundenkilometer. Und Sie wollen uns jetzt nicht ernsthaft weismachen, dass es eine geschwindigkeitsabhängige Zündvorrichtung in dem Wagen gegeben hat, die auf 160 km/h eingestellt gewesen ist? Wissen Sie eigentlich, dass man, egal auf welcher Autobahn übrigens, mindestens 15 Kilometer aus Kassel raus sein muss, um so ein Tempo überhaupt erreichen zu dürfen? Vorher ist jeder Meter geschwindigkeitslimitiert.«

»Vielleicht eine Fehlfunktion, was weiß ich?«

»Nein«, zischte sie, »hier kann es keine Fehlfunktion gegeben haben. Weil es nämlich den von Ihnen fabulierten Anschlag einfach nicht gegeben hat.«

»Und dass es sich bei dem Mercedes um das Fahrzeug eines Mannes mit türkischen Wurzeln handelt, der immer wieder das System und die Regierenden in der Türkei öffentlich kritisiert und an den Pranger gestellt hat, findet in Ihren Überlegungen keinen Platz, oder?«

»Wir wissen, wer der Halter des Unfallwagens ist, und wir

wissen auch, dass Sie dem Mann Personenschutz spendiert haben.« Sie hüstelte gekünstelt. »Wobei ich diese Maßnahme, wenn ich Ihr Vorgesetzter wäre, natürlich sofort abblasen würde.«

»›Natürlich‹«, wiederholte Hain ironisch. »Und vermutlich würden Sie auch keine Beziehung zwischen dem, wie Sie sagen, ›Unfall‹ und einem Ereignis gestern Abend sehen, bei dem ein Mann durch zwei Schüsse ins Genick getötet wurde. In einer Wohnung, die von einem türkisch aussehenden Mann mit türkischem Namen angemietet wurde, der entweder selbst das Opfer ist oder vielleicht sogar der Täter?«

Die BKA-Mitarbeiterin lächelte süffisant. »Auch hier sind Sie leider nicht auf dem neusten Stand, Herr Kollege Hain. Unsere Leute haben diese Leiche längst obduziert und gehen davon aus, dass es sich bei dem Toten um Metin Ekmekci handelt, dem Mieter der Wohnung.«

»Dann wollen Sie uns vermutlich im gleichen Atemzug weismachen, dass dieser Teufelskerl zuerst mit zwei Schüssen ins eigene Genick Selbstmord begangen und danach die Bude mit Magnesium abgefackelt hat? Das wäre, wenn Sie mich fragen, das Sahnehäubchen auf der Räuberpistole, die Sie uns hier auftischen.«

Die Dame in Blau bedachte ihn mit einem vernichtenden Blick. »Vielleicht war es so, vielleicht aber auch nicht; wir werden uns auf jeden Fall bemühen, das herauszufinden. Allerdings erscheinen Sie mir nicht kompetent genug, um uns dabei zu unterstützen. Es stellt sich für mich eher so dar, dass Sie Schwierigkeiten damit haben, eine einmal gefasste Meinung neu zu bewerten und zu überdenken.«

»Da will ich Ihnen gar nicht widersprechen«, gab Hain mit einem bedauernden Schulterzucken zurück. »Allerdings trifft das eigentlich nur dann zu, wenn mich jemand von etwas so Hirnrissigem überzeugen will, wie Sie es gerade versuchen.«

Nachdem er geendet hatte, streifte sein Blick den von Herbert Schiller. Dieser kurze Augenkontakt genügte, um ihm zu vermitteln, dass nun Schluss zu sein hatte mit den Attacken auf die Frau. »Aber natürlich lasse ich mich gern von einer solchen Koryphäe wie Ihnen davon überzeugen«, setzte er deshalb honigsüß hinzu, »dass meine Kollegin und ich komplett daneben liegen mit unseren Ermittlungsergebnissen.«

Die Frau aus Wiesbaden schien einen Moment lang zu überlegen, ob sie sich diese Frechheit gefallen lassen sollte, und entschied sich augenscheinlich dafür.

»Gut. Dann ist das ja geklärt. Wir vom Staatsschutz übernehmen und lassen Sie wissen, wenn wir Ihre Hilfe brauchen. Im Augenblick sieht es allerdings, wie gesagt, nicht danach aus.«

»Das war es dann also, was wir für Sie tun konnten?«, wollte der Hauptkommissar wissen.

»Das war es, ja.«

Es folgten noch ein paar recht bedeutungslose und auch inhaltslose Erklärungen, warum die Staatsschutzabteilung des BKA den Fall an sich gezogen hatte, dann erklärte der Vertreter des Generalbundesanwalts seine Marschrichtung. Und bei jedem einzelnen Wort hatten die beiden Kasseler Ermittler den Verdacht, dass es von einer Rück- oder Nachfrage ablenken sollte.

»Sie alle wissen«, richtete Frau Krömer zum Abschluss das Wort direkt an Herbert Schiller und dessen Kollegen des PP Nordhessen, »dass wir manchmal leider nicht jeden Sachverhalt offenlegen können, von dem wir Kenntnis haben. Und in diesem Fall gibt es sogar einige Details, die wir aus Gründen der Staatsräson für uns behalten müssen. Aber seien Sie versichert, dass wir uns immer und bei allem, was wir tun, auf dem Boden der Legalität bewegen. Jeder Gedanke, dass es nicht so sein könnte, ist absurd.«

»Am Arsch hängt der Hammer«, brummte der über alle Maßen erboste Hain. Sie hatten gerade Herbert Schiller in dessen Büro in aller Kürze mit ihren Ermittlungsergebnissen der vergangenen Nacht vertraut gemacht. »Die haben sie doch nicht mehr alle!«

»Das mag sein, Thilo, aber wir haben es hier, wie es aussieht, mit einem politisch höchst brisanten Fall zu tun. Dr. Franz hat mich heute Morgen um 6:30 Uhr angerufen, um sich darüber zu beschweren, dass die BKA-Leute ihm untersagt hätten, sich mit der verkohlten Leiche zu beschäftigen. Und ein paar Minuten später haben sie den Toten aus seiner Kühlung gezogen und abtransportiert, einfach so, ohne mit der Wimper zu zucken.«

Der Kriminalrat ging zu der in der Ecke des Raumes stehenden Kaffeemaschine und befüllte sie.

»Ich habe ein paar Kumpels in Wiesbaden, wie ihr wisst, und mit einem davon habe ich direkt im Anschluss an das Gespräch mit Dr. Franz telefoniert. Das Einzige, was er mir sagen konnte, ist, dass wir uns denen besser nicht in den Weg stellen. ›Die Krömer‹, das ist die Frau im blauen Kostüm, ›wird nur von der Leine gelassen, wenn es um politisch absolut hochbrisante Sachen geht‹, meinte er. Und dass sie über Leichen gehen würde, um ihre Aufträge erfolgreich auszuführen.«

»Aber was genau könnte denn der Auftrag sein?«, wollte Pia wissen. »Wir haben zwei Tote, einen Schwerverletzten, eine abgefackelte Wohnung und einen nach unserer Meinung mit dem Tod bedrohten Lokalpolitiker. Das können die doch unmöglich zu vertuschen versuchen.«

»Haben Sie dir erzählt«, wandte Hain sich an Schiller, »wo die Obduktion des Brandopfers stattgefunden haben soll?«

Der schüttelte den Kopf. »Diese Leute müssen mir rein gar nichts erzählen oder erklären, Thilo. Ich bin vielleicht hier im PP Nordhessen ein einigermaßen hohes Tier, aber gegenüber der Staatsschutzabteilung des BKA sind wir alle zusammen nur bedeutungslose Befehlsempfänger. Die begründen ihr Vorgehen einfach mit einer wie auch immer gearteten Bedrohung der Sicherheit der Bundesrepublik Deutschland, und schon haben sie überall den Hut auf.«

»Wie wir gerade erste Reihe Mitte miterleben durften«, setzte Pia hinzu. »Da wird man sich seiner Rolle im Gesamtsystem mal wieder richtig bewusst.«

Schiller nickte. »Und trotzdem bleibt die Frage, was die mit diesem ganzen Zinnober bewirken wollen. Im Moment schwebt mir als einzige Erklärung vor, dass dieser ominöse Metin Ekmekci vielleicht einer von ihren eigenen Leuten gewesen sein könnte. Was haltet ihr davon?«

»Möglich, klar«, stimmte Hain ihm zu. »Aber wer sagt uns, dass die verkohlte Leiche mit den beiden Löchern im Genick wirklich Metin Ekmekci ist? Dieser Tussi glaube ich nicht mal die Uhrzeit. Und wenn es doch so ist, wer hat ihn dann kaltgemacht?«

»Aus dieser Geschichte sind wir leider komplett raus, die hat das BKA explizit zu seinem Fall erklärt. Und die Krömer hat mir eben zum Abschied noch mal deutlich zu verstehen gegeben, dass sie da absolut keinen Spaß versteht. Daran halten wir uns natürlich.«

»Ja, klar«, ätzte Hain. »Sonst noch was?«

»Wir haben noch unsere Spuren im Fall des verunfallten Mercedes. In dieser Sache hat uns keiner verboten, noch ein bisschen weiterzuermitteln. Und natürlich bleibt auch der Personenschutz für Okan Schulze bestehen.«

»Danke.«

»Dafür nicht.«

Hain wandte sich Pia zu. »Und wir beide müssen jetzt ernsthaft über das reden, was letzte Nacht Thema im Auto war.«

Schiller sah die beiden abwechselnd und sehr irritiert an.

»Macht bloß keinen Scheiß, Kinder«, bemerkte er mit gekräuselter Stirn.

»Nein, nicht, was du denkst«, steckte Pia ihm ebenso schnell wie bestimmt. »Thilo und ich hatten uns heute früh, bevor wir Feierabend gemacht haben, über genau das Thema unterhalten, das *Seňora* Krömer vorhin so genüsslich zelebriert hat. Was könnte der Auslöser für eine wie auch immer geartete Explosion gewesen sein? Sie sagt, es gab gar keine Explosion. Ich sage, es hat eine gegeben, und ich habe auch eine Idee, wie sie ausgelöst wurde.«

»Schön. Lass hören.«

»Ich hatte, anders als die BKA-Schnalle, nach dem Gespräch mit dem Sachverständigen Schwarz nie Zweifel an der Sprengstofftheorie. Allerdings, und das habe ich in diesem Gespräch in aller Herrgottsfrühe heute Morgen auch Thilo erklärt, bin ich weder von der Hinterherfahrgeschichte noch von der eben von Thilo aus dem Hut gezauberten Geschwindigkeitsgeschichte überzeugt. Mir schwebt seit gestern Abend ein ganz anderer Gedanke im Kopf rum.«

»Ich dachte da oben für einen Sekundenbruchteil«, mischte Hain sich ein, »dass die uns heute Morgen abgehört haben. Aber das kann nach menschlichem Ermessen nicht sein. Und ich will auch nicht auf meine alten Tage noch zum Verschwörungstheoretiker werden.«

»Haben die nicht. So zwei – nach deren Meinung – Landeier wie du und ich, da lohnt es ja nicht mal, ein Mikro in Stellung zu bringen.«

»Und jetzt, Pia«, hakte Herbert Schiller ungeduldig nach, während er für sich und seine Kollegen Kaffee servierte, »will ich wissen, was für eine Theorie du entwickelt hast. Wie wurde diese Zündung deiner Meinung nach in die Wege geleitet?«

»Aber ihr lacht mich nicht aus. Auf keinen Fall.«

»Nein, auf keinen Fall«, antwortete der Kriminalrat.

»Ich hör's mir erst mal an und entscheide dann«, meinte Hain grinsend.

»Depp.«

»Na komm, so schlimm wird es schon nicht werden.«

»Gut. Ich bin darauf gekommen, weil ich an meinen Drohnenkurs vom letzten Jahr gedacht habe. Ich wollte mal wissen, wie das mit diesen Dingern so ist, und hatte mich deshalb für den Drohnenführerschein angemeldet. Die Erkenntnis war, dass es mir nicht die Bohne Spaß gemacht hat, aber ein Satz des Trainers ist mir in Erinnerung geblieben und mir gestern Abend eben wieder eingefallen. Der sagte nämlich sinngemäß, dass man eine Drohne ganz entspannt hinter einem bewegten Objekt herfliegen lassen kann, wenn sich an oder in diesem Objekt ein Sender befindet, zu dem die Drohne in Kontakt steht. Das klappt natürlich nicht ewig, weil moderne Autos oder Motorräder viel schneller sind als Drohnen, aber in der Stadt oder über Land sollte das eine Weile funktionieren.«

»Ich dachte immer, man muss die Dinger mit einer Fernsteuerung fliegen«, zeigte Schiller sich skeptisch.

»Nein, das ist ja der Clou. Mal angenommen du hast der Drohne verklickert, dass sie immer maximal, sagen wir mal, 200 Meter Abstand zu dem verfolgten Objekt halten soll, dann macht die das. Sie würde also dem Mercedes, in dem Schlaffke und seine Tochter sitzen, in einer Höhe von 200 Metern einfach folgen. Wenn er langsamer wird, wird sie auch langsamer, wird er schneller, wird sie das auch.«

»Aber wie schnell kann denn so eine Drohne sein?«

»Der Weltrekord liegt bei knapp unter 300 km/h. Am Speed liegt es also nicht.«

»Und du meinst wirklich, dass man mit so einer Drohne dem Wagen folgen und dann auch damit die Mikrosprengladung zur Explosion gebracht haben könnte?«

»Technisch ist das überhaupt kein Problem, wenn du mich

fragst. Das Einzige, auf das man achten müsste, sind Hindernisse in der Flugbahn. Aber da sieht es hier bei uns in Kassel eigentlich ganz entspannt aus, weil Wolkenkratzer gibt es ja keine.«

»Hm«, machte Hain. »Klingt zwar ein bisschen wie Science-Fiction in meinen Ohren, aber ein brauchbarer Ansatz könnte es durchaus sein.«

Pia trank einen Schluck Kaffee. »Die größte Schwierigkeit sehe ich darin, herauszufinden, was aus der Drohne geworden ist. Ich glaube nicht, dass der oder die Täter das Teil unbedingt wieder mit nach Hause nehmen wollten, also dürften sie sie nach Erledigung des Auftrags einfach aufgegeben haben. Vielleicht hat sie noch eine Weile über der Unfallstelle gekreist, zumindest so lange, wie das System aus dem Mercedes ihr noch übermittelt hat, dass es aktiv ist. Aber irgendwann ist halt auch der Saft mal alle.«

»Du meinst, die Drohne ist irgendwann einfach vom Himmel gefallen?«

Pia nickte.

»Genau das meine ich.«

25

Hakan Durmus schreckte hoch und tastete in der Dunkelheit nach einem Fixpunkt, nach etwas, das er einordnen konnte. Für einen Wimpernschlag wähnte er sich im Schlafzimmer seiner Istanbuler Wohnung, dann glaubte er sich in Kassel aufzuhalten, in seinem abgebrannten Domizil. Irgendwann jedoch wurde ihm klar, dass er sich in seinem Wohnmobil befand. Mit einer Herzfrequenz von etwa 170 Schlägen ließ er sich zurück auf das Bett fallen, holte tief Luft und versuchte, sich zu beruhigen.

Dann kam die Erinnerung an den Traum, aus dem er Sekunden zuvor hochgeschreckt war. In diesem Traum hatte er ein kleines blondes Mädchen mit einem Engelsgesicht und einer elfengleichen Erscheinung an der Hand und war mit ihr auf einem Rummelplatz unterwegs.

»Ich möchte mit diesem Karussell fahren«, hatte die Kleine immer wieder gebettelt.

»Nein, das ist zu gefährlich«, war seine stereotype Antwort mit Blick auf das in seiner Illusion Hunderte Meter hohe Monstrum aus Stahl gewesen.

»Aber du hast es mir versprochen!«

»Hör gefälligst auf zu betteln.«

Irgendwann hatte das Mädchen ihn natürlich überredet und er hatte mit ansehen müssen, wie sie von dem grobschlächtigen Mitarbeiter der Rummelplatzattraktion auf ihrem Sitz festgezurrt wurde.

›Tu es nicht, bitte, tu es nicht!‹, wollte er schreien, als der kleine Wagen, in dem sie als einziger Fahrgast saß, sich langsam in Bewegung setzte, doch aus seiner Kehle kam kein Laut.

Irgendwo rasselten laut Ketten, kurz darauf bog ihr Gefährt nach rechts ab und wurde langsam, sehr langsam über eine schräge Ebene nach oben gezogen. Immer höher und höher zogen die Ketten sie hinauf, bis schließlich ein Ruck durch den Wagen ging, er frei wurde und sofort rasant Fahrt aufnahm.

Durmus lief der Schweiß in Bächen über den gesamten Körper und er hätte nur zu gern auf einen Knopf gedrückt, der die Fahrt ein wenig verlangsamen würde, doch diesen Knopf gab es nicht.

»Pass auf!«, schrie er laut, doch die kleine Passagierin sah ihn fröhlich grinsend an, winkte und deutete hinauf in den klaren blauen Himmel. In diesem Moment löste sich die Verbindung des Wagens zu den Schienen, es gab ein hässliches, singendes Knirschen, und die Karre mitsamt der kleinen Passagierin darin schoss am höchsten Punkt der Achterbahn waagerecht über die niedrige Begrenzung und taumelte auf den Abgrund zu. Wie in Zeitlupe sah der türkische Geheimdienstmitarbeiter sich losrennen in der Gewissheit, dass er nichts mehr am sicheren Tod des Mädchens würde ändern können. Plötzlich jedoch konnte er wie von Federn getrieben vom Boden abspringen, immer höher und höher. Er breitete die Arme aus, griff nach vorn und hätte um ein Haar den Wagen zu fassen bekommen. Das Letzte, was er vor dem schreckhaften Aufwachen hörte, war der sich überschlagende, ängstliche Schrei des kleinen Mädchens, als es realisierte, dass es keine Hilfe und keine Rettung für sein junges Leben geben würde.

Was für ein Albtraum.

Mit einer hastigen Bewegung wischte er sich die feuchte Wange ab, öffnete die Augen, sprang aus dem Bett und ging in das Badezimmer des Wohnmobils. Dort hielt er für mehr als eine Minute den Kopf unter das erfrischend kalte Wasser der Dusche, trocknete sich anschließend die Haare ab, putzte die

Zähne, rasierte sich und konnte nur höchst widerwillig den Wunsch nach einer Zigarette unterdrücken.

Das kann so nicht weitergehen, dachte er unzufrieden. *Ich muss so schnell wie möglich zu meiner Frau und meinen Kindern und ich muss einen Weg finden, die letzten Tage aus meinem Gedächtnis zu streichen. Und aus meiner Personalakte.*

Etwas abwesend setzte er Teewasser auf, überdachte die ihm zur Verfügung stehenden Optionen und kam dabei zu dem Schluss, dass es keine wirklich zufriedenstellende gab. Alles, was er tat, würde ihn vermutlich auf ewig zum Paria machen, zu einem auf alle Zeiten Ausgestoßenen. Mit ruhigen Bewegungen griff er nach der neben dem Eingang stehenden Reisetasche, entnahm ihr die Kontoauszüge und rechnete schnell aus, dass ihm, obwohl er sehr großzügig mit dem Geld, das ihm zur Verfügung stand, umgegangen war, umgerechnet noch mehr als sieben Millionen Türkische Lira zur Verfügung standen.

Mehr Geld, als man in einem Leben in der Türkei ausgeben kann, wenn man es vernünftig lebt.

In seinem Innern rebellierte etwas gegen diesen Gedanken, doch Durmus wusste, dass sein weiteres Leben und Überleben ursächlich mit diesem Geld verbunden war. Die Behörden seines Landes hatten, wie Mustafa ihm vor seinem Tod noch verraten hatte, vermutlich wasserdichte Beweise, dass er, Hakan Durmus, ein Betrüger war, der hinter Gitter gesperrt gehörte. Hinter diesen Gittern war sein Leben allerdings nichts wert, das wusste er aus mehreren Erfahrungen mit Gefangenen, die er selbst betreut hatte.

Durmus schrak vom Geklapper des Topfdeckels hoch, übergoss den Teebeutel in der Tasse mit dem kochend heißen Wasser und entwickelte dabei eine Idee.

So könnte es vielleicht funktionieren, dachte er, während er darauf wartete, dass der Earl Grey abkühlte.

26

Thilo Hain schluckte.

»Was ist?«, schrie Pia Ritter gegen den infernalischen Lärm direkt unter den Rotorblättern des Robinson-R44-Hubschraubers und den irren Wind an. »Hast du Muffe?«

»Schon«, brüllte er zurück. »Ein bisschen zumindest.«

»Willst du lieber hierbleiben? Soll ich mir die Sache allein ansehen?«

»Ich glaube, du tickst nicht mehr ganz richtig. Wenn, dann zusammen oder gar nicht.«

»Gar nicht fällt aber leider aus. Also los, spring rein.« Sie hielt ihm die Tür auf, schob, als er kurz die Balance verlor, ein wenig seinen Rücken an, schloss die Tür und nahm schließlich auf dem Sitz neben dem Piloten Platz. Der hob fragend den Daumen, Pia bestätigte, dass sie abflugbereit waren, was den etwa 30-jährigen, in legeren Jeans und einem Dead-Kennedys-T-Shirt steckenden Mann zu einem etwas besorgten Blick nach hinten animierte. Dann jedoch zuckte er mit den Schultern, wies seine Fluggäste an, die bereitliegenden Headsets aufzusetzen, und machte mit jedem der beiden einen kurzen Sprechtest. Als das geschehen war, nahm er noch einige Einstellungen vor, kontrollierte ein paar Instrumente und kurz darauf ging es wie in einem Fahrstuhl nach oben. Hain hätte am liebsten in das vor seinem Mund platzierte Mikrofon ›Ich will auf der Stelle aussteigen!‹ gebrüllt, doch diese Blöße wollte er sich dann doch nicht geben. Und mit jedem Meter, den sie an Höhe gewannen, verwandelte sich seine anfängliche Panik in eine mehr oder weniger technikinteressierte Anspannung.

»Schönen guten Tag«, erklang es nun überraschend gut verständlich aus seinem und Pias Kopfhörern. »Mein Name ist Ingo Sentis und ich freue mich, diesen Flug mit Ihnen durchzuführen.«

Pia stellte sich und ihren Kollegen vor.

»Und Sie möchten zur Anschlussstelle Waldau der A 49 geflogen werden? Das hat mir zumindest mein Boss erzählt, mit dem Sie vorhin telefoniert haben.«

»Ja, genau«, erwiderte Pia. »Zur A 49 auf Höhe der Anschlussstelle Kassel-Waldau.«

»Und was genau soll es da zu sehen geben?«, fragte er ein wenig skeptisch.

»Wir suchen nach einer abgestürzten Drohne. Nach unseren Erkenntnissen müsste sie in einem Umkreis von etwa zwei Kilometern rund um die Abfahrt runtergekommen sein.«

»Das ist ein ganz schön großer Radius für eine Drohne. Welche Größe hatte sie denn?«

Pia zuckte mit den Schultern, völlig übersehend, dass er auf den Flug konzentriert war und die Augen nach vorn gerichtet hatte. »Das wissen wir leider nicht«, setzte sie deshalb schnell hinzu.

»Aber Sie sind wirklich von der Polizei, oder? Nicht dass wir hier am Ende noch etwas Verbotenes machen, nur weil Ihnen Ihre Scheißdrohne abgeschmiert ist.«

»Nein, nein, wir sind wirklich von der Polizei. Kriminalpolizei, um genau zu sein. Ihr Chef hat sich sogar unsere Dienstausweise zeigen lassen, weil er die gleichen Vorbehalte hatte wie Sie.«

Sie sah nach unten, wo der Hubschrauber gerade eine riesige Erdbeerplantage überflog.

»Und wenn man Sie so reden hört, könnte man glatt glauben, dass Sie mit diesen Dingern irgendwie auf Kriegsfuß stehen.«

»Das trifft es ziemlich gut, würde ich sagen. Diese *Din-*

ger sind, wenn Sie mich fragen, die Pest für jeden anständigen Piloten. Von ihnen geht nämlich wegen der Kollisionsgefahr ein nicht zu unterschätzendes Risiko für den allgemeinen Luftverkehr aus.«

»Gab es denn schon ernsthafte Zwischenfälle mit Flugzeugen?«

»Mehr als genug. Auch wir in Calden hatten schon den einen oder anderen Schreckmoment. Einmal war sogar ein Airbus 321 betroffen, ein Charterflugzeug.«

»Solche großen Dinger starten und landen in Calden? Ich dachte, das sei mehr so ein Geisterflugplatz, nach dem was man in der Presse liest.«

Nun wandte er den Kopf und sah die Oberkommissarin kurz an. »Ist er auch. Aber das würde ich niemals in der Öffentlichkeit sagen. Für uns und viele andere Unternehmen, die sich dort angesiedelt haben, ist der mickrige Charterverkehr natürlich Gold wert – selbst die wenigen großen Flugzeuge, die den Kassel-Airport ansteuern. Denn dadurch haben wir so gut wie keine Einschränkungen bei unseren Flugbewegungen. Würde der Flughafen so funktionieren, wie man es prognostiziert hat, wäre das natürlich ganz anders.«

Er korrigierte die Flugrichtung um ein paar Grad.

»Und ja, ich weiß, dass die ganze Anlage einen Haufen Geld gekostet hat. Aber nun ist die Kohle mal weg, und wegen der wenigen kommerziellen Flüge die ganze Chose wieder abreißen, das wäre ja auch keine Lösung.«

»Jetzt wird's politisch«, schickte Pia ihm ins Ohr. »Und aus Politik und Religion halten wir uns schon aus grundsätzlichen Erwägungen raus.«

»Auch eine Einstellung.«

»Sie sagen es.«

Hain, dessen Anspannung während des Fluges komplett verschwunden war, hatte sich auf die andere Seite der Rückbank geschoben und deutete nach unten. »Pia, sieh mal, da ist unser Haus. Ich kann tatsächlich unser Haus sehen!«

»Geil, oder? Hast du gar keinen Schiss mehr?«

Er winkte ab. »Ich hab doch nur ein bisschen auf Muffe gemacht. In Wirklichkeit liebe ich das Fliegen, ehrlich.«

»Klar, du Held der Lüfte.«

Kurz darauf ließ Sentis den Helikopter ein wenig durchsacken, was Pia mit einem glucksenden Giggeln quittierte. Hain presste schlagartig beide Arme gegen die Decke und wurde dabei kalkweiß.

»Musste nur mal ein wenig Höhe abbauen, damit Sie besser nach Ihrer Drohne Ausschau halten können«, erklärte der Mann am Steuerknüppel grinsend.

Sie flogen ein paar Hundert Meter parallel zur A 49, kamen an der Unfallstelle vorbei, wo von oben gut die Stelle zu erkennen war, an der Schulzes Mercedes gebrannt hatte.

»Können Sie noch etwas runtergehen?«, wollte Hain wissen. »Irgendwie sieht aus dieser Höhe alles ziemlich gleich aus.«

Der Pilot schüttelte den Kopf. »Keine Chance. Wir sind schon knapp auf Mindestflughöhe für diese Gegend, weiter runter geht wirklich nicht.«

»Dann muss es eben so funktionieren«, gab der Hauptkommissar so leise zurück, dass weder Pia noch der Mann am Steuerknüppel es hören konnten.

»Nachdem wir jetzt die Ausfahrt abgeflogen sind«, erklärte Sentis, »werden wir das von Ihnen angegebene Gebiet in Rastern überfliegen. Welche Farbe hatte die Drohne denn?«

»Auch da muss ich Sie enttäuschen, das wissen wir nicht.«

»Aber dass dieses Ding tatsächlich fliegen konnte, das wissen Sie schon, oder?«

Die Polizistin nickte, ohne die Nase von der Scheibe zu nehmen. Hain schaute auf der anderen Seite nach unten, und auch der Pilot versuchte immer wieder, einen kurzen Blick vom Boden unter ihnen zu erhaschen. So ging es etwa eine halbe Stunde, wobei die drei sich immer weiter von der Unfallstelle entfernten. Und sowohl in Pia als auch Thilo wuchsen immer mehr Zweifel an der Theorie von der dem Unfallwagen folgenden Drohne.

»Mir wurde gesagt, Sie haben unsere Maschine für eine Stunde angemietet«, kam es kurz darauf aus den Kopfhörern der Beamten. »Wenn wir dieses Zeitlimit nicht überschreiten wollen, müssen wir uns langsam mit dem Gedanken an den Rückflug anfreunden. Ich habe leider nur ein kleines Zeitfenster bis zu meinem nächsten Charter und will diesen Kunden auf keinen Fall warten lassen.«

»Schade, aber wohl nicht zu ändern.«

»Ja, tut mir leid. Normalerweise kann ich während des Fluges ein bisschen toleranter sein, aber wenn der Nächste schon wartet, wird das leider nichts.«

»Ja. Fliegen wir zurück.«

Er zog am Steuerknüppel, bewegte die Füße ein wenig auf den Pedalen, und schon stieg der Hubschrauber rasant auf.

»Halt, warten Sie mal«, rief Hain aufgeregt und deutete mit dem rechten Arm auf einen Punkt in zwei Uhr. »Ich habe da hinten etwas gesehen, das wie ein Trümmerfeld aussieht.«

Ingo Sentis rollte mit den Augen, sah auf die Uhr im Anzeigenfeld und zog das Steuerhorn ein wenig nach rechts.

»Sie haben eine Minute. Wenn wir bis dahin nichts von dem gefunden haben, was Sie gesehen haben wollen, sind wir ohne Motzen auf dem Rückweg. Verstanden?«

»Ja, verstanden.«

Der Pilot ließ den Helikopter wieder durchsacken, drückte die Nase herunter und nahm Kurs auf die von Hain beschriebene Stelle. Und nach einer größeren Runde und einem sich anschließenden kleineren Kringel konnten alle drei tatsächlich das kleine Trümmerfeld sehen. Es befand sich zwischen zwei mächtigen Bäumen und direkt im Bogen eines kleinen Flusses.

»Da haben Sie Ihre Drohne«, stieß Sentis begeistert aus.

»Nur eine kaputte Drohne ist eine gute Drohne, oder was?«, fragte Pia, tief durchatmend und gut gelaunt, rhetorisch. »Jetzt müssten wir nur noch die genaue Position wissen.«

Der Pilot drückte auf einen Knopf an einem der Geräte vor sich, nickte wie zur Bestätigung und schon schoss sein Fluggerät zügig in die Höhe. »Ich habe die Koordinaten gespeichert. Wenn wir zurück am Airport sind, gebe ich sie Ihnen, dann können Sie Ihr Navi im Auto damit füttern und gelangen ziemlich direkt dorthin.«

Er machte eine kurze Pause.

»Obwohl, einen Weg habe ich in der Nähe jetzt nicht direkt gesehen. Vielleicht sollten Sie sich Gummistiefel mitnehmen oder zumindest festeres Schuhwerk als das, das Sie tragen.«

»Machen wir«, versprach eine selig und zutiefst zufrieden dreinschauende Pia Ritter. »Machen wir ganz bestimmt.«

Die Koordinaten, die Ingo Sentis ihnen gegeben hatte, lagen wirklich abseits jeder Straße oder eines Weges. Das mobile Navigationsgerät, das Hain im Mazda immer gute Dienste leistete, versagte bei dieser speziellen Aufgabe nicht, und nach einem etwa 15-minütigen Fußmarsch hatten sie die gesuchte Stelle erreicht.

»Sentis hatte recht, wir hätten Gummistiefel gebraucht«, meinte Hain mit Blick auf seine komplett durchnässten Sneakers.

»Stell dich nicht so an, du Pussy. Wir haben die Drohne gefunden, also praktisch den Beweis, dass der Unfall von Schlaffke und seiner Tochter wirklich ein Anschlag gewesen ist.«

»Vielleicht ist es ja eine völlig unbeteiligte, ganz und gar unschuldige Drohne, die mit deiner These nicht das Geringste zu tun hat?«, ätzte Hain grinsend.

»Noch so ein Spruch, und du brauchst in Zukunft keine Verhütungsmittel mehr«, gab seine Kollegin mit drohendem Unterton und gereiztem Blick zurück, während sie sich Einmalhandschuhe überstreifte und sofort damit begann, die einzelnen Trümmerteile zu begutachten.

»Hier«, sagte sie kurz darauf und hielt ein anthrazitfarbenes Bruchstück hoch, »das war das Gehäuse der Kamera. So ein ähnliches Ding habe ich damals im Kurs gesehen. Und hier sind jede Menge weitere Kleinigkeiten, die wie Sensoren oder so was aussehen. Und alles aus Carbon, also war das Ding nicht gerade aus dem Spielzeugladen.«

»Wir können das unmöglich einfach so zusammenräumen und aufs PP schaffen, Pia. Wir brauchen einen Spezialisten, der das für uns macht.«

Die Oberkommissarin legte das Kameragehäuse zurück und griff nach einem anderen Teil. »Warte, nicht so schnell. Ich habe hier ein Teil des Chassis. Vielleicht …« Die junge Polizistin untersuchte das Fragment in ihrer Hand genau und legte es zurück auf den Boden. »Vielleicht finden wir ja einen Hinweis, um was für ein Fabrikat es sich bei der Drohne gehandelt hat. Und daraus ergibt sich unter Umständen die Möglichkeit, den Verkäufer ausfindig zu machen. Zwar nicht bei dem Teil, aber vielleicht bei einem anderen.«

»Ja klar. In Zeiten des Internets ist das garantiert ein Kinderspiel, verehrte Kollegin.«

Sie kam hoch und sah sich in alle Richtungen um. »Irgendwie fehlt da ein ziemlich großes Stück des Chassis. Los, lass uns den Suchradius ein wenig vergrößern.«

»Gern. Meine Schuhe sind eh schon komplett nass, da kommt es auf noch mehr Wasser in den Socken nun wirklich nicht an.«

»Hör auf zu lamentieren oder warte am Auto, Thilo. Für deine Jammerei bin ich leider nicht in der Stimmung.«

»Spaßbremse.« Er drehte sich um und ging ein paar Schritte an dem kleinen Bach entlang, neben dem sie das abgestürzte Fluggerät gefunden hatten. Kurz darauf blieb sein Blick an einem hellgrauen metallic schimmernden Metallteil hängen.

»Komm mal her, Pia, hier liegt ein richtig großes Teil. Könnte was vom Rumpf sein.«

Keine drei Sekunden später stand seine Partnerin neben ihm, ging sofort in die Knie und hob das für die Größe überraschend leichte Bruchstück vom Boden hoch. »Bingo«, murmelte sie freudestrahlend. »Das ist nahezu das komplette Chassis.«

Der Fund wanderte in die andere Hand, wo sie ihn von allen Seiten begutachtete.

»Und hier haben wir auch das Typenschild.« Die Kommissarin sah ihren Kollegen breit grinsend an. »Thilo, wenn ich nicht denken würde, dass du ein zutiefst unattraktiver Kerl bist, würde ich dich jetzt echt mal herzen. Und nun nimm deinen Notizblock in die Hand und schreib mit.«

»Den ersten Teil fand ich ziemlich romantisch, aber dann …«, erwiderte er mit gespieltem Schmollmund und kramte nach dem Block. »Ich höre.«

»Warte.« Sie kratzte mit dem linken Zeigefinger ein wenig Dreck weg. »DJI Inspire 2, steht hier. Und hier ist noch eine Seriennummer.«

Hain schrieb die von ihr diktierte Zahlenkolonne mit und schob, nachdem sie ihm das Ende signalisiert hatte, den Block zurück in die Sakkotasche.

»Das hätten wir. Und ich bin echt total begeistert, dass du dir das ganz allein ausgedacht hast und auf diese zugegebenermaßen komplett irre Idee gekommen bist, Pia.«

»Habe ich da im Abgang eine winzige, ja fast homöopathisch dosierte Prise Ironie wahrgenommen?«, hakte sie mit leicht zusammengekniffenen Augen nach.

»Nein, diesmal wirklich nicht. Diesmal sage ich das ganz ernsthaft und auch mit ein bisschen Stolz. Stolz darauf, dass du meine Partnerin bist.«

»Nun fang dich mal wieder, alter Mann. Sonst werde ich noch übermütig.«

»Das weiß ich schon zu verhindern. Was ich leider noch nicht weiß, ist, wie wir mit unserem Fund hier eigentlich umgehen.«

»Auch da kannst du ganz entspannt auf meine Expertise vertrauen, Kollege Hain.«

»Du kennst dieses Ding hier?«

»Nein, nicht die Bohne. Ich habe, ganz im Gegenteil, noch nie davon gehört. Aber ich weiß, wer damit vielleicht schon mal konfrontiert wurde.«

»Und? Wer soll das sein?«

»Mein Drohnenkurslehrer. Ein echter Nerd, was die Dinger angeht, aber andererseits auch ein wandelndes Lexikon auf dem Gebiet. Und dieses Lexikon werden wir jetzt, ohne zu zögern, anzapfen.«

»Du weißt, wo wir ihn auftreiben?«

»Nicht nur das. Ich glaube sogar, der stand ein bisschen auf mich und hat es ziemlich bedauert, dass ich mich nicht weiter mit ihm und seinen Drohnen beschäftigt habe.«

»Heißt das, er hat eine Schule fürs Drohnenfliegen?«

»Nein, das nicht gerade. Aber er arbeitet in einer Firma, die Carbonteile herstellt, die unter anderem in Drohnen verwendet werden.«

»Und was läuft hier draußen weiter? Sollen wir auf die Spurensicherung warten, oder wie stellst du dir das vor?«

»Nein. Das Gelände hier liegt so abseits, dass wir uns eigentlich keine Sorgen machen müssen. Wir geben denen die Koordinaten durch und dann sollen sie sich ganz autark auf den Weg machen. Wir beide fahren derweil zu Andreas Borg und befragen ihn nach einer …«, sie warf erneut einen Blick auf das Rahmenteil in ihrer Hand, »einer DJI Inspire 2.« Die Polizistin drehte sich um und ging los, blieb dann jedoch noch einmal stehen. »Und es wird nicht gelacht, Thilo. Verstanden?«

»Worüber sollte ich denn lachen? Dass er dich angraben wollte?«

»Darüber vielleicht auch. Aber hauptsächlich über seinen Namen. Andreas Borg.«

»Warum sollte ich über den lachen?«

»Andreas Borg. Andy Borg?«

»Wer soll das sein?«

»Du kennst Andy Borg nicht?«

»Nein. Ich schwöre, dass ich diesen Namen noch nie gehört habe.«

»Das ist gut. Und du lachst definitiv auch nicht darüber, dass er ein bisschen für mich geschwärmt hat, in Ordnung?«

»Klar. Wobei, ein klein wenig Neugier auf ihn und seine Affinität zu dir zwängt sich bei mir schon aus allen Ritzen.«

»Ich lynche dich, wenn du ihr Auslauf gewährst.«

»Schauen wir mal.«

27

»Hallo, Elena. Ich bin es, Hakan. Hakan Durmus.«

»Aber das weiß ich doch, Hakan. Eine Stimme wie deine gibt es nicht zweimal auf dieser Welt.«

»Ich hoffe, das ist als Kompliment gemeint, meine liebste Elena.«

»Worauf du dich verlassen kannst. Aber wo bleibst du eigentlich? Dauert es noch lang, bis du zu deiner Familie stößt?«

»Das kann ich leider nicht mit Gewissheit sagen, Elena. Ich habe noch ein paar Dinge zu erledigen, aber wenn das geschafft ist, werde ich auf jeden Fall nachkommen und mich von Ihnen und Ihren Kochkünsten verwöhnen lassen.«

»Danke für das Kompliment, Hakan. Aber du willst doch vermutlich gar nicht mit mir sprechen, sondern mit Melek, oder?«

»Das stimmt. Wir beide quatschen wieder die Nächte durch und reden über Gott und die Welt, wenn ich angekommen bin. Und ich freue mich schon darauf, ehrlich. Ist Melek denn in der Nähe?«

»Sie liegt drüben am Pool und schläft oder döst, weil sie ja fast die ganze Nacht unterwegs war. Soll ich sie aufwecken und ans Telefon rufen?«

»Nein, das ist nicht notwendig. Ich melde mich einfach später oder morgen noch einmal. Bis dahin sagen Sie ihr bitte, dass ich an sie und die Kinder denke und mich beeilen werde, so bald wie möglich bei ihnen zu sein.«

»Das richte ich natürlich mit dem größten Vergnügen aus, Hakan. Kommst du mit dem Flugzeug? Brauchst du jemanden, der dich vom Flughafen abholt?«

»Das kann ich noch nicht absehen, Elena. Es ist sehr wahrscheinlich, dass ich mit dem Flugzeug anreise, aber wann und wohin genau ich fliege, weiß ich im Moment einfach nicht. Sie werden es aber auf jeden Fall erfahren.«

»Gut. Dann werde ich später, wenn sie aufgewacht ist, deine Grüße an Melek weitergeben und gleichzeitig auf dein Auftauchen hier warten. Und du passt bis dahin gut auf dich auf, ja?«

»Ich verspreche es Ihnen, Elena.«

Ob er dieses Versprechen wirklich würde einlösen können, darüber bestanden bei Hakan Durmus ernsthafte Zweifel. Doch in diesem Fall würde er nach menschlichem Ermessen auch Frau und Kinder nicht wiedersehen.

Der Geheimdienstler kramte die Pastillenverpackung aus seiner Tasche, faltete sie auf und nahm die darin ortungssicher versteckte SIM-Karte heraus. Mit ein paar schnellen Bewegungen hatte er sie in das eine Stunde zuvor bei einem Kaffeeröster erworbene Billigtelefon eingelegt, die PIN eingegeben und die einzige auf der SIM-Karte gespeicherte Telefonnummer gewählt. Bereits nach dem ersten Klingeln meldete sich sein Gesprächspartner.

»Ja«, erklang es heiser und in deutlichem Befehlston aus dem kleinen Lautsprecher an Durmus' Ohr.

»Sie wissen, wer hier ist, nehme ich an.«

»Nein, woher sollte …?

Es entstand eine Pause.

»Du hast wirklich Nerven, mich direkt anzurufen, du verdammter Bastard.«

»Ja, ein verdammter Bastard zu sein, hat man mir schon des Öfteren nachgesagt.«

»Und jetzt kann dich die Welt auch noch als feigen Bastard bezeichnen, der memmenhaft wie ein Kind an seinem nichtsnutzigen Leben hängt und seinem Land Schande gemacht hat. Überaus große Schande.«

»Ich denke, wir sollten uns nicht mit solchen unnötigen Kleinigkeiten wie Beschimpfungen aufhalten, Levent. Lassen Sie uns einfach wie erwachsene Menschen miteinander reden.«

»Warum sollte ich das tun? Du hast alle Ehrenrechte, die du einmal in unserem stolzen Land innehattest, verloren. Für uns bist du nicht mehr als ein stinkender, streunender Hund, den man erschießen muss. Ein charakterloser, unwürdiger Winzling.«

»Was genau an ›Wir sollten uns nicht mit Beschimpfungen aufhalten‹ war für Sie nicht zu verstehen? Hören Sie auf damit und hören Sie mir gefälligst zu. Und hören Sie mir *gut* zu, denn ich werde mich nicht wiederholen.«

»Wie redest du mit mir, du Sohn einer Hure! Wenn du nicht augenblicklich …«

Kaum hatte er seiner Wut Luft gemacht, knackte es in der Leitung, und die Verbindung war unterbrochen. Kaynak Levent sprang aus seinem Stuhl hoch, schlug sich dabei die rechte Kniescheibe an der Schreibtischplatte an und stieß mit schmerzverzerrtem Gesicht eine nicht enden wollende Aneinanderreihung von Flüchen aus. Immer wieder fuhr er sich mit der Hand über die schmerzende Stelle am Bein, und bei jedem Mal wurde sein Zorn ein wenig größer. Gerade als er nach seinem Sekretär rufen wollte, hörte er den Ton für eine eingegangene SMS.

›Ich bin nicht an einer Konfrontation interessiert, genauso wenig wie an jeglicher Eskalation. Sollten wir beide allerdings nicht zu einer gesitteten Kommunikation und der unvermeidlichen Verständigung kommen, werde ich alle Details, die mit dem mir vom türkischen Staatspräsidenten persönlich erteilten Tötungsauftrag für Okan Schulze zusammenhängen, an die deutschen Medien weitergeben.

Ich rufe in fünf Minuten erneut an, und wenn mir Ihr Ton

dann nicht gefällt, werde ich erneut und ohne jegliche Skrupel auflegen. Dann allerdings wird es kein weiteres Angebot meinerseits mehr geben.‹

Der Ministerialbeamte wurde bleich. Zum ersten Mal seit dem Heiratsantrag an seine erste Frau wurde er bleich.

Er hätte Hakan Durmus am liebsten mit den eigenen Händen erwürgt oder ihn lange und qualvoll gefoltert, um ihn anschließend in siedendem Öl schmoren zu lassen, bis sein Fleisch durch war. Und doch wusste er, dass in der Drohung des ehemaligen Mitarbeiters des Geheimdienstes jede Menge Zündstoff lag. Zwar konnten die türkische Regierung und der Geheimdienst und auch jede andere offizielle Einrichtung alles, was Durmus behauptete, abstreiten, doch die momentane Situation des Landes war so schwierig und die Beziehungen speziell zu Deutschland so gestört, dass eine Veröffentlichung möglicherweise katastrophale Auswirkungen hätte. Und seine eigene Karriere war natürlich aufs Engste mit dem Ausgang, dem *guten* Ausgang der Sache, verbunden.

Mit zitternden Fingern zündete er sich eine Zigarette an, sog mehrmals gierig den Rauch ein und drückte sie sofort wieder aus.

Verdammt! Warum hat dieses Monster ausgerechnet mich mit dieser Scheiße betraut? Hätte sich nicht ein anderer Idiot damit beschäftigen können?

Levent wusste, dass es keine Möglichkeit gab, die Sache noch zu delegieren. Der Staatspräsident hatte einen Auftrag erteilt, und das war es auch schon. Mehr war dazu nicht zu sagen. Für ein paar Augenblicke sinnierte er darüber nach, sich krankzumelden oder sich gleich ganz in den Ruhestand zu verabschieden. Aber auch diese Möglichkeit gab es nicht, denn niemand würde ihm auch nur eine einzige Lira dafür überweisen, große Schande über sein Land gebracht zu haben.

Er muss sterben. Hakan Durmus muss einfach sterben!

Das Telefon meldete sich.

»Ja«, sagte er wieder, doch diesmal kam das Wort leise, fast gedrückt aus seinem Mund.

»Sind Sie mit meinen Bedingungen für unser Gespräch einverstanden?«, fragte Durmus.

»Das bin ich«, gab Levent zurück.

»Gut. Dann können wir gleich zu den wichtigen Dingen kommen, über die wir sprechen müssen.«

»Was sind das für Dinge?«

»Ich will komplette Straffreiheit für mich und die Garantie auf Unversehrtheit für mich und meine Familie inklusive meiner Schwiegereltern.«

»Du weißt, dass ich dir das nicht gewähren kann. Das kann nur ein Mann in diesem Land, und der ist gerade nicht sehr gut auf dich zu sprechen.«

»Dann gehst du besser gleich im Anschluss an unser Gespräch zu ihm und richtest ihm von mir aus, dass ich nicht mit mir reden lasse, was meine Forderungen angeht.«

»Meinst du nicht, dass du vielleicht ein bisschen überziehst, Hakan? Dass du deine Position ein wenig positiver siehst, als sie in Wirklichkeit ist?«

»Sicher nicht«, erwiderte Durmus selbstbewusst. »Ich werde alles, was mir unser gemeinsamer Freund und Präsident bei meinem Besuch seinerzeit in die Hand gedrückt hat, veröffentlichen, wenn wir uns nicht einigen. Ich weiß, dass Sie alles dementieren würden, und ich bin mir sicher, dass auch ein paar Leute Ihren Lügen glauben. Aber die deutschen Behörden werden das nicht, weil ich denen alles haarklein berichten werde. Und Sie wissen, dass ich genug in der Hand habe, um bei denen Eindruck zu machen.«

Er machte eine Pause.

»Und Ihr persönliches Schicksal bleibt dabei erst mal komplett außen vor. Wobei ich glaube, dass Sie selbst nicht mal mehr eine Anstellung als Ziegenhirte in Anatolien bekommen würden, wenn es tatsächlich so kommen sollte.«

Du weißt gar nicht, wie recht du hast, dachte Kaynak Levent. »Dem würde ich so sicher nicht zustimmen«, gab er trotzdem zurück. »Ich sitze sehr fest im Sattel, das kann ich dir sagen.«

»Manche sagen so, andere so. Aber es ist mir komplett egal, wie fest Sie im Sattel sitzen. Ich will, dass meine Forderungen erfüllt werden, dann können Sie von mir aus in Ihrem Sattel alt werden.«

Wieder entstand eine kurze Pause.

»Was macht dich so sicher, dass wir nicht zunächst nachgeben und dich ein paar Monate später liquidieren?«

»Weil die Papiere und eine persönliche Erklärung dazu bei einem deutschen Notar hinterlegt sind, den ich einmal im Monat anrufen muss. Falls ich das nicht tue, wird er ohne weitere Nachfrage das komplette Material an das deutsche Nachrichtenmagazin *Der Spiegel* weitergeben. Womit wir wieder am Ausgangspunkt wären.«

»Ach, die alte Geschichte wieder mit dem Notar und den hinterlegten Papieren. Hat man dir während deiner Ausbildung denn gar nicht beigebracht, dass die wenigsten dieser Drohungen in der Realität umgesetzt werden und reine Gebärden der Schwäche sind?«

»Doch, natürlich hat man das. Aber ich denke auch an die Menschen, die wirklich belastendes Material hinterlegt haben.«

»Wie auch immer, es ist auf jeden Fall ein cleverer Schachzug. Aber es könnte ja immerhin sein, dass die deutschen Behörden mehr an einer guten Beziehung zur Türkei interessiert sind als an einem Agenten, der sich selbst ins Abseits manövriert hat.«

»Lassen wir es darauf ankommen. Dann sind wir beide schlauer.«

»Vielleicht gibt es ja einen dritten Weg?«

»Wie würde der aussehen?«

»Du erfüllst deinen Auftrag doch noch und kommst ohne Aufsehen zurück in die Türkei. Man würde dir alle Fehler verzeihen und du könntest mit deiner Familie ohne jegliche Furcht in der Heimat leben.«

»Das können wir auch so, das wissen Sie. Und was den Auftrag angeht, wissen Sie ebenso, dass es nicht mehr möglich ist, ihn auszuführen. Die Zielperson hat garantiert schon Polizeischutz und wird rund um die Uhr bewacht.«

»Macht das einem Profi wie dir etwa Angst?«

»Sicher nicht. Aber Selbstmörder oder Vollidiot bin ich nun mal auch keiner.«

»Das heißt, dass wir keine andere Wahl haben, als deinen Forderungen zuzustimmen?«

»Man hat immer eine Wahl. Man muss dann allerdings auch mit den Konsequenzen leben.«

»Das stimmt. Ich werde über unser Gespräch nachdenken und mich wieder bei dir melden.«

»Nein. Ich werde mich bei Ihnen melden.«

»Dann soll es so sein.«

»Also morgen früh um neun?«

»Ich werde auf deinen Anruf warten.«

»Gut.«

Es knackte, und das Gespräch war beendet.

Kaynak Levent legte vorsichtig das Telefon auf dem Schreibtisch ab, zog die oberste Schublade seines Schreibtischs auf, nahm eine Pistole heraus und wählte den sofortigen Suizid.

28

»Das tut mir echt leid für Sie, aber der Andi hat sich heute Morgen krankgemeldet«, beschied ein pickliger junger Mann Pia Ritter und Thilo Hain auf deren Frage nach dem Mitarbeiter der Verbundfaserfirma.

»Meinen Sie, wir können ihn zu Hause erreichen?«

»Davon gehe ich fest aus. Unser Boss würde es gar nicht gern sehen, wenn einer von uns sich krankmeldet und dann am See liegt und La Paloma macht.«

»Das kann ich mir gut vorstellen«, gab Pia lachend zurück. »Und wissen Sie auch, wo er wohnt?«

»Klar. Was ich aber nicht weiß, ist, ob er es gut finden würde, wenn ich Ihnen das verrate.«

»Das geht schon in Ordnung. Ich habe neulich einen Kurs bei ihm gemacht und noch ein paar Fragen an ihn.«

Im Gesicht des jungen Mannes wurde so etwas wie Erkenntnis sichtbar. »Sie haben bei Andi einen Kurs gemacht? So vor einem Jahr ungefähr?«

Die Polizistin nickte.

»Und dann aber leider abgebrochen?«

Wieder die gleiche Bewegung mit dem Kopf.

»Dann, glaube ich, kann ich Ihnen ohne Bedenken seine Adresse geben. Aber brechen Sie ihm bitte nicht wieder so dermaßen das Herz wie letztes Jahr, das war nämlich eine Zeit lang kaum auszuhalten.«

Offenbar tauschten sich die beiden Mitarbeiter intensiv über Privates aus, und offenbar war die Zuneigung des Drohnenfachmanns für die Polizistin ein wenig über die reine Schwärmerei hinausgegangen.

»Versprochen«, erwiderte eine ganz leicht errötete Pia Ritter.

Er gab ihnen die Adresse, die beiden verabschiedeten sich und saßen kurz darauf im Auto.

»Soso, du hast ihm also das Herz gebrochen«, kam es von Thilo süffisant.

»Der ist ein paar Jahre jünger als ich und leider so ganz und gar nicht mein Typ. Was hätte ich also anderes machen sollen, als den Kurs abzubrechen?«

»Nein, das passt schon. Es erinnert mich nur an eine ältere Kollegin von der Sitte, in die ich ganz am Anfang meiner Polizeilaufbahn mal ebenso unsterblich wie hoffnungslos verschossen war. Und wenn ich *unsterblich* sage, dann meine ich auch unsterblich.«

»Mit allem Leid, das so eine unerfüllte Liebe mit sich bringt?«

»Und noch einigem Extra. Ich dachte wirklich eine Weile daran, wegen dieser Geschichte was anderes zu machen.«

»Weg von der Polizei?«

»Ja klar. Ich konnte weder schlafen noch essen, und wenn ich sie gesehen habe, hätte ich am liebsten angefangen zu heulen.«

»Wusste sie wenigstens davon?«

Hain sah mit weit aufgerissenen Augen nach rechts, während er den Mazda an einer Ampel ausrollen ließ. »Bist du wahnsinnig? Die Frau war verheiratet und Mutter zweier bildhübscher Kinder. Ich bin zwar ein verdammter Egoist, aber so weit ging mein Egoismus dann doch nicht.«

»Vielleicht hätte sie ja einer Affäre nicht komplett ablehnend gegenübergestanden? Wer weiß das schon, wenn du ihr nie deine Gefühle offenbart hast.«

»Das hätte ich echt nicht gewollt, Pia. Ich war damals so verknallt, dass nur zusammen alt werden oder gar nichts infrage kam. Und wenn ich es mir heute so überlege, dann bin ich ziemlich froh, dass es so gekommen ist, wie es gekommen ist.«

»Auch verständlich.« Sie wies mit dem Arm nach links. »Da geht es rein. Das ist die Straße, die uns der aknegeplagte Jüngling genannt hat.«

»Du kannst manchmal brutal und gnadenlos sein, Pia.«

»Wegen der Pickel?«

»Ja, natürlich wegen der Pickel.«

»Das Leben ist nun mal hart und überhaupt nicht gerecht, lieber Thilo. Und wenn einer Pickel hat, dann werden die nicht dadurch weggehen, dass man nicht darüber spricht.«

»Auch ein Standpunkt.«

An dem Haus, vor dem sie kurze Zeit später standen, prangte in großen Lettern ›Familie Borg‹ neben der hölzernen Eingangstür.

»Sieh an«, brummelte Hain leise, »dein Verehrer lebt noch bei Mama und Papa.«

»Ich trete dir gleich furchtbar in den Hintern, wenn du nicht aufhörst«, murmelte seine Kollegin, während sie die Klingel betätigte.

Es dauerte nicht einmal fünf Sekunden, dann wurde der Kopf einer rothaarigen Frau sichtbar. »Ja, bitte, was kann ich für Sie tun?«, wollte sie freundlich wissen.

»Wir suchen Andreas. Andreas Borg. Er soll hier wohnen.«

»Aber natürlich wohnt der hier. Aber leider wird er von einer starken Sommergrippe geplagt und schläft im Moment.«

»Wir hätten nur ein paar Fragen an ihn und wollen auch gar nicht lang stören.«

»Wie gesagt, er ist krank. Und ich bin sehr froh, dass ich ihn dazu überreden konnte, heute und vielleicht auch die nächsten Tage nicht zur Arbeit zu gehen. Der Carbonstaub da ist bestimmt nicht gut bei einer Erkrankung der Atemwege.«

»Wir verstehen wirklich gut, dass …«

Im Obergeschoss wurde ein Fenster geöffnet, und ein rothaariger Junge mit kalkweißem Gesicht und Strubbelfrisur erschien in der Öffnung. »Pia?«, fragte er deutlich verstört. »Was willst du denn hier?«

»Hi, Andi, schön dich zu sehen. Auch wenn es dir gerade nicht gut geht.«

»Ach, ist gar nicht so schlimm. Nur ein bisschen Schüttelfrost und so.«

»Ja«, ging die Mutter dazwischen, »nur ein bisschen Schüttelfrost und so. Und Fieber und Husten und Schnupfen und noch ein paar Kleinigkeiten mehr. Und jetzt auf der Stelle wieder ins Bett, junger Mann.«

Ihr Auftritt war Andreas offensichtlich peinlich. »Lass doch mal, Mama. Und du, komm hoch, Pia.«

»Kann ich meinen Kollegen mitbringen?«

»Von mir aus.«

Ein paar Minuten später saßen sie auf Bürodrehstühlen vor dem Bett des jungen Mannes. Borg hatte die Decke bis zum Hals gezogen und es war nicht zu übersehen, dass es ihm wirklich nicht gut ging. Seine Mutter hatte darauf bestanden, alle mit Tee zu versorgen, und so hielt jeder der drei einen Becher in der Hand. Andi konnte seine Augen kaum von Pia loseisen.

»Dass ich dich noch mal zu Gesicht kriege, hätte ich echt nicht gedacht.«

»Ja, ich weiß, ich bin letztes Jahr ziemlich überstürzt ausgestiegen. Dass ich dir nicht mehr auf deine WhatsApp geantwortet habe, war nicht das Gelbe vom Ei, aber ich konnte einfach nicht anders.«

»Schon in Ordnung. Ich bin mittlerweile anders verplant.«

»Es freut mich ehrlich, das zu hören.«

Er trank einen Schluck Tee und stellte die Tasse auf dem Nachttisch ab. »Aber viel mehr als die ollen Kamellen vom letzten Jahr interessiert mich natürlich, warum du und dein

Kollege hier so überraschend auftauchen. Was wollt ihr von mir?«

Pia und Thilo tauschten einen kurzen Blick aus.

»Du weißt ja, dass ich Polizistin bin«, antwortete sie. »Und wir haben, rein beruflich also, im Zusammenhang mit einer Drohne ein paar Fragen an dich.« Sie kramte das Trümmerteil aus ihrer Sakkotasche und hielt es Borg hin. Der griff danach und betrachtete es interessiert von allen Seiten.

»Eigentlich müsste ich zunächst mal ganz ordentlich mit dir schimpfen, Pia.«

»Warum das denn?«

»Weil ich mir über Wochen den Mund darüber fusselig geredet habe, dass diese Dinger hier Quadrokopter heißen und eben nicht Drohnen. Aber das scheinst du, wie es aussieht, komplett aus deinem Gedächtnis gestrichen zu haben.«

»Stimmt.« Ihr fielen wieder seine vielen Worte dazu ein. »Wir sollten immer von Quadrokoptern reden und nicht von Drohnen. Sorry, kommt nicht wieder vor.«

Hain, der absolut keine Lust auf heißen Tee hatte und sich fragte, wie er das Zeug loswerden würde, folgte dem Dialog der beiden ebenso reglos wie wortlos.

»Macht nichts. Ich erwähne es einfach nur noch mal.«

»Gut.«

Sein Blick fiel wieder auf das Fragment in seinen Händen.

»Eine DJI Inspire 2. Nettes Teil. Aber doch nicht deine, oder?«

»Nein. Wir sind bei unseren Ermittlungen zu einem Fall auf dieses Ding gestoßen, leider komplett zerstört. Und wenn uns jemand was über dieses Modell sagen kann, dann ja wohl du.«

»Da muss ich dich leider enttäuschen. DJI als Hersteller ist so was wie der Porsche oder Mercedes unter den Quardokoptern. Ich fliege höchstens Mittelklasse, für mehr reicht mein Budget leider nicht.«

»Aber du kannst uns vielleicht sagen, wer sich hier in der Gegend besser damit auskennt?«

»Das könnte sein. Immerhin haben wir hier in Kassel einen der größten Händler für die Dinger sitzen.«

»Echt? Wo denn?«

»Die Firma Borellier. Sitzt im Industriegebiet Waldau, in der gleichen Straße, in der auch Ikea ist. Den Namen weiß ich nicht, kann man aber kaum verfehlen. An Ikea vorbei und nach ein paar Hundert Metern auf der linken Seite.« Sein Blick heftete sich wieder auf das Unfallteil in seinen Händen. »Das muss ja ein richtiger Horrorcrash gewesen sein, sonst wäre der Rahmen nicht so abartig zerstört.«

»Das vermuten wir auch, ja. Wir gehen von einem Absturz aus großer Höhe aus.«

»Den Rahmen hier könnte sogar ich selbst gefertigt haben. Wir beliefern nämlich DJI mit Carbonteilen.«

»Schön. Und es könnte deiner Meinung nach durchaus sein, dass dieser Quadrokopter hier in Kassel gekauft wurde?«

»Wenn er hier geflogen wurde und runtergekommen ist, warum nicht? Es gibt in Deutschland – neben dem Internet natürlich – nur drei Händler für die Dinger. Einen ganz weit im Osten, einen tief im Süden und eben Borellier. Fragt einfach mal bei denen, die werden es euch schon sagen.«

Pia nickte ihm freundlich zu, stellte ihre Tasse neben seine und stand auf. »Du sagst, dass der Hersteller so was wie die Porsches in der Drohnenszene … ich meine natürlich in der Quadrokopterszene herstellt. Was kostet denn dieses Modell?«

»Mit ein paar nicht ganz unwichtigen Extras zwischen vier und sechs Riesen. Das ist wirklich was ganz Feines.«

»Aber eigentlich nicht das Richtige für einen Anfänger, was meinst du? Wer so was fliegt, der sollte schon wissen, was er macht?«

Andi Borg lachte laut auf, was zu einem sofortigen Hustenanfall führte. »Das sollte man zumindest meinen«, gab er heiser zurück, nachdem er sich wieder gefangen hatte. »Aber auch in der Luft ist es wie zum Beispiel auf der Straße. Wenn du die nötige Kohle hast, kannst du natürlich auch als blutiger Anfänger solch ein Gerät fliegen. Alles eine Geldfrage.« Er bedachte die Polizistin mit einem Blick, den seine neue Freundin vermutlich ganz und gar nicht gern gesehen hätte. »Ist mit dem Ding hier was angestellt worden? Ich meine, ein Verbrechen oder so?«

»Das wissen wir noch nicht, es könnte aber sein. Wenn wir mehr darüber herausgefunden haben, lasse ich es dich wissen.«

»Das ist nett, danke.«

Die Polizisten wünschten ihm gute Besserung, verabschiedeten sich und gingen nach unten, wo Borgs Mutter sie aus dem Haus begleitete.

»Danke, dass wir mit Ihrem Sohn reden durften.«

»Wenn es nach mir gegangen wäre, dann in diesem speziellen Fall ganz bestimmt nicht. Aber was soll ich schon machen, wenn er dumm genug ist und es will?« Sie bedachte die Polizistin mit einem bösen Blick. »Auf Wiedersehen.«

»Ja, auf Wiedersehen, Frau Borg.«

»Meinst du, die wusste, dass du ihrem Lümmel das Herz gebrochen hast?«, wollte Thilo wissen, nachdem sie außer Hörweite waren. »Die war ja zum Abschied echt gallig zu dir.«

»Darauf kannst du einen lassen, dass die das wusste. Ich hätte ihr am liebsten noch an den Kopf geworfen, dass ich rein gar nichts dafür konnte, dass ihr Prinz sich in mich verschossen hat. Aber was hätte das schon genützt?«

»Rein gar nichts.«

»Immerhin haben wir einen Tipp gekriegt, der uns vielleicht einen Schritt weiter bringt.«

»Also auf nach Waldau, zur Firma Borellier.«

Sie gingen ein paar Meter, dann blieb Pia stehen. »Ich bin echt zum Sterben müde, Thilo.«

»Ich auch, aber nützt ja nichts. Wenn wir den bösen Buben dieser Welt nicht das Handwerk legen, wer soll es dann tun?«

»An dir ist wirklich ein Poet verloren gegangen. Aber das macht mich leider auch nicht wacher.«

»Wollen wir uns einen Espresso gönnen? Oder vielleicht sogar einen doppelten? Ich zahle.«

»Bombenidee.«

*

»Borellier Aeronautics« stand in großen Lettern über dem mit Edelstahl verkleideten, nicht sehr großen Gewerbeobjekt, vor dem die Polizisten nach jeweils zwei doppelten Espressi und einem geteilten Tiramisu anhielten. Die Eingangstür öffnete sich automatisch, und im Innern herrschte angenehme Kühle. Hinter dem Tresen stand eine etwa 35-jährige Frau, die an einer Liste arbeitete, aber sofort nach dem Eintreten der vermeintlichen Kunden den Kopf hob und sie freundlich begrüßte.

»Guten Tag«, gab Hain ebenso freundlich zurück und stellte sich und seine Kollegin vor. »Wir haben ein paar Fragen wegen eines Drohnenmodells, das von Ihrem Unternehmen vertrieben wird.«

»Gern. Um welches Modell handelt es sich denn?«

»Um einen Quadrokopter von DJI, und zwar das Modell Inspire 2. Nach unseren Recherchen wurde ein solches Exemplar bei einem Verbrechen benutzt.«

»Oje«, zeigte sich die Mitarbeiterin ernsthaft berührt. »Und jetzt möchten Sie wahrscheinlich wissen, wer so einen Quadrokopter hier gekauft hat.«

»Genau darum geht es. Können Sie uns da weiterhelfen?«

»Nein, leider nicht. Aber ich kann Herrn Borellier rufen, der für diesen Sektor zuständig ist.«

»Das wäre klasse.«

Es dauerte etwa zehn Minuten, dann erschien ein grauhaariger Mann in Jeans und Sakko, reichte den Beamten die Hand, stellte sich vor und entschuldigte sich für die Wartezeit. »Ich hatte noch einen Kunden in der Leitung, den ich nicht wegdrücken wollte.«

»Das macht nichts«, sagte Hain und schilderte auch ihm ihr Anliegen.

»Eine DJI Inspire 2 also?«, fragte der Firmenchef mit hochgezogenen Augenbrauen. »Verkauft man ja leider nicht jeden Tag, so ein Modell. Oder, wie jetzt im Fall Ihrer Nachfrage, zum Glück.«

»Sie meinen also, dass Sie uns weiterhelfen können?«

»Vermutlich, ja. Am einfachsten wäre es natürlich, wenn Sie die Seriennummer der Inspire hätten.«

Pia kramte den Überrest der verunfallten Drohne hervor und hielt sie Borellier hin.

»Das sieht doch gut aus«, kommentierte der das Carbonteil, schob sich die auf dem Kopf sitzende Lesebrille vor die Augen und sah kurz auf die Seriennummer.

»Ich kann mich gut an den Kunden erinnern, sogar sehr gut. Ein überaus seriös erscheinender Mann um die 40 mit ausgeprägt guten Manieren und entsprechendem Umgangston. Hat bar bezahlt und nie mehr etwas von sich hören lassen. Und der soll an einem Verbrechen beteiligt gewesen sein?«

»Das konnten wir noch nicht abschließend klären. Der Quadrokopter war es auf jeden Fall.«

Borellier hob den Kopf und lächelte Pia Ritter an. »Sie müssen sich nicht so quälen mit diesem Wort. Wir hier sprechen auch immer noch von Drohnen, obwohl wir wissen, dass verschiedene Hardliner da draußen das ganz und gar nicht gern hören.«

»Na ja, wenn wir uns in einer Community bewegen, versuchen wir auch, die Sprache der Menschen zu sprechen, die ihr angehören.«

»Machen Sie sich nicht verrückt. Bei uns sind Sie mit Drohne genauso willkommen wie mit Quadrokopter. Viel interessanter für mich ist die Tatsache, dass dieses Geschoss an einem Verbrechen beteiligt gewesen sein soll.«

»Wie meinen Sie das, dieses *Geschoss*?«

»Na ja, die DJI Inspire 2 ist nicht gerade eine kleine Drohne, und was das Fliegen mit ihr angeht, gibt es auch zahmere Modelle, die dem Piloten das Leben deutlich einfacher machen. Aber wenn man mit ihr umgehen kann, gibt es meiner Meinung nach in dieser Preisklasse nichts Besseres.«

»Haben Sie die Daten des Mannes, der die Drohne gekauft hat, noch?«

»Natürlich habe ich die. Und ich kann Ihnen sogar Bildmaterial über ihn anbieten, falls Ihnen das weiterhelfen sollte.«

»Sie machen …?«

»Klar. Wir wollen von jedem unserer Kunden wissen, wer er ist. Und dass wir hier eine Videoüberwachung installiert haben, ist auch und zuerst der Tatsache geschuldet, dass einige dieser Kunden mit überaus sensiblen Daten hantieren. Da müssen wir uns maximal absichern, das verstehen Sie vermutlich.«

»Aber ich habe beim Eintreten gar keinen Hinweis darauf gesehen. Ist es nicht vorgeschrieben, die Kunden auf eventuelle Videoaufzeichnungen hinzuweisen?«

»Das machen wir. Das Schild ist zwar nicht sehr groß und auch nicht sehr gut sichtbar angebracht, erfüllt nach Aussage unseres Anwalts jedoch seinen Zweck. Sie sind übrigens daran vorbeigekommen, als Sie unser Gebäude betreten haben.«

»Interessant.«

»Ja. Wenn Sie mir jetzt folgen, können wir uns die Daten des

Verkaufs ziehen und das Band des Tages, an dem der Kunde hier war.«

Dieses ganze Prozedere dauerte nicht mehr als ein paar Minuten. Dann hatten Ritter und Hain sämtliche Unterlagen eingesehen, die Daten notiert und warteten auf die Bilder.

»Hier, das ist er«, sagte Borellier und drehte den auf ihn gerichteten Monitor auf seinem Schreibtisch in Richtung der beiden Polizisten davor. »Und ich kann mich, wie gesagt, noch gut an ihn erinnern.«

»Hat er Ihnen erzählt, was er mit der Drohne vorhat?«, wollte Pia wissen.

»Ja, natürlich. Das musste ich ihn auch deshalb fragen, weil es in dem Fall um das eine oder andere Zubehörteil ging.«

»Und, was hat er Ihnen geantwortet?«

»Er wollte sie seinem Sohn schenken, nach seinen Schilderungen ein echter Drohnenjunkie. Natürlich fragen wir, ob Vorkenntnisse vorhanden sind, gerade bei solch einem Gerät, aber die konnte er glaubhaft versichern.« Borellier atmete durch. »Und letzten Endes sind wir nicht mehr und nicht weniger als ein Händler. Wir müssen unser Geld damit verdienen, dass uns jemand etwas abkauft. Also hätte ich ihm das Ding auch dann verkauft, wenn er mir erzählt hätte, dass er ein absolut blutiger Anfänger ist, aber einfach einen Narren an genau dem Modell gefressen hat.«

»Klar, das verstehen wir«, stimmte Pia ihm zu. »Meinen Sie, wir können eine Kopie dieser Bilder bekommen? Oder, falls nicht, wenigstens einen Ausdruck?«

»Ich gebe Ihnen beides. Ist wirklich kein Problem für mich.«

»Ja, es sieht tatsächlich so aus, als wären Sie, was den Digitalisierungsgrad Ihres Unternehmens angeht, ganz weit vorn.«

»Hey, wir verdienen unser Geld mit der Technik der Zukunft. Da würde es irgendwie komisch wirken, wenn unsere EDV aus dem letzten Jahrhundert wäre, oder?«

Während er sprach, wurden aus dem Farbdrucker hinter ihm mehrere Bilder ausgespuckt, und eine halbe Minute später hielt er der Kommissarin zusammen mit den Kopien einen USB-Stick hin, auf dem das Logo seines Unternehmens aufgedruckt war.

»Jetzt haben Sie alles, was Sie brauchen. Und dazu noch meine besten Wünsche, dass Sie diesen Kerl kriegen, ganz egal, was er getan haben mag. Kunden, die mit Drohnen böse Sachen machen, sind nämlich generell nicht gut fürs Geschäft.«

Pia stimmte ihm zu und bedankte sich. »Sie sagten vorhin, dass es noch um Zubehör ging. Was genau war das?«

»Er hat noch eine Kamera dazugenommen und einen sogenannten Finder. Das ist eine bidirektionale Kommunikationskomponente, mit deren Hilfe die Drohne ihrem Partner, zum Beispiel am Boden, in einem genau definierten Abstand und einer zuvor festgelegten Höhe folgen kann. Ist eine komplett neue Entwicklung und in der letzten Konsequenz auch noch nicht wirklich ausgereift, aber er wollte sie halt haben. Hat sogar drauf bestanden, wenn ich mich richtig erinnere.«

»Nur damit ich es richtig verstehe«, mischte Hain sich ein, »mithilfe dieses Mechanismus könnte die Drohne zum Beispiel einem Auto gefolgt sein, wenn das Partnergerät sich in diesem Auto befunden hätte?«

»Genau darum geht es ja bei dieser Entwicklung. Nahezu autonomes Fliegen für Drohnen, sozusagen.«

»Interessant.«

29

Hakan Durmus hatte schon direkt nach dem Ende des Telefonats mit Kaynak Levent gewusst, dass irgendetwas nicht stimmte. Seine Jahre beim Geheimdienst hatten ihn gelehrt, dass Dinge, die zu glattgingen, immer einen Haken hatten. Mindestens einen. Es war vielleicht Intuition oder auch Misstrauen, auf jeden Fall war ihm nach dem Gespräch mit Levent klar gewesen, dass dessen Verhalten alles andere als vertrauenswürdig war. Also hatte er eine Weile nachgedacht und sich schließlich für eine komplett neue Variante zur Lösung seiner vielfältigen Probleme entschieden.

Zur Umsetzung hatte er den nagelneuen Yamaha TMAX Motorroller aus der Ecke der Halle geholt, wo er für einen eventuellen Einsatz von ihm Wochen zuvor abgestellt worden war. Helm, Handschuhe und eine hochwertige High-Tech-Textiljacke befanden sich in dem geräumigen Fach unter der Sitzbank, aus dem er sie nun herausholte und bereitlegte. Dann überprüfte er die im Wohnmobil gelagerte Glock 17, stellte sicher, dass er über zwei komplett gefüllte Magazine verfügen konnte, und schraubte anschließend einen Schalldämpfer auf den Lauf. Dann befestigte er, einer alten Angewohnheit folgend, ein Knöchelholster an seinem rechten Fußgelenk, steckte eine Glock 26, die sogenannte Baby-Glock, mit vollem Magazin hinein, und legte den ledernen Sicherungsriemen um die Waffe. Außerdem steckte er sein rot schimmerndes Taschenmesser ein. Das hatte Melek ihm vor vielen Jahren geschenkt, und es hatte ihm schon des Öfteren gute Dienste erwiesen.

»Geh nie ohne einen gescheiten Plan B aus dem Haus, Hakan!« Die Worte seines Ausbilders.

»Kein Kriegsplan überlebt den ersten Kontakt mit dem Feind.«

Ein von Hakan Durmus gern zitierter Satz, entweder nach von Clausewitz oder von Moltke, worüber die Historiker sich seit Ewigkeiten erstaunlich uneinig waren.

Ein paar Minuten später war er komplett angekleidet, schob den Scooter aus der Halle, schloss hinter sich ab und stieg auf. Schon bei der Probefahrt vor dem Kauf war er völlig überrascht gewesen von der Performance, die ihm diese moderne Zweiradkonstruktion bot. Und so war es auch jetzt. Die Beschleunigung von einer Ampel weg war, wenn man berücksichtigte, auf einem Motorroller zu sitzen, schlicht atemberaubend. Unter Einhaltung sämtlicher Verkehrsregeln und sehr umsichtig fahrend nahm der Geheimdienstmann Kurs auf den Stadtteil Helleböhn. Dort bog er am Sportplatz links ab, ließ die kleine Sackgasse, in der die Schulzes wohnten und an deren Anfang ein Polizeifahrzeug parkte, rechts liegen und rollte schließlich über eine Kuppe, die ihn sowohl vor den Blicken der Zivilbeamten im Vectra vor dem Haus der Schulzes wie auch vor der Entdeckung durch die Streifenwagenbesatzung schützen würde. Während der Motor des Scooters verstarb und er Helm und Handschuhe abstreifte, sah Hakan Durmus sich so unauffällig wie möglich nach allen Seiten um und war davon überzeugt, dass die schon vor vielen Wochen ausgekundschaftete Stelle, die er nun ansteuerte, noch immer für seine Zwecke optimal geeignet war. Nach gut 100 Metern hatte er die mit Büschen und Sträuchern zugewachsene Erhöhung mit freiem Blick und natürlich auch freiem Schussfeld auf die Frontseite des kleinen Einfamilienhauses erreicht. Dort konnte er gut erkennen, dass Tina Schulze dabei war, Plastikkisten und Umzugskartons in ihren betagten VW Polo zu laden. Ihr Mann lehnte an der Haustür und redete jedes Mal eindringlich auf sie ein, wenn sie an ihm vorbeikam. Anstalten, sie zu unterstützen, machte er jedoch keine. Als ihre Arbeit offenbar erledigt war, ging sie mit einer Handtasche über der Schulter auf den Wagen zu. Schulze kam nun hinter ihr her und fasste sie, für einen unbeteiligten Beobachter irritierend nachdrücklich, am Arm und hielt sie auf. Es entspann sich ein Wortgefecht, dessen genauen Inhalt Durmus zwar nicht hören konnte, das jedoch offensichtlich sehr aggressiv geführt wurde. Schließlich riss sich Tina Schulze von ihrem Mann los, lief mit schnellen Schritten zum Auto und war Augenblicke später verschwunden. Der türkische Geheimdienstmitarbeiter ließ sich auf einem Baumstumpf etwas abseits nieder, atmete schwer durch und griff zu seinem Telefon. Die Nummer, die er nun wählte, hatte er sich schon zu Beginn seiner Zeit in Deutschland eingeprägt, sodass er kurz darauf die Stimme jenes Mannes im Ohr hatte, der, wenn alles nach Plan gegangen wäre, eigentlich gar nicht mehr in der Lage sein sollte, ein Telefonat zu führen.

»Ja, bitte?«

»Wir kennen uns nicht, aber ich bitte Sie, mir ein paar Sekunden Ihrer Zeit zu schenken.«

Kurze Pause.

»Warum sollte ich das tun?«

»Weil ich der Mann bin, der Sie töten sollte.«

Eine längere Pause.

»Wenn das ein Scherz sein soll, dann ist es kein guter. Dann ist es sogar ein verdammt mieser und schlechter.«

»Das ist definitiv kein Scherz. Und es tut mir aufrichtig leid, was geschehen ist. Was mit diesem blonden Mädchen und ihrem Vater geschehen ist.«

»Was wollen Sie von mir, Sie verdammter Mörder?«, bellte Schulze aufgebracht ins Telefon. »Es kann doch nicht Ihr Ernst sein, mich einfach zu Hause anzurufen, um mir zu erzählen, dass Sie der Mann sind, der mich umbringen sollte. Und der sich dabei so abgrundtief doof angestellt hat.«

»Ich will nicht mit Ihnen über die Vergangenheit diskutieren. Ich will Sie vielmehr vor der Zukunft warnen.«

Schulze schien nun kurz davor, total in Rage zu geraten. »Ach, Sie trachten mir also immer noch nach dem Leben, oder was?«

»Es tut mir, wie gesagt, sehr leid, was geschehen ist. Die Details erspare ich Ihnen, aber ich bitte Sie, mir zu glauben. Und es tut mir ebenso leid, dass Ihre Frau Sie verlassen hat, und ich hoffe, dass Ihre Beziehung wieder in Ordnung kommt.«

»Woher …?

»Ich möchte, dass Sie sich jetzt in Ihren Keller zurückziehen. Ich möchte Ihnen nicht erklären, warum. Ich bitte Sie einfach um Ihr Vertrauen, obwohl ich mir vorstellen kann, dass Sie damit Ihre Schwierigkeiten haben dürften. Aber machen Sie es einfach.«

»Ich hätte absolut nicht gedacht, dass die türkischen Behörden Ihre Mordaufträge an komplett durchgedrehte Irre wie Sie delegieren«, schrie Schulze ins Telefon. »Und wenn …«

»Hauen Sie ab in den Keller, und zwar jetzt«, blaffte Durmus ihn an, »und wenn Sie klug sind, sprechen Sie mit niemandem über dieses Telefonat.«

Damit nahm er das Telefon vom Ohr, drückte auf die rote Taste und ließ es in der Motorradjacke verschwinden. Dann zog er mit der anderen Hand die mit dem Schalldämpfer versehene und etwas unhandliche Glock aus dem Schulterholster heraus. Ohne groß zu überlegen, zielte er, nahm die Fenster von Schulzes Haus ins Visier und drückte in schneller Folge ab, bis das Magazin leer war und der Schlitten der Pistole in der für diesen Zustand vorgesehenen Position verharrte. Während der Schussfolge hatte er über dem Rand des Schalldämpfers die Einschläge verfolgt und hoffte einerseits, dass Okan Schulze tatsächlich seinen Rat beherzigt hatte und dass andererseits nicht allzu viel im Innern des Hauses zu Bruch gegangen war. Auf jeden Fall, darüber bestand bei Hakan Durmus kein Zweifel, gab es auf dieser Seite des Hauses keine einzige intakte Fensterscheibe mehr. Nach einem weiteren Blick auf das von ihm verursachte Schadensbild ging er mit ruhigen Schritten zurück zum TMAX, legte die Glock im Staufach unter der Sitzbank ab, streifte Helm und Handschuhe über, startete den Motor und fuhr langsam davon.

Der Rückweg zur Halle, wieder mit komplett an die Verkehrsregeln angepasstem Fahrverhalten, würde ungefähr 15 Minuten in Anspruch nehmen, so Durmus' durchaus realistische Schätzung. Was der Mann auf dem Scooter in diesem Moment noch nicht wissen konnte, war der Fakt, dass praktisch zeitgleich mit seinem Anruf bei Schulze ein Anruf beim Notruf der Polizei eingegangen war. Dieser Anruf meldete einen Überfall auf die Zweigstelle der Sparkasse Helleböhn, was natürlich zu einer sofortigen Ringfahndung mit entsprechenden Straßensperren und weiteren Überwachungsmaßnahmen führte. Durmus hätte an diesem Tag und zu dieser Zeit also so langsam und angepasst fahren können, wie er wollte, er wäre, zumindest als Nutzer eines Fahrzeugs, zwangsläufig mit den Polizeiaktionen konfrontiert worden. Er hatte gerade die Kreuzung Eugen-Richter-Straße / Helleböhnweg passiert, als er auf das Ende einer Autoschlange zurollte. Zunächst dachte er, an einer weiteren Kreuzung oder einer Ampelanlage angekommen zu sein, doch dann erkannte er am vorderen Ende des Staus die kreisenden Blaulichter der Einsatzfahrzeuge. Und beim näheren Hinsehen wurde ihm klar, dass es sich ausschließlich um Polizeifahrzeuge handelte, ein Unfall also auszuschließen war. Der türkische Agent sah sich vorsichtig nach allen Seiten um. Rechts wurde die zweispurige Straße von den Straßenbahnschienen begrenzt, und links verhinderte ein mannshoher Zaun, der ein Gewerbeobjekt vom Bürgersteig trennte, das Fortkommen. Also blieb ihm nur die

Wahl, entweder auf seine Tarnung zu vertrauen oder in Kauf zu nehmen, möglicherweise aufzufallen, wenn er seinen Roller wendete.

Es ist völlig unmöglich, dass diese Straßensperre schon mit der Aktion auf Schulzes Haus zusammenhängt. Die deutsche Polizei ist zwar gut, aber so schnell kann nicht einmal sie reagieren.

Der Wagen vor ihm bewegte sich ein paar Meter nach vorn, doch Durmus schloss die Lücke nicht. Er verharrte in seiner Position und dachte fieberhaft nach: *Ich hätte die Glock entsorgen sollen, verdammt noch mal!*

Mit der Pistole unter der Sitzbank war ihm jegliche Möglichkeit an eine wie auch immer geartete Ausrede verstellt.

Lautes Hupen hinter ihm schreckte Durmus hoch. Er drehte sich um und reckte dem Verursacher des Lärms den gestreckten Mittelfinger entgegen, was die Huperei nur erneut in Gang setzte, nun auch mit Unterstützung weiterer Autos in der Reihe. Durmus ließ den TMAX anrollen und schloss die Lücke. Noch etwa 20 Autos, schätzte er, dann war er an der Polizeisperre angekommen.

Mit einem Mal tauchten die Gesichter von Melek und den beiden Jungs vor seinem geistigen Auge auf. Sie lachten und winkten ihm zu, und er hatte das starke, sichere Gefühl, zu ihnen zurückkehren zu wollen. Tief nach Luft schnappend zog er den Roller einen halben Meter zurück, sodass er genügend Spielraum zum Manövrieren hatte, zog nach rechts, bugsierte das Vorderrad auf den Bürgersteig und nahm schließlich mit geringer Geschwindigkeit Kurs auf die Blaulichter.

Einer der Uniformierten, über dessen Schutzweste eine Maschinenpistole hing, sah ihn kommen und trat nach links, um ihm den Weg zu versperren. Der Türke öffnete das Visier seines Helms, bremste und kam etwa einen Meter vor dem Beamten zum Stehen, der ihm mit ausgestrecktem rechten

Arm unmissverständlich zu verstehen gegeben hatte, dass er nicht durchfahren konnte.

»Ich bin Narkosearzt und habe Bereitschaft. Wir haben einen Notfall in der Klinik und es ist sehr wichtig, dass ich innerhalb der nächsten fünf Minuten vor Ort bin.«

Der Beamte hielt den Arm weiterhin ausgestreckt, fuhr sich jedoch nun mit der anderen Hand ans Ohr, wo er offenbar eine Nachricht über das Headset empfing. Sein Mund bewegte sich ein wenig, doch was genau er sprach, war nicht zu verstehen. Dann trat er einen Schritt auf Durmus zu. »Welches Krankenhaus?«, rief er ihm zu.

»Wie, welches Krankenhaus?«

»Na, an welchem Krankenhaus Sie Bereitschaft haben. Wo wartet man auf Sie wegen der Operation?«

Durmus schluckte und zeigte mit der rechten Hand in Richtung Innenstadt. »Drüben am ... Krankenhaus. Es ist eine Privatklinik für ... plastische Chirurgie.«

Die Züge des Mannes mit der Maschinenpistole spannten sich. Er veränderte seine Haltung, richtete die Waffe nach vorn, nahm den Rollerfahrer ins Visier und trat gleichzeitig wieder ein paar Schritte zurück.

»Abstellen und absteigen!«, schrie er. »Und keine schnellen Bewegungen oder so was. Los!«

Durmus atmete tief ein, schloss für ein paar Sekundenbruchteile die Augen, öffnete sie wieder, duckte sich und riss den Gasgriff des TMAX auf. Der Scooter schoss nach vorn, traf mit der rechten Lenkerhälfte den Polizisten, wobei der Spiegel abgerissen wurde, schlingerte bedrohlich, fing sich jedoch wieder und nahm schnell Fahrt auf. Der Geheimdienstmann machte sich so klein wie möglich und umkurvte dabei einen ihm in den Weg springenden Polizisten. Während er vom Bürgersteig auf die Fahrbahn hoppelte, konnte er die ersten Schüsse von hinten hören, duckte sich noch ein wenig tiefer in sein Fahrzeug und verspürte dabei einen stechenden Schmerz am linken Arm. Gleichzeitig wurde die Frontscheibe von einer Kugel getroffen und zerbarst in tausend kleine Teile. Eines davon flog direkt in das linke Auge des Agenten. Mit schmerzverzerrtem Gesicht und unter größten Mühen gelang es ihm, sein Gefährt auf der Straße zu halten. Von hinten konnte er, vom Helm gedämpft, die Sirenen der ihn verfolgenden Polizeiwagen hören.

Scheiße.

Er war unterwegs in einer Stadt, in der er sich nur völlig unzureichend auskannte, verfolgt von einer Meute von Polizeiwagen, die vermutlich innerhalb der nächsten Minuten Verstärkung aus der Luft bekommen würden. Und zu allem Überfluss hatte er auch noch eine Schusswunde.

Wie ein Blitzlicht ging es ihm durch den Kopf, einfach anzuhalten, sich den Behörden zu stellen und ins Gefängnis zu gehen. Doch er war sich absolut sicher, dass der lange Arm des türkischen Geheimdienstes auch in einen deutschen Knast reichte und ihn dort zu fassen bekäme. Sein Leben wäre in diesem Fall keinen Pfifferling mehr wert. Also gab er so viel Gas, um den Roller gerade noch auf der Straße halten zu können, überfuhr dabei mehrere rote Ampeln und hielt sich immer in Richtung Innenstadt. Hier kannte er sich leidlich aus, von hier aus würde er problemlos zu seiner Halle zurückfinden.

Von all diesen Problemen des türkischen Auftragsmörders konnte Paloma Jimenez natürlich nicht das Geringste wissen, als sie auf dem Weg zur Arbeit in einem spanischen Restaurant in der Innenstadt auf das Wehlheider Kreuz zufuhr. Im kleinen Dacia Sandero, ihrem gesamten Stolz, den die Kellnerin erst vor drei Tagen brandneu übernommen hatte, ertönte viel zu laut der Soundtrack zum Film über jene alten Männer, die in einem Sozialklub von Havanna Musik machten.

Chan Chan.

Richtig gute Musik, wie sie fand. Immer wieder grölte die Frau den Refrain des ersten Liedes mit. Als die Ampel direkt vor ihr auf Rot sprang, hielt sie, anstatt wie sonst fluchend, weitersingend an.

Chan Chan.

Sie saß in ihrem persönlichen Traumwagen, und die eingebaute kleine Stereoanlage spielte die Musik, die sie so sehr liebte. Ein Mann mit einem Hund an der Leine, der vor ihr die Straße überquerte, sah völlig fassungslos in ihr Gesicht und verschwand dann kopfschüttelnd aus ihrem Blick.

Du Spießer!, dachte sie grinsend auf ihrem Kaugummi herumkauend und drehte den Lautstärkeregler noch ein wenig weiter nach rechts.

Chan Chan.

Als die Ampel orange wurde, legte Paloma den ersten Gang ein, ließ die Kupplung kommen und rollte langsam los. In diesem Moment war der Song zu Ende, doch sie wollte ihn noch einmal hören. Also beugte sie sich nach vorn und drückte eine Taste des MP3-Players. Im selben Augenblick wurde ihr Sandero etwa einen Meter nach rechts versetzt, als ein anderes Fahrzeug direkt in ihre Tür krachte. Der Treibsatz im Airbag ihres Lenkrads explodierte zwar, der Luftsack konnte jedoch nicht das Geringste gegen jene Kräfte ausrichten, die seitlich auf die Frau einwirkten. Und natürlich auch nichts gegen die Masse des Yamaha-Scooters, der sich zuerst mit dem Vorderrad und dann mit Gabel und Rahmen in den Wagen bohrte. Der Sitz, auf dem die Kellnerin saß, wurde 25 Zentimeter nach rechts verschoben, wobei ihr linker Oberschenkelknochen an mehreren Stellen brach. Das Fatale und letztlich Letale spielte sich in ihrem Hals ab, wo die Schlagader durch die seitliche Beschleunigung des Körpers und das gleichzeitige Verharren des Kopfs einfach auseinandergerissen wurde. Weil das

Gehirn ab diesem Moment nicht mehr mit Blut versorgt werden konnte, war Paloma Jimenez unrettbar verloren. Sie verblutete innerlich.

Der MP3-Player in der Mittelkonsole allerdings hatte den Aufprall ohne Folgen überstanden und führte den Befehl aus, den sie ihm praktisch zeitgleich mit dem Aufprall des Rollers gegeben hatte. Und so hörte die Spanierin im Moment ihres Todes die melancholischen Worte jenes Liedes, das ihr in den letzten 20 Jahren zu einem treuen Begleiter geworden war.

Chan Chan.

30

»Also mal wieder dieser Metin Ekmekci«, fasste Pia Ritter die Notizen auf dem Block ihres Kollegen zusammen, während sie auf ihren nächsten Espresso wartete.

»Ja. Er war Mieter der abgefackelten Wohnung, er hat die Drohne bei Borellier gekauft und er hat damit den Anschlag auf Schlaffke und seine Tochter ausgeführt. Obwohl er davon ausgegangen ist, dass Okan Schulze den Wagen fährt. Und wir wissen spätestens jetzt mit absoluter Sicherheit, dass an der Sache deutlich mehr dran ist, als die Kollegen aus Wiesbaden uns glauben machen wollen.«

»Aber das war doch auch schon vorher klar, Thilo. Die Frage ist nur, was wir mit diesen ganzen Informationen anfangen können. Wir haben zwar ein richtig gutes Foto von Ekmekci, aber können wir damit auch an die Öffentlichkeit gehen oder ihn sogar zur Fahndung ausschreiben lassen?«

»Klar können wir das, Pia«, antwortete Hain, ohne zu zögern.

»Und mit welcher Begründung?«

»Er steht immerhin in dringendem Verdacht, sich des gefährlichen Eingriffs in den Luftverkehr schuldig gemacht zu haben. Das ist ein Straftatbestand, der eine Fahndung nach ihm durchaus rechtfertigt.«

»Du bist ja ein Fuchs«, zeigte die Oberkommissarin sich ernsthaft beeindruckt. »Allerdings erinnert mich das ein wenig an Al Capone. Den haben sie ja auch nicht wegen seiner vielen Morde drangekriegt, sondern wegen irgendwelcher Steuergeschichten.«

Thilo Hain lachte laut auf. »So in etwa habe ich mir das

vorge…« Er wurde mal wieder vom Klingeln seines Telefons unterbrochen.

»Ja, Hain?«

»Bernd Haberland hier. Auf Okan Schulze wurde ein Anschlag verübt.«

»Wo genau?«

»Bei ihm zu Hause. In seinem Haus.«

»Wie geht es ihm?«

»Er hat Glück gehabt und rein gar nichts abbekommen. Unsere Leute, die vor dem Haus postiert waren, sind natürlich gleich rein, aber Schulze war schon bei den ersten Schüssen in den Keller geflüchtet.«

»Auf ihn ist *geschossen* worden?«

»Richtig, ja.«

»Weißt du was über seine Frau? War die auch im Haus?«

»Nein, keine Ahnung.«

»Gut. Pia und ich fahren sofort hin. Wissen die Kollegen aus Wiesbaden schon Bescheid?«

»Von denen«, erwiderte Haberland süffisant, »habe ich leider keine Telefonnummer bekommen, die ich anrufen könnte. Aber ich vermute, die werden früher oder später schon mitkriegen, was da passiert ist.«

»Gut. Du meldest dich bitte sofort, wenn du irgendwas hörst, das für uns von Interesse sein könnte.«

»Mach ich.«

Der Hauptkommissar forderte seine Kollegin auf, ihm zu folgen, steckte im Gehen das Telefon weg und sprang ein paar Sekunden später in den Mazda.

»Was, verdammt noch mal, ist denn passiert?«, wollte Pia angesäuert wissen. »Auf wen wurde geschossen?«

»Es gab einen Mordanschlag auf Schulze. Auf *den* ist geschossen worden?«

»Scheiße«, entfuhr es der Polizistin.

Auf der Fahrt in den Stadtteil Helleböhn tauchten immer mehr Streifenwagen auf den Straßen auf. Hain und Ritter mussten mehrere Straßensperren passieren.

»So auf Zack habe ich meine alten Kollegen ja noch nie erlebt«, schrie Pia gegen den Fahrtwind an. »Ich kann kaum glauben, dass dieser Auflauf mit unserer Geschichte zusammenhängt.«

»Das glaube ich auch nicht, um ehrlich zu sein. Frag doch mal bitte über Funk, ob da noch irgendwo eine Sache läuft.«

Die Kommissarin griff zu dem Handheld, beugte sich in den Fußraum, um überhaupt etwas verstehen zu können, und kam etwa 30 Sekunden später wieder hoch.

»Wir sind echte Glückspilze«, fasste sie die Informationen aus dem Präsidium zusammen. »Die Sparkasse in Helleböhn ist überfallen worden, und das ist der eigentliche Grund für die Aktivität der uniformierten Kollegen.«

»Meinst du, die beiden Sachen hängen irgendwie zusammen?«, wollte Hain wissen.

Sie schüttelte energisch den Kopf. »Das kann ich mir überhaupt nicht vorstellen. Der Kerl ist ein Profi, so was macht der garantiert nicht. Und wie einer, der an Geldmangel leidet, kommt er mir auch nicht vor.«

»Da ist was dran.«

Die kleine Sackgasse, in der die Schulzes wohnten, war hermetisch abgeriegelt. Es wimmelte auch hier von Einsatzwagen der Polizei. Hain ließ den MX5 etwa 100 Meter vor ihrem Ziel stehen, den Rest des Weges legten Pia und er zu Fuß zurück. Etwa 15 Meter vor dem Haus standen vier Uniformierte, die den Zugang überwachten und sie mit einem Kopfnicken durchwinkten.

In der Tür wurden sie von den beiden Zivilpolizisten begrüßt, die zum Schutz der Schulzes im Opel Vectra Dienst geschoben hatten.

»Wir haben nicht das Geringste von den Schüssen gehört«, erklärte der ältere der beiden. »Der Schütze muss einen Schalldämpfer benutzt haben, anders ist das nicht zu erklären. Einzig die Einschläge und das zerberstende Glas haben uns hellhörig werden lassen.«

»Gut zu wissen«, sagte Pia Ritter. »Danke, Jungs.«

Okan Schulze fanden sie in der auf der Rückseite des Hauses liegenden Küche. Er saß auf einem Stuhl mit einem Glas Wasser in der Hand.

»Guten Tag, Herr Schulze«, sagte Pia zur Begrüßung.

»Guten Tag.«

»Wie geht es Ihnen?«, wollte Hain wissen.

»Na ja. Man hat auf mich geschossen.«

Der Deutschtürke sah auf, schaute Hain an, der sich schwer damit tat, den Blick zu deuten.

»Kann ich Sie beide kurz sprechen? Unter vier Augen, meine ich.«

»Natürlich.«

Der Hauptkommissar bat die Kollegen von der Spurensicherung und die Uniformierten, sie allein zu lassen, und schloss die Tür hinter ihnen.

»Was gibt es denn, Herr Schulze?«, fragte Pia Ritter.

»Er hat angerufen und mich gewarnt, bevor er auf mich oder dann das Haus geschossen hat.«

Hain und Ritter sahen ihn mit unverhohlener Skepsis an.

»Verzeihen Sie bitte«, erwiderte die Oberkommissarin, »aber das erscheint mir ein wenig … unglaubwürdig.«

Schulze hielt ihr sein Mobiltelefon hin und wies mit dem Kopf darauf. »Es ist der letzte Anruf. Und wenn Sie mit Ihren Kollegen sprechen, werden die Ihnen bestätigen, dass die Schüsse direkt im Anschluss an das Gespräch gefallen sind.«

Pia scrollte durch das Menü und war kurz darauf bei der Anruferliste angekommen. »Anonym. Wir werden natürlich mit den Kollegen darüber sprechen und klären, ob die zeitliche Übereinstimmung passt.«

»Was hat er denn genau gesagt?«

Okan Schulze gab das Gespräch, so gut es ihm möglich war, wieder. »Dann hat er aufgelegt, und zehn Sekunden später fielen die Schüsse. Ich war zwar schon auf dem Weg in den Keller, konnte aber sehr gut das Einschlagen der Kugeln überall auf der Südseite hören. Und Sie können mir glauben, dass das für mich alles andere als leicht auszuhalten war.«

»Und er hat sich explizit dafür entschuldigt, dass die kleine Jule bei dem missglückten Anschlag auf Sie getötet und ihr Vater verletzt wurde?«

»Entschuldigt hat er sich nicht, aber er hat gesagt, dass es ihm leidtut.« Schulze überlegte eine Weile. »Und wenn Sie mich jetzt fragen, ob ich ihm das glaube, dann komme ich nicht umhin mit Ja zu antworten. Er klang ernsthaft … *belastet*. Obwohl diese Aussage aus meinem Mund vermutlich ziemlich schräg klingen dürfte, weil er mich ja eigentlich umbringen wollte.«

»Nein, das klingt ganz und gar nicht schräg«, erklärte Hain ihm. »Viel schräger ist nach meinem Verständnis die Tatsache, dass er Sie gewarnt hat, bevor die Schüsse fielen. Dass er Sie aufgefordert hat, sich in den Keller zu verziehen. Das ist wirklich merkwürdig.« Der Hauptkommissar trat an die Tür. »Ich würde mir gern ansehen, von wo er geschossen hat und was genau er getroffen hat. Wenn Sie nichts mehr für uns hätten, Herr Schulze …?«

»Nein, ich habe Ihnen alles erzählt, was ich weiß.«

»Wo ist eigentlich Ihre Frau, Herr Schulze«, wollte Pia wissen, während sie sich ebenfalls erhob.

Der Lokalpolitiker wandte den Blick von ihr ab und sah aus dem Fenster. »Tina ist für ein paar Tage zu ihrer Mutter gezogen. Vielleicht haben Sie ja bei Ihrem letzten Besuch hier bemerkt, dass es um unsere Ehe im Augenblick nicht zum Besten steht. Sie hat es also vorgezogen, sich eine Auszeit zu nehmen.«

»Das tut mir aufrichtig leid, Herr Schulze, und ich hoffe für Sie, dass alles wieder in Ordnung kommt.«

Er blickte auf. »Das hat der Mörder von Jule auch gesagt«, gab er leise zurück. »Ich hatte eben gar nicht mehr daran gedacht, dass er es erwähnt hat, aber er muss irgendwie mitbekommen haben, dass sie mit Umzugskartons das Haus verlassen hat.«

»Wann genau war das denn?«

»Ganz kurz, bevor das Telefon geklingelt hat.«

»Also hat er Sie vermutlich beobachtet?«

»Das nehme ich an, ja. Wir hatten draußen vor der Tür eine etwas … unschöne Verabschiedungsszene, die er wohl gesehen hat.«

Hain legte die rechte Hand auf die Türklinke, drückte sie jedoch nicht nach unten. »Wir werden uns jetzt, wie gesagt, anschauen, von wo er geschossen und was er getroffen hat. Und ich hätte noch eine Bitte an Sie, Herr Schulze.«

»Ja, natürlich, um was geht es?«

»Dass Sie im Moment, außer mit uns beiden, mit niemandem darüber sprechen, dass der Attentäter Sie gewarnt hat. Sagen Sie einfach, dass Sie sowieso gerade auf dem Weg in den Keller waren, als die Ballerei losging. Das würde uns bei unseren Ermittlungen sehr helfen.« Der Hauptkommissar zupfte sich am Ohrläppchen. »Und wenn ich sage mit niemandem, dann meine ich das auch genau so. Weder mit irgendwelchen zivilen noch uniformierten Kollegen. Wo auch immer sie herkommen, und wie wichtig sie sich auch machen.«

»Wenn das für Sie von solch zentraler Bedeutung ist, mache ich es natürlich«, antwortete Okan Schulze, ohne zu zögern.

»Vielen Dank.«

»Der Kerl wollte *uns* eine Botschaft zukommen lassen«, kommentierte Hain die Szenerie auf dem Hügel, während er hinüber zur Frontseite von Schulzes Haus schaute. Die beiden Kripobeamten hatten sich zunächst die Einschläge am und im Haus sowie die daraus resultierenden Schäden angesehen und waren schließlich zu der Stelle gelangt, von der aus geschossen worden war.

Rechts von ihnen sperrte das Trassierband einen Bereich ab, in dem sich eine Mitarbeiterin der Spurensicherung mit den auf dem Boden liegenden Geschosshülsen beschäftigte.

»Ja, da gebe ich dir absolut recht«, stimmte Pia Ritter ihrem Kollegen zu. »Aber warum? Der hätte ihn, mit seinen Möglichkeiten, doch einfach über den Haufen schießen können. Warum also warnt er ihn und veranstaltet diesen Aufwand?«

»Und vergiss nicht, dass er ihm noch aufgetragen hat, mit niemandem über diesen komischen Anruf zu reden. Also quasi eine Aufforderung, damit zu uns zu kommen.«

»Wenn ich es nicht besser wüsste, würde ich glatt behaupten, dass der Kerl ernsthafte Probleme mit seinen Auftraggebern hat. Und dass er sein merkwürdiges Vorgehen als Weg sieht, sie zu lösen.«

Hain nickte und trat auf das Trassierband und die dahinter stehende Kollegin von der Spurensicherung zu. »Mit was hat er denn geschossen? Also mit welchem Kaliber, meine ich.«

»9 × 19 Luger.«

»9 × 19 Luger?«

»Nuschel ich, Thilo? Ich sag doch, 9 × 19 Luger.«

»Danke, Lilo.«

»Gern. Und er ist vermutlich mit einem Motorrad hier gewesen, falls dich das interessieren sollte. Ich habe zumindest etwas unterhalb von hier frische Reifenspuren von einem Zweirad entdeckt.«

»Schon eine Idee, was genau es gewesen sein könnte?«

Die Mitarbeiterin der Spurensicherung schwieg, bedachte ihn jedoch mit einem Blick, der jede weitere Nachfrage überflüssig erscheinen ließ.

»Mit einer 9 × 19, noch dazu mit Schalldämpfer, richtest du auf diese Entfernung höchstens Blechschaden an«, sinnierte der Hauptkommissar. »Das heißt, wenn er Schulze erwischt hätte, was ein absoluter Glückstreffer gewesen wäre, hätte dem Projektil nach dem Durchschlagen des Fensterglases vermutlich nur noch Energie für einen blauen Fleck zur Verfügung gestanden.«

»Na, ganz so sehe ich das nicht«, widersprach Pia, »so ein Treffer kann immer noch ziemlich wehtun. Aber in der Sache gebe ich dir schon recht.«

»Wenn er ihm also wirklich die Lichter hätte ausblasen wollen, was aus dieser Position mit einem Präzisionsgewehr ohne Probleme möglich gewesen wäre, dann wäre Schulze garantiert jetzt nicht mehr am Leben.«

»Was eigentlich nur bedeuten kann, dass er der Öffentlichkeit einen Hinweis liefern wollte, so nach dem Motto: Schaut her, hier soll ein wegen seiner großen Schnauze in der Türkei verhasster deutscher Lokalpolitiker abgemurkst werden.«

»Was uns zurück zu der Erkenntnis bringt, dass er wohl mit seinen Auftraggebern schwer über Kreuz liegt. Und wenn wir das jetzt noch mit dieser komischen Geschichte auf der A 7 von letzter Nacht in Zusammenhang bringen, wird vermutlich ein passender Schuh daraus. Vielleicht war das ja ein Trupp, der diesen Metin Ekmekci – oder wie er auch immer heißen mag – für sein Versagen in Sachen Okan Schulze zur Rechenschaft ziehen, vulgo beseitigen sollte.«

In diesem Moment tauchten mit Sirenengeheul und zuckenden Blaulichtern die Dienstwagen aus Wiesbaden in der Sackgasse auf. Auch hier fuhren die BKA-Mitarbeiter bis direkt vor das Haus, sprangen aus den Fahrzeugen und hielten mit großer Geste auf den Eingang zu.

»Es wird Zeit, zu verschwinden«, brummte Hain.

»Ja«, erwiderte Pia Ritter. »Und hoffen wir, dass Schulze dichthält. Das sollte uns zumindest ein wenig Zeit verschaffen.«

31

Hakan Durmus hatte in seinem Leben noch nicht viele Verfolgungsjagden hinter sich bringen müssen; und wenn, dann war er zumeist in der Position des Verfolgers gewesen.

Hier und jetzt in Kassel in der Mitte Deutschlands allerdings war er der Gejagte. Derjenige, den die Behörden stellen wollten für den Mord an einem kleinen Mädchen, das sein Leben nun nicht mehr vor sich hatte, sondern dessen Leben gewaltsam beendet worden war. Von ihm.

Wieder konnte er nur mit großer Mühe einem anderen Verkehrsteilnehmer ausweichen, bremste kurz, um nicht mit einem der blauen Busse der Kasseler Verkehrsgesellschaft zu kollidieren, und öffnete danach den Gasgriff wieder komplett. Mehrmals schon hatte das fein regelnde ABS des Scooters ihn vor einem Sturz bewahrt, und immer war er leicht erschrocken vom Pulsieren in den Bremshebeln. Jetzt schoss er mit mehr als 120 Stundenkilometern auf die Abzweigung zum Kirchweg zu, wo die Ampel glücklicherweise Grün anzeigte. Direkt vor ihm schob ein Fahrradfahrer sein Rad über die Straße, obwohl die Fußgängerampel auf Rot stand. Er schien Durmus' überhöhte Geschwindigkeit völlig falsch einzuschätzen und zog im allerletzten Moment sein Gefährt ein paar Zentimeter zurück. Durch den Schlenker, den Hakan ebenfalls im selben Sekundenbruchteil einleitete, gelang es beiden gerade noch, einen Zusammenstoß zu verhindern. Wild hupend raste Durmus weiter in Richtung Wehlheider Kreuz, wo die Ampel just in dem Moment auf Rot sprang, als er etwa 120 Meter entfernt die Drosselklappe gerade wieder voll geöffnet hatte.

Das geht. Die werden nicht losfahren. Die sehen mich und denken, das sei ein Motorrad mit Sonderrechten.

Bis etwa 40 Meter vor dem Mittelpunkt des Wehlheider Kreuzes war er fest davon überzeugt, dass er auch diesen neuralgischen Punkt unbeschadet überstehen würde. Die Sirenen in seinem Rücken waren sukzessive leiser geworden, vermutlich weil die Polizeiwagen nicht mit dem gleichen Risiko wie er unterwegs waren.

In diesem Augenblick jedoch löste sich der erste Wagen aus der Schlange der wartenden Autos und beschleunigte. Nicht wirklich rasant, aber schnell genug, um Hakan Durmus nicht den Hauch einer Chance zu lassen, auszuweichen – nicht bei diesem Winkel und nicht bei seiner Geschwindigkeit.

Gas zu, beide Bremsen bis zum Anschlag gezogen.

Es ging für ihn einzig und ausschließlich noch darum, den Aufprall zumindest zu überleben.

Für Melek und die Jungs.

Mit einer allerletzten Korrektur der Fahrtrichtung wollte er den Lenker nach links reißen in der Hoffnung, es würde ihn über den vorderen Kotflügel des Autos schleudern, doch dazu kam es nicht mehr. Das Vorderrad seines Rollers bohrte sich in die Fahrertür, gleichzeitig wurde er nach vorn katapultiert, blieb mit dem rechten Oberschenkel am Lenker hängen, riss ihn stumpf ab, knallte mit der Brust auf die Dachkante, wurde in eine Rotation versetzt, flog etwa 15 Meter durch die Luft und kam schließlich, nach ein paar Überschlägen, vor der Motorhaube eines Ford Fiesta zum Liegen.

Verdammt, sind das fiese Schmerzen!

Melek tauchte auf, mit den Jungs an den Händen. Sie schien ihm irgendetwas zuzurufen, doch er konnte es nicht verstehen. Durmus befand sich in einer Art Zwischenwelt. Alles war Schmerz. Einfach Schmerz.

Dann eine Stimme.

Melek?

Nein, das war nicht die Stimme seiner Frau. Eine Frauenstimme, ja, aber nicht die von Melek.

Was ist das für eine Sprache?

Bewusstlosigkeit. Schmerzfreiheit. Aber nur für ein paar Sekunden. Und wieder die Stimme dieser Frau.

Wieder Schwärze. Dann erneut Schmerzen und die Frauenstimme.

Du musst die Augen öffnen!

Zunächst konnte er mit dem blauen Himmel, in den er nun blickte, nicht das Geringste anfangen, doch mit den verrinnenden Sekunden kam die Erinnerung zurück. Und obwohl es in seinem Kopf nahezu unmenschlich dröhnte, versuchte er aufzustehen, was ihm jedoch nicht gelang.

»Bleiben Sie liegen, der Krankenwagen ist gleich hier«, sagte die unbekannte Frauenstimme zu ihm und deutete auf eine Stelle weiter rechts. »Und ein paar Polizeiwagen stehen auch schon da drüben.«

Der Agent versuchte, Arme und Beine zu bewegen.

Starke, sehr starke Schmerzen am linken Arm und im rechten Bein.

Trotzdem kam es ihm so vor, als würden alle Extremitäten zumindest seinen Befehlen gehorchen. Nur der Oberkörper erschien ihm seltsam starr, ja nahezu verspannt. Und in diesem Augenblick wurde ihm auch der Grund dafür bewusst. Er hatte sich, als er die Ausrüstung für den Roller ausgesucht hatte, für eine der absolut neuartigen Airbagjacken entschieden, die seit etwa zwei Jahren auf dem Markt waren. Der Verkäufer hatte sie ihm mehr aus Jux empfohlen, in dem Gedanken, dass diese Art von Schutz für einen Scooter deutlich übertrieben war, doch Durmus hatte sie anprobiert, sich darin wohlgefühlt und sie schließlich gekauft. Und nun, an diesem warmen Sommertag in Kassel, hatte sie sich im richtigen Moment aufgeblasen und ihm vermutlich wohl so das Leben gerettet. Allerdings kam er sich darin jetzt vor wie das berühmte Michelin-Männchen, Bibendum, so sehr sperrten die aufgeblasenen Luftsäcke sich gegen jede Bewegung. Mit zitternden Fingern griff er nach dem Zipper des Reißverschlusses, öffnete ihn langsam und wollte die Jacke abstreifen, doch er bekam nicht einmal die Ärmel über die Hände. Als er auch hier die Reißverschlüsse geöffnet hatte, gelang es ihm, sich zu befreien. Dann zog er sich langsam den Helm vom Kopf.

»Bitte nicht bewegen«, kam es wieder von oben. »Vielleicht haben Sie sich bei dem Unfall irgendwelche inneren Verletzungen zugezogen, die Sie jetzt nur noch schlimmer machen.«

Durmus drehte den Kopf und sah in das kalkweiße Gesicht einer jungen Frau. Sie kniete neben ihm und sah überaus besorgt aus. Rund um sie herum standen Menschen. Manche hielten ihr Mobiltelefon in der Hand, um von ihm und der Frau Fotos zu machen.

»Bitte …«, flüsterte er. »Helfen Sie mir … auf die Beine.«

»Aber das ist doch Irrsinn. Sie können nicht aufstehen! Sie bluten ganz stark am Arm.«

Der Geheimagent atmete tief durch, zog die Beine an, krabbelte auf die Knie und stieß sich langsam, sehr langsam vom Boden ab. Er hätte am liebsten aufgeschrien wegen der stechenden Schmerzen in seinem rechten Oberschenkel, doch es gelang ihm, diesen Reflex zu unterdrücken. Dann fuhr er mit der rechten Hand in die Hosentasche, ertastete das Taschenmesser, zog es heraus und öffnete es.

»Haben Sie einen Wagen?«, fragte er kaum hörbar die jetzt neben ihm stehende Frau. Sie starrte jedoch nur auf die zwei langsam mit gezückten Waffen näher kommenden Polizisten.

»Was?«, fragte sie ungläubig. »Was wollen Sie?«

Durmus schob sie zwischen sich und die Polizisten, hob das Taschenmesser und presste es ihr an den Hals.

»Es wird Ihnen nichts passieren, das schwöre ich Ihnen«, murmelte er in ihr Ohr. »Aber Sie müssen jetzt tun, was ich von Ihnen verlange.«

Offenbar hatten die Gaffer und möglichen Helfer in dieser Sekunde die veränderte Situation erfasst, denn die umstehende Menge stieb auseinander und sorgte augenblicklich für ein unglaubliches Chaos. Währenddessen rasten weiter Autos über die Kreuzung, ein Motorradfahrer schoss auf dem Hinterrad Richtung Frankfurter Straße davon, und auf einmal bewegte sich absolut nichts mehr. Die beiden Polizisten hatten Deckung hinter einem Lkw gesucht, dessen Fahrer mit schnellen Schritten vom komplett verstopften Wehlheider Platz weghastete.

»Haben Sie einen Wagen?«, wollte Durmus erneut wissen, und nun war sein Ausdruck wesentlich unfreundlicher als noch kurz zuvor. »Los. Wo ist Ihr Auto?«

Sie wies mit der rechten Hand auf den alten Ford Fiesta hinter ihnen. »Das ist mein Auto«, erklärte sie mit tränenerstickter Stimme. »Sie können es haben, der Schlüssel steckt. Aber lassen Sie mich bitte hier. Bitte! Ich kann das nicht.«

»Nein. Sie kommen mit.«

Durmus schob die Frau, immer darauf achtend, dass sie ihm Deckung gab, vorwärts. Die wenigen verbliebenen Passanten sahen mit großen Augen abwechselnd ihn und das Messer am Hals der Frau an, jedoch machte keiner Anstalten, sich ihm in den Weg zu stellen. Kurz darauf saß sie, leise weinend und das Gesicht in den Händen verborgen, auf dem Beifahrersitz. Durmus hatte sie über den Fahrersitz und die Mittelkonsole dorthin geschoben, war hinter ihr her gekommen und startete nun den Motor. Mit einem lauten Krachen fuhr er dem hinter ihnen stehenden Mercedes in den Kühler, schob ihn ein paar Meter zurück, um genug Platz zum Wenden zu haben, umkurvte zwei weitere Autos und fuhr im Anschluss in Richtung Frankfurter Straße davon. Die Besatzung eines Streifenwagens, der ihnen mit Blaulicht und Sirene entgegenkam, war offenbar bereits über die Situation unterrichtet und machte keine Anstalten, ihn aufzuhalten. Jetzt, in diesem Augenblick, nahm er durch einen kurzen Blick nach unten wahr, dass sein rechtes Bein ab Höhe des Oberschenkels in einem merkwürdigen Winkel vom Körper abstand. Auch die Frau hatte es wohl gesehen, denn sie hob den Kopf und sah ihn mit kalkweißem Gesicht an.

»Sie sind ganz schwer verletzt. Bitte, seien Sie doch vernünftig und stellen sich. Ich weiß zwar nicht, was sie angestellt haben, aber so wie Sie aussehen, kommen Sie doch nicht sehr weit.«

Hakan Durmus hätte nur zu gern genickt, ihr recht gegeben, angehalten und mit auf dem Dach des Fiesta abgelegten Händen auf die Polizeibeamten gewartet, doch er konnte nicht. Er wusste, dass seine Chancen, heil aus dieser Sache herauszukommen, nahezu bei null lagen, und doch würde er es versuchen. Würde versuchen, das Unmögliche möglich zu machen.

Für Melek und die Kinder.

Der Kleinwagen mit dem Auftragsmörder am Steuer und seiner Geisel auf dem Beifahrersitz war noch etwa 200 Meter von der Kreuzung an der Frankfurter Straße entfernt, als Durmus von einem schlagartig aufkommenden Brechreiz erfasst wurde. Er schluckte und schluckte, holte tief Luft, schluckte erneut, konnte seinen Körper jedoch nicht überlisten. Schließlich nahm er den Fuß vom Gas und übergab sich zwischen seinen linken Oberschenkel und die Fahrertür.

»Oh, mein Gott«, hörte er die Frau neben sich murmeln.

Während er den immer noch aktiven Brechreiz durch Schlucken und gepresstes Atmen zu kontrollieren versuchte, sprang die Ampel in 60 Metern Entfernung auf Rot. Durmus hatte keine andere Wahl, als mit dem linken Fuß die Bremse voll durchzutreten und mit quietschenden Reifen auf die Kreuzung zuzurutschen.

Dieses Fiesta-Baujahr verfügt definitiv noch nicht über ein ABS, schoss es ihm ebenso unvermittelt wie völlig überflüssig durch den Kopf.

Der Kleinwagen kam in einer Wolke aus verbranntem Gummi zum Stehen. Vor ihm, auf der Frankfurter Straße, herrschte so dichter Verkehr, dass ein Abbiegen oder Überfahren der Kreuzung unmöglich war. Und in diesem Augenblick wusste Hakan Durmus mit einem Mal sehr genau, dass sein Leben zu Ende war, dass es keinesfalls eine zweite Chance für ihn geben würde. Er würde entweder in einem deutschen oder in einem türkischen Gefängnis sterben, einzig der Zeitpunkt war offen. Es würde kein Wiedersehen in Freiheit mit seinen Lieben geben und es würde keine Möglichkeit geben, in sein altes Leben zurückzukehren.

Aus. Vorbei.

»Sie können aussteigen«, sagte er leise zu der Frau.

»Wie bitte?«

Offenbar hatte sie ihn nicht verstanden.

»Ich sagte, dass Sie aussteigen können. Mein Weg endet hier.«

Die Frau sah ihn einen Moment lang an, nickte dankbar und griff zum Türöffner. Dann jedoch tastete er sanft nach ihrem Arm.

»Und entschuldigen Sie bitte, dass ich Ihnen dieses Leid angetan habe. Ich weiß nicht, was …«

Weiter kam er nicht, weil ihm die Stimme versagte.

Sie nickte erneut, machte sich von ihm frei, öffnete die Tür, stieg aus, drehte sich um und sah noch einmal in den Wagen, um dann mit schnellen Schritten auf einen roten Mazda MX5 zuzulaufen, der etwa 70 Meter hinter ihnen angehalten hatte und aus dem ein Mann und eine Frau ausgestiegen waren.

Durmus warf das Messer auf den Beifahrersitz, legte die Hände auf dem Lenkradkranz ab, holte tief Luft und sah durch die Frontscheibe hinauf in den strahlend blauen Himmel.

Ein guter Tag zum Sterben, dachte er. *Oder aber genau der richtige Tag, um meinem Volk und auch dem Rest der Welt zu offenbaren, von welch einem autokratischen, selbstherrlichen Diktator die Türkei regiert wird. Von einem Mann nämlich, der jeglichen Widerspruch als Majestätsbeleidigung auffasst und missliebige Kritiker, wenn er sie nicht mundtot machen kann, einfach umbringen lässt.*

32

Hain wusste sofort, dass der Crash am Wehlheider Kreuz, auf den sie gerade zufuhren, kein normaler Verkehrsunfall war. Ein Uniformierter hatte ihm und Pia kurz erläutert, was sich ein paar Minuten zuvor an der Straßensperre abgespielt hatte, und von diesem Moment an war den beiden klar, dass sie genau hinter dem Mann her hetzten, der sich Metin Ekmekci nannte und der, neben vielen anderen Straftaten, ein Kind umgebracht hatte.

Den Unfall des Rollerfahrers hatten sie nicht mitbekommen, dafür waren sie ein paar Hundert Meter zu weit zurück, aber sie hatten aus der Entfernung gesehen, wie er sich von einer neben ihm stehenden Passantin auf die Beine hatte helfen lassen, sie dann mit einem Messer bedroht und schließlich in einen Fiesta bugsiert hatte.

Es hatte Hain eine Menge Mühe gekostet, den Mazda ohne Blechschäden durch das Chaos auf der Kreuzung zu manövrieren, doch dann waren sie schließlich in die Tischbeinstraße eingebogen und hatten sich an seine Fersen geheftet. Allerdings war die Fahrt schon nach knapp einer Minute wieder zu Ende, denn der Fiesta hielt mit rauchenden Rädern an der Ampel Frankfurter Straße an. Ein paar Augenblicke darauf stieg die Geisel aus, sah noch einmal zurück in den Wagen und kam dann auf Pia und ihn zugerannt.

»Kommen Sie hierher«, rief Pia ihr zu und zog sie ein paar Sekunden später in einen Hauseingang. »Sind Sie verletzt?«

»Nein, ich nicht. Aber der Mann im Auto macht es nicht mehr lang, wenn Sie mich fragen.«

»Hat er Sie gehen lassen oder ist Ihnen die Flucht gelungen?«

»Nein, nein, er hat gesagt, dass ich gehen soll.«

»Gut. Dann bleiben Sie jetzt hier und warten, bis unsere Kollegen eingetroffen sind. Alles klar?« Die Oberkommissarin wartete nicht auf eine Antwort und hetzte hinter Hain her, der sich, immer wieder Deckung in Hauseingängen oder parkenden Autos suchend, bis auf ein paar Meter an den Fiesta herangearbeitet hatte. Als Pia Ritter bei ihm angekommen war, wies er mit der linken Hand auf den Mann hinter dem Lenkrad. »Er scheint bewusstlos zu sein.«

Pia informierte ihn kurz darüber, was die Geisel ihr berichtet hatte. »Sieht aus, als würde er sich ergeben wollen«, mutmaßte sie. »Oder aber er versucht, eine ganz linke Nummer mit uns abzuziehen.«

»Das glaube ich nicht. Sonst hätte die Frau mir doch nicht gesagt, dass er es nach ihrer Meinung nicht mehr lange macht.«

Der Hauptkommissar überlegte einen Moment. »Also los, dann sehen wir uns die Sache mal an. Aber vorsichtig, Pia, der Kerl ist ein echter Profi.«

Sie nickte, bewegte sich ein paar Meter nach vorn, ließ ihren Kollegen nachrücken, der wieder ein paar Meter gewann, und schließlich mit vorgestreckter Waffe neben der heruntergelassenen Scheibe der Fahrertür stand.

»Keine Bewegung! Halten Sie die Hände immer so, dass ich sie sehen kann.«

Es schien, als würde der Mann hinter dem Steuer nicken, aber die Bewegung war so schwach, dass auch ein Irrtum im Bereich des Möglichen lag.

»Ich werde mich stellen«, ließ er kurz darauf leise wissen. »Nicht schießen, bitte. Ich bin bereit, mit den deutschen Behörden zu kooperieren.«

»Wie das mit Ihnen und uns weiter geht, wird sich zeigen. Zunächst einmal nehmen wir Sie fest wegen des dringenden

Tatverdachts, einen Menschen getötet zu haben. Und jetzt kommen Sie raus aus dem Wagen.«

»Ich weiß nicht, ob ich meinen linken Arm noch bewegen kann, ich habe dort eine Schussverletzung. Entweder muss ich mit der rechten Hand die Tür öffnen, oder Sie müssen es von außen machen.«

»Kein Problem«, erwiderte Pia Ritter, tauschte einen kurzen, klärenden Blick mit ihrem Kollegen und öffnete mit der linken Hand die Tür.

»Scheiße, was ist das denn?«, murmelte sie angeekelt beim Anblick des Erbrochenen.

»Ich habe mich übergeben«, erklärte Durmus, und es hatte den Anschein, als wäre ihm dieses Missgeschick äußerst peinlich.

»Egal. Kommen Sie jetzt raus aus der Karre, aber langsam und mit für uns immer sichtbaren Händen.«

»Mein rechtes Bein ist gebrochen. Ich bemühe mich, werde aber vielleicht Ihre Hilfe brauchen.«

»Mann, Mann«, brummte Pia, »uns bleibt heute aber auch wirklich nichts erspart.«

Sie steckte ihre Waffe ins Holster, beorderte ihren Kollegen ein wenig nach rechts, damit er die Situation besser im Blick hatte, und half dem Mann aus dem Fiesta.

»Sie hat es verdammt noch mal echt anständig erwischt«, murmelte sie beim Anblick seines schief stehenden rechten Beins und der stark blutenden Schusswunde am linken Arm.

»Legen Sie sich auf die Straße. Gesicht nach unten, die Arme vom Körper weggestreckt. Wo ist das Messer, mit dem Sie die Frau bedroht haben?«

»Das liegt auf dem Beifahrersitz.«

Pia blickte sich kurz um, sah das Messer an der beschriebenen Stelle liegen, kniete sich neben den Mann und tastete seinen Oberkörper und das linke Bein nach weiteren Waffen ab. Vom rechten Bein, das ein wenig unnatürlich vom Körper abstand, ließ sie die Finger.

Thilo Hain hatte schon das Telefon in der Hand und forderte einen Notarztwagen an.

»Ich bin Mitarbeiter des …«, setzte der Mann zu einer Erklärung an, doch Thilo ging sofort dazwischen.

»Heben Sie sich das für die Vernehmungen auf. Wir wollen das jetzt nicht wissen.«

»Ich bin«, begann er seinen Satz noch einmal, als hätte er die Worte des Polizisten nicht gehört, »Mitarbeiter des türkischen Geheimdienstes und wurde von meinem Staatspräsidenten persönlich damit beauftragt, den in Kassel lebenden Okan Schulze zu ermorden. Dass es dabei zu einem tragischen Fehler kam, der ein junges Mädchen das Leben gekostet hat, bedaure ich zutiefst.«

»Ja, komm«, schrie Hain ihn nun energisch an, »spar dir das. Ich will dieses Gejammere echt nicht hören.«

Pia warf ihrem Kollegen einen warnenden Blick zu, beugte sich zu dem Gefangenen hinunter und ging schließlich auf die Knie, um ihn besser verstehen zu können. »Würden Sie das bitte wiederholen? Ich konnte Sie nicht richtig verstehen.«

»Natürlich haben Sie meine Worte verstanden. Es fällt Ihnen nur schwer, sie auch zu glauben.«

»Worauf Sie sich verlassen können. Wie ist Ihr Name?«

»Mein Name ist Hakan Durmus.«

»Und Sie sind Türke?«

Er drehte wortlos den Kopf ein wenig in ihre Richtung.

»Ja, schon gut, ich glaube Ihnen.«

»Darf ich Sie um etwas bitten?«, wollte er leise wissen.

»Bitten ist heute nicht«, rief Hain von oben. Der Hauptkommissar wollte gleich noch etwas hinterherschicken, doch ein weiterer Blick von Pia ließ ihn innehalten.

»Was genau wollen Sie?«, fragte die Polizistin. »Um was bitten Sie mich?«

»Falls mir in den nächsten Stunden oder Tagen etwas zustoßen sollte, würde ich Sie bitten, meine Frau davon zu unterrichten.« Er nannte ihr eine Adresse in Griechenland. »Sie ist dort mit unseren beiden Kindern. Zwei Jungs.«

»Warum sollte Ihnen etwas zustoßen? Wir sind hier in Deutschland, wir bringen unsere Häftlinge nicht einfach so um die Ecke.«

»Werden Sie tun, worum ich Sie gebeten habe?«

»Wenn es so kommen sollte, werde ich das natürlich tun. Aber wie ich die Situation einschätze, können Sie Ihren Rechtsanwalt damit beauftragen, ihr das mitzuteilen.«

Von der Frankfurter Straße drang Sirenengeheul zu ihnen, und kurz darauf bremste ein Rettungswagen ein paar Meter neben ihnen. Ein Mann und eine Frau sprangen heraus und hielten sofort auf den am Boden Liegenden zu.

»Schussverletzung linker Arm, Bruch des rechten Oberschenkels«, fasste Pia ihr Wissen zusammen, kam von den Knien hoch und trat ein paar Schritte zurück. »Hast du gehört, was er gesagt hat?«, wollte die Kommissarin von ihrem Kollegen wissen, der nur abwesend nickte.

»Hab ich. Und glaub mir, ich freue mich schon wie Bolle auf die Vernehmungen mit ihm.«

Die Erstversorgung lief ebenso routinemäßig wie lehrbuchtauglich ab, und es dauerte keine fünf Minuten, bis Durmus auf einer Trage festgeschnallt und bereit zum Abtransport war. Nahezu gleichzeitig allerdings kamen aus Richtung Wehlheiden nacheinander vier dunkle Limousinen mit Wiesbadener Kennzeichen angerast, die erst im allerletzten Moment vor dem Rettungswagen abbremsten und hielten. Die Türen wurden aufgestoßen, und aus jedem der Wagen sprangen mindestens drei Personen, die sich sofort um den Mann auf der Trage gruppierten.

»Wir übernehmen«, rief Frau Krömer, deren blaues Kostüm noch immer so tadellos saß wie am Morgen.

Oder vielleicht sogar noch einen Tick tadelloser.

»Wie kommen Sie darauf, dass dieser Fall hier etwas mit dem zu tun hat, weswegen Sie in Kassel sind?«, wollte Pia wissen.

»Wir haben es hier mit einem Verdächtigen zu tun«, versuchte sie eine Finte, »der vor etwa einer halben Stunde die Zweigstelle einer Bankfiliale hier in Kassel überfallen haben könnte.«

»Das können Sie Ihrer Großmutter erzählen«, gab Frau Krömer emotionslos zurück. Sie wandte sich ab und nahm die Besatzung des Notarztwagens ins Visier.

»Der Mann wird bei uns mitfahren. Wir sind vom Bundeskriminalamt und übernehmen, wie schon gesagt, den Fall.«

»Das lassen seine Verletzungen auf gar keinen Fall zu«, widersprach der Notarzt. »Er muss unbedingt liegend transportiert werden, sonst besteht die Gefahr eines Schocks. Und die Verantwortung für dieses lebensbedrohliche Risiko werden Sie ja wohl nicht eingehen wollen, oder?«

»Wir haben einen Arzt dabei, der sich auf der Fahrt um ihn kümmern wird. Machen Sie sich also keine Sorgen.«

»Ich protestiere trotzdem auf das Allerschärfste. So kann man nicht mit Menschen umgehen, zumal nicht mit so schwer verletzten.«

»Ja, ja, das lassen Sie mal unsere Sorge sein. Ich habe Ihre Einwände zur Kenntnis genommen, scheiße aber ehrlich gesagt darauf. Und jetzt ab mit ihm in den Wagen.«

Zwei ihrer Mitarbeiter schnallten Durmus ab. Bei ihm schien die Wirkung der vom Notarzt gesetzten schmerzstillenden Spritze offenbar eingesetzt zu haben, denn er begleitete den Vorgang lediglich völlig apathisch und mit glasigem Blick.

»Wo bringen Sie ihn hin?«, wollte Hain wissen.

»Das geht Sie nichts an. Wir handeln aus Gründen der Staatsräson, da sind wir Knallchargen wie Ihnen keine Rechenschaft schuldig. Sind wir übrigens ohnehin nicht, um das mal völlig klarzustellen, aber im hier vorliegenden Fall erst recht nicht.«

»Plopp«, machte Pia, um zu demonstrieren, dass sie sich ebenfalls als Knallcharge sah.

»Sehr witzig«, brummte die Krömer. »Und damit Sie auf keine dummen Ideen kommen, verhänge ich über diesen Fall hier eine komplette Nachrichtensperre. Einzig mein Team hat das Recht, darüber mit den Medien zu sprechen. Verstanden?«

»Aye, aye«, gab Hain zackig zurück. »Und was passiert im Fall der Zuwiderhandlung?«

»Dann sind Sie die längste Zeit Polizist gewesen. Das können Sie gern als leere Drohung ansehen, aber Sie wären nicht die Ersten, deren Polizeikarriere an meinem Schreibtisch endet.«

»Warum glaube ich der das aufs Wort?«, murmelte Pia ihrem Kollegen zu und ging davon.

Durmus wurde auf den Platz in der Mitte der Rückbank des Wagens gewuchtet, in dem auch Frau Krömer mitfuhr, angeschnallt, und dann hetzte die kleine Kolonne davon.

»Wir leben in einer echten Scheißwelt«, brummte Hain.

»Worauf Sie einen lassen können«, stimmte der Notarzt ihm zu.

33

Herbert Schiller hörte dem Anrufer eine Weile kommentarlos zu, legte nach dem Ende des Gesprächs das Telefon auf den Tisch und schloss die Augen. Sein Gesicht war kalkweiß und auf seiner Stirn waren deutlich Schweißperlen zu erkennen.

»Wir sind im Arsch«, sagte er leise zu Pia Ritter und Thilo Hain, die vor seinem Schreibtisch saßen. Die beiden waren nach ihrer Ausbootung durch die Mitarbeiter des BKA ins Präsidium zurückgekehrt und hatten ihrem Vorgesetzten die Vorfälle detailliert geschildert.

»Warum das denn?«, wollte Pia wissen. »Was ist denn passiert?«

»Es gab einen Vorfall auf dem Weg nach Wiesbaden. Dieser Hakan Durmus ist tot.«

»Was?«, riefen Ritter und Hain fassungslos.

»Er war, so sagen es zumindest die BKA-Leute, noch im Besitz einer Waffe, einer Glock 26, die er am Knöchel getragen hat. Damit soll er versucht haben, seine Flucht zu erzwingen.«

»Das ist doch kompletter Schwachsinn, Herbert«, widersprach Pia Ritter vehement. »Der Kerl war so vollgepumpt mit Schmerzmitteln, dass er nicht mal aus dem Wagen rausgefunden hätte. Du hättest sehen sollen, wie die Arschgeigen vom BKA ihn in ihr Auto bugsiert haben, der war echt nicht ansprechbar. Außerdem war sein rechter Oberschenkel gebrochen und er hatte eine Schusswunde. Wie soll so jemand bitte *seine Flucht erzwingen*?«

»Das weiß ich nicht, Pia. Was ich aber genau weiß, ist, dass die vom BKA euch dafür verantwortlich machen, dass er mit einer geladenen Knarre in ihren Wagen geschafft wurde. Und offenbar verstehen die da nicht den geringsten Spaß.«

»Den würde ich an deren Stelle auch nicht verstehen«, gab Hain ein klein wenig zu laut zurück. »Aber die Sache stinkt doch von hier bis zum Himmel und wieder zurück. Wenn du mich fragst, haben die ihm die Glock untergejubelt.«

Schiller sah seinen Mitarbeiter eine Weile an.

»Das sagst du bitte nur mir und hier im Raum und du wirst es nirgendwo außerhalb dieser vier Wände wiederholen, Thilo. Ist das klar?«

»Warum, verdammt noch mal, sollte das klar sein, Herbert? Bevor sie ihn eingeladen haben, wussten die schon genau, wie die Fahrt ablaufen würde und dass er niemals lebend in Wiesbaden oder sonst wo ankommen würde. Da kommt ihnen die Sache mit der Waffe, falls sie denn stimmen sollte, doch absolut gelegen.«

Wieder dachte Schiller eine Weile nach. »Habt ihr ihn denn nicht nach Waffen durchsucht, als ihr ihn hattet?«

»Doch, natürlich«, erwiderte Pia. »Aber an sein rechtes Bein, das echt maximal komisch vom Körper abgestanden hat, habe ich mich nicht herangetraut. Wenn da wirklich eine Waffe dran gewesen sein sollte, dann war das auf jeden Fall mein Fehler.«

»Was aber nichts daran ändert«, blaffte Thilo, »dass der Mann einfach nicht in der Lage war, überhaupt an so etwas wie Flucht zu denken. Wir haben den Notfallmediziner, der ihm die Spritze verpasst hat, und der wird bestimmt bestätigen, was nach seiner Injektion möglich war und was nicht.«

»Das können wir alles machen, Thilo. Wir könnten ein richtig großes Fass aufmachen mit der Sache, aber mir wurde eben unmissverständlich mitgeteilt, dass ihr beide dann garantiert eure Jobs los wärt. Ihr habt euch einfach einer groben Pflichtverletzung schuldig gemacht, indem ihr ihn nicht korrekt auf Waffen untersucht habt. Und ihr habt die Kollegen aus Wiesbaden dadurch in Lebensgefahr gebracht.« Er schluckte. »Die Sache kann noch so sehr stinken, was sie nach meiner Meinung auch tut, aber diese Fakten sind nicht von der Hand zu weisen. Und da spielt es absolut keine Rolle, ob sie ihm die Knarre untergeschoben haben oder nicht.«

»Wie ist es denn passiert?«, wollte Pia nach einer Weile des Schweigens wissen.

»Er hat wohl eingesehen, dass er keine Chance hat, und die Waffe gegen sich selbst gerichtet. Kopfschuss. So zumindest hat es Frau Krömer gegenüber ihrem Vorgesetzten geschildert. Und die drei Kollegen, die mit im Wagen saßen, sagen genau das Gleiche aus.«

»Da machst du nichts«, stellte Thilo Hain nach einer Weile lakonisch fest.

»Ja, da machst du nichts«, stimmte Schiller ihm zu. »Und die Botschaft, die an uns gerichtet wurde, ist unmissverständlich: Haltet die Füße still und schweigt, dann werden wir euch nicht wegen der Knarre an den Karren fahren.«

»Wenn du mich fragst, ist das ein doppelter Fall von klarem Staatsterrorismus«, brummte Hain. »Wir haben die Aussage eines Mannes, der davon spricht, dass ihn sein eigener Staatspräsident zum Mord an einem missliebigen Kritiker aufgefordert hat. Und wir haben weiterhin den dringenden Verdacht, dass unsere eigenen Leute genau diesen Mann kaltblütig abgeknallt haben. Wie soll man da den Glauben an Recht und Gesetz nicht verlieren?«

»Auch das bleibt hier im Raum, Thilo. Und ich tue jetzt mal so, als hätte ich es nicht gehört.«

»Ist mir egal.«

»Wir müssen vernünftig …«, wollte der Kriminalrat noch einen Gedanken hinzufügen, wurde jedoch vom Klingeln des auf dem Schreibtisch liegenden Telefons unterbrochen. Er nahm das Gerät ab und meldete sich. Die nächste Minute verbrachte er ausschließlich mit Zuhören. Dann bedankte er sich für den Anruf, drückte die rote Taste und warf das Telefon zurück auf den Schreibtisch.

Seine Mitarbeiter sahen ihn erwartungsvoll an.

»Das war unser oberster Dienstherr, der Herr Innenminister des Landes Hessen. Wir unterliegen einer totalen Kommunikationssperre, was den Fall Ekmekci angeht. Und einen Fall Durmus, sagt er, hat es offiziell nie gegeben. Ihr beide sollt euch ein paar Tage freinehmen, damit ihr die vermutlich sehr belastenden Ereignisse besser verarbeiten könnt. Er hat jedem von euch fünf Tage Sonderurlaub spendiert.«

»Die kann er sich in den Hintern schieben«, gab Hain empört zurück.

»Und den Orden, den er uns für unsere besonderen Leistungen im Fall der Menschenhändler und des toten Jungen vom vergangenen Winter spendieren wollte, gleich mit dazu«, brummte Pia Ritter.

*

Am nächsten Morgen trafen die beiden sich in einem kleinen Café in der Innenstadt. Auf dem Tisch stand für jeden ein Cappuccino, und sie teilten sich ein großes Frühstück.

»Wie hast du geschlafen?«, wollte der Hauptkommissar von seiner Kollegin wissen.

»Ich war müde genug, um wenigstens ein paar Stunden hinzukriegen. Aber irgendwie fühle ich mich nicht wirklich erholt und ausgeschlafen.«

Er nickte. »Geht mir genauso. Aber ich gehe heute Nachmittag mit Carla und den Jungs ins Schwimmbad, vielleicht fällt da noch eine Stunde Schlaf für mich ab.«

»Das glaubst du nicht wirklich, bei deiner Rasselbande?«

»Ja, vielleicht bin ich da ein wenig zu optimistisch. Vielleicht fange ich auch mit einem Buch an, das sich mit der Ungerechtigkeit auf der Welt beschäftigt.«

»Wir beide werden die Welt nicht im Alleingang retten können, Thilo«, erwiderte die Oberkommissarin nach einem Schluck Kaffee. »Wir können sie vielleicht jeden Tag ein klein wenig besser machen, aber wir werden sie nicht retten. Und Ungerechtigkeit wird es immer geben, auch daran werden wir nichts Grundlegendes ändern.«

»Aber so ungerecht, dass man einen Verdächtigen einfach abknallt?«

Sie steckte sich ein Stück Brot in den Mund. »Wir sind beide der festen Ansicht, dass die BKA-Bratzen ihn ermordet haben, so viel ist sicher. Aber wir können es weder in irgendeiner Form beweisen, noch können wir wirklich zu 100 Prozent und *absolut* sicher sein. Es gibt immer das Restrisiko, dass wir falschliegen.«

»Ja, klar. Aber das spielt sich im homöopathischen Bereich ab.«

»Und wenn. Es bleibt ein Restrisiko.«

»An das ich leider nicht glauben kann.«

»Glaub, was du willst, Thilo. Aber mach es so, dass es dir nicht schadet.«

»Jetzt wird es pathetisch. Vielleicht sollte ich gehen.«

»Dann müsste ich diesen Berg Köstlichkeiten hier ganz allein aufessen, und das würde meiner Bikinifigur nicht guttun.«

Hain sah seine Kollegin lange an. »Du willst es also wirklich machen?«

»Der Flug ist gebucht und geht heute Abend. Ich finde, das bin ich ihm schuldig, speziell nach der Entwicklung, die der Fall seit gestern Nachmittag genommen hat.«

»Du bist diesem Mörder rein gar nichts schuldig, Pia.«

Sie überlegte einen Moment. »Vielleicht hast du recht. Aber ich mache es trotzdem. Seine Frau und seine Kinder sind nämlich keine Mörder.«

EPILOG

In der gleichen Stunde, in der Pia Ritter ihren Fuß auf griechischen Boden setzte, verstarb Adrian Schlaffke im Klinikum Kassel, ohne noch einmal das Bewusstsein erlangt zu haben.

Zwei Tage nach der Rückkehr der Polizistin wurde zwischen der Türkei und der Bundesrepublik Deutschland als Ersatz für den im Monat zuvor ausgelaufenen EU-Türkei-Flüchtlingspakt ein bilaterales Abkommen unterzeichnet, in dem die beiden Länder sich auf eine Zusammenarbeit bezüglich der in der Türkei untergebrachten Flüchtlinge aus den syrischen Kriegsgebieten verständigten. Die Übereinkunft hatte eine Laufzeit von zwei Jahren und einen Wert von etwa fünf Milliarden Euro.

Außerdem wurde beschlossen, dass die Regierung der Bundesrepublik Deutschland sich weiterhin und noch deutlicher als bisher für den Beitritt der Türkei zur Europäischen Union einsetzt. Die zwischenzeitlich unterbrochenen Beitrittsverhandlungen, das wurde von beiden Seiten explizit festgeschrieben, sollten noch im gleichen, spätestens jedoch im darauffolgenden Jahr wiederaufgenommen werden.

ENDE